EEN TRAGISCH VERHAAL

VAN JO CLAES VERSCHENEN
BIJ HOUTEKIET

De zaak Torfs
De blinde vlek
Dood in december
Het oog van de naald
Tot de dood ons scheidt...
Getekend vonnis
De mythe van Methusalem
Vermoorde onschuld
Voor wie de klok slaat
Over elk vergeten heen
Het gewicht van de haat
Want alles gaat voorbij maar niets gaat over

Jo Claes

Een tragisch verhaal

Houtekiet
Antwerpen / Amsterdam

Graag uw reacties op
www.jo-claes.be
www.facebook.com/misdaadauteurjoclaes

Houtekiet, Katwilgweg 2, B-2050 Antwerpen
info@houtekiet.be
www.houtekiet.be

Omslag Wil Immink
Foto omslag © Uschi Claes
Opmaak www.intertext.be

ISBN 978 90 8924 724 7
e-ISBN 978 90 8924 725 4
D 2019 4765 12
NUR 330

Voor Vé en Els
omdat ze zijn wie ze zijn

Deel 1

La dame au cochon

I

Telkens als Thomas Berg het programmaboekje van het nieuwe theaterseizoen toegestuurd kreeg en de toneelstukken selecteerde die hij in de loop van het jaar wilde zien, moest hij aan het bekende citaat van Vondel denken: *De wereld is een schouwtoneel, elk speelt zijn rol en krijgt zijn deel.*

Waarom die gedachte hem op zo'n moment overviel, was niet duidelijk. Misschien omdat de beroemde dichter en toneelauteur net had omgekeerd waar het in het theater om te doen is: een schouwtoneel maken van een stukje wereld en dat zo levensecht op de planken brengen dat het publiek met de acteurs meeleeft alsof het zelf aan het gebeuren deelneemt. Catharsis, noemden de oude Grieken dat.

Berg was aangenaam verrast toen hij zag dat het nieuwe seizoen geopend werd met een klassieke tragedie. En niet de eerste de beste, het ging om *Koning Oidipous* van Sophocles, een stuk dat bekendstond als de tragedie der tragedies.

Lang geleden, als zeventienjarige, had hij meegespeeld in een schoolopvoering van het toneelstuk. Jammer genoeg niet als Oidipous, daarvoor ontbrak hem volgens de leraar het nodige acteertalent. Hij speelde een boodschapper, geen onbelangrijke rol weliswaar, maar meer dan een nevenpersonage was hij niet geweest. De hoofdrol werd vertolkt door een andere jongen uit de klas wiens naam hij was vergeten. Wat hij wel nog wist, was dat het meisje dat Jokaste speelde, Martine heette en dat hij tot over zijn oren verliefd was op haar. Dat was trouwens de belangrijkste reden waarom hij aan de audities had deelgenomen.

Berg glimlachte bij de herinnering. Zowel tijdens de repetities als daarbuiten had Martine enkel oog gehad voor de hoofdrolspeler. In dat opzicht sloot de situatie perfect aan bij Vondels citaat: de wereld als een schouwtoneel, want in werkelijkheid gebeurde exact hetzelfde als wat zich op het podium afspeelde. In het toneelstuk had hij slechts een bijrol, in het leven van Martine ook.

Misschien, dacht hij soms, was er nog een andere reden waarom hij geregeld aan het citaat van Vondel moest denken. Als hoofd van de dienst geweld bij de Federale Politie van Leuven werd hij voortdurend geconfronteerd met mensen die zich anders voordeden dan ze waren, die een theaterstukje opvoerden om hun aandeel in een misdaad te minimaliseren of zelfs te ontkennen. Op die manier werd de verhoorkamer inderdaad herleid tot een schouwtoneel en zijn rol bestond erin om uit te maken wat gespeeld was en wat echt.

Hij legde het programmaboekje op de terrastafel en liep de keuken in om zich nog een koffie in te schenken. Het was kwart over tien. De thermometer tegen de buitenmuur gaf zevenentwintig graden aan, een regelrechte kwelling zo vroeg op de dag. De voorbije week was de temperatuur opgelopen tot ver boven de dertig en dat terwijl het nog maar 4 juni was. Wendericks, de jongste en meest milieubewuste van zijn collega's, weet het fenomeen aan de opwarming van de aarde, zoals hij elke weerkundige abnormaliteit beschouwde als de voorbode van een klimatologische ramp. Op dat vlak was hij een doemdenker eersteklas.

Het was stil in de flat. Sinds Wilfried, de eigenaar van het pand, een jaar geleden was vermoord, stond de rest van het zeventiende-eeuwse gebouw te koop, maar de prijs was zo hoog dat tot nu toe alle gegadigden hadden afgehaakt. Berg had de flat op de benedenverdieping geërfd en hoewel hij

Wilfried daar dankbaar voor was, had hij liever de rest van zijn leven huur betaald dan zijn vriend en huisbaas te moeten missen. Intussen was hij over het ergste verdriet heen, maar dat hij boven geen voetstappen of muziek meer hoorde, was hij nog altijd niet gewoon.

De hitte van de afgelopen dagen had zich tussen de muren van de flat genesteld, ook al had hij ramen en deuren zoveel mogelijk dichtgehouden. Eigenlijk was het te warm voor koffie, maar zonder zijn dagelijkse portie cafeïne raakte hij 's morgens niet op dreef, ook niet op zondag. In het voorbijgaan wierp hij een blik op zijn verzameling orchideeën in de zeshoekige, glazen uitbouw van de keuken. De serre stond op het noorden gericht, maar toch hadden de planten last van de hitte. Hij mocht niet vergeten ze straks opnieuw te benevelen.

Ook op het terras was de aarde in de bloembakken kurkdroog en dat terwijl hij gisteren een halfuur lang in de weer was geweest met water geven. Op het eind van de tuin, vlak bij de twaalfde-eeuwse ringmuur, hingen de takken van de treurwilg er slap bij. Er was al drie weken geen druppel regen meer gevallen en volgens het weerbericht zou daar niet snel verandering in komen. De boeren klaagden steen en been en voorspelden nu al mislukte oogsten, extreem hoge voedselprijzen en landbouwbedrijven die over de kop gingen. Op den duur kreeg Wenderickx nog gelijk met zijn onheilsberichten.

Berg nam het programmaboekje van het nieuwe theaterseizoen weer ter hand. Het was een feesteditie, want de schouwburg van Leuven vierde dit jaar zijn honderdvijftigjarig bestaan. Op 3 september 1867 was er voor het eerst een toneelstuk opgevoerd in het splinternieuwe gebouw in de Bondgenotenlaan: Shakespeares *Romeo en Julia* en die verjaardag zou met de gepaste luister worden herdacht. Een van de initiatieven heette *Eigen Kweek*. Het gaf aan talent uit Leuven de kans om aan de festiviteiten deel te nemen en verschillende amateurgezelschappen hadden enthousiast hun medewerking toegezegd. Een daarvan, De Spieghel, was de eer te beurt gevallen om de spits af te bijten. Nog voor het eigenlijke theaterseizoen begon, mochten ze bij wijze van avant-première het toneelstuk *Koning Oidipous* op de planken brengen.

De première vond plaats op zaterdag 10 juni. Dat was al snel, zeker als je nog een plaats wilde bemachtigen, maar het nieuwe programmaboekje verscheen altijd voor de zomer omdat het nieuwe seizoen in september van start ging. *Koning Oidipous* viel dus buiten de reeks, een extraatje ter ere van het feestjaar.

Berg liet zijn ogen over de namen van de acteurs gaan. Hij las dat de opvoering gebaseerd was op een recente tekstbewerking van een zekere Herman Lateur, professor Latijn aan de faculteit letteren, die al verschillende vertalingen van klassieke toneelstukken op zijn actief had.

Berg nam zich voor naar de opvoering te gaan kijken, al was het maar uit puur jeugdsentiment. Hij liep opnieuw de flat in om een plaats te boeken, toen hij zijn mobiel hoorde afgaan. Het toestel lag op de keukentafel. Hij zag dat het de centrale was. Op een zondagochtend voorspelde dat weinig goeds.

De dienstdoende agent deelde hem mee dat het lijk van een man gevonden was in een van de vijvers van de norbertijnenabdij Park in Heverlee, een randgemeente van Leuven. De technische recherche was al gewaarschuwd, de politiearts ook. Iemand van zijn team was op weg om hem op te pikken.

'Gaat het om zelfmoord?' vroeg Berg.

'Daar heb ik geen informatie over, hoofdinspecteur.'

'Is de onderzoeksrechter gebeld?'

'Mijn collega is daarmee bezig.'

'Goed. Bedankt.'

Berg verbrak de verbinding. Daar ging zijn vrije dag. Hij deed de terrasdeur op slot en liep naar buiten om op zijn collega te wachten. De straat trilde van de hitte. Aan de overzijde boog hij zich over de arduinen balustrade van de Dijle. Het water stond lager dan ooit, een opvallend contrast met vorige lente toen het zo hard had geregend dat de rivier buiten haar oevers was getreden. Hij riep zich het domein van de Parkabdij voor de geest. Het lag ten zuiden van Leuven, in vogelvlucht ongeveer twee kilometer verwijderd van het politiebureau.

De voorbije jaren had hij de abdij een paar keer bezocht tijdens een Open Monumentendag, eenmaal zelfs samen met Wilfried. Het kloostercomplex was in 1129 gesticht, maar in de loop der eeuwen was het geregeld verbouwd en uitgebreid. Tegenwoordig woonden er nog maar een handvol geestelijken die het enorme domein onmogelijk konden onderhouden, zodat er dringend moest worden ingegrepen om dit stukje religieus erfgoed voor de toekomst te bewaren. Om die reden had het stadsbestuur een erfpachtovereenkomst afgesloten met de norbertijnen waardoor de stad mede-eigenaar werd van de abdij en de zorg ervan op zich nam. Op dit ogenblik werden verschillende gebouwen gerestaureerd en hadden andere al een nieuwe bestemming gekregen.

Berg zag de witte Opel Insignia om de hoek van de Brouwersstraat verschijnen. Hij had verwacht dat Coens hem zou oppikken, maar het was Wenderickx die achter het stuur zat.

'Morgen, chef.'

'Morgen.'

Berg klikte zijn veiligheidsgordel vast. De airco, merkte hij, draaide gelukkig op volle toeren.

'Is Coens al ter plaatse?'

'Ja. Zeebos en Geeraerts ook.'

'En Lou?'

'Die komt later.'

'Waarom?'

'Haar dochtertje heeft examens en omdat het waarschijnlijk om zelfmoord gaat, dacht ze dat...'

'Hoezo zelfmoord? Wie beweert dat?'

'Coens. Naar het schijnt heeft de man zijn schoenen en sokken uitgetrokken voor hij het water inliep. Dat wijst erop dat we met een zelfdoding te maken hebben.'

'Dat wijst nergens op.'

Wenderickx wierp hem een vragende blik toe.

'Wil je dat ik Lou opnieuw bel?'

Berg aarzelde.

'Nee, wacht nog even. Ik wil eerst de plaats delict zien.'

Wenderickx gaf gas. Zoals elke zondagochtend lagen de straten er verlaten bij, maar ook de afgelopen dagen was het opmerkelijk rustig geweest in de stad. Dat had niet alleen te maken met de hittegolf, ook met de blokperiode van de studenten. Nu de examens voor de deur stonden, ging een groot deel van hen voor langere tijd naar huis. Dat had als voordeel dat er minder afleiding was en meer ouderlijke controle, wat normaliter een doorn in het oog was van elke student, maar in deze omstandigheden beschouwd werd als een welkome hulp.

Wenderickx reed de ringweg op, sloeg aan de Parkpoort rechtsaf en volgde de Geldenaaksebaan tot aan de spoorwegbrug. De ingang van het Parkdomein werd geflankeerd door twee hoge stijlen in arduin, met daarop telkens het beeld van een zittende leeuw die zijn voorpoten op een wapenschild liet rusten. Onder het dier aan de linkerkant stond in halfverheven stenen letters ANNO, onder het andere 1725.

De abdijdreef was met kasseien bestraat. Het eerste gebouw dat ze passeerden, was de Mariapoort met links en rechts forse schampstenen die de hoeken van de doorgang eeuwenlang tegen karrenwielen hadden beschermd. Ongeveer driehonderd meter verder lag de Sint-Janspoort, zo genoemd naar het beeld van de Heilige Johannes Evangelist dat boven de doorgang prijkte. Aan de rechterkant bevond zich een lager, zestiende-eeuws gebouw dat vroeger had dienstgedaan als watermolen en sinds kort was gerenoveerd en heringericht als brasserie. Aan de achterkant, wist Berg, had het een houten terras met een prachtig uitzicht over de vijvers van de abdij.

Eenmaal de Sint-Janspoort voorbij hield Wenderickx halt op het neerhof. Het bestond uit een groot grasveld met aan de linkerkant een zeventiende-eeuwse, onlangs gerestaureerde pachthoeve en daarnaast een wagenhuis, een enorme tiendenschuur en wat verderop de Norbertuspoort die de noordzijde van het domein afsloot en genoemd was naar de stichter van de orde.

Berg stapte uit. Aan de rand van het grasveld stond slechts één enkele combi van de lokale politie. Waar was het busje van de technische recherche? En de witte Golf van de politiearts? Achter de Mariapoort was een kleine parking, maar waarom je auto zo ver parkeren als je tot hier kon rijden? Het was intussen tien over elf zoals hij kon zien op de klok van de abdijkerk die zich verhief naast het eigenlijke kloostercomplex aan de overkant van het plein. Daar bevond zich het laatste van de drie poortgebouwen dat toegang gaf tot het centrale gedeelte van de abdij.

Wenderickx beduidde dat ze die kant op moesten. In het passeren knikte Berg naar twee agenten die hadden postgevat bij de overdekte passage van het provisorenhuis. De mannen keken hem vragend aan, maar zeiden niets. Op het binnenplein, voor de ingang van het hoofdgebouw, stonden tientallen met allerlei bouwmaterialen volgestouwde pallets en enkele containers vol puin, afkomstig van de restauratiewerkzaamheden die nog een paar jaar zouden aanslepen.

Een oude kastanjelaan leidde naar de achterliggende tuinen en boomgaarden, met daarnaast vier grote vijvers die vroeger door de kloosterlingen werden gebruikt als kweekplaats voor vissen. Tegenwoordig was dit deel van het domein natuur- en wandelgebied dat openstond voor het publiek.

Berg schermde zijn ogen af met zijn hand, zo sterk was de weerkaatsing van de zon op het water. De oevers van de vijvers waren begroeid met manshoog riet, slechts hier en daar kon hij de overkant zien. Wenderickx wees naar rechts. Ze volgden het pad langs de eerste vijver die zich uitstrekte tot voorbij het terras van brasserie De Molen. Ineens konden ze niet meer verder. Berg begreep het niet. Hij draaide zich om naar Wenderickx.

'Waar moeten we eigenlijk zijn?'

'Voor zover ik Coens heb begrepen: aan de overkant.'

'Maar dat lukt niet via deze weg.'

'Dat wist ik niet, chef. Het enige wat Coens aan de telefoon heeft gezegd, was dat het lijk bij de eerste vijver is gevonden. Dat is deze.'

Er ging Berg een licht op. Daarom waren het busje van Zeebos en de auto van de politiearts nergens te bespeuren.

'Verdomme, Wenderickx, je hebt ons helemaal doen omlopen. Er is een parkeerterrein achter de Mariapoort dat toegang geeft tot een wandelweg rond de vijvers.'

Wenderickx zette een ongelukkig gezicht op.

'Ik ben in geen jaren meer hier geweest. Ik dacht dat we...'

'Alsof het nog niet warm genoeg is,' bromde Berg.

Ze keerden op hun stappen terug, opnieuw naar het provisorenhuis waar de twee agenten nog verbaasder keken dan daarstraks. Vandaar staken ze het neerhof over en liepen tot aan de Mariapoort. Op het achterliggende parkeerterrein zagen ze het busje van de technische recherche staan, de Golf van

Geeraerts, twee andere politiecombi's en de zwarte Audi van Hove. Zelfs de onderzoeksrechter was er intussen al, zoveel tijd hadden ze verloren. Berg wiste met de rug van zijn hand het zweet van zijn voorhoofd en wierp zijn collega een verwijtende blik toe.

Met een mopperende Wenderickx in zijn kielzog liep hij naar het wandelpad. De stoffige, aarden weg draaide naar rechts. Ongeveer tweehonderd meter verder, op de hoek van de vijver, was de doorgang versperd met blauw-wit politielint. Een groepje wandelaars en mensen met een fiets aan de hand reikhalsden naar wat er zich verderop in de dreef afspeelde. Een van de agenten hief het lint omhoog en liet hen passeren. Berg hield Wenderickx staande.

'Vraag die mensen of ze in de buurt wonen en iets gezien hebben.'

'Oké, chef.'

Berg liep de beukenlaan in. De eerste die hem tegemoetkwam, was de onderzoeksrechter. In tegenstelling tot gewoonlijk droeg hij geen pak, maar een katoenen broek en een hemd met korte mouwen. De aanblik was zo ongewoon dat Berg in het dichterbij gaan even dacht dat hij met iemand anders te maken had, tot Hove zijn mond opendeed.

'Waar bleef u, hoofdinspecteur?' vroeg hij geïrriteerd. 'Geeraerts is al een tijdje klaar. Met deze hitte wil hij het lijk zo snel mogelijk laten afvoeren.'

'Ik euh...' Berg wees naar de overkant van de vijver. 'Wenderickx en ik waren verkeerd gelopen.'

De onderzoeksrechter mompelde iets onverstaanbaars. Over zijn schouder zag Berg de politiearts hun richting uit komen.

'En, dokter?' vroeg hij. 'Is de man verdronken?'

'Op het eerste gezicht wel. Andere verwondingen heb ik

niet kunnen vinden, maar laten we voor de zekerheid de obductie afwachten.'

Geeraerts blies van de warmte en wreef met een zakdoek het zweet uit zijn vlezige hals. Voor zwaarlijvige mensen, realiseerde Berg zich, was deze hitte extra belastend. Alleen al het gewicht dat ze moesten meesleuren, was in deze omstandigheden slopend.

'Hoe laat is de man gestorven?'

'Rekening houdend met de temperatuur van het water waarschijnlijk tussen 22.00 uur en middernacht. In elk geval niet later.'

Berg keek om zich heen. Er stonden geen straatlantaarns tussen de bomen. Tegenwoordig bleef het licht tot bijna halfelf, maar later zag je op deze plaats geen hand meer voor je ogen. Wie pleegde zelfmoord in volslagen duisternis? Mensen die na zonsondergang in hun woning een eind aan hun leven wilden maken, lieten doorgaans het licht branden. De nacht werkte als een rem, dat had te maken met de oerangst voor het donker.

'Bij het onderzoek van het lijk,' zei de politiearts, 'heb ik gemerkt dat de zakken van de man vol stenen zitten.'

'Stenen?' herhaalde Hove. 'Waarom? Als je de bedoeling hebt om zelfmoord te plegen zijn die toch nergens voor nodig.'

'Het is niet eenvoudig om jezelf te verdrinken,' antwoordde Geeraerts. 'Zonder dat je het wil, werkt het lichaam zich naar boven om lucht te happen. Het overlevingsinstinct is vaak sterker dan de drang tot zelfmoord.'

Berg herinnerde zich dat de Britse schrijfster Virginia Woolf op dezelfde manier een eind aan haar leven had gemaakt. Op een koude dag in maart was ze de rivier achter haar huis ingelopen met haar zakken vol keien.

'Dat wijst er eens te meer op dat we te maken hebben met

een zelfdoding,' zei Hove. Hij klonk opgelucht, alsof hij blij was dat ze met deze hitte de zaak snel konden afhandelen.

'Bel ik de lijkwagen?' vroeg Geeraerts.

'Een momentje nog, dokter.'

'Waarom, Berg? Ik ben klaar. Het is verdomme te warm om hier ook maar één minuut langer te blijven dan nodig.'

'Ik wil het lijk zien.'

'Om wat te doen?' teemde de politiearts, maar Berg antwoordde niet, liet de twee mannen staan en liep naar Coens die op een van de banken onder de bomen zat te telefoneren. Wat verderop lag het afgedekte lichaam van het slachtoffer. Glenn, Zeebos' assistent, nam foto's van de plaats delict, een strook van ongeveer drie meter waar geen riet groeide, zodat je ongehinderd het water in kon lopen. Zeebos zat op zijn hurken en bestudeerde de voetafdrukken in het zand dat in de buurt van het pad rul en droog was, maar drassiger werd naarmate je dichter bij de vijver ging. Vanaf het water sloegen een groep eenden en twee zwanen de ongewone drukte gade.

'Oké, bedankt.' Coens stak zijn mobiel op zak.

'Vertel,' zei Berg.

'De man heet Marcel Heymans, drieënzestig jaar oud, getrouwd, van beroep professor muziekgeschiedenis. Hij woont in de Zwaluwenlaan, dat is in vogelvlucht maar drie à vier kilometer van hier.'

'Ik veronderstel,' zei Berg, 'dat hij zijn identiteitskaart op zak had dat je dat allemaal zo snel weet.'

'Niet op zak, chef. Ze zat in zijn portefeuille. Die stak in een van zijn schoenen, samen met zijn sokken en zijn sleutels.'

Coens wees naar de plaats waar het paar schoenen stond, geen halve meter van de oever verwijderd. Daarna reikte hij naar de plastic zak die naast hem op de bank lag en liet die aan Berg zien. De bruinleren portefeuille zag er kurkdroog uit.

'Zat er een afscheidsbrief in de schoenen?'

'Nee.'

'Een mobiel?'

'Ook niet. Zeebos heeft overal gezocht, maar niets gevonden. Ofwel had de man geen telefoon bij zich, ofwel ligt die op de bodem van de vijver.'

Berg staarde nadenkend voor zich uit. De laan was zo lang dat hij het eind ervan niet kon zien. Achter Coens' rug lagen enkele volkstuintjes die aan de andere kant uitgaven op een woonwijk. Niet ver van de plaats waar de agenten de doorgang hadden versperd met politielint, was een geasfalteerde weg die naar een hoger gelegen straat liep en afgesloten was met een houten hek, zodat alleen fietsers en voetgangers konden passeren.

'Waar leidt deze laan naar?'

'Nergens naar. Hij draait gewoon om de vijvers heen.'

De conclusie lag voor de hand. De plaats delict was te voet of met de fiets via verschillende wegen bereikbaar, maar niet met de auto.

'Wie heeft het lijk gevonden?'

'Twee joggers.'

Coens knikte naar de mannen die een bank verder zaten te wachten. Ze waren tegen de dertig en droegen een trainingspak en loopschoenen.

'Toen ze hier voorbijkwamen en het lichaam zagen, zijn ze het water ingelopen en hebben het op de kant getrokken.'

'Dat wil dus zeggen dat hun voetafdrukken ook in het zand staan.'

'Ik vrees van wel, chef.'

Berg gromde iets. Het was een automatische reflex om een lichaam uit het water te halen omdat de kans bestond dat de drenkeling nog leefde, maar daarmee was de plaats delict wel danig gecorrumpeerd.

'Ik heb hun gegevens,' zei Coens. 'Ze hebben al een paar keer gevraagd of ze naar huis mogen. Is dat oké?'

'Mij goed. Maar dan wel op hun sokken.'

'Op hun sokken?'

'Ik wil hun schoenen, Coens. Hoe anders kan Zeebos hun voetafdrukken elimineren?'

'Is dat nodig, chef? Ik denk dat we ervan kunnen uitgaan dat deze man zelfmoord heeft gepleegd.'

'Zo, denk je dat?'

'Jij dan niet?'

'Het is nog te vroeg om wat dan ook te denken,' zei Berg.

'Maar de man had zijn zakken vol stenen gepropt.'

'We weten niet of hij dat zelf heeft gedaan.'

'Bedoel je dat...' Coens liet met een plofje de lucht uit zijn longen ontsnappen. 'Waarom denk je dat iemand...'

'Nogmaals, ik denk voorlopig niks,' brak Berg hem af. 'Behalve dat we niet te snel conclusies mogen trekken. Ga met die joggers naar het parkeerterrein en laat ze hun schoenen afgeven. Een combi kan hen naar huis brengen.'

'Goed, chef.'

Berg liep naar Zeebos die nog altijd gehurkt bij de voetafdrukken zat.

'Morgen, Jan.'

Zeebos keek op en mompelde een groet terug. Zijn kale schedel stond vol zweetdruppels.

'Dat zijn een massa voetafdrukken,' zei Berg.

'Vertel mij wat. Ik heb er al elf verschillende geteld. Volgens de joggers komen mensen uit de buurt hier de eenden voeren.'

'Ik wil afgietsels van alle afdrukken.'

Zeebos richtte zich op.

'Dat kost uren werk, Thomas. Heeft dat wel zin?'

'Omdat de man zelfmoord heeft gepleegd, bedoel je?'

'Waarom anders die stenen in zijn zakken? En de schoenen bij de oever?'

Berg liet zijn ogen over het water gaan. In de verte zag hij het terras van brasserie De Molen liggen.

'Hoe diep is de vijver?'

'Moeilijk te zeggen. Vorig jaar ben ik hier met Lisa komen wandelen. Toen hadden ze deze vijver voor onderhoud laten leeglopen. Ik schat dat hij in het midden ongeveer een meter diep is. Misschien iets meer.'

'Als jij jezelf wilde verdrinken, zou je dat in zo'n ondiep water doen?'

'Mmm... waarschijnlijk niet.'

'Bovendien kunnen die stenen nog een andere bedoeling hebben: het lijk onder het wateroppervlak houden.'

'Die redenering kan ik net zo goed omdraaien: waarom een lijk in zo'n ondiepe vijver achterlaten als je niet wil dat iemand het ziet?'

'Ook waar. Het komt er dus op neer dat we de juiste bedoeling van de stenen niet kennen. Akkoord?'

'Ja.'

'Dus?'

Zeebos knikte.

'Oké, ik neem afgietsels.'

'En controleer de schoenen, de portefeuille, de sleutels en de stenen op vingerafdrukken.'

Berg draaide zich om, hurkte bij het lijk neer en sloeg het laken aan het hoofdeinde terug. De man had een snor en droeg een bril met metalen montuur. De uitdrukking op zijn gezicht was vredig, zonder het minste spoor van angst of paniek, wat eerder ongewoon was voor iemand die de verdrinkingsdood was gestorven.

Hij kwam overeind. Zijn hemd plakte tegen zijn rug van het

zweet. De onderzoeksrechter en de politiearts kwamen zijn richting uit. Nog voor Geeraerts zijn vraag kon herhalen, zei Berg:

'Het lichaam mag weg, dokter.'

'Dat werd verdorie tijd,' vloekte de politiearts. 'Er staat intussen meer zweet in mijn schoenen dan water in de vijver.'

Berg wendde zich tot Hove.

'Ik wil dat er gedregd wordt.'

De onderzoeksrechter keek hem verbaasd aan.

'Hebt u enig idee hoeveel dat kost, hoofdinspecteur?'

Berg had geen flauw idee, dus antwoordde hij niet.

'Waarom wilt u laten dreggen?'

'Omdat ik er niet van overtuigd ben dat dit een geval van zelfmoord is.'

'Waarom niet? Alles wijst erop dat de man zichzelf van het leven heeft beroofd. De schoenen en sokken bij de oever, de stenen in zijn zakken, plus het feit dat er geen andere verwondingen zijn.'

'Misschien, maar een paar andere dingen kloppen niet.'

'Welke?'

'Om te beginnen is er geen afscheidsbrief.'

'Dat gebeurt wel vaker,' wuifde Hove het argument weg.

'Ten tweede hebben we geen mobiel gevonden.'

'En wat dan nog? Waarschijnlijk had het slachtoffer zijn telefoon niet bij zich.'

'Dat is mogelijk. Maar het kan ook dat het toestel in het water ligt, daarom wil ik laten dreggen. Bovendien is de vijver maar een goede meter diep. Waarom proberen om je hier te verdrinken? Waarom niet in de Vaart bijvoorbeeld? Dat zou een stuk gemakkelijker zijn.'

'Weet ik veel. Als iemand zo radeloos is dat hij...'

'En ten slotte,' viel Berg de onderzoeksrechter in de rede,

'draagt deze man een bril. Stelt u zich de situatie eens voor. Hij trekt zijn schoenen en sokken uit. Hij haalt zijn portefeuille uit zijn zak en steekt die in een van de schoenen. Zelfs zijn sleutels vergeet hij niet. Maar zijn bril, die zet hij niet af. Die houdt hij op terwijl hij het water inloopt.'

Berg schudde zijn hoofd.

'In geen honderd jaar doet iemand zoiets.'

2

Een van de minst aangename aspecten van Bergs beroep was familieleden op de hoogte brengen van het plotse, mogelijk verdachte overlijden van een dierbare, maar aan de andere kant kon het belangrijk zijn om te zien hoe een nabestaande op het bericht reageerde. Als de persoon in kwestie iets met de zaak te maken had, was het niet gemakkelijk om te gebaren dat het nieuws hem overviel of om onbestaand verdriet voor te wenden. Droefheid en ongeloof stonden bovenaan het lijstje met emoties waar zelfs de beste acteurs moeite mee hadden om ze geloofwaardig te vertolken.

Volgens Coens' naspeuringen was Marcel Heymans getrouwd met een zekere Mieke Vanderwegen, maar wat hij niet had ontdekt – of had nagelaten te zeggen – was dat de echtgenote meer dan twintig jaar jonger was dan het slachtoffer. Dat was het eerste wat Berg opviel toen de deur van de villa in de Zwaluwenlaan werd geopend.

De vrouw droeg een zijden kamerjas en hield een vochtig washandje tegen haar rechterslaap. Ze was niet geschminkt en haar halflang, blond haar zag er ongekamd uit. Berg schatte haar begin veertig. Hoewel ze de indruk gaf dat ze net uit bed kwam en er een gepijnigde uitdrukking op haar gezicht lag, was ze een opvallend mooie verschijning.

Hij stelde zichzelf en Wenderickx voor, toonde zijn legitimatiebewijs en vroeg of ze mochten binnenkomen.

De vrouw reageerde niet. Berg merkte dat er iets schortte aan haar blik.

'Mevrouw?'

Ineens kwam er verandering in de manier waarop ze keek, alsof ze de twee mannen nu pas scherp in beeld kreeg.

'Excuseer,' zei ze en ze wees met haar linkerhand naar haar hoofd. 'Migraine.'

'Kunnen we binnenkomen, mevrouw?'

Mieke Vanderwegen deed een stap achteruit en trok de deur verder open.

'Zei u politie?'

'Inderdaad.'

'Wat is er aan de hand?'

'Kunnen we misschien eerst gaan zitten, mevrouw?'

'Natuurlijk. Komt u maar mee.'

Met lichtjes gekanteld hoofd en zonder het washandje van haar slaap te nemen ging de vrouw hen voor naar de woonkamer. Die was ingericht met een mengeling van moderne en antieke meubelen en keek uit over een tuin met vooral rododendrons en azalea's.

Mieke Vanderwegen liet zich voorzichtig op een bruinleren bank zakken. Berg en Wenderickx namen plaats in twee fauteuils aan de andere kant van de salontafel waarop in het midden een oude, aardewerken schotel stond die aan de binnenkant geglazuurd was en beschilderd met concentrische cirkels in gebroken wit. Achter de rug van hun gastvrouw prijkte een prachtig antiek huisorgel en tegen een zijmuur hing een verzameling oude snaarinstrumenten waarvan Berg nog niet de helft bij naam kon noemen.

Het viel hem op hoe koel het was in het huis. Airconditioning waarschijnlijk. Hij wilde dat zijn appartement ook airco had. De afgelopen week was het in de flat niet te harden geweest. Overdag was het bloedheet en 's nachts koelde het nauwelijks af, zodat hij intussen met een almaar toenemend gebrek aan slaap kampte.

'Hoe was uw naam ook weer?' vroeg Mieke Vanderwegen.

'Thomas Berg. Ik ben hoofdinspecteur bij de dienst geweld in Leuven.'

'De dienst geweld?' Voor het eerst verscheen er een bezorgde uitdrukking op het gezicht van de vrouw.

'Ik vrees dat ik geen goed nieuws heb, mevrouw. U bent toch getrouwd met Marcel Heymans?'

De hand met het washandje zakte naar beneden.

'Is er iets met Marcel gebeurd?'

Berg ging verzitten. Aan dit moment had hij een gruwelijke hekel.

'Het spijt me dat ik u dit moet vertellen. Uw echtgenoot is vanochtend dood aangetroffen in een van de vijvers van de Parkabdij.'

De vrouw sperde haar ogen open. Enkele tellen lang gebeurde er niets. Toen stond ze ineens op en verliet zonder een woord de woonkamer.

'Waar gaat ze naartoe?' vroeg Wenderickx terwijl hij haar achternakeek.

Berg zei niets. Mieke Vanderwegen kwam na enkele minuten terug. Ze ging opnieuw zitten. Het enige wat ze zei, toonloos en vol ongeloof, was:

'Ons bed is onbeslapen.'

Het zinnetje ontlokte bij Berg de vraag waar zij de nacht dan had doorgebracht, maar daar kwam hij straks wel op terug. Eerst wilde hij zichzelf de tijd geven om de vrouw te observeren. Hij zag dat er een traan over haar linkerwang gleed. Eentje maar, meer niet. Haar twee handen lagen in haar schoot en omklemden het washandje. Ze liet zich tegen de leuning van de bank zakken en staarde door het grote schuifraam naar buiten, haar blik op oneindig, alsof haar netvliezen aan de binnenkant zoveel herinneringen te verwerken kregen dat het onmogelijk was om iets anders te zien.

Berg sloeg haar oplettend gade. De manier waarop ze op het nieuws reageerde, was eerder onderkoeld, maar leek niet gespeeld. Tenzij hier iemand voor hem zat die wist hoe moeilijk het was om emoties te fingeren en daarom geen moeite deed om eraan te beginnen.

Op dat ogenblik draaide Mieke Vanderwegen haar hoofd opnieuw in hun richting. Haar ogen keken weer.

'Heeft hij zelfmoord gepleegd?'

In plaats van te antwoorden vroeg Berg:

'Hebt u een reden om aan te nemen dat uw man dat van plan was?'

'Nee... Nee, in het geheel niet. Maar u zei dat hij gevonden is in een van de vijvers.'

'Vanochtend. Door twee joggers. Volgens het eerste onderzoek van de politiearts is uw man gisteravond overleden tussen tien uur en middernacht. Wat deed hij zo laat op die plaats?'

'Bij de vijvers? Dat weet ik niet. Hij is hier om kwart over zes vertrokken omdat hij om zeven uur een afspraak had met Boudewijn.'

'Boudewijn?'

'Boudewijn Teniers. Een collega.'

'Waar was die afspraak?'

'In het Huis van de Polyfonie.' Mieke Vanderwegen boog haar hoofd. 'Ik kan dit niet geloven,' fluisterde ze bijna onhoorbaar voor zich uit. 'Ik kan dit niet geloven.'

Berg had de naam die ze noemde nooit eerder gehoord. Hij vroeg waar het Huis van de Polyfonie zich bevond.

'In de Mariapoort van de Parkabdij. Het is een trefpunt voor mensen die zich met musicologisch onderzoek bezighouden.'

Berg en Wenderickx wisselden een blik. De Mariapoort lag in vogelvlucht geen vijfhonderd meter van de plaats delict.

'Weet u waar die afspraak over ging?'

Mieke Vanderwegen zuchtte.

'Dat is een lang verhaal, hoofdinspecteur. Ik heb nu echt geen zin om...'

'Mevrouw,' onderbrak Berg haar. 'Ik wil eerlijk zijn. De kans bestaat dat uw man niet zelf een eind aan zijn leven heeft gemaakt, maar dat er kwaad opzet in het spel is. Ik moet er dus op aandringen dat u...'

De vrouw liet hem niet uitspreken.

'Bedoelt u dat iemand Marcel heeft vermoord? Wie? Waarom?'

'Dat weten we nog niet. Had uw man vijanden? Was er iemand die hem onlangs heeft bedreigd?'

De vraag ontlokte een reactie van verbijstering en van nog meer ongeloof.

'Vijanden? Maar nee, toch Marcel niet.'

'Dat weet u zeker?'

'Natuurlijk weet ik dat zeker.'

'Om terug te komen op die afspraak van gisteravond, waar ging die over?'

'Over de aankoop van een chansonnier.'

'Een chansonnier?'

'Een liedjesboek. Heel waardevol. Uit de vijftiende eeuw. Een tijd geleden heeft de Alamire Foundation een soortgelijk manuscript verworven en...'

'Een ogenblikje, mevrouw,' viel Berg haar in de rede. 'Wat is de Alamire Foundation?'

'Het is een internationaal centrum voor de studie van muziek in de Lage Landen. Marcel en enkele van zijn collega's hebben het opgericht om op een historisch verantwoorde manier om te gaan met ons muzikaal erfgoed. Het Huis van de Polyfonie is een initiatief van de stichting.'

'Is de Alamire Foundation ook in de Parkabdij gevestigd?'

'Nee, ze hebben hun kantoor in de universiteitsbibliotheek op het Ladeuzeplein. Mijn man en Boudewijn Teniers zitten in het bestuur. De Alamire Foundation vormt een belangrijke onderzoekseenheid binnen de faculteit musicologie.'

'Goed, u had het over de aankoop van een vijftiende-eeuws chansonnier.'

'Daar bestond onenigheid over. Marcel twijfelde aan de echtheid van het manuscript, volgens Boudewijn was het authentiek. Het probleem was dat de verkoper een uiterste datum had gesteld omdat er nog een andere geïnteresseerde was. Daarom had Boudewijn gevraagd om gisteravond samen te komen en de knoop door te hakken. Het geld was er, maar zonder het fiat van mijn man zou het bestuur de aankoop niet goedkeuren en de tijd begon te dringen. Boudewijn had voorgesteld om in de Mariapoort af te spreken omdat hij in de buurt van de abdij woont.'

'Was de verkoper eveneens uitgenodigd?'

'Dat weet ik niet. Ik denk het niet.'

'Hoe heet hij?'

'God...' Mieke Vanderwegen staarde naar het plafond. 'Zijn naam ontsnapt me op dit moment. Ik weet alleen dat hij een antiquariaat heeft in Mechelen.'

'Was u niet ongerust toen uw man gisteravond niet terugkwam?'

'Ik ben al om halfnegen naar bed gegaan, hoofdinspecteur. Vanwege de migraine.'

'Wordt u niet wakker wanneer uw man komt slapen?'

'Als ik migraine heb, kan ik geen enkel geluid verdragen en slaap ik in de logeerkamer.'

'Uw echtgenoot was drieënzestig. U bent een stuk jonger.'

Er verscheen een uitdrukking op het gezicht van de vrouw die Berg niet goed kon duiden.

'Is dat een vraag, hoofdinspecteur?'

Berg spreidde zijn handen.

'U mag het als een vraag opvatten.'

'Zowel voor Marcel als voor mij is dit een tweede huwelijk. We zijn bijna een jaar geleden getrouwd, maar ik ken hem al van toen ik achttien was. Hij was mijn professor aan de universiteit.'

'U bent dus ook musicologe?'

'Ja. Ik geef les in het Lemmensinstituut.'

'Zijn er kinderen uit de vorige huwelijken?'

Mieke Vanderwegen keek hem aan met een mengeling van onbegrip en weerspannigheid.

'Waarom vraagt u dat? Ik begrijp niet wat dat te maken heeft met...'

'Het is een routinevraag, mevrouw. Als er kwaad opzet in het spel is, moet ik weten wie de belangrijkste personen waren in het leven van het slachtoffer.'

'Slachtoffer...' prevelde hun gastvrouw. 'Wat een verschrikkelijk woord.'

Berg zei niets, wachtte af.

'Ik kan geen kinderen krijgen, hoofdinspecteur. Maar Marcel heeft een dochter uit zijn eerste huwelijk.'

'Hoe heet zij?'

'Esther. Esther Heymans.'

Vanuit zijn ooghoek zag Berg dat Wenderickx zijn notitieboekje bovenhaalde. De naam zei hem vaag iets, maar hij kon hem niet plaatsen.

'Wilt u dat wij haar op de hoogte brengen van het overlijden van haar vader?' vroeg Wenderickx.

'Nee, dat doe ik wel.'

'Iets anders, mevrouw,' zei Berg. 'Hoe is uw man naar de abdij gegaan? Met de auto?'

'Nee, te voet. Zijn arts had hem aangeraden om meer te bewegen. Marcel probeerde elke dag tienduizend stappen te doen.'

'Hoelang duurt een wandeling van hier tot aan de abdij?'

'Dat hangt ervan af via welke weg je gaat. Marcel nam meestal de langere route om aan het vereiste aantal stappen te komen. Dan doe je er ongeveer drie kwartier over.'

'Weet u of uw man zijn mobiel heeft meegenomen?'

'Waarschijnlijk. Hij gaat nergens naartoe zonder zijn telefoon.'

'We hebben het toestel niet gevonden. Wilt u voor de zekerheid het nummer eens bellen? Dan horen we of de telefoon ergens in huis afgaat.'

'Moet dat nu?'

'Het kan belangrijk zijn, mevrouw.'

'Goed dan. Een momentje.'

Mieke Vanderwegen legde het samengeknepen washandje op de salontafel en liep de woonkamer uit. Ze bleef een tijdje weg. Toen ze terugkwam, had ze haar mobiel nog in de hand.

'Ik ben overal geweest. Niets.'

'In orde, mevrouw. Voorlopig was dat alles.'

Berg stond op. Mieke Vanderwegen begeleidde hen naar de hal. Bij de voordeur vroeg ze:

'Waar is mijn man nu?'

'In het mortuarium van Gasthuisberg. De onderzoeksrechter heeft bevel gegeven tot een autopsie.'

'Een autopsie?' Het toch al bleke gezicht van de vrouw trok nog witter weg.

'Dat is standaard bij een verdacht overlijden, mevrouw.'

'Dat... dat wist ik niet. Wanneer kan ik hem zien?'

'Een van mijn medewerkers komt u morgen in de loop van de dag halen voor een officiële identificatie.'

'En de begrafenis? Er moet zoveel geregeld worden. Wanneer kan ik...'

'Zodra het lichaam wordt vrijgegeven, laat ik u dat weten.'

'Dank u.'

'Ik begrijp dat dit voor u een moeilijk gesprek was,' zei Berg. 'Mijn excuses daarvoor. En ook mijn medeleven met het overlijden van uw echtgenoot. Wilt u dat wij iemand bellen?'

'Wat bedoelt u?'

'We kunnen contact opnemen met de mensen van slachtofferhulp en...'

'Nee... nee, dat hoeft niet.'

'Zoals u verkiest.'

Berg nam met een knikje afscheid. Buiten viel de hitte met geweld over hem heen. Hij keek op zijn horloge. Het was twintig over één.

'Waarnaartoe?' vroeg Wenderickx in de auto.

Berg zag op het dashboard dat het vierendertig graden was. Hij stierf van de dorst. De vrouw had hun niets te drinken aangeboden, daarvoor was ze waarschijnlijk te veel van slag geweest.

'Naar het politiebureau,' zei hij. 'Zeebos zal ons intussen wel een en ander te vertellen hebben. En bel Lou. Ik wil om drie uur een briefing.'

'Vandaag? Op zondag?'

'Hoezo? Heb je dan iets beters te doen?'

'Ik was van plan om met de kinderen te gaan zwemmen in het Provinciaal Domein van Kessel-Lo.'

'Het spijt me, Wenderickx. Vanaf nu is dit een moordonderzoek.'

'Waarom, chef? Ik heb de vrouw niets horen zeggen wat erop wijst dat haar man is vermoord.'

'Dan heb je niet goed geluisterd. Marcel Heymans is nog

maar een jaar geleden getrouwd met een bijzonder mooie vrouw die ook nog eens twintig jaar jonger is dan hij. Is dat een situatie waarin een man besluit om zelfmoord te plegen?'

'Tenzij het huwelijk een flop was.'

'Dat kan natuurlijk,' gaf Berg toe. 'Maar iemand die zo bekommerd is om zijn gezondheid dat hij zelfs met deze hitte tienduizend stappen per dag probeert te doen, maakt niet zelf een eind aan zijn leven, neem dat maar van mij aan.'

'Tenzij er plots iets is gebeurd dat...'

'Tenzij... Tenzij...' morde Berg. 'Met dat soort hypotheses komen we nergens. En zet de airco aan. Het is hier om te stikken.'

Het was ondraaglijk warm in het kantoor op de tweede verdieping van het politiebureau. Iedereen was er, ook Lou die tot Bergs verbijstering haar leren jekker droeg. Dat ding leek wel een tweede huid. Wie kon met zo'n hitte een jas verdragen?

Op het whiteboard hingen de foto's die Glenn op de plaats delict had gemaakt: het lijk voor het was afgedekt, enkele close-ups van het gezicht, de schoenen bij de oever, de verschillende voorwerpen die erin zaten, de voetafdrukken tussen de wandelweg en de zachte bodem bij de vijver.

Op vraag van Berg nam Zeebos als eerste het woord.

'Glenn en ik hebben de vingerafdrukken gecheckt op de schoenen, de portefeuille en de sleutels. Ze zijn zonder uitzondering van Heymans.'

Berg zag Wenderickx zelfvoldaan knikken. De vaststelling wees erop dat niemand anders betrokken was bij de dood van het slachtoffer.

'Op de stenen,' ging Zeebos verder, 'hebben we geen enkele afdruk gevonden.'

'Ook die van Heymans niet?' vroeg Coens.

'Geen énkele,' herhaalde Zeebos met klem. 'Dat betekent dat het slachtoffer de stenen niet zelf in zijn zakken heeft gestoken. Dat is gebeurd door iemand anders. Iemand die handschoenen droeg.'

Hij keek over de hoofden heen naar Berg die met één bil op de hoek van het verste bureau zat.

'Je had gelijk, Thomas. De stenen waren waarschijnlijk bedoeld om ons te doen denken dat Heymans zelfmoord heeft gepleegd. Net zoals de uitgetrokken schoenen en sokken.'

Berg moest opnieuw aan Virginia Woolf denken. Kende de dader dat verhaal? Was hij zo op het idee gekomen?

'Dat begrijp ik niet,' wierp Lou op. 'De moordenaar moet toch geweten hebben dat we de stenen zouden onderzoeken?'

'Waarschijnlijk dacht hij dat dat geen probleem was,' zei Coens.

'Hoezo?'

'Omdat hij aannam dat het water de afdrukken zou uitwissen.'

'Dan had hij zich beter moeten informeren,' zei Zeebos. 'Op zo'n korte tijd blijven afdrukken onder water intact.'

'Als Heymans vermoord is,' mengde Wenderickx zich in het gesprek, 'hoe is de dader er dan in geslaagd om hem te verdrinken? Volgens Geeraerts had hij geen enkele verwonding. Het kan toch niet anders of de man heeft zich verweerd. Hij moet een klap op zijn hoofd gekregen hebben of iets dergelijks.'

'Laten we wat dat betreft het autopsierapport afwachten,' kwam Berg tussenbeide terwijl hij naar het whiteboard liep. 'Eerst iets anders. Geeraerts schatte dat Heymans gestorven is tussen 22.00 uur en middernacht. Dankzij Zeebos' ontdekking kunnen we aannemen dat het eerder tussen 22.00 en 23.00 uur is gebeurd.'

'Waarom, chef?' vroeg Lou.

'Omdat de plaats delict niet verlicht is. In deze periode van het jaar zijn de dagen het langst, maar vanaf tien uur wordt het snel donker. Hoe kon de dader in die omstandigheden te werk gaan? Het is onmogelijk om op de tast de schoenen van de man uit te trekken, ze netjes naast elkaar bij de oever te zetten en daarna hetzelfde te doen met de sokken. Vervolgens moest hij de sleutels en portefeuille uit de zakken halen en die eveneens in de schoenen steken die hij in het donker niet eens zag staan.'

'Hij kan zich bijgelicht hebben,' opperde Coens. 'Met zijn mobiel.'

'Zo dom is niemand,' zei Berg. 'Op die manier kon iedereen zien dat er iets gaande was bij de vijver.'

'Wie kon dat zien, chef? Er is daar 's nachts niemand.'

'De mensen op het terras van brasserie De Molen bijvoorbeeld. Die ligt wel een eindje weg, maar ik kan me niet voorstellen dat de dader het risico wilde lopen dat iemand licht zag aan de overkant van de vijver en uit nieuwsgierigheid kwam kijken wat zich daar op dat ongewone uur afspeelde.'

'Is die brasserie wel zo laat open?' vroeg Wenderickx.

'Dat mag jij alvast uitzoeken,' zei Berg. 'Wat ik me afvraag, is hoe de dader erin geslaagd is om zijn slachtoffer naar die afgelegen plaats te lokken. Tenslotte was het avond en zie je daar geen hand voor ogen.'

'Misschien is Heymans er uit eigen beweging naartoe gegaan,' zei Lou. 'Als hij toch aan zijn tienduizend stappen wilde komen.'

'Zelfs in dat geval klopt er iets niet. We weten dat hij om zeven uur een afspraak had in het Huis van de Polyfonie. Stel dat die tot acht heeft geduurd. Dan blijven er nog minstens twee uur over tot aan zijn dood. Wat is er in de tussentijd gebeurd? Ik kan moeilijk geloven dat hij twee uur rond de vijvers heeft gelopen, temeer omdat hij nog een wandeling van drie kwartier voor de boeg had om naar huis te gaan.'

'Misschien is hij iets met Boudewijn Teniers gaan drinken in De Molen,' zei Lou. 'Om te vieren dat ze tot een overeenkomst waren gekomen.'

'Als dat al is gebeurd,' nuanceerde Berg. 'Wenderickx, ik wil Teniers morgen zien. Bel hem en spreek een uur af.'

'Oké, chef.'

'Coens, jij zoekt alles op wat er te vinden is over de Alamire Foundation. Lou, jij neemt Mieke Vanderwegen voor je rekening. Ik wil zoveel mogelijk achtergrondgegevens, ook over haar ex-man.'

'Denk je dat die een motief had om Heymans te vermoorden? Waarom? Uit jaloezie? Had hij dan niet veel eerder toegeslagen in plaats van een jaar te wachten?'

'Ik heb wel gekkere dingen meegemaakt,' mompelde Berg. Hij wendde zich tot Wenderickx. 'Jij zoekt uit hoe het zit met dat vijftiende-eeuws chansonnier.'

'Wat wil je daarover weten, chef?'

'Hoe de verkoper heet. Of hij zaterdag bij de bespreking aanwezig was. Hoeveel hij voor het manuscript vraagt en waar hij het vandaan heeft. Waarom Heymans aan de echtheid ervan twijfelde. Wie de andere geïnteresseerde koper is over wie Mieke Vanderwegen ons heeft verteld... Kortom, alles wat je kan vinden.'

'Maar dat kost zeeën van tijd als ik dat allemaal in mijn eentje moet doen.'

'Jan,' zei Berg. 'Kan jij een handje toesteken?'

'Je weet dat ik niet goed ben in dat soort werk,' antwoordde Zeebos. 'En ik ben nog uren zoet met het onderzoek van de kleren van het slachtoffer.'

'Help Wenderickx dan zodra je daarmee klaar bent. Het zou

kunnen dat het chansonnier iets met de moord te maken heeft. Tenslotte ging Heymans' afspraak daarover. Als Boudewijn Teniers per se het manuscript wilde kopen en zijn collega zich bleef verzetten, moeten we het motief misschien in die richting zoeken.'

'Over motief gesproken,' zei Lou. 'Vergeten we niet iemand? De dochter van het slachtoffer, Esther Heymans.'

Opnieuw klonk de naam Berg bekend in de oren. Het schoot hem maar niet te binnen waar hij die onlangs had gehoord.

'Stel dat Heymans een levensverzekering had,' ging Lou verder. 'Wie profiteert daar dan van? Misschien zijn dochter.'

'Of zijn vrouw,' zei Coens.

Berg reageerde niet. Hij zat nog altijd met de naam van Esther Heymans in zijn hoofd. Misschien moest hij die straks eens googelen.

'Chef?'

Hij schrok op uit zijn gedachten.

'Wat?'

'We hadden het over een eventuele levensverzekering.'

'Ik geloof niet dat Heymans om die reden is vermoord.'

'Waarom niet?' vroeg Coens. 'Geld is vaak een motief.'

'Denk eens na. Waarom zou de dader Heymans' dood ensceneren als een zelfmoord wanneer het hem om geld te doen was? Bij een zelfdoding betaalt de verzekering niet uit als die binnen het jaar na het afsluiten van de polis gebeurt en Mieke Vanderwegen heeft ons gezegd dat ze *bijna* een jaar geleden is getrouwd.'

'Wacht even,' zei Coens. 'Ik heb hun huwelijksdatum ergens opgeschreven.' Hij rommelde tussen zijn papieren tot hij het gezochte vond. 'Hier staat het. Ze zijn getrouwd op 9 juli 2016. Vandaag is het 4 juni. Het jaar is dus nog niet voorbij.'

'Misschien is de polis vroeger afgesloten,' opperde Lou.

'Toch niet als hij zijn vrouw als begunstigde heeft opgegeven,' zei Zeebos. 'In dat geval wacht je tot je officieel bent getrouwd.'

'Het is vijf uur,' kwam Berg tussenbeide. 'We stoppen ermee voor vandaag. Kan iemand mij een lift geven? Ik wil met deze hitte niet helemaal te voet naar de andere kant van de stad.'

'Zou je niet beter ook tienduizend stappen per dag proberen te doen, Thomas?' plaagde Zeebos. 'Het zou je gezondheid beslist ten goede komen.'

'Wat mijn gezondheid op dit ogenblik ten goede komt,' zei Berg, 'is een ijskoude martini. Of nog beter: twee ijskoude martini's.'

Een uur later had hij gedoucht en zat hij op het terras van zijn flat te genieten van de martini die hij zichzelf had beloofd. Het was nog altijd meer dan dertig graden. Hij vroeg zich af waarom de warmte hier anders aanvoelde dan in het zuiden. Had dat te maken met de luchtdruk? Of zat de straalstroom er voor iets tussen? Daar hoorde je tegenwoordig constant over praten in het weerbericht. Hoe dan ook, één ding stond vast: op vakantie had je nauwelijks last van temperaturen van boven de dertig graden, terwijl je hier het gevoel had dat je langzaam maar zeker smolt.

Hij liet de ijsblokjes in de martini ronddraaien. Het werd zo stilaan tijd om iets te koken, maar door de hitte had hij niet de minste eetlust en alleen al de gedachte aan een fornuis te moeten staan, stak hem tegen.

Er ontsnapte hem een geeuw. De afgelopen nachten was het in zijn slaapkamer zo warm geweest dat hij niet in slaap kon vallen, terwijl hij om de haverklap van het ene uiteinde van het bed naar het andere draaide om wat verkoeling te zoeken, al had dat manoeuvre geen enkel effect omdat de lakens er na enkele minuten even klam aanvoelden.

Wat volgde, was keer op keer hetzelfde: na een tijd gaf hij het op en ging buiten op het terras zitten, alleen gekleed in zijn boxershort en met een gekoelde fles Pinot Noir binnen handbereik. Misschien, overwoog hij dan telkens, moest hij zich een ventilator aanschaffen. Of zo'n mobiel aircoapparaat. Op deze manier kon het in elk geval niet verder. Het slaaptekort werd stilaan een probleem en de fles... die was elke keer leeg voor hij opnieuw naar bed ging.

Hij nam een slok van de martini en probeerde zijn gedachten te focussen op het onderzoek. Na de briefing had hij de onderzoeksrechter gebeld en hem ervan overtuigd dat Marcel Heymans was vermoord. Hove had natuurlijk naar het motief gevraagd. In driekwart van de gevallen moest de dader gezocht worden in de omgeving van het slachtoffer. Ging het om geld? Was Heymans rijk? Hadden zijn erfgenamen financiële problemen? Was er een levensverzekering?

Berg had geantwoord dat hij nog niet wist waarom de man om het leven was gebracht, maar de vragen van de onderzoeksrechter hadden hem opnieuw doen denken aan wat Lou had gezegd. Misschien moest hij haar toch eens laten uitzoeken wanneer de verzekeringspolis was afgesloten. Als dat een paar maanden vóór de huwelijksdatum was gebeurd, kon de premie de beweegreden voor de moord zijn, maar als Zeebos gelijk had en het contract was nog geen jaar oud, dan bleef hij erbij dat het motief niet strookte met de manier waarop ze het lijk hadden aangetroffen. Enerzijds een zelfmoord ensceneren en anderzijds rekenen op het geld van de levensverzekering, die twee dingen stonden haaks op elkaar.

Ondanks de douche merkte hij dat hij opnieuw begon te zweten. Hij reikte naar zijn glas op de terrastafel en zag dat het leeg was. Zijn oog viel op het programmaboekje van het nieuwe theaterseizoen. Door het telefoontje van de centrale had hij er vanochtend niet meer aan gedacht om een plaats te boeken. Misschien kon hij dat beter nu doen voor hij het opnieuw vergat. Wanneer was de première ook weer? Hij sloeg het boekje open.

Op de betreffende bladzijde stonden de data van de opvoeringen en de namen van de regisseur, de tekstbewerker en de belangrijkste acteurs. Zijn blik bleef plots haperen. De vrouwelijke hoofdrol, las hij, werd vertolkt door Esther Heymans.

Verbouwereerd liet hij het boekje zakken. Daarvan kende hij de naam dus. De dochter van de man die ze vanochtend dood bij de vijvers van de Parkabdij hadden gevonden, speelde in het toneelstuk van Sophocles de rol van Jokaste, de vrouw die zonder het te beseffen getrouwd was met haar eigen zoon en uit schaamte zelfmoord had gepleegd.

3

Het was iets over tien uur toen Berg de volgende ochtend op het politiebureau arriveerde. Hij had Coens laten weten dat hij later kwam, maar er niet bij gezegd waarom. De reden was simpelweg dat hij pas om halfvier in slaap was gevallen na alweer een desastreuze nacht waarvan hij een groot deel op zijn terras had doorgebracht. Het resultaat was dat hij te veel had gedronken, door zijn voorraad Pinot Noir heen zat en zich heilig had voorgenomen om zo snel mogelijk een ventilator te kopen.

In zijn mailbox zat het verslag van de dregoperatie. De duikers hadden in de buurt van de plaats delict de bodem van de vijver afgezocht tot het te donker werd om voort te werken, maar iets verdachts hadden ze niet aangetroffen en ook de mobiel van het slachtoffer was niet gevonden.

Berg klikte het rapport weg. Het was het proberen waard geweest, al zou hij ongetwijfeld een uitbrander van de directeur krijgen omdat hij geen officieel verzoek had ingediend voor zo'n dure onderneming die, zoals nu bleek, niets had opgeleverd. Het zou hem wat. Denissen greep sowieso elke gelegenheid aan om hem het leven zuur te maken, dat was nooit anders geweest en sinds het vorig jaar tot een kort handgemeen tussen hen was gekomen, was de verstandhouding helemaal om zeep. Eigenlijk kwam het erop neer dat de directeur en hij hun uiterste best deden om elkaar zo weinig mogelijk onder ogen te komen, een verstoppertje spelen dat soms tot groteske situaties leidde, maar waarvan geen van beiden afweek tenzij het niet anders kon.

Om kwart voor elf belde Geeraerts om te zeggen dat hij klaar was met de obductie. Berg liet zijn ogen over zijn collega's gaan. Ze zaten alle drie achter het scherm van hun computer en waren druk bezig met de opdrachten die hij hun gisteren had gegeven. Gewoonlijk liet hij zich door Wenderickx ergens naartoe rijden, maar hij had ondervonden dat het in zijn voordeel was om samen met Lou naar het mortuarium te gaan omdat Geeraerts zich een stuk aangenamer gedroeg wanneer zij erbij was. Gisteren had hij de politiearts langer bij de vijver laten wachten dan zijns inziens nodig was en zoals hij de man kende, kreeg hij daar vandaag ongetwijfeld de rekening voor gepresenteerd. Ofwel zou Geeraerts hem op zijn beurt een halfuur of langer laten antichambreren, ofwel had hij met opzet het lijk nog niet dichtgenaaid, ofwel zou hij hem de inhoud van Heymans' maag onder de neus duwen... Wat hij ook van plan was, met Lou in zijn gezelschap was de kans groter dat de politiearts zich gedeisd hield.

In de ondergrondse parkeergarage was het een stuk koeler dan in het kantoor op de tweede verdieping. Lou haalde de autosleutel uit de zak van haar jekker en ontgrendelde vanop afstand de portieren van de Opel Insignia. Berg stapte in. Hij vroeg zich opnieuw af waarom ze met deze hitte een jas droeg, maar nog voor hij daar een opmerking over kon maken, scheurde Lou al de garage uit en reed met een rotvaart de ringweg op.

Zoals meestal wanneer zij achter het stuur zat, hield Berg zijn ogen op zijn knieën gericht en vermeed zoveel mogelijk door de voorruit te kijken, anders werd hij in een mum van tijd wagenziek. Wenderickx had eens tegen hem gezegd dat hij hetzelfde deed. Niemand was bestand tegen Lous manier van rijden. Het gebeurde dan ook zelden dat de collega's het stuur aan haar lieten, maar aangezien Berg nooit zelf reed, had hij geen keus.

In Gasthuisberg kregen ze van een piepjonge assistent te horen dat de politiearts nog in de snijkamer bezig was. Berg vreesde al het ergste, maar toen ze de ruimte betraden en Geeraerts Lou zag, draaide hij zich onmiddellijk om en dekte met een laken het lijk op de metalen tafel af. Het was dus zoals Berg had gedacht: het lichaam lag nog open en dat was heus niet het gevolg van tijdsgebrek.

'Dag Lou,' zei Geeraerts met een brede glimlach terwijl hij haar de hand schudde. 'Ik heb je gisteren niet gezien. Je was toch niet ziek?'

In plaats van een verklaring te geven voor haar afwezigheid zei Lou op een toon die Berg niet van haar gewoon was:

'Morgen, dokter. Je ziet er goed uit. Ben je afgevallen?'

'Ik?' Verrast en gevleid tegelijk streek de politiearts over zijn embonpoint dat volgens Berg geen centimeter in omvang was afgenomen. 'Dat zou kunnen. Met deze hitte zweet een mens algauw enkele kilo's weg.'

'Het staat je. Houden zo.'

Geeraerts straalde als een kind dat een complimentje van de juf kreeg. Hij had Berg nog geen blik gegund.

'Ook een goedemorgen, dokter.'

De politiearts keek alsof hij zich nu pas realiseerde dat er nog iemand in de snijkamer aanwezig was. Het lag er zo dik op dat Berg moeite had om zijn gezicht in de plooi te houden.

'Wat heeft de obductie opgeleverd?'

'De man is inderdaad verdronken,' antwoordde Geeraerts die over de merkwaardige gave beschikte om in een oogwenk zijn badinerende pose te laten vallen en over te schakelen naar een professionele houding. 'Ik heb het water in zijn longen onderzocht. Het komt wel degelijk uit de vijver.'

'Heb je andere verwondingen op het lichaam aangetroffen?'

'Geen enkele.'

'Ook geen gaatje van een injectienaald of iets dergelijks?'

'Geen enkele is geen enkele, Berg.'

'En onder de nagels?'

'Niets. Dat wil zeggen: geen huidschilfers van iemand anders of textielpartikels die niet afkomstig zijn van zijn kleren. Het enige wat ik onder enkele nagels heb gevonden, is wat zand van de plaats delict.'

Berg begreep het niet. Wenderickx had gelijk: de man moest zich verweerd hebben. Hoe konden er dan geen sporen van een gevecht zijn?

Over Geeraerts' schouder keek hij naar het lijk op de snijtafel. Het lichaam onder het laken gaf een weerloze aanblik, alsof er een toevallig slachtoffer lag van een ongeval of natuurramp. Maar dat was slechts schijn. Hier was kwaad opzet in het spel. Hier was iemand moedwillig door een andere mens om het leven gebracht. Hij klemde zijn kaken op elkaar. Elk slachtoffer van een moord gaf hem een gevoel van boosheid, van verspilling. En van boosheid om die verspilling.

'Ik weet wat je denkt,' zei de politiearts. 'Hoe is de dader erin geslaagd om de man te verdrinken? Het antwoord is simpel: hij was gedrogeerd.'

'Waarmee?' vroeg Lou.

'Met flunitrazepam. Beter bekend als rohypnol.'

'Zaten daar sporen van in zijn bloed?'

'Nee. Na acht uur is rohypnol niet meer traceerbaar in de bloedbaan. Tegen die tijd is het volledig afgebroken.'

'Hoe weet je dan dat hij het spul toegediend heeft gekregen?' vroeg Berg.

'Omdat ik mijn stiel ken, hoofdinspecteur.'

'Daar twijfel ik niet aan, dokter. Maar dat beantwoordt mijn vraag niet.'

'Toen ik niets in het bloed vond, heb ik me dezelfde vraag

gesteld als jij. De man moet op de een of andere manier zijn uitgeschakeld. Daarom heb ik de inhoud van zijn blaas onderzocht. De urine bevatte wel sporen van rohypnol. Ik schat dat hij ongeveer twee milligram naar binnen heeft gekregen.'

'Is dat veel?' vroeg Lou.

'Het is in elk geval genoeg om iemand in een haast comateuze toestand te brengen,' antwoordde Geeraerts.

Berg knikte. Dus zo was de dader erin geslaagd om verwondingen te vermijden. Dankzij de rohypnol had er geen worsteling plaatsgevonden en leek het alsof Heymans uit eigen beweging het water was ingelopen.

'De man had ook een licht percentage alcohol in zijn bloed,' zei de politiearts. 'Ik vermoed dat hij op die manier is gedrogeerd.'

'Wat heeft hij gedronken? Wijn? Bier? Sterkedrank?'

'Rode wijn.'

'Hoe komt iemand aan rohypnol?' vroeg Lou.

'Op het internet is alles te koop,' antwoordde Geeraerts. 'Je moet alleen weten waar te zoeken.'

'Hoeveel woog het slachtoffer?' vroeg Berg.

'Een momentje.' De politiearts nam een klembord van een andere snijtafel en sloeg een blad om. 'Tweeënzeventig kilo.'

'Dat is niet veel voor een volwassen man,' zei Lou.

'Maakt niet uit,' bromde Berg. 'Het blijft te veel.'

'Wat bedoel je, chef?'

'Marcel Heymans had een afspraak in het Huis van de Polyfonie. Voor zover we tot nu toe weten, is hij daar het laatst levend gezien. Maar de Mariapoort is bijna een halve kilometer verwijderd van de plaats waar hij is gevonden. Je kan niet tot ginds rijden met de auto en iemand zo ver dragen is onmogelijk, ook al is hij een lichtgewicht.'

Berg wendde zich opnieuw tot de politiearts.

'Als we aannemen dat Heymans niet in het donker bij de vijver een glas wijn heeft staan drinken, hoe is de dader er dan in geslaagd om zijn slachtoffer op de plaats delict te krijgen? De man was bewusteloos, als ik het goed begrepen heb.'

Geeraerts stak zijn handen op.

'Dat is jouw probleem, Berg. Mijn werk zit erop.'

'Ik heb nog één vraag, dokter. Was Heymans gezond?'

'Op een lichtjes vervette lever na was hij in goede conditie, toch voor iemand van zijn leeftijd.'

'Een lichtjes vervette lever?' herhaalde Lou.

'Dat is een mogelijk gevolg van te veel alcohol.'

Berg merkte hoe Geeraerts hem een blik toestuurde die suggereerde dat hij hetzelfde gevaar liep, maar hij liet zich niet uit zijn tent lokken.

'In orde. Dank u, dokter.'

Ze namen afscheid en verlieten het ziekenhuis. In vergelijking met het mortuarium voelde het buiten aan als een te heet gestookte oven. Terwijl ze naar de auto liepen, vroeg Lou:

'Waarom wilde je weten of de man gezond was, chef?'

'Om iets wat Wenderickx zei. Soms pleegt iemand zelfmoord wanneer hij te horen heeft gekregen dat hij terminaal ziek is.'

'Hoezo? Twijfel je eraan dat Heymans is vermoord?'

'Nee, maar het kan nooit kwaad om alle mogelijke motieven na te gaan, ook de minst waarschijnlijke.'

Ze gingen de overdekte parkeergarage in. De schaduw was een weldaad. Berg wreef in zijn nek die nat was van het zweet. Hij klikte zijn gordel vast en zette zich al schrap. De auto stond op de derde verdieping. Daarstraks was Lou via de wentelweg naar boven geraasd alsof ze op een kermisattractie zaten. Er viel hem ineens iets te binnen.

'Tussen haakjes, wat was dat daarnet met Geeraerts?'

'Wat bedoel je?'

'Dat compliment over zijn gewicht. De man is geen gram afgevallen.'

Lou grinnikte.

'Zeebos zei dat Geeraerts zich gisteren boos heeft gemaakt op jou. Ik dacht, het kan geen kwaad om hem wat stroop om de mond te smeren.'

Berg nam zijn collega verbaasd op. Zo'n diplomatieke aanpak was hij van haar niet gewoon.

'Bedankt. Ik ben er zeker van dat het heeft geholpen.'

'Graag gedaan.'

Lou startte de motor. Voor ze vertrok, wierp ze hem een zijdelingse blik toe.

'Ben jij niet wat bijgekomen, chef?'

'Ik?' Berg tastte geschrokken naar zijn middel.

'Misschien is het maar een indruk,' schokschouderde Lou.

Hij slikte een venijnige opmerking in. Lou was zelf een stevige vrouw, maar in haar geval ging het meer over spieren dan over vet. En dan te bedenken dat hij haar net van fijngevoeligheid had verdacht. Was hij echt bijgekomen? Alcohol was natuurlijk een caloriebom als geen andere en met die slapeloze nachten van de afgelopen week had hij meer gedronken dan goed was. Misschien moest hij Zeebos' raad toch maar eens opvolgen en elke dag tienduizend stappen doen.

Op de briefing van drie uur werden de bevindingen van de verschillende teamleden naast elkaar gelegd. Berg vroeg Zeebos om te beginnen, maar die was snel uitgepraat. Op de kleren van het slachtoffer had hij geen haren, huidschilfers of ander DNA-materiaal van de dader aangetroffen. Als dat er al was geweest, had het water alles weggespoeld.

Wat de voetafdrukken bij de oever betrof, had hij twaalf verschillende afgietsels kunnen maken, die van de twee joggers meegerekend. Aan de grootte te zien kwamen vier van de overige afdrukken van vrouwen, al was dat niet honderd procent zeker omdat slechts één paar duidelijk de vorm had van vrouwenschoenen. Behalve die van de joggers waren alle afdrukken waarschijnlijk afkomstig van mensen uit de buurt die op die plaats de eenden kwamen voeren, behalve die van de dader natuurlijk. Om welk van de tien ongeïdentificeerde afdrukken het ging, was voorlopig niet duidelijk, hoewel één paar dieper was dan de rest, wat liet vermoeden dat het om de afdrukken van de moordenaar ging op het ogenblik dat hij zijn slachtoffer had gedragen.

'Komt dat paar van een man of een vrouw?' vroeg Coens.

'Het is een twijfelgeval,' antwoordde Zeebos. 'Het gaat om een een- of tweeënveertig. Soms is de juiste maat moeilijk te bepalen. Het betreft in elk geval de zolen van sneakers. Die worden door zowel mannen als vrouwen gedragen.'

'Zijn er vrouwen met schoenmaat tweeënveertig?'

'Dat komt voor. En een eenenveertig is nog couranter.'

'Ik heb een eenenveertig,' zei Lou.

'Er is nog iets wat ik moet vertellen,' ging Zeebos door. 'Geen enkel afgietsel komt overeen met de zolen van Heymans' schoenen. Dat bevestigt dat hij op dat ogenblik niet meer op zijn eigen benen stond.'

'Zodat de vraag blijft,' voegde Berg eraan toe, 'hoe de dader erin geslaagd is om het bewusteloze lichaam naar die afgelegen plek te brengen.'

'Inderdaad.'

'Ben je klaar, Jan?'

'Ja, dat was alles.'

De volgende die Berg het woord gaf, was Lou. Ze had Mieke Vanderwegen toegewezen gekregen en de partner van een slachtoffer stond altijd bovenaan het lijstje met mogelijke daders. Om die reden had Berg haar gevraagd om na de lunch met de vrouw naar het mortuarium te rijden voor de officiële identificatie en haar daarbij nauwlettend gade te slaan.

Lou vertelde dat haar niets speciaals was opgevallen, behalve dat er veel tranen waren gevloeid en dat de confrontatie had geleid tot een bijzonder emotionele reactie die enigszins overdreven aanvoelde.

Berg gaf geen commentaar. Dit soort van observaties kon belangrijk zijn, maar doorslaggevend was zo'n vaststelling zelden omdat ze berustte op een persoonlijke interpretatie. Hij vroeg Lou door te gaan met haar verslag. De rest van wat ze te vertellen had, zorgde onmiddellijk voor een verrassing, niet bij haar collega's, wel bij Berg.

'Met twee keer naar Gasthuisberg te rijden ben ik nog niet ver geraakt,' zei Lou. 'Maar ik heb van de gelegenheid gebruikgemaakt om Mieke Vanderwegen te vragen hoe haar ex-man heet. Het blijkt om een zekere Herman Lateur te gaan. Hij is professor Latijn aan de faculteit...'

'Herman Lateur?' Dit keer kon Berg de naam meteen plaatsen.

'Ken je hem, chef?' vroeg Coens.

'Niet persoonlijk, maar ik ben zijn naam onlangs tegengekomen, samen met die van Esther Heymans, de dochter van het slachtoffer.'

Berg vatte samen wat hij had gelezen in het programmaboekje van het nieuwe theaterseizoen: over de opvoering van Sophocles' toneelstuk *Koning Oidipous* waarvan Herman Lateur een nieuwe vertaling had gemaakt en waarin Esther Heymans de vrouwelijke hoofdrol vertolkte.

'Is Esther Heymans een actrice?' reageerde Lou verbaasd. 'Volgens mijn informatie werkt ze op de humanresourcesafdeling van een farmaceutisch bedrijf in Haasrode.'

'De Spieghel is een amateurgezelschap,' zei Berg. 'Waarschijnlijk is acteren haar hobby.'

'Een farmaceutisch bedrijf...' herhaalde Zeebos. 'Kan ze op die manier aan rohypnol zijn gekomen?'

Berg wapperde met zijn hand de vraag weg.

'Sinds wanneer is Esther Heymans een verdachte?'

'Ze is de dochter van het slachtoffer, Thomas. Jij bent altijd de eerste om familieleden in een moordonderzoek...'

'Ik ben altijd de eerste,' brak Berg hem af, 'om te vragen naar het motief. Waarom zou Esther Heymans haar vader willen vermoorden?'

'Om de erfenis,' zei Wenderickx.

'Of om het geld van de levensverzekering,' voegde Lou eraan toe.

'Over die levensverzekering hebben we het al gehad,' reageerde Berg verveeld, maar Lou gaf niet op.

'Daarstraks zei iemand tegen mij dat het nooit kwaad kan om alle mogelijke motieven na te gaan, ook de minst waarschijnlijke.'

De toon was enigszins betweterig, maar Berg moest toegeven dat ze gelijk had.

'Oké, Lou, jij je zin. Zoek uit of er een levensverzekering is, wanneer de polis is afgesloten en wie de begunstigden zijn. Ik wil ook een overzicht van Esther Heymans' financiën. Heeft ze schulden? Zit ze dringend om geld verlegen? En dan nog iets: ga na of ze getrouwd is en zo ja, met wie. Als geld het motief is, profiteert een eventuele echtgenoot daar ook van.'

Lou noteerde met een balpen de verschillende punten op de rug van haar hand, een gewoonte die al even hardnekkig was als haar bedenkelijke rijstijl.

'Heb je nog iets anders over Mieke Vanderwegen gevonden? Of over haar ex-man?'

'Daar heb ik nog geen tijd voor gehad, chef.'

'Doe dat dan zo snel mogelijk. En probeer te achterhalen of Esther Heymans en Herman Lateur elkaar kennen.'

'Is dat niet logisch als ze bij hetzelfde gezelschap spelen?'

'Lateur is geen acteur. Iemand die toneelstukken vertaalt of bewerkt, is niet noodzakelijk aan een bepaald gezelschap verbonden.'

Berg wendde zich tot Zeebos.

'Voor ik het vergeet, Jan. Vraag Hove een bevelschrift om de telefoongegevens van Marcel Heymans na te gaan. We weten nog altijd niet waar zijn mobiel is gebleven. De kans bestaat dat de dader die heeft laten verdwijnen. Volgens Mieke Vanderwegen ging haar man nergens naartoe zonder zijn telefoon.'

'Weten we al of zij een alibi heeft?' vroeg Coens.

'Ze heeft gezegd dat ze om halfnegen met migraine naar bed is gegaan,' antwoordde Berg.

'Dus geen alibi?'

'Nee. Wat heb je gevonden over de Alamire Foundation?'

'De stichting bestaat sinds 1991. Ze is opgericht om de studie van het muziekleven in de Lage Landen te stimuleren.'

'Waar komt die vreemde naam vandaan?'

'Van een zekere Petrus Alamire. Ik heb hem gegoogeld. Hij was een van de meest begaafde muziekkopiisten van zijn tijd en dan spreken we van eind vijftiende, begin zestiende eeuw. Eerst had hij een atelier in Antwerpen, later in Mechelen. Alamire is niet zijn echte naam. Hij was van geboorte Duitser en heette eigenlijk Petrus Imhoff. Het pseudoniem is een muzikaal knipoogje. De a slaat op de toonhoogte. De la, mi en re zijn noten van de toonladder.'

'Grappig,' grinnikte Zeebos.

'Naar het schijnt,' vervolgde Coens, 'is de Vlaamse Polyfonie in heel Europa bekend geworden dankzij de prachtig verluchte handschriften uit het atelier van Alamire. Daarom is de stichting naar hem genoemd.'

'Op het gevaar af dom te klinken,' zei Lou. 'Wat is de Vlaamse Polyfonie?'

'Ik heb het ook moeten opzoeken.' Coens sloeg zijn notitieboekje open. 'Ik lees wat ik op internet heb gevonden: *De Vlaamse Polyfonie of de Franco-Vlaamse School is een stijlrichting in de meerstemmige vocale muziek die in Europa overheerste van de veertiende tot de zestiende eeuw en de opvolger was van de gregoriaanse muziek.*'

Hij klapte het boekje dicht.

'Zo, nu weet je evenveel als ik.'

'Hoe zit het met het chansonnier dat de Alamire Foundation wil kopen?' vroeg Berg aan Wenderickx. 'Heb je de naam van de antiquaar?'

'Hij heet Filip Decroo. Zoals Mieke Vanderwegen al zei, heeft hij een zaak in Mechelen.'

'Hoeveel vraagt hij voor het manuscript?'

'Dat heb ik nergens kunnen vinden, chef.'

'Maakt niet uit, dat kan Boudewijn Teniers ons vertellen. Heb je hem gebeld?'

'Ja. Hij is vandaag de hele dag in het Huis van de Polyfonie. Hij stelde voor om daar af te spreken.'

'Prima. Dan gaan we meteen.'

'Ik haal de auto uit de garage,' zei Wenderickx.

'Nee, we gaan te voet.'

'Te voet? Maar chef, dat kost ons minstens een halfuur.'

'Niks van. We gaan binnendoor. Via het kerkhof.' Berg wees door het raam naar de begraafplaats aan de overkant van de straat. 'Op een kwartier zijn we er.'

'Met deze hitte?' protesteerde Wenderickx. 'Waarom?'

'Vreemde vraag voor een groene jongen zoals jij, maar als je het per se wil weten, dan mag je Zeebos de schuld geven.'

'Mij?' wees Zeebos naar zichzelf. 'Hoezo?'

'Wie heeft me onlangs aangeraden om elke dag tienduizend stappen te doen?'

'En sinds wanneer luister jij naar goede raad?' kaatste Zeebos de vraag terug. 'Dat is bij mijn weten nog nooit gebeurd.'

4

Al na tien minuten had Berg spijt van zijn beslissing, niet alleen omdat er nergens schaduw was en de zon ongenadig op hun hoofden brandde, vooral omdat ze veel verder moesten lopen dan voorzien. Ze hadden via de achteruitgang van het kerkhof de Tivolistraat genomen, maar na een paar honderd meter ontdekten ze dat de oude brug over de spoorlijn was afgebroken, zodat er niets anders op zat dan de weg tot aan de Geldenaaksebaan te volgen en vandaar een terugdraaiende beweging te maken, een omweg van minstens twee kilometer.

Er stond geen wolkje aan de lucht en normalerwijs riep zo'n prachtige, blauwe hemel de gedachte op aan zomer en vakantie, maar met een temperatuur van boven de dertig graden voelde de tocht in de blakende zon aan als een martelgang. Berg vervloekte zijn eigen idee. Hij zweette als een otter en Wenderickx, die naast hem liep, zei de hele weg geen woord, een passief protest dat meer effect had dan om het even welk uitgesproken verwijt.

Toen ze eindelijk bij de Mariapoort aankwamen en Wenderickx wilde aanbellen, hield Berg hem tegen. Zijn mond was gortdroog. Hij wees naar de brasserie bij de Sint-Janspoort.

'We gaan eerst iets drinken.'

Dankzij de oude, dikke muren van het vroegere molengebouw was het in het café opmerkelijk koel, maar Berg liep rechtstreeks door naar het achterliggende terras omdat hij er zeker van wilde zijn dat je vandaar de plaats delict kon zien.

De houten vlonder overspande de Molenbeek en lag pal op het zuiden gericht, maar dankzij enkele parasols was er voldoende schaduw. Het uitzicht was prachtig en wat Berg had verwacht, bleek te kloppen: vanaf hun plaats was de uitsparing in het riet aan de overkant van de vijver goed zichtbaar. In het donker zou het schijnsel van een mobiel dus onmiddellijk de aandacht trekken van mensen die iets op het terras zaten te drinken.

'Heb je al uitgezocht tot hoe laat het café openblijft?' vroeg hij aan Wenderickx.

'Volgens hun website tot tien uur.'

Berg keek verbaasd op. Het vroege uur dwong hem om zijn beeld bij te stellen van wat er zaterdagnacht was gebeurd. Als het café al om tien uur dichtging, was het terras leeg geweest op het ogenblik dat Heymans werd vermoord en had de dader zich probleemloos kunnen bijlichten.

De kelner kwam vragen wat ze wilden drinken. Wenderickx bestelde een ijskoffie.

'Is dat lekker?' vroeg Berg.

'Heb je nog nooit een ijskoffie gedronken, chef?'

'Ik heb de gewoonte om mijn koffie warm te drinken, Wenderickx.'

'Probeer het eens. Met dit weer is het heel verfrissend.'

Berg liet zich overhalen en bestelde hetzelfde. Toen de kelner terugkwam, vroeg hij aan de man:

'Tot hoe laat blijft het café open?'

'De keuken sluit om tien uur,' antwoordde de kelner.

'Zoals ik al zei,' knikte Wenderickx.

'Mensen kunnen dus tot tien uur iets bestellen?' vroeg Berg.

'Dat is juist, meneer.'

'Wil dat zeggen dat ze hier langer mogen blijven zitten?'

'Tot elf uur. Dan sluiten we.'

'Bedankt.'

De man vluchtte opnieuw de koelte van het gebouw in. Berg wierp Wenderickx een veelbetekenende blik toe. Die keek gegeneerd.

'Sorry, chef. Ik dacht...'

'Ik ben blij dat je denkt, Wenderickx, maar denken alleen is niet voldoende. Je moet ook alles verifiëren. Baseer dus nooit een theorie op gegevens waarvan je niet honderd procent zeker bent.'

Berg proefde van de ijskoffie. Verfrissend was het, lekker niet. Naar zijn aanvoelen vloekte de temperatuur met de smaak.

Wenderickx had zich intussen half omgedraaid, keek uit over de vijver en zei niets meer. Er lag een mokkende uitdrukking op zijn gezicht, alsof hij zich onterecht op zijn plaats voelde gezet.

Om het gesprek weer op gang te brengen, vroeg Berg:

'Heb je ooit iets gelezen van Conan Doyle?'

'Wie?'

'Sir Arthur Conan Doyle, de schrijver van de Sherlock Holmes-boeken.'

'Nee, niet dat ik me herinner.'

'Er bestaat zoiets als het Sherlock Holmes-axioma,' zei Berg. 'Dat houdt het volgende in. Bedenk nooit een theorie alvorens je al de feiten hebt. In het andere geval is de kans groot dat je de feiten aanpast aan de theorie in plaats van de theorie aan de feiten.'

Wenderickx staarde hem een ogenblik verward aan. Toen zei hij:

'Je bedoelt dat de dader het licht van zijn mobiel niet heeft gebruikt omdat hij wist – of kon zien – dat er nog mensen op het terras zaten nu blijkt dat het café niet tot tien, maar tot elf uur open is.'

'Dat zijn de feiten. Leid daar de theorie uit af.'

'In het donker was het zo goed als onmogelijk om de schoenen en sokken van het slachtoffer uit te trekken, de verschillende spullen uit zijn zakken te halen, die netjes in de schoenen te stoppen en er tegelijk op te letten dat hij geen sporen naliet.'

'Juist. Ga nu nog een stap verder.'

'De dader heeft al die dingen eerder gedaan, vóór hij het lijk naar ginds bracht.'

'En daaruit volgt de vraag wáár hij dat gedaan heeft,' zei Berg. 'Het moet op een plaats gebeurd zijn waar voldoende licht was en niemand hem kon zien.'

'In het Huis van de Polyfonie?' suggereerde Wenderickx. 'We weten dat Heymans daar een afspraak had.'

'Maar we hebben geen idee tot hoe laat hij daar is gebleven. Misschien is hij na de vergadering ergens anders naartoe gegaan. Dat de dader hem in de Mariapoort heeft gedrogeerd, geldt dus niet als een feit.'

'Misschien weet Boudewijn Teniers of Heymans nog een andere afspraak had.'

'Dat is een van de dingen die we hem dadelijk zullen vragen.'

'En als hij daarover liegt?'

'Als hij liegt, is de kans groot dat hij iets met de moord te maken heeft.'

'Ook dat is geen feit.'

'Nee, maar een van de bijbedoelingen van liegen is de reden van de leugen te verbergen. En welke reden kan hij hebben om de waarheid te verdraaien, behalve ons ervan te overtuigen dat hij niets met Heymans' dood te maken heeft? Kom, drink je ijskoffie op. We zullen eens zien wat hij te zeggen heeft.'

'En jij dan? Je glas is nog halfvol.'

'Ik denk dat ik het zo zal laten, Wenderickx.'

'Je vindt het dus niet lekker?'

'Dát,' zei Berg, 'is wel degelijk een feit.'

Ze rekenden af, liepen terug naar de Mariapoort en belden aan. Boudewijn Teniers was een stevig gebouwde man van begin zestig met een nagenoeg kaal hoofd en een kortgeknipte, grijze baard. Wenderickx herinnerde hem aan het telefoontje van die ochtend.

'Ik verwachtte u al, heren. Komt u binnen.'

De hal was klein. Aan de linkerkant bevond zich een glazen deur naar een ruimte met bureaus, recht voor hen leidde een trap naar de bovenverdieping. Teniers ging hen voor naar het kantoor. Er stonden twee lange tafels parallel aan elkaar met daarop enkele computers en her en der stapels boeken, tijdschriften en flyers van concerten of andere muziekevenementen.

'Vindt u het goed dat we hier praten?' vroeg Teniers. 'Boven is er te veel lawaai. De concertzaal wordt klaargezet voor de opvoering van morgenavond.'

'Dit is prima,' zei Berg. 'U weet waarover we u willen spreken, professor?'

Het gezicht van de man verstrakte.

'Een verschrikkelijke zaak. Ik schrok me een ongeluk toen ik het nieuws van uw collega hoorde. Wat heeft Marcel bezield om zoiets te doen?'

Berg realiseerde zich dat de man in de veronderstelling verkeerde dat zijn collega zelfmoord had gepleegd.

'Meneer Heymans' dood was niet zelfgekozen, professor. Hij is vermoord.'

'Vermoord? Maar ik dacht...'

'U had gisteravond een afspraak met hem? Hier? Om zeven uur?'

'Hoe zegt u? Ja... ja, dat is juist.'

'Was er nog iemand aanwezig?'

'Nee, we waren alleen.'

'Tot hoe laat heeft het gesprek geduurd?'

'Ik heb niet op mijn horloge gekeken. Tot ongeveer acht uur, schat ik.'

'Wat is er toen gebeurd?'

'Gebeurd? Er is niets gebeurd. Wat zou er gebeurd moeten zijn?'

'Ik zal de vraag anders stellen. Volgens mevrouw Heymans ging de bespreking over de aankoop van een waardevol, vijftiende-eeuws chansonnier. Uw collega dacht dat het om een vervalsing ging, terwijl u ervan overtuigd bent dat het manuscript echt is. Klopt dat?'

Teniers knikte enkel.

'Bent u tot een overeenstemming gekomen?'

'Nee, Marcel bleef bij zijn standpunt. Volkomen onterecht trouwens.'

'Daar kunnen we het dadelijk over hebben. Eerst dit: wie van u is als eerste weggegaan?'

'Ik. Marcel zou afsluiten, had hij gezegd.'

'Weet u of hij nog een andere afspraak had?'

'Daar heeft hij niets over gezegd.'

'En u? Bent u rechtstreeks naar huis gegaan?'

'Nee. Ik was overstuur omdat...' Teniers maakte een vaag handgebaar. 'Marcel kon verschrikkelijk koppig zijn. Ik voelde me gefrustreerd en ben naar buiten gelopen. Terwijl ik een sigaret stond te roken, zag ik twee mensen naar me wuiven bij de ingang van brasserie De Molen. Het waren vrienden. Ik ben in het café iets met hen gaan drinken.'

'Hoe heten die vrienden?'

'Jozef en Rita Leyers.'

'Tot hoe laat bent u met hen in de brasserie gebleven?'

'Tot kwart over tien ongeveer? Ik weet het niet precies.'

'Zat u op het terras?' vroeg Wenderickx.

'Er was geen plaats. We hebben binnen iets gedronken.'

Berg nam opnieuw het woord.

'Bent u daarna rechtstreeks naar huis gegaan?'

'Nee. Mijn fiets stond hier. Bij de Mariapoort. Toen ik van het café terugkwam, was hij weg. Gestolen. Dat is al de derde fiets in vijf jaar tijd, hoofdinspecteur. Ik begrijp niet waarom de politie...' Teniers onderbrak zichzelf. 'Excuseer. Een gestolen fiets is natuurlijk een peulschil vergeleken met wat er met Marcel is gebeurd.'

'Hebt u meneer Heymans die avond nog gezien?'

'Nee. Ik heb de voordeur geprobeerd, die was op slot. En er brandde binnen ook geen licht.'

'Hoe laat was u thuis?'

'Dat zal om kwart over elf geweest zijn. Misschien iets later.'

'Hoelang duurt het om van hier naar uw woning te lopen?'

'Een vijftiental minuten.'

'U zei net dat u tot kwart over tien in het café bent geweest. Wat hebt u de overige drie kwartier gedaan?'

'Naar mijn fiets gezocht. Zonder resultaat overigens.'

'U hebt drie kwartier naar uw fiets gezocht? In het donker?'

'Het was een erg dure fiets, hoofdinspecteur. En in het begin was er nog voldoende licht.'

Berg nam de man taxerend op. Wat hij zei, klonk niet erg geloofwaardig.

'Bent u getrouwd, meneer Teniers?'

'Ja. Mijn vrouw was ongerust omdat ik zo lang wegbleef. Ze heeft in de loop van de avond geprobeerd om me te bellen, maar ik had mijn mobiel thuis laten liggen. O ja, dat doet me eraan denken... Een ogenblikje.'

Teniers liep naar het eind van de tafel die het dichtst bij het raam stond. Toen hij terugkwam, had hij een telefoon in de hand.

'Die heb ik vanochtend hier gevonden. Hij is van Marcel. Ik veronderstel dat hij hem vergeten heeft mee te nemen.'

Berg fronste. Als de mobiel de hele avond in het kantoor had gelegen, konden ze via de zendmastgegevens niet nagaan waar Heymans de laatste uren van zijn leven was geweest, al maakte dat vermoedelijk weinig uit omdat de kans groot was dat hij in de buurt van hetzelfde basisstation was gebleven. Bovendien had Mieke Vanderwegen gezegd dat haar man zijn telefoon overal mee naartoe nam, zo iemand liet niet gauw zijn toestel ergens liggen. Wees dat erop dat Heymans hier was verdoofd, zoals Wenderickx op het terras van De Molen had gesuggereerd?

Berg dacht plots aan iets wat Geeraerts had gezegd. Het slachtoffer had een licht percentage alcohol in zijn bloed.

'Hebben meneer Heymans en u iets gedronken die avond?'

'Hier, bedoelt u? Nee.'

'Laten we het even over het chansonnier hebben,' zei Berg. 'Volgens onze informatie wordt het manuscript te koop aangeboden door een antiquaar uit Mechelen, een zekere... euh...' De naam ontsnapte hem. 'Wenderickx?'

'Filip Decroo.'

'Juist. Hoeveel vraagt hij voor het boek?'

'210.000 euro.'

'Dat is veel geld, professor. Is de Alamire Foundation dan zo rijk?'

'Natuurlijk niet. Het geld komt van sponsors. Ik heb me wekenlang de benen van het lijf gelopen om het bedrag bij elkaar te krijgen. En toen dat eindelijk was gelukt, beweerde Marcel dat het manuscript een vervalsing is.'

'Maar u denkt dat het authentiek is?'

'Mijn specialiteit is de laatmiddeleeuwse Vlaamse Polyfonie, hoofdinspecteur. Ik weet dus waarover ik het heb.'

'Dat geloof ik graag, professor. Maar als uw collega aan de echtheid van het manuscript twijfelde, waarom wilde u het dan per se aankopen?'

In plaats van te antwoorden draaide Teniers zich om, trok de glazen deur van een kast open en haalde er iets uit.

'Dit is een facsimile-uitgave van wat intussen bekendstaat als *Het Leuven Chansonnier*. Zegt die naam u iets?'

'Om eerlijk te zijn: nee.'

'Ik vat in het kort samen waar het over gaat. De Alamire Foundation heeft onlangs een prachtig, handgeschreven liedjesboek in bruikleen gekregen dat dateert uit de periode 1470-1475. Het is in ongelooflijk goede staat en bestaat uit zesennegentig perkamenten bladen met daarop één geestelijk lied in het Latijn en negenenveertig wereldlijke liederen in het Middelfrans.'

'Niet in het Middelnederlands?' vroeg Berg. 'Men heeft het toch altijd over de Vlaamse Polyfonie?'

'Dat is een enigszins chauvinistische benaming, hoofdinspecteur. Juister zou zijn: de Frans-Vlaamse School. De meeste componisten uit die periode kwamen uit wat we nu Noord-Frankrijk en Vlaanderen noemen. Mensen als Johannes Ockeghem, Gilles Binchois, Antoine Busnois, Philippus de Monte...' Teniers stopte, alsof hij besefte dat wat hij zei weinig ter zake deed. 'Nu goed, daarmee wil ik u niet vervelen, temeer omdat geen enkele componist in het werk bij naam wordt genoemd. Waar het op neerkomt, is dat het boekje een unieke vondst is, niet alleen vanwege de uitzonderlijk goede staat waarin het verkeert, het is ook het kleinste meerstemmige chansonnier dat ons tot nu toe bekend is.'

Berg stak zijn hand uit.

'Mag ik?'

'Natuurlijk.'

Teniers reikte hem het facsimile aan. Berg bladerde erdoor. Het viel hem op dat het boekje hier en daar prachtig was verlucht.

'Het is inderdaad erg klein.'

'Twaalf centimeter op achtenhalf.'

'Waar bevindt het origineel zich? In de bibliotheek op het Ladeuzeplein?'

'Nee.'

'Waar dan wel?'

Teniers keek ongemakkelijk.

'Daar antwoord ik liever niet op, hoofdinspecteur. Om veiligheidsredenen, begrijpt u. Het boekje is een fortuin waard.'

Berg drong niet aan. Hij gaf het facsimile terug.

'Komt het origineel uit het atelier van Petrus Alamire?'

'U hebt blijkbaar uw huiswerk gemaakt,' glimlachte Teniers terwijl hij het boekje terug in de kast legde. 'Maar om op uw vraag te antwoorden: nee, daarvoor is het te oud. Alamire werkte vooral in het begin van de zestiende eeuw. We weten niet van wiens hand het manuscript is, ook niet wie de opdrachtgever was. Vandaar dat we het werk *Het Leuven Chansonnier* hebben genoemd, in plaats van te refereren aan de naam van de maker of de eerste eigenaar zoals soms gebeurt.'

'Dateert het manuscript dat u nu wilt aankopen uit dezelfde periode?'

'Ja, maar wat veel belangrijker is: het is een bijna perfecte kopie van dit werk.'

'Een kopie?' herhaalde Berg niet-begrijpend. 'Waarom zoveel geld uitgeven aan een kopie als u het origineel hebt?'

'Ik heb me verkeerd uitgedrukt. Het is geen kopie in de betekenis van een latere imitatie. Het chansonnier bevat driestemmige muziek. Dat wil zeggen dat drie mannen het tegelijkertijd moesten lezen. Maar hoe kan dat met zulke klein geschreven noten en woorden? Dat is nagenoeg onmogelijk. Vandaar...'

'Hoe ging dat vroeger dan bij een koor in zijn werk?' vroeg Berg. 'Dat bestond toch uit veel meer mensen?'

'Koorboeken waren een stuk groter, hoofdinspecteur. Meestal werden ze op een hoge staander geplaatst, zodat een groep van tien of meer zangers ze konden lezen. Die stonden noodgedwongen dicht bij elkaar en degene op de laatste rij gaf de maat aan door op de schouder te tikken van de man voor hem. Die deed dan weer hetzelfde met de zanger achter wie hij stond.'

'Is dat zo? Dat wist ik niet.'

'Wat ik wilde zeggen,' vervolgde Teniers, 'is dat een chansonnier van zo'n klein formaat zeer ongebruikelijk is. Er zijn maar vijf exemplaren bekend in de hele wereld. Daarom is het volgens mij niet ondenkbaar dat er in sommige gevallen drie dezelfde boekjes werden gemaakt, één voor elke zanger.'

'En nu vermoedt u dat het manuscript van Filip Decroo het tweede boekje is van de oorspronkelijke set van drie?'

Teniers knikte enthousiast.

'Ik heb het manuscript een tijdlang van meneer Decroo mogen bestuderen. Het is zo goed als identiek aan ons chansonnier, op wat kleine verschillen na, maar dat is niet uitzonderlijk. Het gebeurde wel vaker dat kopiisten bij het overschrijven fouten maakten. Daarom is deze aankoop zo belangrijk. Het is de vondst van de eeuw en tegelijkertijd een aanwijzing dat mijn theorie kan kloppen.'

'Over vondst gesproken, professor. Waar heeft meneer Decroo het werk vandaan?'

'Dat is toevallig gebeurd. Hij zag het liggen op een boekenmarkt in het Noord-Franse Lille. De eigenaar had geen flauw idee wat hij te koop aanbood.'

'Meneer Decroo blijkbaar wel. Hij vraagt er 210.000 euro voor.'

'Toegegeven, het is veel geld. Maar twee identieke vijftiende-eeuwse handschriften van hetzelfde liedjesboek is simpelweg uniek. Tot nu toe is er geen enkel ander voorbeeld bekend.'

'Welke argumenten had meneer Heymans om de echtheid van het tweede chansonnier in twijfel te trekken?'

'Eerst en vooral de kostprijs,' antwoordde Teniers. 'Eén zo'n boekje laten vervaardigen was al erg duur, laat staan drie. Maar zulke werken werden altijd gemaakt in opdracht van rijke seigneurs en die konden zich om het even wat permitteren. Dat argument gaat mijns inziens dus niet op.'

'Ik veronderstel,' zei Berg, 'dat uw collega nog een andere reden had.'

Teniers aarzelde. Toen vroeg hij:

'Wat ik nu ga zeggen, kan dat binnen deze vier muren blijven?'

'Dat hangt ervan af wát u gaat zeggen, professor.'

'Ik heb het over het tweede argument van Marcel, daar vroeg u toch naar.'

'Inderdaad. Waarom moet dat geheim blijven?'

'Geheim is niet het juiste woord. Ik wil alleen niet dat wat ik ga vertellen breed uitgesmeerd in de pers verschijnt.'

'In dat geval kan ik u geruststellen,' zei Berg. 'Ik heb niet de gewoonte om met de pers te praten.'

Teniers staarde naar het tafelblad, het hoofd lichtjes gebogen, zwijgend. Het leek alsof hij nog altijd twijfelde.

'Weet u wie Herman Lateur is, hoofdinspecteur?'

Het was vandaag al de tweede keer dat die naam viel, maar Berg hield zich van de domme.

'Nee, wie is dat?'

'Herman Lateur is professor aan de faculteit letteren en

gespecialiseerd in laatmiddeleeuwse Latijnse teksten. Hij had gehoord over de onenigheid tussen Marcel en mij en bood aan om het eerste lied uit de bundel – het enige in het Latijn – taalkundig te onderzoeken. U moet weten dat de tekst in het tweede chansonnier niet helemaal identiek is aan die in het eerste, al is dat zoals ik net zei niet uitzonderlijk. Geen enkele handgeschreven kopie is helemaal hetzelfde als het origineel en in dit geval waren de verschillen miniem: hier en daar een afwijkende spelling of twee woorden in een andere volgorde.'

Teniers pauzeerde even en keek naar de twee mannen tegenover hem alsof hij zich ervan wilde vergewissen dat ze nog konden volgen.

'Ik ging meteen op Lateurs voorstel in. De man is een autoriteit in zijn vakgebied. Als hij tot de bevinding kwam dat de verschillen niet doorslaggevend waren, speelde dat in mijn voordeel. Tot mijn verrassing verklaarde Lateur dat hij twijfels had over de echtheid van de tekst. Volgens hem zou geen enkele vijftiende-eeuwse kopiist dat soort spelfouten maken en één afwijkende woordvolgorde vond hij ook onverklaarbaar.'

Er ontsnapte Teniers een langgerekte zucht.

'Marcel greep Lateurs bedenkingen natuurlijk met beide handen aan en ik kon mezelf wel voor mijn kop slaan dat ik de man had ingeschakeld.'

'Maar hebt u het manuscript dan niet laten onderzoeken?' vroeg Berg. 'Bij zo'n dure aankoop wordt gewoonlijk toch een expert geraadpleegd?'

'Dat is ook gebeurd. Het boek is onderzocht door Patrick Olieslaghers. Hij is zowat de beste boek- en papierrestaurateur van het land. Volgens hem dateren zowel de leren band als de perkamenten vellen uit de vijftiende eeuw, maar zelfs dat overtuigde Marcel niet. Onze musea hangen vol schilderijen, zei hij, waarvan experts nooit hebben ontdekt dat het vervalsingen zijn.'

Berg knikte. Tot zover was hij mee.

'Hoe reageerden de andere bestuursleden van de Alamire Foundation op Lateurs rapport?'

'Er is geen rapport. Lateur heeft ons zijn bevindingen mondeling meegedeeld.'

'Wie is *ons*?'

'Ik heb het over Marcel en mij.'

'Niemand anders was er dus van op de hoogte dat meneer Lateur twijfelde aan de echtheid van het werk?'

'Nee, Marcel en ik hebben onze meningsverschillen altijd binnenskamers gehouden. Er is al genoeg na-ijver in academische kringen, hoofdinspecteur, en onze faculteit vormt daarop geen uitzondering. Het succes van de Alamire Foundation steekt veel collega's de ogen uit en we wilden de goede naam van de stichting niet in gevaar brengen door een eindeloze polemiek te voeren in vaktijdschriften of andere publicaties.'

'Maar vroeg of laat zou toch bekend worden dat u en professor Heymans niet akkoord gingen,' wierp Berg op. 'Bovendien begon de tijd te dringen, heeft mevrouw Heymans ons verteld. Was dat niet de reden waarom u op een zaterdagavond hebt afgesproken?'

'Dat is juist. Meneer Decroo had ons een deadline gesteld. We moesten nu beslissen, anders verkocht hij het chansonnier aan iemand anders.'

'Weet u wie dat is?'

'Nee, ik vermoed dat het om een privéverzamelaar gaat.'

'Het probleem was dat u zaterdagavond niet tot een overeenstemming bent gekomen. Wat was u van plan? Bij het bestuur aandringen om het manuscript toch te kopen?'

'Als ik dat deed, zou Marcel de zaak waarschijnlijk publiek maken. Ik heb u al gezegd dat hij ongelooflijk koppig kon zijn.'

'Heeft hij daarmee gedreigd? Dat hij eventueel naar de pers zou stappen?'

'Niet met zoveel woorden.'

Berg bestudeerde het gezicht van de man. Hij keek alsof hij zich realiseerde dat hij te veel had verteld.

'U begrijpt toch, professor, dat u zichzelf net een motief hebt gegeven om uw collega te vermoorden?'

Teniers reageerde onbewogen.

'Ik wist dat u dat ging zeggen, maar het klopt niet. Ten eerste was Marcel niet alleen een collega en een vriend, we zijn ook familie.'

'Familie?'

'Nu ja, aangetrouwde familie. Mijn zoon is met de dochter van Marcel getrouwd.'

'Met Esther?'

'Inderdaad, maar mag ik even mijn redenering afmaken? Ten tweede is die aankoop voor mij niet zó belangrijk dat ik daarvoor een mens zou vermoorden, ik vind het zelfs aanstootgevend dat u mij van zoiets verdenkt. En ten derde... denkt u echt dat ik u dit alles had verteld als ik iets met Marcels dood te maken had? Ik ben niet gek, hoofdinspecteur. Zoals ik net zei, niemand wist wat Lateur over het tweede chansonnier heeft gezegd. Ik had dus geen enkele reden om er tegen u over te beginnen.'

'O... toch wel, professor,' glimlachte Berg.

'Welke dan?'

'U hebt mij zo-even horen zeggen dat mevrouw Heymans op de hoogte was van het meningsverschil tussen u en haar echtgenoot.'

'Mieke wist dat we het niet eens waren over de vraag of het chansonnier echt was, dat is alles. Ik twijfel eraan of Marcel haar gezegd heeft dat ik het Latijnse lied door Herman Lateur heb laten onderzoeken. Die naam liet hij thuis liever niet vallen, veronderstel ik. Nee, ik heb u dit alles verteld omdat ik niets wil achterhouden. Bovendien is het nog maar de vraag of de bevindingen van professor Lateur bij de overige bestuursleden van de Alamire Foundation veel gewicht in de schaal zullen gooien. Tenslotte gaat het maar over enkele spelfouten, meer niet. Zelfs al had Marcel ons meningsverschil openbaar gemaakt, dan nog vermoed ik dat er meer bestuursleden vóór de aankoop zouden stemmen dan ertegen.'

'Nu u het toch over meneer Lateur hebt, u kon vermoeden dat we via hem achter de waarheid zouden komen.'

Teniers maaide met zijn arm door de lucht.

'Dat is onzin! U zou nooit met Herman Lateur zijn gaan praten en wel om de simpele reden dat u niet had geweten dat ik zijn mening heb gevraagd.'

De man sprak plots op zo'n neerbuigende toon dat het bij Berg in het verkeerde keelgat schoot.

'U houdt ons voor wel erg dom, professor. Er is nog iemand op de hoogte van Lateurs bevindingen. De verkoper, meneer Decroo.'

'Nee, hoofdinspecteur,' zei Teniers en dit keer klonk hij bijna triomfantelijk. 'U vergist zich. Filip Decroo weet niet dat Herman Lateur het Latijnse lied heeft onderzocht. Dat heb ik hem namelijk nooit verteld.'

5

De terugweg naar het politiebureau was nog afmattender dan de heenweg omdat ze dit keer een heel stuk bergop moesten. Na ongeveer veertig minuten, toen ze eindelijk bij het achterpoortje in de kerkhofmuur aankwamen, verbrak Wenderickx de stilte, alsof hij zijn krachten had gespaard tot het grootste deel van de calvarietocht erop zat.

'Teniers heeft een punt, chef. Hij had inderdaad geen reden om over Lateurs bedenkingen te beginnen. Het pleit in zijn voordeel dat hij dat wel heeft gedaan.'

Berg liep de begraafplaats op en stevende linea recta op de centrale laan af. Daar was tenminste schaduw.

'Misschien,' zei hij. 'Maar er klopt iets niet aan zijn verhaal.'

'Wat?'

'Heb je dat niet gehoord?' Berg bleef staan. 'Je moet echt eens leren luisteren, Wenderickx. Teniers heeft gezegd dat niemand, behalve Mieke Vanderwegen, op de hoogte was van het meningsverschil tussen Heymans en hem. Juist?'

'Euh... ja.'

'Maar nog geen vijf minuten eerder heeft hij ons verteld dat Herman Lateur hem zijn hulp heeft aangeboden omdat hij gehoord had dat er onenigheid bestond over de echtheid van het manuscript. Hoe kon Lateur dat weten als ze het geschil, zoals Teniers het noemde, binnenskamers hebben gehouden?'

'Misschien heeft Heymans hem erover verteld. Die twee kenden elkaar. Lateur is de ex van zijn vrouw.'

'Vind je dat geloofwaardig? Teniers zei dat Heymans de

naam van Lateur thuis liever niet liet vallen, wat waarschijnlijk te maken heeft met de scheiding een jaar geleden. Ex-partners zijn niet meteen een favoriet gespreksonderwerp, zeker niet als ze de nodige problemen hebben veroorzaakt.'

'We weten niet of dat gebeurd is.'

'Dat klopt, maar er is nog iets. Eerst beslissen Heymans en Teniers om tegen niemand iets over hun conflict te zeggen en vervolgens zou Heymans Herman Lateur hebben ingelicht? In dat geval was de kans groot dat binnen de kortste tijd half Leuven op de hoogte was van de ruzie. De meeste mensen kunnen hun mond niet houden, Wenderickx, en een man als Heymans was oud en wijs genoeg om dat te weten, zeker in dit geval. Als Lateur nog altijd rancune koesterde, zou dat voor hem de ideale kans zijn om zijn rivaal een hak te zetten. Het enige wat hij moest doen, was de ruzie tussen de twee mannen wereldkundig maken en zeggen dat hij Teniers gelijk gaf. Denk je echt dat Heymans dat risico wilde lopen?'

'Waarom heb je Teniers er niet op gewezen dat hij zichzelf tegensprak?'

'Omdat je nooit al je kaarten op tafel moet leggen. Ik laat hem liever in de waan dat hij ons heeft overtuigd. Intussen gaan wij met Lateur praten, dan zien we wel of Teniers de waarheid heeft verteld.'

Bij de ingang van het politiebureau troffen ze Lou aan die met haar rug tegen de gevel geleund een sigaret stond te roken. Dit keer droeg ze haar leren jekker niet. Berg vertelde wat ze vernomen hadden over Heymans' afspraak in de Mariapoort, enkele uren voor hij werd vermoord.

'En ik ben er intussen achter gekomen dat Esther Heymans getrouwd is, chef.'

'Dat weten we, met de zoon van Boudewijn Teniers. Dat heeft hij ons verteld. Hoe heet de man met zijn voornaam?'

'Mark.'

'Wat doet hij voor de kost?'

'Hij is vioolbouwer. Ik heb boven het adres van zijn zaak.'

'Bijna iedereen in die twee families heeft wel iets met muziek te maken,' zei Berg. 'Hoe zit het met de financiën van Esther Heymans?'

'Daar zou Coens zich mee bezighouden. Hij heeft de onderzoeksrechter om een bevelschrift gevraagd.'

Lou gooide de peuk van haar sigaret in een rioolkolk.

'Ik heb daarstraks Herman Lateur aan de lijn gehad en hem gevraagd of hij Esther Heymans kent.'

'En?'

'Hij wilde eerst weten waarom ik dat vroeg. Ik heb hem over de dood van professor Heymans verteld. De man viel uit de lucht. Hij had het nieuws nog niet gehoord omdat hij vanochtend vroeg de trein naar Leiden heeft genomen voor een tweedaags congres. Hij zei dat hij meteen Esther zou bellen om zijn medeleven te betuigen. Die twee kennen elkaar dus.'

'Hoe oud is Lateur?'

'Drieënveertig.'

'En Esther Heymans?'

'Achtendertig. Is dat belangrijk?'

'Geen idee. Behalve dat Esther Heymans maar enkele jaren jonger is dan haar stiefmoeder. Hoe zit het met de levensverzekering? Weet je daar al iets over?'

'Dat ga ik nu uitzoeken, chef.'

'Goed. Wenderickx, jij neemt contact op met Jozef en Rita Leyers. Vraag tot hoe laat ze met Boudewijn Teniers in De Molen hebben gezeten. Ik wil weten of het uur klopt dat hij ons heeft opgegeven.' Hij wendde zich tot Lou. 'Wanneer komt Herman Lateur terug?'

'Woensdag. Omstreeks de middag.'

'Je hebt hem niet toevallig gevraagd wat hij zaterdagavond heeft gedaan?'

'Euh... nee, chef. Had ik dat moeten doen? Beschouwen we hem ook als een verdachte?'

'Daar zijn op dit ogenblik geen aanwijzingen voor, maar als het motief voor de moord iets te maken heeft met de aankoop van het chansonnier, heeft Lateur in deze zaak een rol gespeeld en hebben we geen andere keus dan zijn alibi te checken.'

'Ik kan hem opnieuw bellen.'

'Nee, ik praat wel met hem zodra hij terug in Leuven is. Concentreer jij je nu maar op die levensverzekering.'

Berg keek op zijn horloge. Het was bijna vier uur. Hij verging van de dorst. De slopende wandeling van de Parkabdij naar het politiebureau had op een hellegang geleken. Zo moet Dante zich gevoeld hebben, dacht hij, na zijn tocht door de negen kringen van het inferno. Hij nam met een knikje afscheid van zijn collega's.

'Waar ga je naartoe, chef?' riep Wenderickx hem achterna.

'Iets drinken,' zei hij zonder omkijken. 'Ik stik van de dorst.'

Hij beende naar de ringweg. De gedachte aan Dante associeerde zich in zijn hoofd met een vraag die god-wist-waar vandaan kwam. Waarom werd de schrijver van *La Divina Commedia* altijd bij zijn voornaam genoemd? Bijna elke beroemde figuur stond bekend onder zijn familienaam, behalve enkele uitzonderingen zoals Michelangelo, Rembrandt, Giotto, Napoleon, Rafaël. Waarom was dat? Wat maakte dat uitgerekend zij... Berg schudde geïrriteerd de vraag van zich af. Waar maakte hij zich in godsnaam druk over? Alsof hij nog niet genoeg zorgen had.

De eerste halte die hij aandeed, nauwelijks vijfhonderd meter verder, was de Kaminsky aan de Tiensepoort. Op de barman na was het café leeg. Berg bestelde een martini en liep door naar het tuinterras dat bijna vol zat. Hij had geluk. Er was nog één tafeltje vrij in de schaduw van de luifel.

Een paar meter verder stond een stenen beeld van een naakte vrouw die een varken aan de lijn hield. Het was niet de eerste keer dat hij het kunstwerk zag en telkens opnieuw deed het hem denken aan een schilderij van Félicien Rops dat hij in het museum van Namen had gezien: een nagenoeg naakte en geblinddoekte vrouw die een varken aan de lijn hield dat als een soort geleidehond voor haar uit liep. Het verschil was dat deze vrouw geen blinddoek droeg, maar ramshoorns had op haar hoofd. Voor de rest was de gelijkenis zo treffend dat de kunstenaar ongetwijfeld een allusie had willen maken op het schilderij van Rops. Hoe heette dat ook weer? De titel ontsnapte hem. Hij mompelde een verwensing. Dat overkwam hem de laatste tijd dikwijls, dat hij niet op een woord kon komen. De ene keer ging het om de naam van een schrijver, schilder of acteur, dan weer om de titel van een boek, film of opera.

Soms vroeg hij zich af of hij zich daar zorgen over moest maken. Ging zijn geheugen achteruit? Vroeger kon hij alle gewenste namen, data, titels... wat dan ook... in een seconde uit zijn geheugen opdiepen, terwijl dat nu vaak niet meer lukte. De gewenste informatie was er wel, die zat ergens op zijn harde schijf, dat wist hij zeker, maar ofwel duurde het ettelijke minuten voor hij ze kon oproepen, ofwel kwam ze helemaal niet boven water en bleef een naam of titel op het puntje van zijn tong haperen. Zoals ook nu weer met het schilderij van Félicien Rops. Of zoals daarstraks, toen de naam van Filip Decroo hem niet te binnen wilde schieten.

De kelner zette zijn bestelling voor hem neer. Berg nam een

fikse slok. De koude martini smaakte hemels. Hij keek opnieuw naar het kunstwerk. De titel van Rops' schilderij bleef hem ontsnappen. Het ergerde hem. Het enige wat hij nog wist, was dat de gids in het museum had gezegd dat het werk *La dame au cochon* heette, maar het had nog een andere titel, een veel apartere, en die kwam maar niet.

Misschien, troostte hij zichzelf, lag het aan de hitte. Als je hele lichaam loom en overbelast aanvoelde, kon je brein ook niet naar behoren functioneren. Die verklaring was in elk geval een stuk geruststellender dan de vrees dat zijn geheugen achteruitging. Voor iemand met zijn beroep zou dat een regelrechte catastrofe zijn. Speurwerk hield in dat je honderden gegevens moest onthouden. Het merendeel daarvan bleek achteraf niets met de moord te maken te hebben, maar doorgaans werd het motief van een dader pas duidelijk wanneer je verschillende elementen met elkaar in verband bracht en hoe kon dat als enkele stukjes van de puzzel je waren ontsnapt?

Berg dronk zijn glas leeg en verbood zichzelf een tweede te bestellen. Het was nog een heel eind lopen tot aan zijn flat en hij moest onderweg boodschappen doen of hij had vanavond niets te eten.

Hij schoof zijn stoel achteruit. Op het stenen gezicht van de vrouw lag een mysterieuze glimlach. Even kwam hij in de verleiding om de titel van Rops' schilderij via zijn smartphone op te zoeken, maar hij verwierp die gedachte. Misschien was de alomtegenwoordigheid van het internet er net de oorzaak van dat je geheugen lui werd. Als alle informatie in een handomdraai beschikbaar was, waarom dan nog iets onthouden? Nee, op die titel wilde hij zelf komen, al kostte hem dat de rest van de dag.

Hij stak de ringweg over en liep via de Tiensestraat naar het stadscentrum. Hoewel het bijna halfzes was, voelde het nog altijd even warm aan als een paar uur geleden. Onderweg dacht hij na over wat hij zou klaarmaken. Het moest iets eenvoudigs zijn, iets wat zo weinig mogelijk tijd kostte aan het fornuis, die kwelling wilde hij zichzelf besparen. Hij besloot een tagliatelle al ragù te maken zoals hij die vorig jaar in Bologna had leren kennen. Het gerecht moest wel een paar uur sudderen, maar daar hoefde hij niet bij te zijn.

In een supermarkt in de Brusselsestraat kocht hij een bos wortelen, een kilo uien, een selder en een paar flessen Pinot Noir en Pinot Grigio. Vandaar liep hij naar het Pensstraatje omdat hij gehakt en prosciutto nodig had en legde daarna via de Dirk Boutslaan het laatste stuk af naar zijn flat. Eigenlijk was hij van plan geweest om zich vandaag een ventilator aan te schaffen, maar de zak met boodschappen was zo zwaar dat het zweet al snel in irritant jeukende druppelbanen van zijn voorhoofd gleed.

Morgen, nam hij zich voor. Voor vandaag was het welletjes geweest. De dichtstbije zaak met elektrische apparaten bevond zich in de Diestsestraat en die omweg was er in deze omstandigheden te veel aan.

Het eerste wat hij thuis deed, was een fles Pinot Noir in een koelemmer leggen en een douche nemen. Daarna schonk hij zichzelf een martini in met veel ijs, liep naar de kast met cd's in de woonkamer en dacht na over wat hij zou opzetten. Ten slotte opteerde hij voor het *Adagio* van Albinoni. Als er met deze tergende hitte één muziekstuk bestond dat zijn humeur een beetje kon opvijzelen, was het dat wel.

Zodra de saus op het vuur stond te pruttelen, vluchtte hij de keuken uit. Op het terras was de temperatuur nauwelijks draaglijker. Hij deed opnieuw een poging om zich de titel van het schilderij van Félicien Rops te herinneren, maar het lukte nog altijd niet.

In plaats daarvan probeerde hij zijn gedachten op de moordzaak te concentreren. Dus Esther Heymans en Herman Lateur kenden elkaar. Op zich was dat niet verwonderlijk. Lateur was de ex van haar stiefmoeder en bovendien speelde zij de vrouwelijke hoofdrol in het stuk waarvan hij een nieuwe vertaling had gemaakt. Misschien had Lateur bij het begin van de repetities de tekst doorgenomen met de regisseur en met enkele acteurs en hadden ze elkaar op die manier leren kennen.

Berg dacht aan wat hij daarstraks tegen Lou had gezegd, dat Mieke Vanderwegen maar enkele jaren ouder was dan de dochter van haar tweede echtgenoot. Had dat voor problemen gezorgd? Waren er spanningen geweest tussen die twee? Het zou niet de eerste keer zijn dat een dochter zich verzette tegen een nieuwe vrouw in het leven van haar vader, zeker als die vrouw qua leeftijd slechts een paar jaar scheelde met haar. Coens had ontdekt dat Heymans' eerste echtgenote drieëntwintig jaar geleden aan kanker was gestorven. Dat betekende dat Esther haar moeder heel jong had verloren en vanaf dat ogenblik alleen door haar vader was opgevoed. Zoiets schiep een sterke band en plots, na al die jaren, moest ze haar vader met een andere vrouw delen. Hoe was dat verlopen? Konden de twee vrouwen met elkaar opschieten of bestond er een zekere rivaliteit tussen hen die de sfeer binnen het gezin had verziekt?

Aan de andere kant was Esther geen kind meer toen haar vader hertrouwde. Op dat ogenblik was ze zelf al zevenendertig, dus was de kans klein dat ze moeilijk had gedaan over het huwelijk van haar vader, tenzij ze de leeftijd van haar stiefmoeder als een probleem had ervaren of haar had beschouwd als een schattenjaagster die vanwege het geld met een veel oudere man was getrouwd. Mieke Vanderwegen kende Heymans al van haar achttiende, had ze gezegd. Als ze zelf begin veertig was, was dat ongeveer in de periode dat Heymans zijn eerste vrouw had verloren.

Maar was dat alles van belang voor het onderzoek? Zelfs al bestond er een levensverzekering, dan moest die ouder zijn dan een jaar, anders kon de premie niet het motief voor de moord zijn aangezien de dader met opzet de schijn van een zelfdoding had gewekt. Wat wel kon, was dat Heymans een bemiddeld man was geweest en dat de moord was gepleegd vanwege de erfenis. Met welk huwelijkscontract was hij getrouwd? Had hij een testament nagelaten? En zo ja, wie was de belangrijkste begunstigde? Zijn dochter? Zijn vrouw? Of erfden ze elk de helft? Al die gegevens moesten dringend worden uitgezocht.

In elk geval was hij van plan om zo snel mogelijk met Esther Heymans te gaan praten. En met Herman Lateur, maar die kwam pas overmorgen terug uit Leiden. Wat de man over de zaak wist, kon van belang zijn om te verifiëren of Boudewijn Teniers de waarheid had verteld of niet.

Berg staarde in gedachten verzonken voor zich uit. Om de een of andere reden vertrouwde hij de professor niet. Er zat een tegenstrijdigheid in zijn verklaring en dat was altijd een veeg teken. Bovendien was hij tot nu toe de enige die eventueel een motief had voor de moord, ook al had hij drie argumenten opgesomd om dat te ontkennen. Maar dat was nu net wat hem verdacht maakte. Wie onschuldig was, had genoeg aan één argument, dat woog meestal zwaar genoeg door. De argumenten van Teniers deden dat niet. Wat had hij allemaal gezegd? Dat Heymans niet alleen een collega was, maar ook een vriend, zelfs aangetrouwde familie. En wat dan nog? Alsof er nooit een moord gebeurde tussen vrienden of familieleden. Het tegenovergestelde was waar: het kwam minder vaak voor dat onbekenden elkaar om het leven brachten dan mensen die elkaar kenden.

Ten tweede had Teniers gezegd dat het chansonnier voor hem niet zó belangrijk was dat hij daarvoor een mens zou vermoorden, terwijl hij het manuscript tien minuten eerder de vondst van de eeuw had genoemd omdat er geen ander voorbeeld bestond van twee identieke driestemmige liedjesboeken uit de vijftiende eeuw. Bovendien bevestigde het werkje mogelijk zijn theorie dat zulke kleine chansonniers in drievoud werden vervaardigd en Berg had vaak genoeg met professoren te maken gehad om te weten hoe groot hun eerzucht was op wetenschappelijk vlak.

Tot slot, als derde argument, had Teniers eraan toegevoegd dat hij nooit met een woord over het meningsverschil tussen hem en het slachtoffer zou hebben gerept als hij iets met de moord te maken had, maar ook dat klopte niet, aangezien hij wist dat Heymans' vrouw de politie al over het conflict had verteld.

Nee, op dit ogenblik was Boudewijn Teniers hun belangrijkste verdachte. Wat Mieke Vanderwegen betrof, daar was hij nog niet uit. Om te beginnen had ze geen alibi voor het moment van de moord, al bewees dat natuurlijk niets. Maar je kon je wel de vraag stellen waarom een opvallend mooie vrouw als zij met een man trouwde die een pak ouder was. Was dat heus alleen uit liefde gebeurd? Dat kon natuurlijk, maar op vlak van relaties had Berg al zoveel meegemaakt dat enige scepsis in dat verband hem niet vreemd was. Meer dan twee decennia was niet niks en...

Ineens vormde zich een bizarre associatie in zijn hoofd. Het verschil in leeftijd tussen Mieke Vanderwegen en haar echtgenoot deed hem denken aan het toneelstuk van Sophocles. Oidipous was zonder het te beseffen met zijn moeder getrouwd en die was vanzelfsprekend veel ouder dan hij. Een omgekeerde situatie dus van deze, aangezien de tragedie over het huwelijk ging van een jonge man met een rijpere vrouw, maar in beide relaties was er sprake van een aanzienlijk leeftijdsverschil.

Het was lang geleden dat hij het verhaal over Oidipous had gelezen en het benieuwde hem of hij zich alle namen nog kon herinneren. Tenslotte had hij ooit meegedaan aan een schoolopvoering van het toneelstuk. Als hij niet in staat was om de verschillende personages bij naam te noemen, was er echt wel iets met zijn geheugen aan de hand. De vraag was of het wel een goed idee was om zichzelf op die manier te testen. Als hij faalde, zou hij zich nog meer zorgen maken over zijn geheugen en hij had al genoeg aan zijn hoofd met deze nieuwe moordzaak. Aan de andere kant was het een ideale gelegenheid om de proef op de som te nemen.

Hij sloot zijn ogen terwijl hij het verhaal in zijn geheugen opriep. Het begon ermee dat de koning en de koningin van Thebe, Laios en Jokaste – die namen vielen hem meteen te binnen – geen kinderen konden krijgen. Ten einde raad ging Laios naar het orakel van Delphi. De Pythia verzekerde hem dat er weldra een zoon zou worden geboren, maar dat diezelfde zoon hem ooit zou doden.

Geschrokken keerde de koning terug naar huis en vertelde zijn vrouw wat het orakel had gezegd. Toen enige tijd later het kind werd geboren, doorboorde Laios de voetjes van de baby, bond ze aan elkaar en gaf een dienaar het bevel om zijn zoon in het gebergte achter te laten als prooi voor de wilde dieren. Maar de dienaar – werd die man bij naam genoemd? Hij dacht van niet – kreeg medelijden en gaf de baby aan een herder die in de buurt van Korinthe zijn schapen hoedde. Die bracht de vondeling naar koning Polybos die getrouwd was met... – hoe heette de vrouw ook alweer? Hij knipte een paar keer met zijn vingers, tot de naam hem te binnen viel – Merope, dat was het.

Het echtpaar dat over Korinthe heerste, kon ook geen kinderen krijgen en voedde de baby op als hun eigen zoon. Om zijn doorboorde voetjes noemden ze hem Oidipous, wat 'gezwollen voet' betekent.

Het kind, dat de troonopvolger van Thebe was, groeide op als prins van Korinthe. Op geen enkel ogenblik twijfelde hij aan zijn afkomst, tot een dronkaard hem tijdens een feestmaal toeriep dat hij niet de echte zoon van de koning was, maar een vondeling. Ontdaan vroeg Oidipous aan zijn ouders of dat waar was, maar die ontkenden ten stelligste. Oidipous wilde niets liever dan hen geloven, maar de twijfel vrat aan zijn binnenste en hij vertrok naar het orakel van Delphi om de waarheid te achterhalen. In plaats van een antwoord te geven op zijn vraag, zei de Pythia dat hij zijn vader zou vermoorden en met zijn moeder zou trouwen.

Ontzet besloot Oidipous om niet naar Korinthe terug te keren. Hij trok oostwaarts en niet lang daarna kwam hij bij een driesprong een oude man in een wagen tegen, begeleid door vier dienaars. De koetsier snauwde hem toe dat hij de weg moest vrijmaken, wat Oidipous zich als prins niet liet welgevallen. Hij gaf de man een klap waarop de andere dienaars hem te lijf gingen. Er volgde een gevecht waarin Oidipous drie van hen doodde, tot hij plots een stokslag kreeg van de oude man in de wagen. Woedend doorboorde hij zijn belager, terwijl de laatste dienaar ervandoor ging en in Thebe rondbazuinde dat koning Laios was vermoord door een bende rovers. Zonder dat Oidipous het besefte, was het eerste deel van de orakelspreuk bewaarheid geworden: hij had zijn vader gedood.

Na het voorval trok Oidipous verder in de richting van Thebe. De stad verkeerde in rouw na het nieuws van de koningsmoord en bovendien werd de bevolking geteisterd door een ander onheil. Op een rots in de omgeving was een sfinx neergestreken die al de voorbijgangers een raadsel voorlegde: 'Welk wezen loopt 's ochtends op vier voeten, 's middags op twee en 's avonds op drie, en is zwakker naarmate het op meer voeten loopt?'

Wie niet kon antwoorden, werd door de sfinx in de afgrond geslingerd. Dat was tot nu toe met iedereen gebeurd die had geprobeerd om het raadsel op te lossen, ook met de zoon van Jokastes broer, een zekere...– hoe heette de man ook weer? De naam viel hem niet te binnen hoe ingespannen hij ook nadacht en na een paar minuten moest hij zich gewonnen geven.

In elk geval had Jokastes broer, die als tijdelijke heerser over Thebe was aangesteld, verkondigd dat wie erin slaagde om de stad van het monster te bevrijden de troon van Laios kreeg én de hand van de koningin.

Oidipous besloot om zijn kans te wagen en begaf zich naar de plaats waar de sfinx zich ophield. Zonder aarzelen zei hij: 'Het antwoord op het raadsel is de mens. Die kruipt als baby op handen en voeten, loopt als volwassene op twee benen en gebruikt op zijn oude dag een stok.'

De sfinx voelde dat zijn kracht was gebroken en stortte zich in de afgrond. Oidipous werd als een held in de stad onthaald. Hij kreeg de heerschappij over Thebe en trouwde met de koningin. Zo ging het tweede deel van de orakelspreuk in vervulling.

Berg leunde achteruit en vouwde zijn handen in zijn nek. Hij was niet ontevreden over zichzelf. Het verhaal was nog niet ten einde, want het toneelstuk van Sophocles begon pas op het ogenblik dat Oidipous al vijftien jaar koning was van Thebe, maar van het hele eerste deel had hij zich maar één enkele naam niet herinnerd: die van de broer van Jokaste.

Hij pijnigde opnieuw zijn hersenen, maar de naam bleef hem ontsnappen. In zijn boekenkast stond een exemplaar van

Koning Oidipous of *Oidipous Rex* zoals het verhaal ook werd genoemd. Als hij dat raadpleegde, was het probleem meteen van de baan, maar op die manier zou hij wel de handdoek in de ring gooien. Hij schokschouderde. Het kon hem niet schelen, met slechts één vergeten naam kon hij leven.

Hij stond op, liep de flat in en zocht tussen de boeken waarvan de naam van de auteur met een S begon. Niets. Geen Sophocles. Vreemd. Had hij over het werkje heen gekeken? Het was niet dik, een zestigtal bladzijden ongeveer, en zo'n dunne rug kroop algauw weg tussen de meer volumineuze boeken.

Opnieuw beginnen dan maar. Hij wist honderd procent zeker dat hij een vertaling van het toneelstuk in zijn bezit had, maar weer vond hij het boekje niet. Hoe kon dat? Stond het op een verkeerde plaats? Hij keek eerst bij de K, daarna bij de O, hoewel de fictiewerken niet alfabetisch geordend waren op titel, maar op naam van de schrijver.

Voor de tweede keer ving hij bot. Hij begreep er niets van. Had hij het toneelstuk ooit aan iemand te lezen gegeven en niet teruggekregen? Dat was hem in het verleden zo dikwijls overkomen dat hij op een gegeven ogenblik had besloten om geen enkel werk meer uit te lenen. Mensen waren nergens zo slordig in als in het terugbezorgen van boeken, zelfs al stond de naam van de eigenaar erin vermeld. Waarom dat zo was, had hij nooit begrepen. Een boek dat door iemand was gekocht en gelezen, was een deel geworden van diens leven en het gaf geen pas om dat voor jezelf te houden.

Hij kon zich trouwens niet herinneren dat iemand hem ooit naar de tragedie van Sophocles had gevraagd. Waar was het ding dan naartoe? Of schoot zijn geheugen tekort en was hij simpelweg vergeten dat hij het boekje had uitgeleend?

Het gevoel van tevredenheid was ineens weg. Onverrichter zake liep hij terug naar het terras. Hij kon de naam van Jokastes broer natuurlijk googelen, maar daar ging het hem niet langer om. Het zat hem dwars dat hij het werkje kwijt was. Het dateerde nog uit zijn schooltijd en had om die reden een sentimentele waarde. Bovendien was het verontrustend dat hij niet meer wist waar het was gebleven. Was hij echt vergeten dat hij het aan iemand had...

Op hetzelfde ogenblik, als een bliksemflits bij heldere hemel, schoot hem de titel te binnen van het schilderij van Félicien Rops. *Pornokratès*. Zo had de kunstenaar zijn werk genoemd.

Hij glimlachte verrast. Waarom dat ongewone woord hem nu plots toch te binnen viel, was onduidelijk, maar het stelde hem wel gerust. Zijn geheugen werkte nog naar behoren en dat was oneindig veel belangrijker dan het verlies van een boekje uit zijn schooltijd.

Deel 2

Oidipous Rex

I

De volgende ochtend, op weg naar het politiebureau, viel Berg een vreemde herinnering te binnen die door niets specifieks werd opgeroepen, tenzij door de temperatuur die ondanks het vroege uur al een stuk in de twintig graden bedroeg. Vroeger op school had de leraar aardrijkskunde het klimaat van dit land een gematigd zeeklimaat genoemd. Dat was de term die hij had gebruikt: een gematigd zeeklimaat.

De benaming had Berg als scholier al vreemd in de oren geklonken. Met wat goede wil viel het woord *zeeklimaat* nog te begrijpen, tenslotte grensde dit land aan de Noordzee. Maar met het bijvoeglijk naamwoord *gematigd* had hij wel een probleem, want daarmee werd bedoeld: mild, niet overdreven of extreem. Waarom die hoedanigheid aan dit klimaattype werd toegeschreven, was hem altijd een raadsel geweest. In de winter dook het kwik soms tot tien à twaalf graden onder nul en in de zomer werd het geregeld dertig graden of meer. Was dat gematigd? Een kloof van bijna vijftig graden? Soms waren er zelfs periodes in het jaar, vooral in de lente of de herfst, dat het temperatuurverschil tussen twee opeenvolgende dagen zo extreem groot was dat je bij het opstaan de indruk had dat je tijdens de nacht in een andere klimaatzone was terechtgekomen. En hetzelfde gold voor wat er nu aan de hand was: bloedhete junidagen, nachten die nauwelijks afkoeling brachten, aanhoudende droogte. Deze lente kon beslist niet gematigd worden genoemd, wat eens te meer bewees dat het gevoel uit zijn jeugd terecht was: de omschrijving gematigd was voor dit klimaattype compleet uit de lucht gegrepen.

Bezweet en slechtgehumeurd vanwege een alweer veel te korte nacht kwam Berg op kantoor aan. De ramen stonden wijd open, maar dat bood nauwelijks soelaas. Het was windstil, zodat de hitte van de voorbije dagen in de lage ruimte bleef hangen en er van enige afkoeling geen sprake was. De lucht binnen voelde zwaar aan, broeierig, afmattend. Zijn stemming werd er niet beter op.

Hij zat nog maar pas op zijn stoel of Wenderickx, Coens en Lou kwamen naar zijn bureau en begonnen informatie te spuien tegen een tempo dat veel te hoog lag voor zijn onuitgeslapen brein. Zonder iets te zeggen, met twee handen omhoog, legde hij hen het zwijgen op. Vijf minuten had hij nodig om te acclimatiseren, meer niet. Vijf minuten om zich aan te passen aan de drukkende atmosfeer in het kantoor.

Maar zelfs dat werd hem niet gegund omdat zijn collega's bleven staan waar ze stonden en hun aanwezigheid hem al na dertig seconden zo op de zenuwen werkte dat hij zei:

'Goed, ik luister. Wenderickx, jij eerst.'

'Ik heb Jozef en Rita Leyers gebeld, chef. Verschillende keren zelfs, maar ik krijg telkens hun antwoordapparaat.'

'Probeer dan hun mobiele nummers.'

'Heb ik gedaan. Niks. Zelfs geen voicemail.'

'Hoe kan dat?'

'Geen idee. Tenzij ze op vakantie zijn en hun telefoons hebben thuisgelaten.'

'Zoek dat dan uit.'

'Hoe, chef?'

Berg maakte een ongeduldig gebaar.

'Ga met de buren praten. Of bel Boudewijn Teniers. Die heeft zaterdagavond met hen iets gedronken in De Molen. Als die twee op het punt stonden met vakantie te gaan, zullen ze daar wel iets over gezegd hebben.'

Hij wilde zich tot Lou richten toen hij zag dat Wenderickx op zijn plaats bleef staan.

'Waar wacht je op, Wenderickx? Zolang we niet weten tot hoe laat Teniers in de brasserie is gebleven, kunnen we zijn alibi niet checken.'

'Ik bel meteen.'

'Wat heb jij ontdekt, Lou?'

'Marcel Heymans had wel degelijk een levensverzekering, chef. En geen kleintje. Het gaat om een miljoen euro.'

'Wie is de begunstigde? Zijn vrouw?'

'En zijn dochter, elk voor de helft. Maar de polis is een week ná hun huwelijk afgesloten. Het contract is dus nog geen jaar oud.'

'Dan zijn we opnieuw bij af,' zei Berg. 'De premie kan niet het motief van de moord zijn, aangezien Heymans' overlijden als een zelfdoding is geënsceneerd.'

'Dat weet ik nog zo niet, chef. Er zit iets heel tegenstrijdigs in die enscenering. Enerzijds stopt de dader stenen in de zakken van zijn slachtoffer, anderzijds vergeet hij diens vingers erop te drukken. Kan iemand zo dom zijn?'

'Daar hebben we het al over gehad,' kwam Coens tussenbeide. 'Waarschijnlijk nam hij aan dat de vingerafdrukken door het water zouden worden uitgewist. Dat denken de meeste mensen, vermoed ik.'

'Zelfs al dacht onze dader dat ook,' antwoordde Lou, 'dan klopt er nog iets niet. Waarom heeft hij rohypnol gebruikt? Hij moet toch beseft hebben dat de autopsie die aan het licht zou brengen?'

'Je hebt gehoord wat Geeraerts daarover heeft gezegd,' zei Berg. 'Na acht uur is rohypnol volledig afgebroken in het bloed.'

'En dat wist deze man? Kom nou, chef. Zelfs wij waren daarvan niet op de hoogte.'

Berg dacht na. Lou had misschien een punt. Als ze aannamen dat de dader niet compleet onnadenkend had gehandeld, zat er wel degelijk een tegenstrijdigheid in de manier waarop hij te werk was gegaan. Aan de ene kant had hij alle mogelijke moeite gedaan om Heymans' dood als een zelfmoord te ensceneren, aan de andere kant had hij het zich bijzonder gemakkelijk gemaakt door ervan uit te gaan dat het water de vingerafdrukken op de stenen zou uitwissen en er geen enkel spoor van de rohypnol in de bloedbaan van het slachtoffer zou overblijven. Als hij op een van de twee had gegokt, was dat nog enigszins aannemelijk geweest, maar twee zulke risico's nam niemand.

Bovendien verklaarde Lous theorie waarom het slachtoffer zijn bril nog op had. Iedereen wist dat mensen die een bril droegen en op het punt stonden een eind aan hun leven te maken, die eerst afzetten. De bril laten zitten kon in die optiek geïnterpreteerd worden als een opzettelijk manoeuvre van de dader om de argwaan van de politie te wekken.

'Je denkt dus dat het de bedoeling van de dader was dat we zouden ontdekken dat het níet om zelfmoord gaat?'

'Ja, chef. En in dat geval komt de verzekering wel over de brug.'

Berg moest toegeven dat hij het zo nog niet had bekeken, maar als Lou gelijk had, had zowel de echtgenote als de dochter een motief. Een half miljoen euro was een smak geld.

'Wat ik daarbij niet begrijp,' zei Wenderickx, 'is het nut van die enscenering. Als het de dader te doen was om het geld van de levensverzekering, dan had hij Heymans toch gewoon kunnen vermoorden? Waarom die omweg? Waarom al die moeite om ons op een dwaalspoor te brengen?'

'Misschien om de aandacht af te leiden van diegenen die van de levensverzekering profiteren en dus als eersten door ons verdacht zouden worden,' antwoordde Lou.

‘Nu spreek je jezelf tegen,’ zei Berg. ‘De dader kan niet én onze aandacht willen afleiden van de begunstigden én erop rekenen dat we hem doorhebben, zodat diezelfde begunstigden het geld kunnen opstrijken. Dat staat lijnrecht tegenover elkaar.’

Dit keer zweeg Lou. Het was haar aan te zien dat ze ook geen verklaring had voor de tegenspraak in haar theorie.

‘Was Heymans rijk?’ vroeg Berg aan Coens.

‘De villa in de Zwaluwenlaan is flink wat waard, chef. Voor de rest is zijn vermogen niet van die aard dat iemand hem daarvoor zou vermoorden.’

‘Wat niet van de levensverzekering kan worden gezegd.’

‘Ja, Lou...’ zuchtte Berg. ‘Dat weten we intussen.’ Hij wendde zich opnieuw tot Coens. ‘Hoe zit het met de financiën van Esther Heymans?’

‘Ik heb niks speciaals gevonden. Geen zware lening bij de bank of andere schulden. Zij en haar man hebben volledig gescheiden rekeningen, op één gemeenschappelijke na die ze gebruiken om van te leven. De voorbije drie maanden heeft haar echtgenoot daar geen geld meer op gestort en zijn spaarrekening is ook zo goed als leeg. Ik moet nog uitzoeken hoe het zit met zijn zaak.’

‘Nu heb je het toch over de vioolbouwer?’

‘Ja. Mark Teniers.’

‘Neem contact met hem op. Ik wil weten of hij een alibi heeft voor zaterdagavond.’

‘Chef!’ riep Wenderickx vanachter zijn bureau. ‘Ik heb net Boudewijn Teniers aan de lijn gehad. Het klopt wat ik dacht. Jozef en Rita Leyers zijn op vakantie. Naar Andalusië. Voor twee weken.’

‘Zo lang kan ik niet wachten,’ bromde Berg. ‘Ik wil hun getuigenis nu.’

'Hoe? Als ze hun mobieltjes niet mee hebben, kan ik hen niet bereiken.'

'Wie laat tegenwoordig zijn telefoon thuis als hij op vakantie gaat?' mompelde Coens.

'Ik,' zei Berg. 'Daar dient vakantie voor. Wat is daar zo vreemd aan?'

Coens hield wijselijk zijn mond.

'Wat doe ik nu, chef?' vroeg Wenderickx.

'Zoek uit in welk hotel ze logeren.'

'Maar ik weet niet eens met welk reisbureau ze...'

'Ga dan na of ze kinderen hebben. Die zullen je wel kunnen helpen.'

'En als er geen kinderen zijn?'

Berg verloor zijn geduld.

'Verdomme, Wenderickx! Doe nu eens eindelijk je werk in plaats van mij constant te vragen hoe je iets moet aanpakken.'

'Oké... Oké...'

'Lou, jij rijdt naar Mechelen. Vraag Filip Decroo of hij inderdaad niet wist dat Herman Lateur het Latijnse lied in het chansonnier heeft onderzocht. Als hij daar wel van op de hoogte was, heeft Boudewijn Teniers tegen ons gelogen.'

'Ik veronderstel dat ik hem ook moet vragen of hij een alibi heeft voor het moment van de moord?'

'Uiteraard. Door Heymans' verzet tegen de aankoop van het chansonnier dreigde hij een heel lucratieve zaak aan zijn neus te zien voorbijgaan. Als Heymans erbij bleef dat het manuscript een vervalsing was, gaf dat Decroo een motief om hem uit de weg te ruimen.'

'Tenzij hij een andere koper heeft.'

'Als dat tenminste klopt. 210.000 euro is veel geld voor een privéverzamelaar. Vraag in elk geval naar de naam van de man.'

'Of de vrouw.'

'Of de vrouw...' herhaalde Berg. 'Maar als die andere klant niet bestaat, wordt ook Boudewijn Teniers een stuk verdachter, want in dat geval bestond er geen deadline voor de verkoop en had hij geen enkele reden om op een zaterdagavond met Heymans af te spreken.'

'Zeker niet op die plaats,' voegde Lou eraan toe. 'Als Heymans een vriend was zoals hij beweert, had hij hem net zo goed in zijn huis kunnen uitnodigen.'

'Precies.'

'En wie controleert of Esther Heymans een alibi heeft?' vroeg Coens.

'Dat doe ik wel.' Berg stond op. 'Iedereen weet wat te doen? Aan de slag dan, mensen. We zien elkaar om één uur.'

Hij liep het kantoor uit en nam de lift naar de derde verdieping. Om elf uur had hij een afspraak met de directeur om hem een stand van zaken te geven, wat in zijn ogen compleet overbodig was aangezien Denissen nog nooit iets had bijgedragen tot het oplossen van een moordzaak. Maar de man stond erop om geregeld gebrieft te worden, al was het maar om op die manier te laten aanvoelen wie de plak voerde. Dat had tot gevolg dat hij zijn hoofdinspecteur onder ogen moest komen, hetgeen Berg vreemd vond omdat ze elkaar zoveel mogelijk uit de weg gingen. Aan de andere kant... als het om zelfbevestiging ging, was geen offer Denissen te groot.

In het lab, een paar meter achter Zeebos' rug, stond een grote ventilator die voldaan snorrend draaide, zodat de ruimte veel koeler aanvoelde dan een verdieping lager. In de veronderstelling dat Berg zoals gewoonlijk een koffie kwam drinken, stond Zeebos op om het Senseo-apparaat aan te zetten.

'Nee, Jan. Bedankt. Vandaag geen koffie.'

'Dat is ook voor het eerst,' verbaasde Zeebos zich.

'Het is veel te warm. Waar heb je die ventilator vandaan?'

‘Die is van mij. Het is hier anders niet te harden.’

‘Sleur je dat ding elke dag mee naar hier?’

‘Nee. Ik heb thuis nog een toestel. Met dit weer is dat geen overbodige luxe. Is het in jouw flat koeler?’

‘Het is er om te stikken. Ik doe al nachtenlang geen oog dicht.’

‘Schaf je dan zo’n toestel aan. Dat doet wonderen.’

‘Ben ik van plan,’ zei Berg. ‘Het is er alleen nog niet van gekomen.’

Hij liep naar de ventilator en ging er met zijn rug voor staan. De koele lucht deed zijn hemd bollen. Het voelde aan als de fluwelen streling van een zeebriesje op het strand. Vandaag nog, nam hij zich voor, kocht hij zo’n apparaat.

‘Heb je de telefoongegevens van Heymans al?’

‘Nog niet. De provider heeft beloofd dat ik ze in de loop van de dag krijg. Ik heb intussen de mobiel onderzocht. De vingerafdrukken van Heymans staan erop en die van iemand anders. Vermoedelijk van Boudewijn Teniers.’

‘Laat Glenn een afspraak met hem maken om zijn afdrukken te nemen. Dan hebben we zekerheid.’

‘Zal ik hem ook naar zijn schoenmaat laten vragen?’

‘Doe maar. Je weet nooit of dat nog van pas komt.’

‘Ik ben Heymans’ inkomende en uitgaande sms’jes van de laatste twee weken nagegaan,’ ging Zeebos voort. ‘De rest is gewist. Het zijn zonder uitzondering werkgerelateerde berichten, behalve twee aan zijn dochter.’

‘Interessant?’

‘Nee, het ging telkens over een lunchafspraak. Blijkbaar gingen vader en dochter geregeld samen iets eten.’

‘Luister, ik wilde je iets vragen. Kan je eens gaan praten met Patrick Olieslaghers? Dat is de expert die het chansonnier van Filip Decroo op echtheid heeft getest.’

'Waarom? Denk je dat er iets niet pluis is met zijn verslag?'

'Daar gaat het niet om. Ik wil dat je hem confronteert met wat Herman Lateur over het Latijnse lied heeft gezegd. Dat spreekt Olieslaghers' bevindingen tegen. Eens zien of de man bij zijn mening blijft.'

'Kan Coens of Wenderickx dat niet doen? Het is vandaag weer verdomd warm. Je weet dat ik niet tegen die hitte kan.'

'Coens en Wenderickx hebben hun handen vol en waarschijnlijk wordt de uitleg tamelijk technisch. Dat is meer jouw afdeling.'

Zeebos bolde zijn wangen bij het vooruitzicht dat hij zijn koel geblazen lab uit moest.

'Waar woont Olieslaghers? In Leuven?'

'In Antwerpen.'

'Maar dat is bijna een uur rijden,' protesteerde Zeebos. 'Kan ik hem niet gewoon bellen?'

'Ik wil dat je zijn reactie ziet. Die vertelt vaak meer dan wat iemand zegt.'

Als illustratie van die theorie vertoonde Zeebos' mimiek ineens tekenen van iemand die absoluut niet opgezet was met wat van hem werd gevraagd.

'Het is belangrijk, Jan,' drong Berg aan.

'Nu, goed dan. Als het echt moet.' Zeebos schoof zijn stoel achteruit. 'Ga je mee? Met z'n tweeën duurt de rit minder lang.'

'Nee, ik heb iets veel leukers te doen.'

'En mij stuur je naar Antwerpen? Fraai hoor.'

'Ik moet verslag uitbrengen bij de directeur.'

De malcontente uitdrukking op Zeebos' gezicht veranderde op slag toen hij begreep dat Bergs opmerking ironisch was bedoeld. Hij grijnsde.

'In dat geval heb ik het nog niet zo slecht getroffen.'

'Als je dat maar weet,' zei Berg en hij maakte zich met tegenzin los uit de koele luchtstroom van de ventilator.

De enige die op de briefing van één uur ontbrak, was Zeebos. Hij had Berg gebeld om te zeggen dat hij Patrick Olieslaghers niet thuis had gevonden, maar dat de man volgens zijn vrouw omstreeks twee uur zou terug zijn. Liever dan nog een keer heen en weer te rijden had hij besloten om in Antwerpen te blijven, ergens te gaan lunchen en het later nog eens te proberen.

Berg van zijn kant had een al even onproductieve ochtend achter de rug. Zoals verwacht had Denissen zijn beklag gedaan over de dure en zinloze dregoperatie waarover hij niet was geraadpleegd en pas nadat hij daar enkele minuten lang zijn ongenoegen over had geventileerd, had hij Berg tot in detail laten vertellen welke stappen er tot nog toe genomen waren in het onderzoek.

Op het bureau van de directeur stond een kleine ventilator en dat was zowat het enige positieve dat er te zeggen viel over het onderhoud dat bijna een halfuur had geduurd omdat Denissen hem het hemd van het lijf had gevraagd vanwege de persconferentie die later op de dag was gepland. Berg bleef daar – op eigen verzoek – meestal van gespaard. Hij ergerde zich toch maar aan de opdringerige vragen van het journaille en hij wist dat een verklaring zo kort na een moord vooral tot doel had zo weinig mogelijk informatie te lossen en zoveel mogelijk de indruk te wekken dat de politie de zaak onder controle had. Een persconferentie was in zijn ogen daarom puur tijdverlies en Denissen kon zo'n inhoudsloos verhaaltje een stuk beter opdreunen dan hij.

In plaats van terug naar zijn kantoor te gaan, liep Berg na het gesprek met de directeur het politiegebouw uit naar het kerkhof aan de overkant van de straat. Op een bank in de schaduw van twee grote taxusbomen belde hij de onderzoeksrechter en gaf ook hem een stand van zaken. Daarna liet hij de centrale het mobiele nummer van Esther Heymans opzoeken, maar hij kreeg telkens haar voicemail.

Na drie pogingen sprak hij een bericht in en telefoneerde daarna naar de schouwburg. Hij keek op zijn horloge. Het was nog geen twaalf uur, meer kon hij op dit ogenblik niet doen. Hij had zin om naar de Kaminsky te gaan en zichzelf op een ijskoude martini te trakteren, maar de gedachte aan zijn te hoge alcoholverbruik van de afgelopen dagen en aan de tien minuten durende wandeling in de bloedhete middagzon deed hem van zijn voornemen afzien. In plaats daarvan bleef hij in de schaduw wachten tot het tijd was voor de briefing, terwijl hij het zich hoe langer hoe meer beklaagde dat hij zich die martini niet had gegund.

Een uur later zat zijn team al op hem te wachten toen hij het kantoor op de tweede verdieping binnenkwam. Lou bracht als eerste verslag uit. Ze was net terug uit Mechelen.

'Filip Decroo bevestigt wat Boudewijn Teniers ons heeft verteld, chef. Hij wist niet dat Herman Lateur het Latijnse lied in het chansonnier heeft onderzocht. De naam van de man was hem compleet onbekend, beweerde hij.'

'Geloof je hem?'

'Ik weet het niet goed. Decroo heeft iets gluiperigs over zich. En erg behulpzaam was hij ook niet. Hij weigerde zelfs te vertellen wie zijn andere klant is.'

'Waarom?'

'Daar stond de man op, zei hij. Ik heb natuurlijk aangedrongen, maar dat hielp niet.'

'Waarschijnlijk omdat die klant niet bestaat.'

'Dat zou kunnen, chef. Aan de andere kant werd Decroo

behoorlijk boos toen ik hem onder druk probeerde te zetten. Hij beschuldigde me zelfs van broodroof. Volgens hem hechten rijke verzamelaars bij dit soort transacties veel belang aan geheimhouding en ik kon niet van hem verwachten dat hij het vertrouwen van zijn klant beschaamde. Een heel onsympathiek heerschap, die Decroo.'

'Heeft hij een alibi voor zaterdagavond?'

'Dat was nog zoiets. Eerst wilde hij niet op de vraag antwoorden. De politie had niets te maken met wat hij in zijn vrije tijd deed, zei hij. Bovendien kende hij Marcel Heymans nauwelijks. Hij had de man maar één keer ontmoet. Al de andere keren heeft hij alleen met Boudewijn Teniers onderhandeld.'

'Wist hij dat Heymans zich verzette tegen de aankoop van het chansonnier?'

'Dat Heymans moeilijk deed, wist hij. Dat hij zich verzette niet. Ik weet niet of hij daarover de waarheid sprak. Het klonk nogal tegenstrijdig.'

'Hoe zit het nu met zijn alibi?'

'Toen ik hem erop wees dat hij zich verdacht maakte als hij weigerde te antwoorden, gaf hij toe dat hij geen alibi had. Hij was de hele avond thuis.'

'Alleen?'

'Ja. Hij heeft een vriendin, maar die was met haar zus naar de film. Na afloop zijn ze iets gaan drinken. De vriendin was pas om één uur terug thuis.'

'Dat wil zeggen dat we Decroo niet als verdachte kunnen schrappen,' concludeerde Berg. 'Ik kan moeilijk geloven dat hij niet wist dat Heymans de verkoop blokkeerde en als hij daar toch van op de hoogte was, heeft hij wel degelijk een motief.'

'We kunnen Boudewijn Teniers vragen of hij ooit iets tegen Decroo heeft gezegd over Heymans' mening dat het chansonnier een vervalsing is.'

'Doen we.'

Berg ging de volgende in het rijtje af.

'Coens, heb je Mark Teniers te pakken gekregen?'

'Ik ben naar zijn zaak in de Maria-Theresiastraat gereden. Heel indrukwekkend. Prachtig om zien al die instrumenten die hij maakt. Maar hij heeft ook geen alibi. Naar zijn zeggen heeft hij tot bijna middernacht in zijn atelier aan een dringende bestelling gewerkt. De viool moest op maandag klaar zijn. Hij heeft me de naam van de klant gegeven. Ik heb de vrouw gebeld. Ze bevestigt zijn verhaal.'

'Dat betekent nog niet dat hij de hele zaterdagavond in zijn atelier was. Die viool heeft hij ook op een ander moment kunnen afwerken.'

'Dat dacht ik ook, chef.'

'Welke indruk heb je van hem?'

'Hij is een beetje een binnenvetter. Zwijgzaam. Introvert. Niet echt onvriendelijk, eerder stug van karakter. Heel gefocust op zijn werk ook.'

'Acht je hem in staat om een moord te plegen?'

'Moeilijk te zeggen. Hij leek wel aangedaan door de dood van zijn schoonvader.'

'Maar hij heeft geen alibi.'

'Nee. En dan nog iets. Toen ik vroeg of er iemand kon bevestigen hoe laat hij zaterdagnacht is thuisgekomen, zei hij dat zijn vrouw al twee weken ergens anders woont. Ze housesit voor een vriendin.'

'Ze *housesit*?' herhaalde Berg. 'Kan je dat ook al als een werkwoord gebruiken?'

'Zoals babysitten, chef.'

'Zover was ik ook al, Coens. En waar woont die vriendin voor wie er... hoe vervoeg je dat woord... *gehoussit* moet worden?'

'Dat was het vreemde. Dat wist hij niet.'

'Dat wist hij niet?'

'Ik bedoel, hij kende het juiste adres niet.'

Berg liet even bezinken wat hij te horen had gekregen. Hij nam zich voor om Esther Heymans straks naar het adres van haar vriendin te vragen.

'Wat Teniers wel heeft verteld,' ging Coens verder, 'is dat zijn vrouw een heel goede band had met haar vader. Zijn dood was voor haar een verschrikkelijke schok, in die mate zelfs dat ze van plan was om zich terug te trekken uit de opvoering van het toneelstuk. Teniers zei dat hij haar dat idee uit het hoofd heeft gepraat. Zo kort voor de première zou het een ramp betekenen voor het gezelschap en bovendien konden de repetities haar helpen om haar gedachten te verzetten.'

Berg zei niets. Hij vond het vreemd dat Mark Teniers niet eens het adres kende waar zijn vrouw al twee weken verbleef, maar misschien betekende dat niets. Het feit dat hij haar had afgeraden om met de repetities te stoppen, betekende dat hij haar nog geregeld sprak, ook al woonde ze elders.

'En jij, Wenderickx? Ben je te weten gekomen in welk hotel Jozef en Rita Leyers logeren?'

'Ik heb een van hun dochters gebeld. Ze verblijven in hotel Doña Maria in Sevilla.'

'Bevestigen ze Teniers' verklaring? Dat hij met hen tot kwart over tien in De Molen is geweest?'

'Dat weet ik niet.'

'Hoezo, dat weet je niet? Heb je het hotel nog niet gebeld?'

'Jawel. Een uur geleden. De receptie heeft me doorverbonden met hun kamer, maar er werd niet opgenomen.'

'Dan probeer je het straks opnieuw.'

'Oké, chef.'

'Coens, jij zoekt verder uit hoe het zit met de zaak van Mark

Teniers. Is die winstgevend of heeft hij schulden? Het feit dat hij niets op zijn spaarrekening heeft staan en al enkele maanden de gemeenschappelijke rekening met zijn vrouw niet aanzuivert, kan erop wijzen dat hij financiële problemen heeft. Ga ook na of Marcel Heymans een testament had en zo ja, wie wat erft. Ik heb de onderzoeksrechter om een bevelschrift gevraagd, dat zal intussen wel klaar zijn. Lou, jij komt met mij mee.'

'Waarnaartoe?'

'Naar de schouwburg. Ik heb daarstraks gebeld. Er is vanmiddag een repetitie en als we Mark Teniers mogen geloven, is Esther Heymans daarbij aanwezig. Het wordt tijd dat we eens met haar praten.'

Ze namen de lift naar de ondergrondse parkeergarage. Onderweg schoot Berg iets te binnen waarnaar hij daarstraks vergeten was te informeren.

'Heb je het chansonnier van Decroo gezien?'

'Ik? Nee.'

'Waarom niet? Heb je hem niet gevraagd om het te tonen?'

'Euh...' Lou leek de kluts kwijt. 'Je hebt me niet gezegd dat ik dat moest doen.'

'Dat is juist, maar...'

Berg slikte de rest van zijn zin in. Als hij de mogelijkheid had om een zeldzaam, prachtig verlucht vijftiende-eeuws manuscript van dichtbij te zien, het zelfs even in zijn handen te houden, dan zou hij zich die kans niet laten ontglippen. Hoe dikwijls gebeurde zoiets? Hij begreep niet dat Lou er niet aan had gedacht om naar het kleinood te vragen, maar tegelijkertijd besefte hij dat hij nu een fout maakte die iemand met zijn beroep zich niet kon veroorloven: je eigen waarden en interesses als maatstaf gebruiken. In een moordonderzoek was dat de beste manier om jezelf op een verkeerd spoor te zetten.

2

In het programmaboekje van het nieuwe theaterseizoen had Berg gelezen dat de schouwburg van Leuven dateerde van 1867. Nog geen halve eeuw later, in 1914, ging het gebouw volledig in vlammen op nadat het door de Duitse bezetter in brand was gestoken. De heropbouw duurde tot 1938, maar op het eind van de Tweede Wereldoorlog liep het theater opnieuw zware schade op en ook dit keer sleepten de restauratiewerkzaamheden jaren aan. In dat opzicht was de schouwburg in de Bondgenotenlaan een triest voorbeeld van wat het Leuvense patrimonium de voorbije eeuw allemaal te verduren had gekregen.

De hoofdingang bleek op slot te zijn. Berg en Lou liepen naar de grote poort aan de linkerkant van het gebouw die toegang gaf tot een binnenplaats waar vrachtwagens met decorstukken gelost en geladen konden worden. Op een glazen deur hing een bordje met ARTIESTENINGANG. Binnen zagen ze een eetzaaltje met tapkast en enkele lange tafels die door een vrouw werden afgeruimd. Lou klopte aan en hield haar legitimatiebewijs tegen het glas. De vrouw deed open. Berg legde uit dat ze op zoek waren naar Esther Heymans. Ze speelde bij het amateurgezelschap De Spieghel.

'Die zijn aan het repeteren. Komt u maar mee.'

Via een gang die naar de kleedkamers van de artiesten leidde, ging de vrouw hen voor naar een stenen trap. Een verdieping hoger trok ze een geluiddichte deur open die toegang gaf tot de coulissen. De schemerige ruimte was kleiner dan Berg zich had voorgesteld en stond vol stoelen, andere kleine meubelstukken en rekwisieten. Op de plankenvloer waren kabels afgeplakt met ducttape.

Van tussen de gordijnen zagen ze een groepje mensen in een kring op het podium zitten. Berg gaf Lou een seintje en liep naar hen toe. Aan hun rechterkant strekte de theaterzaal zich uit in al zijn pracht: vier verdiepingen met balkons en loges, een zee van rood pluchen zitplaatsen, art-decoluchters, kleurrijke plafondschilderingen, ornamenten van houtsnijwerk en bladgoud.

Het was de eerste keer dat Berg de zaal vanuit dit perspectief zag. Hij was onder de indruk. Zo'n oude schouwburg ademde een sfeer uit van negentiende-eeuwse grandeur en chic die hem beter beviel dan de eentonige strakheid van moderne theaters.

'Kan ik u helpen?' vroeg iemand uit de groep. De man, een jonge veertiger met een driedagenbaard, was opgestaan en kwam hen de laatste paar meter tegemoet. De manier waarop hij de vraag stelde, verraadde zijn ongenoegen over de verschijning van twee onbevoegden op het podium.

Berg stelde zich voor en vroeg met wie hij de eer had.

'Mijn naam is Toon Dekempeneer. Ik ben de regisseur.'

'Excuseer voor de storing, meneer Dekempeneer. Ik zou Esther Heymans even willen spreken.'

De man keek over zijn schouder. Iedereen had gehoord wat Berg zei en alle blikken draaiden zich naar een van de actrices in het gezelschap. De vrouw had sluik, bijna zwart haar dat tot aan haar schouders reikte en een fijnbesneden gezicht waarop een uitdrukking lag die niet kon verhullen dat ze kampte met een onverwerkt verdriet.

'Ik denk dat ik weet waarom u hier bent, hoofdinspecteur,' zei Dekempeneer, nu op fluistertoon. 'Maar mag ik u vragen om het kort te houden? Door wat er met de vader van Esther is gebeurd, hebben we onze repetities een dag moeten onderbreken. Zo kort voor de première is dat... nu ja, u begrijpt dat we in tijdnood zitten.'

'Ik doe mijn best, meneer Dekempeneer.'

'Dank u. Dat stel ik op prijs.'

De man draaide zich om naar de groep. Berg zag dat hij iets tegen de vrouw met het donkere haar zei. Hij wendde zich tot Lou.

'Ik wil de namen van al die mensen. Misschien hebben we hun verklaringen later nodig.'

'Ik zorg ervoor, chef.'

Esther Heymans had zich intussen bij hem gevoegd. Ze was een half hoofd kleiner dan hij en droeg een skinny jeans, een hemelsblauw topje en witte gympies.

'U wilt mij spreken, hoofdinspecteur?'

'Inderdaad, mevrouw. Hebt u mijn bericht op uw voicemail niet gehoord?'

'Sorry. Ik heb nog geen tijd gehad om mijn berichten te checken.'

'Kunnen we ergens ongestoord praten?'

'In mijn kleedkamer misschien. Of anders...' Ze maakte een hoofdbeweging naar de halfcirkelvormige parterre. 'We kunnen ook achteraan in de zaal gaan zitten.'

Berg keek in de aangewezen richting. De afstand was groot genoeg. Hij knikte en maakte een uitnodigend gebaar naar het podiumtrapje. Zodra ze zaten, bood hij de vrouw zijn medeleven aan.

'Ik veronderstel dat de plotse dood van uw vader als een enorme schok kwam. Had u een goede band met hem?'

'Een heel goede.'

Esther Heymans hield haar handen gevouwen in haar schoot en staarde bedrukt voor zich uit.

‘Heeft uw vader iets tegen u gezegd over iemand met wie hij ruzie had? Iemand die hem eventueel heeft bedreigd?’

‘Bedreigd? Nee. Ik weet dat hij een meningsverschil had met mijn schoonvader, maar...’ Ze stopte. ‘U weet wie ik bedoel?’

‘Professor Teniers. Boudewijn Teniers.’

‘Ja. De discussie ging over de aankoop van een duur chansonnier uit de vijftiende eeuw. Volgens mijn vader was het een vervalsing, volgens Boudewijn was het echt.’

Kijk eens aan, dacht Berg. Zo binnenskamers hadden beide heren het conflict blijkbaar niet gehouden, toch Marcel Heymans niet. Misschien had hij er ook met Herman Lateur over gepraat, in dat geval zat er geen tegenspraak in de verklaring van Teniers.

Esther draaide haar hoofd plots in zijn richting. Het viel Berg op dat ze heel aparte ogen had, groot, heldergrijs van kleur.

‘U denkt toch niet dat Boudewijn iets met de dood van mijn vader te maken heeft?’ De vraag stond krom van ongeloof.

‘Het is nog te vroeg om daar iets over te zeggen,’ antwoordde Berg ontwijkend.

‘Maar het staat vast dat het niet om zelfmoord gaat?’

‘Ik vrees van wel.’

‘Waarom zou iemand mijn vader willen vermoorden? Dat heb ik me de afgelopen dagen al duizend keer afgevraagd.’

Berg zag plots tranen over haar wangen rollen. Ze veegde ze onmiddellijk weg.

‘Sorry. Ik kan nog altijd niet geloven wat er gebeurd is. Mijn vader was een lieve, vriendelijke man die geen vlieg kwaad deed. Ik begrijp niet waarom iemand hem op zo’n afschuwelijke manier...’

Esther maakte haar zin niet af en draaide haar hoofd opnieuw in de richting van het podium. De tranen bleven komen. Haar verdriet leek echt. Aan de andere kant, dacht Berg, zat hier iemand naast hem die het gewoon was emoties te vertolken die niet de hare waren.

'Hoe is de verstandhouding tussen u en Mieke Vanderwegen?'

'Niet al te best.'

'Waarom niet?'

Ze schokschouderde. De uitdrukking op haar gezicht verhardde.

'Ik geloof niet dat ze echt van mijn vader houdt. Ik bedoel... hield.'

'Waarom is ze dan met hem getrouwd?'

'Dat is een goede vraag, hoofdinspecteur. Maar die moet u haar stellen.'

Berg liet het onderwerp varen.

'U bent zelf getrouwd met de zoon van Boudewijn Teniers.'

'Met Mark, ja.'

'Hoelang al?'

'Bijna elf jaar.'

'Volgens onze informatie woont u de afgelopen twee weken op een ander adres.'

Berg besefte dat de opmerking suggestief klonk. Het benieuwde hem hoe ze erop zou reageren.

'Dat is omdat...' Esther boog haar hoofd. Het duurde even voor ze verderging. 'Mijn man en ik hebben de laatste tijd wat problemen. Mijn beste vriendin is voor een maand naar Australië. Toen ze me vroeg om op haar huis te letten, heb ik meteen toegestemd omdat het me een goed idee leek dat Mark en ik een tijdje afstand namen van elkaar. Soms helpt dat om de dingen in een ander perspectief te zien.'

Er verscheen een triest lachje om haar lippen.

'Meer zeg ik daar liever niet over, hoofdinspecteur.'

'Waar woont uw vriendin?'

'In de Cardenberch.'

Berg had nog nooit van de naam gehoord. Hij wilde net vragen waar de straat lag toen hij Lou via het gangpad naar hen toe zag komen met Toon Dekempeneer achter haar aan. De regisseur wrong zich de handen.

'Het spijt me, hoofdinspecteur. Maar we zouden nu echt moeten beginnen.'

'Ik ben nog niet klaar, meneer Dekempeneer.'

'Ik... euh... U moet begrijpen...'

'Verdomme Toon,' zei Esther scherp. 'Dit gaat over de dood van mijn vader. Die paar minuten meer of minder zullen het verschil ook niet maken.'

'Ja goed, maar...'

'Wacht even,' onderbrak ze hem. 'Als u het goedvindt, hoofdinspecteur, kunnen we na de repetitie afspreken. Dan hebben we alle tijd.'

Berg aarzelde. Hij hield er niet van om een interview af te breken voor hij al de vragen had gesteld die hij nodig vond voor het onderzoek.

'Tot hoe laat repeteren we vandaag?' vroeg Esther aan de regisseur.

'Tot zes uur. Dan moeten we het podium ontruimen voor de opvoering van vanavond.'

'Past dat, hoofdinspecteur?'

Berg keek op zijn horloge. Het was kwart voor drie.

'In orde, mevrouw Heymans. Ik wacht op u bij de artiesteningang. Tot straks.'

'Tot straks.'

Berg en Lou verlieten de schouwburg langs dezelfde weg als ze gekomen waren. Vergeleken met de theaterzaal was het zonlicht buiten zo scherp dat het pijn deed aan de ogen. Berg zette meteen koers naar de Grote Markt.

'Waar gaan we naartoe, chef?' vroeg Lou.

'Iets drinken. Heb je de namen van al de acteurs?'

'Ik heb ze zelfs gevraagd wat ze zaterdagavond hebben gedaan. Wat heeft Esther Heymans daarover gezegd?'

'Zover ben ik niet eens geraakt,' bromde Berg. 'Waarom vraag je dat?'

'Omdat een van de acteurs...' Lou keek naar de rug van haar linkerhand die volstond met namen '... een zekere Tobias Bakelants heeft verklaard dat hij zaterdagavond Esther Heymans naar huis heeft gebracht met zijn auto. Hij speelt de rol van Oidipous in het stuk. Er was een vergadering gepland in de woning van de regisseur. De twee hoofdrolspelers waren er en de man die de tekst heeft vertaald, die professor Latijn, Herman Lateur. Naar het schijnt wilde hij nog een paar dingen bespreken voor het begin van de laatste repetitieweek. De vergadering heeft geduurd van negen tot elf uur.'

'Dat geeft Esther Heymans een alibi voor het moment van de moord,' zei Berg.

'Inderdaad, chef.'

'Weet jij waar de Cardenberch ligt?'

'Dat is een zijstraat van de Kaboutermansstraat.'

Ook die naam zei Berg niets. Hij moest eens dringend het stratenplan van Leuven bestuderen. Dat nam hij zich al jaren voor, maar het was er nog niet van gekomen. Wat zulke dingen betrof, vertoonde hij een bijzonder geraffineerde vorm van uitstelgedrag. Als hij ergens tegenop zag, liet zijn fantasie hem nooit in de steek om uitvluchten te bedenken.

Op de Grote Markt was het zo druk dat Berg eerst vreesde dat ze geen plaats zouden vinden, tot hij helemaal achteraan een vrij tafeltje ontdekte op het terras van de Gambrinus. Hij bedacht zich geen seconde en stevende erop af.

'Wat wil je drinken?' vroeg hij.

'Ik heb zin in een biertje. Kan dat?'

'Als jij het niet aan Denissens neus hangt, dan ik ook niet.

Berg wist niet goed wat hij moest drinken. Geen ijskoffie, zoveel stond vast. En van cola moest hij ook niets hebben. Hij had zin in een glas gekoelde witte wijn, maar op café wijn drinken draaide naar zijn ervaring vaak op een teleurstelling uit. Misschien kon hij hetzelfde nemen als Lou. Hij dronk zelden of nooit pils, behalve wanneer het bloedheet was, dan vond hij bier een prima dorstlesser.

Lou haalde een pakje sigaretten tevoorschijn, trok haar leren jekker uit en hing die over de leuning van haar stoel.

'Ik begrijp niet waarom je met zo'n weer een jas draagt,' zei Berg.

'Ik heb het niet snel te warm, chef.'

'Iedereen heeft het te warm met deze hitte. Tenzij je ijswater in je aders hebt.'

'En waar moet ik zonder jas mijn sigaretten, aansteker, mobiel, sleutels, balpen...'

Lous opsomming werd onderbroken door de kelner. Berg bestelde twee biertjes.

'Hoe oud is Tobias Bakelants?' vroeg hij.

'Eind dertig, schat ik.'

'Dat is te oud.'

Lou keek hem niet-begrijpend aan.

'Je kent het verhaal toch? Oidipous trouwt zonder het te beseffen met zijn moeder. Die rol wordt gespeeld door Esther Heymans en die is ongeveer even oud als Bakelants. Ik snap niet waarom ze iemand van die leeftijd gekozen hebben om...'

Berg onderbrak zichzelf toen hij besefte dat het niet juist was wat hij zei.

'Nee, ik heb het mis. Bakelants heeft de juiste leeftijd. Het is Esther Heymans die veel te jong is voor haar rol.'

'Ik heb geen flauw idee waar je het over hebt, chef.'

'Bij het begin van het verhaal is Oidipous ongeveer vijftien jaar koning van Thebe,' legde Berg uit. 'Op dat ogenblik was Jokaste een vrouw van in de vijftig. Dat bedoelde ik toen ik zei dat Esther Heymans te jong is voor de rol.'

'Ik dacht dat het toneelstuk begon met de geboorte van Oidipous.'

'Nee, dat klopt niet. Sophocles vertelt het eerste deel van Oidipous' leven niet. Dat was ook niet nodig. Iedereen in zijn tijd kende de voorgeschiedenis van het personage.'

'Ik weet dat Oidipous op het eind van het toneelstuk zijn ogen uitsteekt,' zei Lou. 'En dat Jokaste zelfmoord pleegt. Maar ik weet niet meer hoe ze ontdekt hebben dat ze moeder en zoon zijn.'

'Dat had te maken met een geheimzinnige ziekte,' antwoordde Berg. 'Die had in Thebe al talloze slachtoffers gemaakt toen Oidipous besloot om...'

Hij viel stil. De naam van Jokastes broer schoot hem weer niet te binnen.

'... om zijn schoonbroer naar het orakel van Delphi te sturen. De Pythia voorspelde dat de ziekte zou blijven aanslepen zolang de moordenaar van koning Laios niet was gestraft. Vanaf dat ogenblik stelde Oidipous alles in het werk om de dader... of beter: de daders... te vinden. Het enige wat men wist, was dat de koning gedood was door een bende rovers. Dat had de dienaar gezegd die als enige de aanslag had overleefd.'

Berg zweeg toen de kelner hun bestelling bracht. Hij toostte naar Lou en nam een fikse slok. Het bier smaakte heerlijk.

'Ten einde raad vroeg Oidipous aan de blinde ziener Teiresias of hij wist wie de daders waren. De waarzegger weigerde te antwoorden, maar toen het gesprek op een kletterende ruzie uitliep, werd Teiresias boos en zei dat het Oidipous zelf was die koning Laios had vermoord. Oidipous geloofde hem niet en Jokaste evenmin. Ze spotte zelfs met waanwijsheid van zieners die zich maar al te vaak vergisten. Zo had de Pythia vroeger voorspeld dat Laios vermoord zou worden door zijn zoon, terwijl dat gebeurd was door een groep rovers bij een driesprong. Jokastes woorden deden Oidipous schrikken. Hij herinnerde zich een gevecht op zo'n kruispunt en vroeg zijn vrouw om koning Laios te beschrijven. Langzaam maar zeker drong een vreselijk vermoeden zich aan hem op: was de oude man in de wagen koning Laios en had hij hem vermoord? Dat kon toch niet. Hij had alleen gehandeld. Eén man was geen bende. Op dat ogenblik arriveerde een boodschapper uit Korinthe. Oidipous' vader, koning Polybos, was overleden, niet door een moord, het ging om een natuurlijke dood. Oidipous en Jokaste haalden opgelucht adem. Het orakel had zich opnieuw vergist.'

Berg glimlachte.

'Tussen haakjes, de rol van de boodschapper heb ik ooit gespeeld.'

'Jij? Wanneer?' Lou klonk alsof ze zich haar chef onmogelijk kon voorstellen als acteur op een podium.

'Vroeger, in de middelbare school. Het was maar een kleine rol. Ik had niet meer dan enkele regels tekst, maar het was wel een belangrijke scène, want toen de boodschapper zei dat het volk van Korinthe Oidipous had gekozen als hun nieuwe koning, aarzelde die om de eer te aanvaarden omdat de Pythia ook had voorspeld dat hij met zijn moeder zou trouwen. Daarop stelde de boodschapper hem gerust. Hijzelf had Oidipous vroeger als baby met doorboorde voetjes van een dienaar uit Thebe gekregen en naar Korinthe gebracht. Koningin Merope was dus niet zijn moeder. En als Oidipous hem niet geloofde, waren de littekens op zijn voeten het bewijs dat hij de waarheid sprak.'

'Op die manier zijn ze het dus te weten gekomen,' knikte Lou.

'Het slot van het verhaal ken je. Jokaste pleegt uit schaamte zelfmoord, waarop Oidipous zichzelf voor zijn verblinding straft door zijn ogen uit te steken. Hij vertrekt in ballingschap en zwerft nog jarenlang als bedelaar door het land.'

'Een onvoorstelbaar triest verhaal,' zei Lou.

'En of. Maar de achterliggende boodschap is zo mogelijk nog triester: geen mens kan aan zijn lot ontsnappen, schijnt Sophocles te zeggen. Wat je ook doet of probeert, wat voorbestemd is, haalt je altijd in.'

'Geloof je dat zelf ook, chef?'

Berg wiegde met zijn hand om aan te geven dat hij daar zijn twijfels over had, hoewel er in zijn leven dingen waren gebeurd die erop wezen dat Sophocles wel eens gelijk kon hebben. Nog maar een jaar geleden, toen hij zijn jeugdliefde Rebecca opnieuw tegen het lijf was gelopen en de ontmoeting even faliekant was uitgedraaid als vroeger, had hij sterk de indruk gehad dat je inderdaad niet kon vermijden wat het lot voor je in petto had. Maar daar wilde hij het niet met Lou over hebben.

'Kom, drink je glas leeg,' zei hij. 'We moeten er eens vandoor.'

Terug op kantoor bleek dat Wenderickx Jozef en Rita Leyers nog altijd niet aan de telefoon had gekregen. Daarom had hij bij de hotelbalie een bericht voor hen achtergelaten met het dringende verzoek contact met hem op te nemen. Intussen had hij Boudewijn Teniers gebeld en gevraagd of hij Filip Decroo had verteld dat Marcel Heymans zich tegen de aankoop van het chansonnier verzette.

'En?' vroeg Berg.

'Hij heeft alleen gezegd dat Heymans zijn twijfels had over de echtheid van het manuscript.'

'Zijn twijfels?' spotte Berg. 'Over een understatement gesproken. Waarom heeft hij de situatie zo afgezwakt?'

'Dat heb ik hem ook gevraagd. Volgens Teniers wilde hij Decroo niet afschrikken omdat hij bang was dat die het chansonnier dan aan zijn andere klant zou verkopen.'

'Daarmee weten we nog altijd niet zeker,' zei Coens, 'of Decroo een motief had om Heymans te vermoorden.'

'Dat klopt. Wat heb je ontdekt over Mark Teniers?'

'Ik ben bezig met de bankafschriften van zijn zaak. De man zit aardig in de schulden. Hij heeft een zware lening lopen bij de bank en de huur van het pand in de Maria-Theresiastraat kost handenvol geld, meer dan hij maandelijks verdient.'

'Hij heeft dus financiële problemen?'

'Absoluut. Ik heb zijn persoonlijke rekeningen nog eens gecheckt. De afgelopen maanden heeft hij stelselmatig geld van zijn spaarrekening overgeheveld naar zijn zaak, maar intussen zit hij door zijn reserves heen. Zoals het er nu uitziet, stevent hij regelrecht op een faillissement af.'

Op dat ogenblik zwaaide de deur van het kantoor open. Zeebos kwam binnen. Hij zag er oververhit uit en had een blikje cola in de hand.

'Heb je Patrick Olieslaghers te pakken gekregen?' vroeg Berg.

'Uiteindelijk wel,' zuchtte Zeebos terwijl hij op een stoel neerplofte.

'Hoe reageerde hij op wat Herman Lateur over het Latijnse lied heeft gezegd?'

'Kregelig. Ontstemd. Dat een professortje Latijn – zo zei hij het – hem niet moest vertellen hoe hij zijn werk hoorde te doen.'

'Hij blijft er dus bij dat het chansonnier van Decroo echt is?'

'Yep.'

'En dat kon hij staven?'

'Hij heeft me met een hele reeks technische termen om de oren geslagen waaruit moest blijken dat hij het chansonnier zorgvuldig heeft onderzocht, maar toen ik meer uitleg wilde, had hij plots geen tijd meer. Hij moest met zijn vrouw naar het ziekenhuis, zei hij. Voor een chemokuur. Ik had de eerste keer al gemerkt dat de vrouw een pruik droeg. Blijkbaar is ze zwaar ziek.'

Zeebos zweeg en zette het blikje cola aan zijn mond.

'Goed,' concludeerde Berg. 'We kunnen dus aannemen dat het chansonnier echt is.'

'Dat heb ik niet gezegd, Thomas.'

'Verdomme, Jan. Wat is het nu? Heeft Olieslaghers je overtuigd, ja of nee?'

'Min of meer.'

'Daar heb ik niks aan. Ik wil weten of...'

'Ik ben geen specialist op dat vlak,' onderbrak Zeebos hem. 'Wat de man zei, klonk aannemelijk en hij wist duidelijk waar hij het over had. Ik vond het alleen vreemd dat hij het gesprek afbrak toen ik vragen begon te stellen.'

'Tenzij hij echt naar het ziekenhuis moest,' zei Lou.

'Dat kan.'

Berg besefte dat het geen zin had om op dit ogenblik dieper op het onderwerp in te gaan. Het was tijd om een stand van zaken op te maken.

'Zetten we eens op een rijtje wat we tot nu toe weten. Wie had allemaal belang bij de dood van Heymans? Beginnen we met zijn vrouw. Normalerwijze trekt Mieke Vanderwegen geen geld van de verzekering aangezien haar echtgenoot binnen het jaar na het afsluiten van de polis zelfmoord heeft gepleegd, maar als het vermoeden van Lou klopt dat de dader met opzet fouten heeft gemaakt in de enscenering van die zelfmoord, kan dat half miljoen euro wel een motief zijn. Aan de andere kant weten we niet of het huwelijk van die aard was dat ze zo snel tot zo'n drastische daad zou overgaan. Esther Heymans beweert dat haar stiefmoeder niet van haar vader hield, maar op haar verklaring alleen kunnen we niet afgaan.'

'Temeer omdat voor haar hetzelfde motief speelt,' merkte Coens op. 'De helft van de premie én van de erfenis is voor haar. Dat weet ik van de notaris.'

'Ik denk niet dat Esther Heymans haar vader heeft vermoord,' zei Berg. 'Ze had een goede band met hem, ze gingen geregeld samen lunchen en volgens haar echtgenoot was ze zo aangedaan door zijn dood dat ze met de repetities van het toneelstuk wilde stoppen.'

'Bovendien heeft zij een alibi en Mieke Vanderwegen niet,' voegde Lou eraan toe en ze vertelde over de vergadering die op zaterdagavond had plaatsgevonden in de woning van de regisseur.

'Daar komt nog bij,' zei Berg, 'dat een vrouw een bewusteloze man in haar eentje niet zo ver kan verplaatsen.'

'Dat argument geldt ook voor Mieke Vanderwegen,' wierp Coens op.

'En voor om het even welke man,' zei Lou.

'Klopt. Dat houdt in dat de daders vermoedelijk met twee waren, aangezien de plaats delict niet met de auto bereikbaar is. Dus als Mieke Vanderwegen haar echtgenoot heeft vermoord, moet ze hulp hebben gekregen. De vraag is van wie.'

'Van haar schoonzoon misschien,' opperde Wenderickx.

Lou schoot in de lach.

'Wat? Kan toch.'

'Een schoonmoeder die met haar schoonzoon een moord pleegt? Zo gek heb ik het nog nooit gehoord.'

'We weten dat Mark Teniers zware financiële problemen

heeft,' verdedigde Wenderickx zich. 'Als geld het motief is, kunnen hij en Mieke Vanderwegen de handen in elkaar geslagen hebben. Zij trekt een half miljoen euro, net zoals de vrouw van Mark Teniers. Met dat geld is zijn zaak gered.'

'Als Esther Heymans tenminste bereid was om hem te helpen,' nuanceerde Lou. 'Tegen de chef heeft ze gezegd dat er problemen zijn in hun relatie.'

'Waar zijn die niet?' mengde Coens zich in het gesprek. 'En misschien zijn ze getrouwd met gemeenschap van goederen. In dat geval kan Teniers wel aan het geld.'

'Gemeenschap van goederen,' herhaalde Lou spottend. 'Twee mensen die volledig gescheiden rekeningen hebben?'

'Het een sluit het ander niet uit.'

'Ach, kom nou.'

Berg maakte een eind aan de discussie.

'Zoek uit welk huwelijkscontract die twee hebben,' beval hij Coens. Hij liet zijn ogen over de groep gaan en zei: 'Tot zover de directe familieleden, maar er kan ook een ander motief spelen: het chansonnier. In dat geval is Boudewijn Teniers onze hoofdverdachte. Voor zover we weten, heeft hij het slachtoffer als laatste levend gezien en had hij ruzie met Heymans omdat die de aankoop van het manuscript tegenhield en er min of meer mee heeft gedreigd om naar de pers te stappen als zijn collega zijn zin doordreef. Kan je je voorstellen welke blamage het voor Boudewijn Teniers zou zijn als Heymans een tegenexpertise liet uitvoeren waaruit bleek dat het chansonnier niet authentiek is? Hij noemt zichzelf een specialist van de Vlaamse Polyfonie, maar als zijn tegenstander het bij het rechte eind had, stond hij wel op het punt om 210.000 euro uit te geven aan een vervalsing. Een grotere afgang is voor iemand in zijn positie moeilijk voorstelbaar. Zijn reputatie zou voorgoed om zeep zijn en de sponsors zouden verontwaardigd hun geld terugeisen.'

'Dat zijn twee goede redenen om Heymans uit de weg te ruimen,' knikte Lou.

'Bovendien weten we nog altijd niet of Boudewijn Teniers een alibi heeft,' zei Berg. 'Wenderickx, we moeten absoluut het getuigenis van Jozef en Rita Leyers hebben.'

'Ik heb een bericht voor hen...'

'Dat weet ik, maar als ze zelf niet reageren, dan bel je opnieuw, tot je hen aan de lijn krijgt. En neem contact op met de echtgenote van Teniers. Hij heeft verklaard dat hij om kwart over elf thuis is thuisgekomen omdat hij eerst nog naar zijn gestolen fiets heeft gezocht. Ga na of de vrouw dat uur bevestigt.'

'Oké, chef.'

'Wat we zo-even over Mieke Vanderwegen hebben gezegd,' merkte Lou op, 'geldt eveneens voor Boudewijn Teniers. Hij kan in zijn eentje Heymans niet zo ver gedragen hebben. Als hij de dader is, moet hij ook hulp hebben gehad. Van wie?'

'Tot nu toe zie ik maar twee mogelijke kandidaten,' antwoordde Berg. 'De eerste is zijn zoon Mark. Die heeft weliswaar een ander motief dan hij, maar aangezien hij zijn zaak dreigt te verliezen en zijn vrouw eventueel een hoop geld van de verzekering krijgt bij het overlijden van haar vader, kunnen we aannemen dat hij ook belang had bij de dood van Heymans. We zouden moeten weten hoe de relatie tussen hem en zijn vader is. Om samen zoiets gewaagds als een moord te ondernemen, moet je elkaar al voor honderd procent vertrouwen. Wie zoekt uit hoe het zit met de verstandhouding tussen die twee?'

'Ik,' bood Coens aan.

'Wacht even... Wacht even...' kwam Zeebos op dat ogenblik tussenbeide. 'Nu moet je eens goed luisteren naar wat hier allemaal is gezegd. We hebben het over een vrouw die de man vermoordt met wie ze nog geen jaar geleden is getrouwd. We verdenken een schoonzoon ervan zijn schoonvader om het leven te hebben gebracht met de hulp van zijn schoonmoeder of van zijn eigen vader die bevriend was met het slachtoffer.' Hij stopte en keek de kring rond. 'Is dat niet allemaal heel extreem? Ofwel hebben we te maken met de afschuwelijkste familie waarvan ik ooit heb gehoord, ofwel is alles wat we hebben bedacht complete onzin.'

Er viel een stilte na Zeebos' woorden. De opmerking sneed hout, dat besefte iedereen. Ten slotte zei Berg:

'Je hebt gelijk, Jan. Misschien zitten we er volkomen naast, maar we kunnen het ons niet permitteren om welke mogelijkheid dan ook uit te sluiten.'

'Dat weet ik. Het moest me gewoon even van het hart.'

'Dat begrijp ik en het kan net zo goed zijn dat een niet-familielid bij de moord is betrokken. Filip Decroo bijvoorbeeld. Als we ervan uitgaan dat die tweede klant niet bestaat, kon Heymans hem 210.000 euro kosten.'

'Bovendien heeft hij geen alibi,' voegde Wenderickx eraan toe.

'Op het gevaar af mezelf tegen te spreken,' zei Zeebos. 'Hoe zit het met Esther Heymans? Laten we die gewoon buiten beschouwing?'

'Ik heb toch al gezegd...' begon Lou, maar Zeebos liet haar niet uitspreken.

'Ik weet dat Tobias Bakelants heeft verklaard dat ze die avond allebei van negen tot elf uur een vergadering hebben bijgewoond, maar het minste wat we kunnen doen, is dat checken. Stel dat Bakelants liegt.'

'Waarom zou hij dat doen?' vroeg Lou.

'Weet ik veel. Misschien heeft hij een verhouding met Esther Heymans. Tenslotte woont ze niet meer bij haar man.'

'Dat is een beetje kort door de bocht,' zei Berg. 'Ze let een tijdje op het huis van een vriendin die op vakantie is.'

'Ben je zeker dat er niet meer aan de hand is, Thomas?'

De vraag deed Berg aan vroeger denken. Hij was verliefd geweest op het meisje dat Jokaste speelde in de schoolopvoering van het toneelstuk, maar zij had enkel oog gehad voor de jongen die de rol van Oidipous vertolkte. Esther Heymans en Tobias Bakelants zaten in een soortgelijke situatie. Zou het kunnen dat zich hetzelfde afspeelde tussen hen? Het zou niet de eerste keer zijn dat twee acteurs die op de planken een liefdesverhouding hebben, in werkelijkheid dezelfde gevoelens voor elkaar beginnen te koesteren. Aan de andere kant had hij de indruk dat Esther echt aangedaan was door de dood van haar vader en zag hij haar niet meteen in staat om een moord te plegen. Maar Zeebos had gelijk. Alles moest gecontroleerd worden, tot het kleinste detail toe. Dat had hij Wenderickx zelf aangeraden toen hij hem had verteld over het Sherlock Holmes-axioma.

'Lou, jij neemt contact op met Toon Dekempeneer. Check of die vergadering daadwerkelijk heeft plaatsgevonden, tot hoe laat ze heeft geduurd en wie er allemaal aanwezig was.'

'In orde.'

Berg keek op zijn horloge.

'Ik ga ervandoor. Hove moet nog een update krijgen en ik heb om zes uur een afspraak met Esther Heymans.'

'Het is nog maar tien voor vijf, chef.'

'Ik moet eerst nog iets anders doen.'

'Wat?'

'Een ventilator kopen,' antwoordde Berg. Hij scharrelde zijn spullen bij elkaar en liep het kantoor uit. Naar buiten. De hitte in.

3

Het tuinterras van de Kaminsky lag aan de zijkant van het café en was van het voetpad gescheiden door een hekwerk in metaal. In het passeren zag Berg dat er een paar tafeltjes vrij waren. Hij bleef staan, twijfelde. Het water kwam hem in de mond bij de gedachte aan een koud biertje of een martini met ijs, maar een blik op zijn horloge vertelde hem dat hij daar geen tijd voor had. Om zes uur sloten de winkels en de aankoop van een ventilator nog langer uitstellen was echt geen optie.

Hij herinnerde zich dat hij Hove moest bellen, selecteerde het nummer en gaf de onderzoeksrechter een update. Zodra hij daarmee klaar was en wilde doorlopen, viel zijn blik toevallig op het stenen beeld van de vrouw met de ramshoorns. Omdat hij haar dit keer in profiel zag, merkte hij dat ze niet helemaal naakt was, maar laarsjes droeg. Dat was hem de vorige keer niet opgevallen, waarschijnlijk omdat het varken toen het zicht op haar voeten had belemmerd. Het dier stond trouwens niet op zijn poten, zoals op het schilderij van Félicien Rops, maar zat neer. Ook dat verschil had hij gisteren niet geregistreerd. Vreemd toch. Mensen waren vooral visuele wezens, maar geen enkel zintuig was zo onbetrouwbaar als het oog, dat was hem al vaker opgevallen wanneer hij de verklaringen van getuigen met elkaar vergeleek. Wat iemand dacht gezien te hebben, was dikwijls iets heel anders dan wat er te zien was geweest, alsof er tussen het netvlies en het brein een vervormend element zat, iets wat het beeld verkleurde of bepaalde elementen corrumpeerde.

Iets soortgelijks gold trouwens voor wat iemand meende gehoord te hebben. Hij had ooit over een wetenschappelijk experiment gelezen waarbij een proefpersoon een verhaal te beluisteren kreeg en dat moest doorvertellen aan iemand anders die het op zijn beurt herhaalde tegen een derde. Na amper een half dozijn stadia was de oorspronkelijke versie al op verschillende punten gewijzigd. Als je dat gegeven doortrok naar wat zijn collega's hem elke dag vertelden over de verklaringen van getuigen, was dat een verontrustende gedachte. Kwam hun verslag wel overeen met wat er was gezegd of was het beïnvloed door factoren als eigen interpretatie, nonchalance of gewone onoplettendheid? Eigenlijk mocht je aan zoiets niet denken, anders wist je op den duur niet meer wát je nog kon geloven.

Berg keek opnieuw naar het zittende varken en vroeg zich af welke bedoeling de kunstenaar daarmee had gehad. Waarom aan een bekend werk refereren en tegelijk enkele details veranderen? Zou het kunnen dat het beeld... Hij joeg de vraag uit zijn gedachten. Als hij niet voortmaakte, stond hij straks voor een gesloten winkeldeur en die ventilator moest er vandaag absoluut komen. Niet nog een slapeloze nacht, daarvan had hij zo stilaan zijn portie gehad.

Het was twintig voor zes toen hij in de Diestsestraat een zaak met elektrische apparaten binnenging. Dankzij de airconditioning viel de loodzware hitte al na enkele passen van hem af. Hij had geluk. Er stonden geen andere klanten bij de balie. De verkoper vroeg waarmee hij hem kon helpen.

'Ik wil een ventilator,' zei Berg. 'De grootste die u hebt.'

Het gezicht van de man betrok.

'Het spijt me, meneer. Ik heb geen enkel toestel meer.'

Iets – verbijstering, ongeloof, teleurstelling... of een combinatie van de drie – maakte dat het enkele tellen duurde voor de betekenis van het zinnetje in al zijn consequenties tot Berg doordrong. Dit kon toch niet waar zijn. Had hij zich eindelijk zover gekregen om een ventilator te kopen en dan was er geen toestel meer voorradig.

De man achter de balie merkte de verwarring op het gezicht van zijn klant en voelde zich verplicht uitleg te geven.

'De afgelopen dagen zijn de ventilators de deur uit gevlogen, meneer. Hoe kan het ook anders met zo'n hittegolf?'

Berg gaf het nog niet op.

'Is er in de buurt een andere zaak die ventilators verkoopt?'

'Grootjans heeft er ook,' antwoordde de man. 'Een paar honderd meter verder in de richting van het station. Maar u kunt zich de moeite besparen. Daarstraks was hier een vrouw die van bij Grootjans kwam. Ze zitten daar ook door hun voorraad heen. Het is overal in de stad hetzelfde, vrees ik.'

Berg had de grootste moeite om zijn ontgoocheling te verbergen.

'Wanneer komt er een nieuwe lading binnen?'

'Vrijdag waarschijnlijk.'

'Maar het is vandaag pas dinsdag.'

'Die toestellen moeten uit het buitenland komen, meneer. Hier zijn de stocks volledig uitgeput. Echt, dit heb ik nog nooit meegemaakt.'

Bergs hoofd zakte tussen zijn schouders. Er bleef hem geen andere keus.

'Kan ik een toestel bestellen?'

'Vanzelfsprekend. Geen probleem.'

'Moet ik een voorschot betalen?'

'Dat is niet nodig,' antwoordde de verkoper. 'Tegenwoordig raak ik die spullen toch in een mum van tijd kwijt.'

Berg gaf zijn naam en telefoonnummer op en liep de winkel uit. Buiten sloeg de hitte hem met de kracht van een moker in het gezicht. Hij draaide de hoek om. De Bondgenotenlaan lag te sudderen in de zon. Hij stak de straat over en liep aan de schaduwkant in de richting van de schouwburg.

Voor het eerst realiseerde hij zich dat er nergens in de buurt een fontein was. Of vergiste hij zich? Nee, hij kon zich in het hele stadscentrum geen plein of straat met een fontein voor de geest roepen. Op het Rector De Somerplein stond een bronzen beeld van een student die met opgeheven hand een beker vasthield waaruit hij de wijsheid in de vorm van een dun waterstraaltje in zijn hoofd goot, maar een fontein kon dat bezwaarlijk worden genoemd. Het kunstwerk heette trouwens *Fons Sapientiae*, dus bron en niet fontein. Hoe was het in godsnaam mogelijk, een stad zonder fonteinen? Zoiets viel je pas op wanneer het bloedheet was.

Ter hoogte van de schouwburg stak hij opnieuw de straat over. Bij de artiesteningang stond Esther al op hem te wachten. Hij excuseerde zich dat hij enkele minuten te laat was en vroeg waar ze konden praten.

'Hier in elk geval niet,' wees Esther met haar duim over haar schouder. Berg zag door het glas van de deur enkele mensen in het eetzaaltje zitten.

'In uw kleedkamer misschien?' stelde hij voor.

'De acteurs van de avondvoorstelling zijn er al.'

'In de zaal dan. Zoals daarstraks.'

'Dat gaat ook niet. Ik heb net gezien dat de schoonmaakploeg bezig is.'

'Tja...' Hij aarzelde. 'Ik kan een combi bellen. Dan gaan we naar het politiebureau.'

'Moet dat?'

'We kunnen moeilijk hier blijven staan.'

'Waarom gaan we niet naar de Grote Markt?'

'Op een terrasje, bedoelt u? Dat is niet meteen een geschikte plaats om...'

‘Met dit weer mogen we toch wel een uitzondering maken? Ik verga van de dorst.’

‘Ik ook,’ moest Berg toegeven.

‘Zullen we dan maar?’

Hij knikte. Onderweg vroeg hij hoe de repetitie was verlopen.

‘Niet goed. Iedereen was bloednerveus omdat we gisteren niet hebben gerepeteerd. Dat is mijn schuld.’

‘Dat woord is hier toch niet van toepassing,’ zei Berg. ‘Uw vader is pas overleden. Zoiets heet overmacht.’

‘Ik vermoed dat Toon daar anders over denkt. Het is de eerste keer dat hij de gelegenheid krijgt om een toneelstuk te regisseren dat in de schouwburg van Leuven wordt opgevoerd en dan dreigt alles in het honderd te lopen. Waarschijnlijk heeft hij allang spijt dat hij mij de hoofdrol heeft aangeboden.’

‘Hoelang speelt u al bij De Spieghel?’

In plaats van te antwoorden vroeg Esther: ‘Gaan we de hele tijd u tegen elkaar zeggen? Je mag me gerust Esther noemen, hoor. Dat praat gemakkelijker.’

Ze waren intussen op de Grote Markt aangekomen. Het terras van de Gambrinus lag aan de schaduwkant en zat stampvol, terwijl er verschillende tafeltjes vrij waren aan de overzijde van het plein. Gewoonlijk was het omgekeerde het geval omdat iedereen van de zon wilde genieten als die van de partij was. Het illustreerde nog maar eens hoe uitzonderlijk de huidige situatie was.

Berg draaide om zijn as en keek zoekend om zich heen. Het terras van café Den Engel lag ook in de schaduw. Er was nog één tafeltje vrij.

Zodra ze zaten, zei Esther:

‘Om op je vraag terug te komen, ik speel al toneel sinds mijn achttiende. De vader van mijn vriendin... dat is degene die nu naar Australië is... was toen regisseur bij De Spieghel. Zo ben ik bij het gezelschap terechtgekomen.'

'Bestaat dat niet allemaal uit amateurs?' vroeg Berg. 'Hoe gaat dat in zijn werk? Met repetities overdag, bedoel ik. Hebben de meeste spelers geen baan?'

'Toch wel. Gewoonlijk repeteren we alleen 's avonds, maar nu de première dichterbij komt, hebben we op vraag van Toon allemaal een week vrijaf genomen.'

'Is dit uw...' Berg corrigeerde zichzelf. 'Is dit de eerste keer dat je de hoofdrol vertolkt in een toneelstuk?'

'Ja. Ik had verwacht dat Madeleine Jokaste mocht spelen omdat ze een heel ervaren actrice is en de juiste leeftijd heeft, maar tot mijn verrassing kreeg ik de rol. Madeleine was daar niet gelukkig mee.'

'Ik heb hetzelfde gedacht,' zei Berg. 'Jokaste is in het verhaal meer dan vijftien jaar ouder dan jij.'

'Met wat schmink is dat probleem gemakkelijk opgelost.'

De kelner verscheen aan hun tafeltje en vroeg wat ze wilden drinken. Esther bestelde een glas witte wijn. Berg twijfelde. Hij kon beter geen alcohol drinken, maar de herinnering aan de ijskoffie deed hem gruwen en bovendien was het na de kantooruren. Hij nam een pils.

'Vreemd,' zei Esther. 'Ik had jou eerder voor een wijn- dan voor een bierdrinker gehouden, hoofdinspec...' Ze onderbrak zichzelf midden in het woord. 'Jezus, dat klinkt zo stijf: altijd die hoofdinspecteur. Mag ik niet meneer Berg zeggen? Of gewoon je voornaam gebruiken? Tenzij je dat ongepast vindt.'

Berg antwoordde niet. Hij was meer geïnteresseerd in het eerste deel van de opmerking.

'Waarom denk je dat ik een wijndrinker ben?'

Esther haalde haar schouders op.

'Zomaar een idee. Mijn vader was een wijnliefhebber, zelfs meer dan goed voor hem was.'

'Bedoel je dat hij...'

'... te veel dronk, ja.'

Berg herinnerde zich wat Geeraerts had gezegd over de vervette lever van het slachtoffer. Die observatie klopte dus.

'Mark daarentegen drinkt alleen bier,' ging Esther voort. 'En wat de mannen in mijn vriendenkring betreft, die vallen ook in twee groepen uit elkaar. Op den duur leer je het type herkennen.'

'Het type...' mompelde Berg.

Esther glimlachte.

'Heb ik het mis?'

'Nee, maar de wijn die in cafés geserveerd wordt, is vaak van een bedenkelijke kwaliteit.'

'O... ik zit dus met een fijnproever aan tafel.'

Berg vond het beter om daar niet dieper op in te gaan. Het gesprek werd te persoonlijk naar zijn smaak. Hij schakelde terug naar het onderzoek.

'Tobias Bakelants heeft verklaard dat er op zaterdagavond een vergadering is geweest in de woning van de regisseur. Jij was daar ook, zei hij. De bespreking zou tot elf uur geduurd hebben. Klopt dat?'

'Ik weet niet meer hoe laat het juist was, maar het moet zoiets geweest zijn. Herman... ik bedoel Herman Lateur, de vertaler van het toneelstuk.'

Berg gaf met een handgebaar te kennen dat hij wist over wie ze het had.

'Herman vond dat bepaalde passages in zijn tekst niet tot hun recht kwamen en dat er hier en daar moest worden bijgestuurd. Daarom waren Tobias en ik ook uitgenodigd, omdat Herman met onze mening wilde rekening houden. Toon ging niet akkoord met wat Herman zei. Het is op een flinke discussie uitgedraaid, bijna op een ruzie, maar uiteindelijk hebben we een compromis gevonden.'

'En na de vergadering heeft Tobias Bakelants je naar huis gebracht?'

'Ja.'

De kelner kwam met hun bestelling. Terwijl Berg een slok nam van het bier, overwoog hij wat hij net te horen had gekregen. Als Toon Dekempeneer het verhaal tegen Lou bevestigde, had Esther een alibi en kon hij haar als verdachte schrappen.

'Ik veronderstel,' zei hij, 'dat je weet dat je vader een levensverzekering had en dat jij en je stiefmoeder...'

'Ik heb liever niet dat je haar zo noemt,' onderbrak Esther hem. 'Dat mens is maar vier jaar ouder dan ik.'

Voor de zoveelste keer moest Berg vaststellen hoe één enkel woord een wereld van verschil kon maken. *Mens* was een neutrale term, maar met het aanwijzende voornaamwoord *dat* ervoor devalueerde het tot een scheldwoord. Hij begon opnieuw.

'Volgens de polis zijn Mieke Vanderwegen en jij de enige begunstigden in het geval van je vaders overlijden.'

'Ík was de enige begunstigde,' zei Esther met nadruk op het eerste woord. 'Tot mijn vader het contract een jaar geleden heeft aangepast.'

Er zat een flinke dosis ressentiment in de toon van haar stem. Berg gaf geen commentaar en wachtte af.

'Mijn moeder is jong gestorven,' legde Esther uit. 'Daarom heeft mijn vader die levensverzekering afgesloten. Als hem iets overkwam, kon hij erop rekenen dat er voor mij zou worden gezorgd. En dan trouwt hij met Mieke en binnen de kortste tijd...'

Ze viel stil, maar haar mimiek sprak boekdelen. Dat was wat Berg had bedoeld toen hij tegen Zeebos zei dat hij persoonlijk met Patrick Olieslaghers moest gaan praten. De toon waarop iets werd gezegd, verraadde wat er in een persoon omging, maar wat niet werd uitgesproken, kon vaak van iemands gezicht worden afgelezen.

'Het gaat me niet om het geld,' ging Esther voort. 'Ik ben geen kind meer en ik kan voor mezelf zorgen. Het gaat me om de manier waarop Mieke mijn vader manipuleerde.'

'Kan het niet dat hij uit eigen beweging...'

'Ach, wat! Je moet mij Mieke Vanderwegen niet leren kennen. Alleen al de manier waarop ze haar ex-man heeft behandeld, zegt genoeg.'

'Herman Lateur?'

'Ja. Die kwam tijdens de huwelijksplechtigheid van mijn vader en Mieke stomdronken het stadhuis binnengewaggeld en heeft daar een afschuwelijke scène gemaakt. Ik geef toe dat ik niet gelukkig was met mijn vaders beslissing om met Mieke te trouwen, maar ze verdienden het niet dat hun huwelijksdag zo werd ontluisterd. Ik was ontzet over wat er toen is gebeurd. Alle aanwezigen trouwens.'

'Dat kan ik me voorstellen.'

'Maar achteraf heb ik van een gemeenschappelijke kennis gehoord wat aanleiding had gegeven tot Hermans... hoe zal ik het noemen... gedrag. Hij was ervan overtuigd dat hij een goed huwelijk had, tot Mieke hem op een avond botweg vertelde dat ze wilde scheiden. Ineens. Van de ene dag op de andere. Ze had al een tijdje een relatie met een andere man, zei ze, en ze wilde met hem trouwen. Herman wist van niks. Hij hield van zijn vrouw, er was nooit enige aanleiding geweest om te denken dat er een probleem was. Volgens die kennis heeft het niet veel gescheeld of Herman is er toen volledig aan onderdoor gegaan. Dat spreekt natuurlijk zijn optreden in het stadhuis niet goed, maar het verklaart wel een en ander.'

Berg had aandachtig geluisterd. Gaf dat Lateur een motief om Heymans te vermoorden? Wat Esther had verteld, was intussen een jaar geleden en in normale omstandigheden zou iemand veel sneller reageren als hij wraak wilde nemen op de man die er met zijn vrouw vandoor was gegaan, zeker wanneer hij in die periode overmatig dronk. Aan de andere kant wist je nooit hoelang een wond bleef etteren. Voor de zekerheid vroeg hij:

'Was Herman Lateur de hele tijd aanwezig tijdens de bespreking van zaterdagavond?'

'Natuurlijk. Hij was degene die om de vergadering had gevraagd. En achteraf heeft hij voorgesteld om iets te gaan drinken op een terrasje, maar iedereen was moe en door de discussie was de sfeer ook niet van die aard dat we de avond nog langer wilden rekken. Tobias heeft toen aangeboden om me naar huis te brengen.'

'Intussen ken je Herman Lateur persoonlijk. Heeft hij ooit iets gezegd over de scène in het stadhuis?'

'De eerste keer al, toen Toon me aan hem voorstelde en hij hoorde dat ik de dochter van Marcel Heymans was. Hij heeft me even terzijde genomen en zich geëxcuseerd. Wat mij betrof hoefde dat niet, zeker niet tegenover mij, maar hij stond erop. Hij zei dat hij zich nog altijd schaamde voor wat er toen is gebeurd.'

'Is hij over de scheiding heen, denk je?'

'Absoluut. Anders zou hij moeilijk gedaan hebben over het feit dat de dochter van Marcel Heymans de hoofdrol kreeg in zijn stuk. Trouwens, als hij nog wrok koesterde, zou hij nooit de kant van mijn vader gekozen hebben in de discussie over het chansonnier.'

Esthers laatste bemerking verbaasde Berg. Hoe wist ze dat? Hij vroeg het haar.

'Dat heeft mijn vader me verteld. Toen Boudewijn voorstelde om het Latijnse lied door Herman taalkundig te laten onderzoeken, was mijn vader tegen het idee. Hij verwachtte dat Herman de gelegenheid zou aangrijpen om hem een hak te zetten, maar Boudewijn heeft zijn zin doorgedreven. Achteraf bleek dat mijn vader zich had vergist. Herman zit zo niet in elkaar. Ik heb hem de afgelopen maanden leren kennen als een heel integer mens. Een bijzonder verstandig man ook.'

Dit keer klonk het woord *mens* heel anders. Berg zag dat Esthers glas leeg was en vroeg of ze nog een witte wijn wilde.

'Alleen als jij ook nog iets drinkt.'

Hij probeerde de aandacht van de kelner te trekken en vertelde intussen dat hij een plaats had gereserveerd voor de première van *Koning Oidipous*.

'Dan hoop ik dat ik je niet teleurstel,' zei Esther op een lichtjes verontruste toon die waarschijnlijk meer gespeeld was dan echt.

'Daar ben ik niet bang voor,' antwoordde Berg en tegelijkertijd vroeg hij zich af waarom hij dat zei. Hij had de vrouw tegenover hem nooit op de planken bezig gezien, dus kon hij haar als actrice onmogelijk inschatten. En toch had hij haar net in bedekte termen een complimentje gegeven.

De reactie kwam onmiddellijk. Iets in Esthers blik veranderde, alsof ze ineens met andere ogen naar hem keek.

'Hopelijk heb je gelijk. Jokaste is een tamelijk complex personage. Het is een hele uitdaging om haar te spelen.'

'Ik heb vroeger zelf een rolletje vertolkt in het stuk,' zei Berg. Zijn woorden waren nog niet koud of hij stelde zich de vraag waarom hij daarover begon. Nu stuurde hij het gesprek zelf een persoonlijke richting uit.

'Jij? Echt?'

Esther klonk al even ongelovig als Lou. Waarom nam iedereen aan dat hij niet het minste talent had om te acteren? Tenslotte voerde hij tijdens verhoren geregeld een nummertje op. Wanneer hij met opzet deed of hij een getuige niet geloofde bijvoorbeeld. Of wanneer hij een enigszins aangepaste versie van de feiten gaf om een verdachte in de val te lokken. Hij maakte een minimaliserend gebaar.

'Het is lang geleden. Tijdens een schoolopvoering.'

'Welke rol had je?'

'Ik was de boodschapper uit Korinthe die kwam vertellen dat Oidipous' vermeende vader Polybos was overleden.'

'Maar dat is het belangrijkste moment uit het verhaal,' reageerde Esther verrast. 'De peripetie, zoals Herman het noemt.'

'Dat woord ken ik niet.'

'Ik kende het ook niet, maar Herman heeft het ons uitgelegd. De peripetie is een plotse ommekeer van handeling die in de meeste klassieke tragedies verwerkt zit. Van hoop naar wanhoop bijvoorbeeld, zoals in Sophocles' toneelstuk. Oidipous was opgelucht toen hij hoorde dat zijn vader een natuurlijke dood was gestorven. Hij dacht dat het orakel zich had vergist, maar toen vertelde de boodschapper dat hij hem als baby met doorboorde voetjes naar Polybos en Merope had gebracht en besefte Oidipous dat koning Laios zijn vader was en dat het orakel de waarheid had gesproken. Zijn hoop sloeg om in wanhoop. Met het bekende gevolg.'

'Hij stak zijn ogen uit om zich te straffen voor zijn blindheid.'

'Juist. Veel in dit stuk draait om blindheid, maar dan in de figuurlijke betekenis van het woord. Mensen gebruiken hun ogen niet. Ze zien niet echt wat er om hen heen gebeurt. Tot het te laat is.'

Esthers opmerking herinnerde Berg aan wat hij daarstraks had gedacht toen hij merkte dat bepaalde details van het beeldhouwwerk in de tuin van de Kaminsky hem de eerste keer niet waren opgevallen en op hetzelfde ogenblik vormde zich een ander verband in zijn hoofd. De vrouw op het schilderij van Félicien Rops droeg een blinddoek. Had de kunstenaar daarmee iets soortgelijks willen zeggen als Sophocles? Dat mensen als halve blinden door het leven gingen? Aangezien het om een courtisane ging, had hij altijd aangenomen dat het attribuut symbool stond voor blinde lust, maar misschien vergiste hij zich.

'Hetzelfde geldt trouwens voor Jokaste,' ging Esther voort. 'Ze heeft nooit aandacht geschonken aan de littekens op de voeten van haar echtgenoot. Ze was even blind voor de waarheid als Oidipous.'

Bij dat laatste had Berg nooit stilgestaan, maar ze had gelijk. Had Herman Lateur haar daarop gewezen of was ze zelf tot die conclusie gekomen? In elk geval was het duidelijk dat ze heel goed begreep waar het stuk over ging en ze praatte er zo enthousiast over dat hij tot zijn verbazing vaststelde dat het gesprek hem almaar meer beviel, in die mate zelfs dat hij het laatste halfuur geen enkele keer aan de hitte had gedacht.

'Dat geldt voor iedereen die verliefd is,' glimlachte hij. 'En dus ook voor Jokaste. Daarom zegt men: Liefde maakt blind. Tot... natuurlijk... de schellen van je ogen vallen.'

'Zo'n ervaring hebben we allemaal weleens gehad,' zei Esther. 'En meestal is dat geen leuk moment. Je zou het de peripetie in een relatie kunnen noemen.'

Het klonk als een grapje en toch ook weer niet. Berg vroeg zich af of ze het over zichzelf had. De vorige keer had ze gezegd: 'Mijn man en ik hebben de laatste tijd wat problemen.'

De kelner kwam vragen wat ze wilden drinken. Berg bestelde nog eens hetzelfde. Toen de man buiten gehoorafstand was, vroeg Esther:

'Heb je al een vermoeden wie mijn vader heeft vermoord?'

De plotse verandering van onderwerp verraste Berg.

'Nee. Dat is nog te vroeg.'

'Begon je daarom over de levensverzekering? Verdenk je Mieke?'

'Ik kan daar niets over zeggen,' ontweek hij de vraag.

'Ze heeft een half miljoen redenen om mijn vader te vermoorden,' zei Esther met naar omlaag getrokken mondhoeken. 'Maar dat kan ook van mij worden gezegd.'

'Daarnet heb je verklaard dat je op het ogenblik van de moord met drie mensen een bespreking had. Als die bevestigen dat je de hele avond bij hen was, is er geen reden om je zorgen te maken.'

Esthers heldergrijze ogen tastten zijn gezicht af. Er zat een vraagteken in haar blik, alsof ze probeerde te achterhalen of hij haar geloofde of niet, maar Berg merkte ook een zekere mate van verwarring op, van onzekerheid zelfs.

'Heeft Mieke een alibi?'

Hij zuchtte. Alweer een vraag waarop hij niet kon antwoorden.

'Esther...' begon hij en tegelijk besefte hij dat hij nu toch deed wat ze had voorgesteld: voornamen gebruiken. Normaliter vermeed hij dat. Het stond de afstand in de weg die hij nodig achtte tussen hem en de betrokkenen in een onderzoek. Aan de andere kant zat hij hier met haar op een terrasje iets te drinken. Het was uit overmacht gebeurd, maar bevorderlijk voor de afstand was het niet. Misschien hadden ze toch naar het politiebureau moeten gaan.

'Sorry. Ik weet dat ik zulke dingen niet mag vragen. Het is alleen...' Esther keek verontschuldigend. 'Ik had zo-even hetzelfde gevoel als Oidipous moet hebben gehad toen hij aan Teiresias vroeg wie koning Laios had vermoord. Hij wist dat de waarzegger de naam van de dader kende en toch kreeg hij geen antwoord.'

Berg grimaste.

'Ik kan je verzekeren dat ik op dit ogenblik nog geen flauw idee heb wie je vader heeft vermoord, dus gaat die vergelijking niet op. Maar ik wilde wel dat ik Teiresias' gave had. Voor iemand met mijn beroep zou dat fantastisch zijn.'

De ernstige uitdrukking op Esthers gezicht verdween.

'Dan moet je er ook zijn blindheid bijnemen,' zei ze. 'Het een kan niet zonder het ander. Dat klinkt heel paradoxaal: een blinde ziener, maar bij de oude Grieken waren waarzeggers meestal blind. Weet je hoe Teiresias zijn gezichtsvermogen heeft verloren?'

'Was dat niet omdat hij de godin Pallas Athena naakt had zien baden?'

'Er bestaan verschillende verhalen over de oorzaak van Teiresias' blindheid, maar dat is het bekendste. Pallas Athena was zo woedend dat een sterveling haar in het geniep had gadegeslagen dat ze Teiresias met blindheid sloeg, maar ter compensatie kreeg hij van haar de gave van de waarzeggerij.'

Er verschenen pretlichtjes in haar ogen die het heldergrijs nog intenser maakten.

'Als je de keus had,' vroeg ze, 'was het je dat waard? Het licht van je ogen ruilen voor het innerlijk zicht?'

'Nee, die prijs is te hoog.'

'Dat begrijp ik. Maar stel je eens voor wat je allemaal kon doen. Elke misdaad in het land oplossen, de toekomst voorspellen, rampen voorkomen, ontelbare mensenlevens redden... Je zou door iedereen beschouwd worden als een ziener, een visionair, een savant.'

Berg wist allang niet meer hoe ze op het onderwerp waren gekomen en hij vroeg zich af waarom Esther hem dit dilemma voorschotelde, maar aan de andere kant intrigeerde de loop van het gesprek hem. Het gebeurde niet vaak dat een interview op een conversatie uitdraaide die verderging dan het beantwoorden van zijn vragen.

Hij merkte hoe Esthers blik afwachtend op hem was gericht.

De keuze die ze hem vroeg te maken, was geen echte keuze. Welke voordelen de gave van de zienerij ook bood, ze wogen niet op tegen al het mooois dat je om je heen kon zien: de pracht van de natuur, de schoonheid van kunst, het blauw van de lucht, het ontroerende van een kindergezicht, of zelfs maar die twee bekoorlijke ogen die hem nu aankeken. Maar natuurlijk zei hij dat niet, ook al was de verleiding groot om het wel te doen.

4

Op de wekkerradio was het 01.47 uur toen Berg wakker werd. Het eerste wat hij dacht, was: dit kan niet, er is een elektriciteitspanne geweest, het toestel is stilgevallen. Hij knipte het nachtlampje aan en keek op zijn horloge. Het uur klopte. Hij mompelde een verwensing. Twee uur en drie kwartier had hij geslapen, meer niet. Hij voelde dat de haren in zijn nek nat waren van het zweet.

De vorige avond was hij zo moe geweest dat hij tegen zijn gewoonte in al om elf uur naar bed was gegaan, ook al verwachtte hij dat het vergeefse moeite zou zijn omdat hij door de warmte toch niet in slaap zou kunnen vallen, maar blijkbaar was dat dit keer wel gelukt. Alleen had de nachtrust nog geen drie uur geduurd.

Hij knipte het licht opnieuw uit en draaide zich op zijn andere zij, vastbesloten om de nodige portie slaap binnen te halen, maar al na tien minuten besefte hij dat dit geen zin had. Hij was klaarwakker.

Met een vloek kwam hij uit bed. In de keuken deed hij de terrasdeur van het slot en liep in zijn boxershort naar buiten zonder de tuinlichten aan te steken. Het was een heldere nacht met een halfvolle maan. Even twijfelde hij, een korte oprisping van zijn geweten, toen moesten zijn goede voornemens het afleggen tegen zijn toegeeflijkheid en haalde hij een fles Pinot Noir uit de koelkast.

Op het einde van de tuin tekenden zich de contouren af van de twaalfde-eeuwse ringmuur. Hoewel het nog niet extreem laat was, was het ongewoon stil. Geen dronkenmansgebral op de achtergrond, geen roepende studenten of schrille meisjesstemmen. Examenperiode. Een jaarlijks weerkerende zegen waar elke Leuvenaar naar uitkeek. Nog drie weken en het academiejaar zat erop. Dan vertrokken de studenten op zomervakantie en verloor Leuven in één klap een derde van zijn populatie, tot eind september de volksverhuizing zich in de omgekeerde richting voltrok. Geen enkele stad in het land onderging jaarlijks zo'n dubbele en verregaande metamorfose.

Terwijl hij zich een glas wijn inschonk, herinnerde hij zich dat hij had gedroomd. Hij stond op de planken, de schouwburg was tot aan de nok toe gevuld, tegenover hem wachtten Oidipous en Jokaste met toenemende verwarring op het bericht dat hij verondersteld werd uit Korinthe te brengen. Maar hoe hij zijn hersenen ook onder druk zette, hij kon zich de tekst niet meer herinneren. Paniek greep hem bij de keel. Hij voelde de honderden ogen van het publiek op hem gericht, zag de almaar groter wordende onzekerheid in de blik van Oidipous en merkte hoe het angstzweet hem uitbrak. Op dat ogenblik viel het hem op dat de ogen van Jokaste heldergrijs waren en dat er iets bemoedigends van uitging, iets rustgevends. Tegelijkertijd, alsof er een hendel in zijn hoofd werd overgehaald, vielen de paar regels hem te binnen en slaagde hij erin om met vaste stem te verkondigen dat koning Polybos van Korinthe was overleden.

Waarschijnlijk was dat het moment waarop hij wakker was geworden, helemaal bezweet en nauwelijks bekomen van de verlammende angst die hij op het podium had gevoeld. Hij schudde zijn hoofd. Waar kwam die nachtmerrie vandaan? En hoe kon het dat hij er zich nu pas bewust van werd dat hij had gedroomd? Het leek wel alsof er een spergebied lag tussen slapen en waken, een niemandsland waar je eerst doorheen moest voor het tot je doordrong wat er aan de andere kant was gebeurd.

Hij nam een slok van de wijn. Dromen, zei men weleens, waren een verwrongen optelsom van wat iemand had beleefd, een door het onderbewuste verhaspeld beeld van herinneringen waarin verborgen angsten en vergeten trauma's de bovenhand kregen. Het vreemde was dat hij vroeger, tijdens de schoolopvoering, zijn tekst niet was vergeten en dat hij zelfs geen moment plankenkoorts had gehad. De enige verklaring voor de nachtmerrie was dat twee losstaande gegevens zich in zijn hoofd hadden vermengd: enerzijds het gesprek met Esther over zijn rol in het stuk van Sophocles, anderzijds zijn recente vrees dat zijn geheugen achteruitging. Het resultaat was een nachtelijk schouwtoneel op het podium van zijn brein waarin heden en verleden, fantasie en werkelijkheid versmolten waren tot een bizarre, angstaanjagende mix.

Esther Heymans. Hij kon niet ontkennen dat hij aangenaam verrast was door haar. Ze was een boeiende vrouw, verstandig, met gevoel voor humor, belezen ook. Dat laatste bleek uit het verhaal dat ze hem had verteld, een verhaal dat hij niet kende en dat een andere verklaring gaf voor Teiresias' blindheid.

'Op een dag,' had ze gezegd toen ze al een tijdje op het terras van Den Engel zaten, 'ontstond er tussen de goden en de godinnen op de Olympos een discussie over wie het meeste plezier beleeft aan seks: mannen of vrouwen. De mannelijke goden beweerden dat de vrouwen veel meer van seks genoten dan zij, de godinnen hielden vol dat het omgekeerde waar was.

De discussie liep zo hoog op dat het gesprek in een gigantische ruzie dreigde te ontaarden. Ten slotte werd aan Zeus gevraagd wie gelijk had. De oppergod dacht er niet aan om partij te kiezen en herinnerde zich dat er op aarde een sterveling rondliep die hem van het probleem kon verlossen. De man heette Teiresias. Hij was een eenvoudige dorpeling die de gewoonte had om elke avond een wandeling te maken. Op een keer zag hij op een bospad twee slangen paren en in het passeren gaf hij de dieren een harde slag met een stok, zodat ze zwaargewond werden. De liefdesgodin Aphrodite was woedend dat Teiresias het liefdesspel van de slangen had verstoord en veranderde hem ter plekke van geslacht. Vanaf die dag ging Teiresias door het leven als vrouw, maar enkele jaren later zag hij – of beter: zij – opnieuw twee slangen paren en deed ze exact hetzelfde als de vorige keer. Ontstemd veranderde Aphrodite Teiresias opnieuw in een man.

Vandaar dat Zeus dacht dat als er iemand op de vraag kon antwoorden wie het meeste plezier beleeft aan seks, Teiresias de ideale persoon was aangezien hij zowel een man als een vrouw was geweest. De sterveling werd daarom op staande voet naar de Olympos ontboden en kreeg ten overstaan van het hele pantheon aan goden en godinnen de vraag voorgeschoteld.'

Op dat ogenblik had Esther haar verhaal onderbroken. Ze vroeg:

'En wat denk je dat Teiresias antwoordde?'

Berg had geamuseerd geluisterd, maar nu hem dezelfde vraag als Teiresias werd gesteld, wist hij niet goed wat te zeggen.

'Dat ze alle twee evenveel van seks genieten?' probeerde hij.

Esther schudde nee met haar wijsvinger.

'Zo gemakkelijk kom je er niet vanaf. Teiresias maakte een duidelijk onderscheid.'

Berg dacht na. Hij had natuurlijk vijftig procent kans dat hij goed zou raden, maar als hij dan toch moest kiezen, kon hij beter op zijn eigen ervaringen afgaan.

'Volgens mij zei Teiresias dat vrouwen het meeste plezier beleven aan seks.'

Esther nam hem onderzoekend op.

'Is dat een gok?'

'Een berekende gok.'

'Je hebt gelijk. Teiresias beweerde dat vrouwen negen keer meer plezier beleven aan seks dan mannen.'

'Négen keer!?'

'O jawel. Wat vind je daarvan?'

Dit keer moest Berg geen seconde nadenken.

'Dat ik beter als vrouw was geboren.'

Esther lachte.

'Waarom uitgerekend negen keer?' vroeg hij.

'Geen idee. Ik vertel gewoon hoe het verhaal gaat.'

'Maar wat heeft dat nu met Teiresias' blindheid te maken?'

'Wel, de oppergodin Hera was zo boos op Teiresias dat hij het geheim van hun sekse had verraden dat ze hem onmiddellijk met blindheid sloeg. Maar aangezien de arme drommel alleen de waarheid had verteld, kreeg Zeus medelijden en gaf hem ter compensatie de gave van de waarzeggerij.'

Berg kantelde zijn hoofd in zijn nek en staarde naar de inktzwarte lucht boven de bomen aan de overkant van de ringmuur. Hij vroeg zich af waarom Esther over de mythe was begonnen. Gewoon om het gesprek gaande te houden of stak er een andere bedoeling achter? In elk geval waren de wijn en de gezellige sfeer op het marktplein er waarschijnlijk voor verantwoordelijk dat het gesprek persoonlijker was geworden dan bedoeld, maar achteraf bekeken vond hij dat niet erg. Integendeel, hij had zich goed geamuseerd en het was lang geleden dat hij op zo'n luchtige toon met een vrouw had gepraat. De dood van Wilfried en enkele andere mensen uit zijn vriendenkring had een jaar geleden een bijzonder zware impact op hem gehad, in die mate zelfs dat hij maandenlang door een diep dal was gegaan. Die periode lag gelukkig achter hem, maar dat nam niet weg dat het nog een hele tijd had geduurd voor het verdriet was afgenomen. In dat opzicht was dit een goed teken. Hij had echt genoten van het gesprek en hij had zich er een paar keer op betrapt dat hij Esther een mooie en intrigerende vrouw vond.

Van die laatste gedachte schrok hij toch even en hij riep zichzelf tot de orde. Wat haalde hij zich in zijn hoofd? Esther was getrouwd en bovendien maakte ze deel uit van een moordonderzoek, niet als verdachte weliswaar, ze had een alibi, maar dan nog. In het verleden was hij eens verliefd geworden op een vrouw die hij in soortgelijke omstandigheden had ontmoet en dat was hem zuur opgebroken. Nee, hij kon het idee beter in de kiem smoren voor het zijn denken begon te overwoekeren. Waarom deed hij dit ook, verdomme? Intussen moest hij beter weten dan dit soort gedachten toe te laten.

Hij staarde naar zijn hand om de steel van het wijnglas op tafel, naar zijn uitgestrekte benen in de boxershort en zijn blote voeten op de terrastegels. Zo moeilijk was het niet om te achterhalen waar de gedachte vandaan kwam. Hier zat hij nu, in zijn eentje, om twee uur 's nachts. Het gebeurde uit slapeloosheid, dat klopte, maar tegelijk kwam het niet vaak voor dat de temperatuur zo zacht was dat je midden in de nacht buiten van de stilte kon genieten met een glas lekkere wijn binnen handbereik. En toch, hoeveel fijner zou het niet zijn om een moment als dit te delen met een vrouw van wie je hield?

De briefing die de volgende dag om elf uur was gepland, begon met een afknapper. Het was Wenderickx nog altijd niet gelukt om Jozef en Rita Leyers aan de lijn te krijgen.

'Hoe is dat in godsnaam mogelijk?' vroeg Berg geërgerd.

'Ik heb gisteren verschillende keren gebeld,' zei Wenderickx. 'En vanmorgen heb ik het opnieuw geprobeerd. Om kwart over negen al. De vrouw aan de hotelbalie zei dat meneer en mevrouw Leyers net waren vertrokken. Ze hadden zich ingeschreven voor een daguitstap naar Granada en de bus was hen om negen uur komen oppikken.'

'Maar je had toch een bericht voor hen achtergelaten?'

'Dat klopt. De vrouw van het hotel heeft uitgezocht wat er is gebeurd. Ze had gisteren een vrije dag. Blijkbaar heeft haar collega vergeten het bericht door te geven, maar dat wist ze niet. Ze dacht dat de mensen al contact met mij hadden opgenomen.'

Berg gromde voor zich uit. Soms leek het alsof iets gewoonweg niet wílde lukken, alsof de wet van Murphy echt bestond.

'En wat nu?'

'Jozef en Rita Leyers komen pas vanavond laat terug, maar de vrouw van het hotel heeft me beloofd dat ze dit keer de boodschap persoonlijk zal overbrengen en dat ze ervoor zal zorgen dat ik morgen zeker word gebeld.'

'Ik had je ook gevraagd om contact op te nemen met de echtgenote van Boudewijn Teniers.'

'Dat heb ik gedaan, chef. De vrouw bevestigt dat haar man op zaterdagavond omstreeks kwart over elf is thuisgekomen.'

'Als Jozef en Rita Leyers op hun beurt bevestigen dat Teniers tot kwart over tien bij hen in de brasserie is geweest, bleef er maar een uur over om Heymans te drogeren, hem in de vijver te verdrinken, de plaats delict zo achter te laten dat de moord op een zelfdoding lijkt en te voet naar huis te gaan.'

'Is dat niet wat krap, chef?' vroeg Lou. 'Het is vijftien minuten lopen van de Mariapoort tot aan zijn woning. Eigenlijk had hij dus maar drie kwartier.'

'Het is veel te krap, tenzij hij hulp heeft gehad.'

'Of gelogen heeft over het uur waarop hij afscheid heeft genomen van zijn vrienden,' zei Wenderickx.

'Inderdaad. We moeten dus absoluut de getuigenis van Jozef en Rita Leyers hebben.'

'Morgen, chef. De vrouw van het hotel heeft het me met de hand op het hart beloofd.'

'Coens, weet je intussen met welk huwelijkscontract Esther Heymans en Mark Teniers getrouwd zijn?'

'Met scheiding van goederen. Dat houdt in dat elke echtgenoot eigenaar blijft van wat hij bezat voor het huwelijk én van wat hij later verdient, erft of krijgt.'

'Logisch dat Esther Heymans met zo'n contract is getrouwd,' zei Lou. 'Dat zou ik ook doen als mijn vader een levensverzekering had van een miljoen euro.'

'Mark Teniers kan dus nooit aanspraak maken op een deel van het geld?' vroeg Berg voor de zekerheid.

'Dat is juist, chef. Bovendien bepaalt zo'n contract dat elke echtgenoot blijft instaan voor zijn eigen schulden.'

'Dan heeft Teniers geen motief voor de moord.'

'Nee, tenzij er iets anders speelde.'

'Wat?'

'Dat hij zijn vader heeft willen helpen bijvoorbeeld. Ik heb eens bij de buren rondgevraagd. Iedereen zegt hetzelfde. Vader en zoon kunnen heel goed met elkaar opschieten. Mark Teniers heeft nog een zus, Alicia. Ze is getrouwd en moeder van twee kinderen. Maar de oogappel van het gezin is altijd de zoon geweest, daar waren alle buren het over eens.'

'Dat kan best zijn,' zei Berg. 'Maar ik vind het weinig waarschijnlijk dat iemand zijn vader zou helpen om een lastige concurrent uit te weg te ruimen als hij daar zelf geen enkel belang bij heeft.'

'Misschien had hij dat wel,' kwam Wenderickx tussenbeide. 'Coens heeft me gevraagd om de moeder te polsen over de zaak van haar zoon. Het klopt wat we dachten: Mark Teniers staat op de rand van het faillissement. Hij heeft een bijkomende lening aangevraagd, maar die is hem door de bank geweigerd.'

'Dat vertelde die vrouw zomaar?'

'Ze kon er niet over ophouden, chef. Ik had echt met haar te doen. Ze kreeg tranen in haar ogen toen we het over de financiële situatie van haar zoon hadden. Ik heb langs mijn neus weg geïnformeerd hoe die het probleem dacht op te lossen. Blijkbaar heeft hij zijn ouders gevraagd om hem te helpen.'

'Zijn ze dat van plan?'

'Daar heb ik geen antwoord op gekregen, misschien omdat ze er zelf nog niet uit zijn. Voor zover ik het begrepen heb, gaat het om een aardige som geld.'

'En nu denk jij dat Boudewijn Teniers een voorwaarde heeft verbonden aan zijn hulp? Een soort quid pro quo. Als jij me helpt met mijn probleem, help ik jou met het redden van je zaak.'

'Zou toch kunnen.'

'Mmm...' Berg was niet overtuigd. 'Welke vader vraagt zijn zoon om zoiets te doen?'

'Wil dat zeggen dat we Mark Teniers als verdachte schrappen?' vroeg Zeebos die tot nu toe niets had gezegd.

'Hij heeft geen motief, Jan.'

'En als hij het op een akkoordje heeft gegooid met Mieke Vanderwegen? Die mogelijkheid laten we gewoon vallen?'

Berg twijfelde. Er schoot hem ineens iets anders te binnen. Het was woensdag. Herman Lateur kwam vandaag terug uit Leiden.

'Lou, jij hebt Lateurs telefoonnummer. Bel hem. Ik wil weten wanneer ik hem kan spreken.'

'Hallo...' wuifde Zeebos. 'Krijg ik nog een antwoord op mijn vraag?'

'Ik weet het niet,' zei Berg. 'Het lijkt me weinig plausibel dat iemand met zijn schoonmoeder samenspant om...'

'Met zijn stiefschoonmoeder,' corrigeerde Zeebos en hij voegde er meteen aan toe: 'Bestaat dat woord eigenlijk wel?'

'Doet er niet toe. Ik kan moeilijk geloven dat die twee besloten hebben om samen Heymans uit de weg te ruimen. Hoe stel je je dat voor? Dat Mieke Vanderwegen Mark Teniers op voorhand heeft beloofd dat hij een deel van de verzekeringspremie krijgt?'

'Waarom niet? Een half miljoen euro is veel geld. Daar kan ze wel een deel van missen.'

'En Teniers geloofde haar op haar woord? Zonder de garantie dat ze achteraf over de brug komt?'

'We hebben altijd gezegd dat er twee mensen nodig zijn om Heymans naar die afgelegen plaats te brengen,' hield Zeebos vol. 'Dat vader en zoon hebben samengewerkt, geloof je niet en nu schrap je ook de tandem Mieke Vanderwegen-Mark Teniers. Welke mogelijkheid blijft er nog over?'

'Misschien moeten we die tandem ergens anders zoeken.'

'Waar? Het moet om twee mensen gaan die elkaar door en door vertrouwen én die alle twee belang hebben bij de dood van Heymans.'

'Dat weet ik,' zuchtte Berg. 'Het probleem is dat geen enkele combinatie aannemelijk lijkt.'

'Tussen haakjes,' mengde Lou zich in het gesprek. 'Ik ben met Toon Dekempeneer gaan praten in verband met de vergadering op zaterdagavond. Het klopt wat Tobias Bakelants heeft gezegd. De twee hoofdrolspelers waren er, samen met Herman Lateur.'

'Kloppen de uren ook?' vroeg Zeebos.

'Ja, ze zijn om negen uur begonnen en ongeveer twee uur later gestopt. De vergadering heeft zo lang geduurd omdat ze het niet eens werden. Dekempeneer klonk tamelijk boos toen hij over de bespreking vertelde, alsof hij er zich nog altijd over opwond.'

'Die vier hebben dus allemaal een alibi,' zei Berg. 'Op den duur schiet er niemand van de verdachten meer over.'

'Boudewijn en Mark Teniers hebben géén alibi,' somde Zeebos op. 'En hetzelfde geldt voor Mieke Vanderwegen en Filip Decroo.'

'Hoe zit het met de vingerafdrukken op de mobiel van Heymans?'

'Die zijn wel degelijk van Boudewijn Teniers. Glenn heeft ook zijn schoenmaat gevraagd. Hij heeft een tweeënveertig.'

'Dezelfde maat dus als het paar met de diepe voetafdrukken bij de vijver.'

'Juist, al bewijst dat natuurlijk niets. Ik heb ook een tweeënveertig. Het is een tamelijk courante mannenmaat.'

'Heb je intussen Heymans' telefoongegevens van de provider gekregen?'

'Ja. Er waren verschillende telefoontjes van en naar Boudewijn Teniers, maar dat is niet verwonderlijk gezien de discussie waarin ze verwikkeld waren. Wat Filip Decroo betreft, zowel op de lijst van de inkomende als van de uitgaande gesprekken kwam zijn nummer niet voor. Hij vertelde dus de waarheid toen hij zei dat hij Marcel Heymans nauwelijks heeft gekend.'

'Het één is nog geen bewijs van het ander, Jan.'

'Misschien. Maar er is me iets anders opgevallen. Herman Lateur heeft Marcel Heymans gebeld. Eén keer. Op donderdag 1 juni om 17.53 uur. Het gesprek heeft vier minuten en zestien seconden geduurd.'

'Wat is daar zo opmerkelijk aan?'

'Ik vraag me af waar dat telefoontje over ging,' antwoordde Zeebos. 'Die twee waren toch niet meteen de beste vrienden? Heymans is met de ex van Lateur getrouwd.'

'Volgens Esther koestert Lateur daar geen wrok meer over.'

'Zo, heeft ze je dat verteld? Wat ben je nog te weten gekomen?'

'Dat haar vader verbaasd was dat Lateur zijn kant koos in de discussie over de echtheid van het chansonnier. Naar het schijnt heeft Lateur op de huwelijksplechtigheid van zijn ex-vrouw stampij gemaakt, maar intussen zou hij over de breuk heen zijn, anders had hij van de gelegenheid gebruikgemaakt om Heymans een hak te zetten. Dat was tenminste Esthers mening.'

'Misschien ging het telefoontje daarover,' opperde Wenderickx. 'Dat Lateur twijfelde aan de echtheid van het manuscript.'

'Daarvoor hoefde hij Heymans niet te bellen,' zei Coens. 'Dat had die sowieso van Boudewijn Teniers te horen gekregen.'

'Dat is niet zeker,' sprak Berg hem tegen. 'Teniers had net zo goed zijn mond kunnen houden over Lateurs bevindingen aangezien die in zijn nadeel uitvielen.'

'Niet als Heymans wist dat Lateur het Latijnse lied zou onderzoeken,' zei Lou.

'Weten we of hij daarvan op de hoogte was?' vroeg Wenderickx.

'Volgens zijn dochter wel,' antwoordde Berg. 'Ze heeft me verteld dat haar vader tegen het idee was, maar dat Boudewijn Teniers zijn zin heeft doorgedreven.'

'Vraag Lateur straks waarom hij Heymans heeft gebeld,' zei Zeebos. 'Dan is dat probleem alvast opgelost.'

'Doe ik. Eerst iets anders, iets waaraan we tot nu toe misschien te weinig aandacht hebben besteed. Geeraerts zei dat het bloed van Heymans een licht percentage alcohol bevatte. Waarschijnlijk heeft hij op die manier de rohypnol naar binnen gekregen. De vraag is waar hij die alcohol heeft gedronken. Als we Boudewijn Teniers mogen geloven, is dat niet gebeurd tijdens de bespreking in het Huis van de Polyfonie.'

'Tenzij hij daarover liegt,' zei Wenderickx.

'Bel straks Mieke Vanderwegen en vraag of haar man een glas rode wijn heeft gedronken voor hij naar de abdij vertrok.'

'Kunnen die twee niet de tandem vormen waar we naar op zoek zijn?' vroeg Coens. 'Die combinatie hebben we nog niet overwogen.'

'Ik geloof niet dat Mieke Vanderwegen en Boudewijn Teniers hebben samengewerkt,' zei Berg.

'Waarom niet, chef?'

'Omdat ze in dat geval Heymans in zijn eigen woning hadden gedrogeerd. Dat was veel veiliger dan in de abdij waar voortdurend mensen passeren op weg naar brasserie De Molen.'

'Misschien heeft Mieke Vanderwegen haar man de rohypnol toegediend vóór hij naar het Huis van de Polyfonie vertrok,' zei Lou. 'En is ze na de bespreking naar de Mariapoort gegaan om samen met Teniers de klus af te maken.'

'Dat is onmogelijk,' kwam Zeebos tussenbeide. 'Rohypnol werkt snel. Ik zie Heymans nog geen wandeling van drie kwartier maken als hij op voorhand dat middel naar binnen heeft gekregen.'

Berg dacht hetzelfde, maar hij wilde de mogelijkheid niet op voorhand uitsluiten.

'Lou, bel straks Geeraerts. Vraag of het volgens hem mogelijk is wat je net zei. Wenderickx, jij gaat met een foto van het slachtoffer naar De Molen. Informeer bij de kelners of ze Heymans op zaterdagavond in de brasserie hebben gezien en zo ja, of hij alleen was of in gezelschap. Het kan dat iemand daar de rohypnol in zijn glas heeft gedaan.'

'Maar Boudewijn Teniers heeft gezegd dat hij na de bespreking in de Mariapoort Heymans niet meer heeft gezien.'

'En als hij gelogen heeft? Of hem niet heeft opgemerkt? Het café bestaat uit verschillende ruimtes. Misschien heeft hij Heymans niet zien zitten.'

'Als de rohypnol van Teniers kwam,' zei Zeebos, 'had hij dan niet tegen jou gezegd dat hij Heymans in De Molen heeft gezien? Daarmee maakte hij zichzelf minder verdacht.'

'Misschien heeft hij daar niet aan gedacht.'

'Kom nou, Thomas. Dat geloof je zelf niet.'

'Het is weinig waarschijnlijk, dat geef ik toe. Maar vergeet niet dat we nog altijd geen bewijs hebben dat Boudewijn Teniers de moord heeft gepleegd. Bovendien zitten we met een tijdspanne van minstens twee uur tussen het eind van de bespreking en het ogenblik waarop Heymans om het leven is gebracht. Hij moet in die periode toch ergens geweest zijn? Waarom niet in De Molen? Die ligt op maar driehonderd meter van de Mariapoort.'

Berg keek de groep rond. Hij voelde zich ontgoocheld omdat de briefing hem geen stap dichter bij de waarheid had gebracht. Of Heymans nu in het Huis van de Polyfonie of in De Molen was gedrogeerd, veranderde niets aan het feit dat beide locaties een heel eind van de plaats delict lagen en er twee daders nodig waren om het bewusteloze lichaam zo ver te verplaatsen. Tenzij Heymans de rohypnol nog ergens anders toegediend had gekregen, maar ook in dat geval bleef er een probleem. Geen enkele combinatie van twee mogelijke daders leek te kloppen.

'Heeft iemand nog vragen of suggesties?'

Er kwam geen antwoord.

'Lou, heb je Lateur al gebeld?'

'Maar, chef, wanneer zou ik dat...'

'Doe het dan nu en laat me weten of hij al in Leuven is. Ik wil hem zo snel mogelijk spreken.'

Iedereen nam zijn spullen bij elkaar en verliet het kantoor voor de lunch. In de gang zei Zeebos tegen Berg:

'Je ziet er moe uit, Thomas.'

'Ik heb vannacht weer slecht geslapen.'

'Hoezo? Heb je die ventilator dan niet gekocht?'

'Nee, ik...'

‘Het is ook altijd hetzelfde met jou,’ brak Zeebos hem af. ‘Wanneer ga je eens luisteren als iemand je goede raad geeft?’

Berg wilde protesteren, maar zag ervan af. Het sop was de kool niet waard en hij wilde naar buiten. Naar de Kaminsky. Naar dat glas ijskoud bier dat het afgelopen uur voortdurend zijn gedachten had geprikkeld.

5

Het tuinterras van de Kaminsky zat aardig vol. Terwijl Berg in gedachten doorliep welke vragen hij Herman Lateur straks moest stellen, werd zijn blik opnieuw getrokken door het beeldhouwwerk van de naakte vrouw met het varken en herinnerde hij zich de vraag die hem gisteren tijdens het gesprek met Esther te binnen was gevallen: over de blinddoek die de courtisane droeg op het schilderij van Félicien Rops. Had de kunstenaar iets soortgelijks willen zeggen als Sophocles en wees de blinddoek erop dat mensen blind waren voor de werkelijkheid om hen heen?

Omdat hij toch niets anders te doen had dan op Lous telefoontje te wachten, haalde Berg zijn mobiel uit zijn zak, ging op internet en tikte het woord *Pornokratès* in. Op de eerste site over het onderwerp las hij: *Félicien Rops beeldt met zijn schilderij een courtisane af met een varken aan de lijn. De bijna naakte vrouw met een blinddoek voor haar ogen straalt kracht en verlokking uit: een femme fatale die 'de teugels in handen heeft'. Het varken staat symbool voor de man, in beestachtige conditie, onderdanig en gecontroleerd, refererend aan de mythe van Kirke.*

Specifieke uitleg over de blinddoek stond er niet bij. Berg wreef nadenkend over zijn kin. De naam Kirke kende hij uit de *Odyssee* van Homeros. Ze was een tovenares die op een eiland woonde en Odysseus' mannen had omgetoverd in varkens omdat ze zich onbeschoft hadden gedragen, haar verlekkerd hadden aangestaard en hun eten naar binnen hadden geslokt als varkens. Met behulp van een toverkruid dat hij van de god

Hermes had gekregen, slaagde Odysseus erin om zich te beschermen tegen de hekserij van Kirke. Die werd van de weeromstuit verliefd op de Griekse held en nadat ze de liefde met hem had bedreven, veranderde ze zijn manschappen opnieuw in mensen.

Had Félicien Rops dat bedoeld: dat mannen zich tegenover vrouwen soms als zwijnen gedroegen? Berg herinnerde zich dat de gids in het museum van Namen had verteld dat de schilder, toen hij in Parijs woonde, tegelijkertijd een affaire had met twee zussen die elk een kind van hem verwachtten. Lag die situatie aan de basis van het schilderij en verwees de kunstenaar naar zichzelf? Hoewel... het was algemeen bekend dat Rops prat ging op zijn onconventionele levensstijl, dus was de gedachte hem ongetwijfeld vreemd dat hij zich als een zwijn gedroeg tegenover zijn twee minnaressen. Nee, het varken op het schilderij had waarschijnlijk een andere betekenis. De vraag was welke.

Berg herinnerde zich uit zijn studies theologie dat het dier in de Bijbel als onrein werd beschouwd omdat het in de omringende culturen als een vruchtbaarheidssymbool werd vereerd. Vandaar ook dat in de christelijke kunst de Heilige Antonius Abt, die door de duivel werd verleid in de vorm van naakte vrouwen, werd voorgesteld met een varken dat naar de demon van zinnelijkheid en lust verwees. Had dat idee Rops geïnspireerd om zijn courtisane af te beelden met een varken aan de lijn? Omdat mannen met hun dierlijke behoefte aan seks de slaaf waren van hun driften en ipso facto van vrouwen? In dat opzicht verwees de blinddoek misschien toch naar blinde lust.

Er viel hem nog iets te binnen. Kirke had bij het afscheid tegen Odysseus gezegd dat hij in de Onderwereld moest afdalen om meer over zijn lot te weten te komen. Een van de schimmen die hij daar ontmoette, was die van... jawel, de blinde ziener Teiresias die intussen was overleden.

Hij glimlachte verrast. Als je maar ver genoeg nadacht, bleek alles op de een of andere manier met elkaar verbonden te zijn. Maar... wat dan nog? Wat had je aan zo'n conclusie? Welke zin had het om hier zijn tijd te verdoen met dit soort overwegingen? Hij zou zich beter op het moordonderzoek concentreren en op zijn gesprek met Herman Lateur. Waar bleef dat telefoontje van Lou? Intussen moest ze toch...

Net op dat ogenblik rinkelde zijn mobiel. Het was Lou, zag hij op het display. Hij drukte op de ontvangsttoets. Lateur was terug in Leuven. Als de politie hem wilde spreken, had hij gezegd, konden ze hem vinden in de schouwburg. Hij was van plan om vandaag de repetitie van het toneelstuk bij te wonen.

Dezelfde vrouw als de vorige keer liet Berg binnen. Hij kende intussen de weg en liep in zijn eentje naar de zaal, niet via de coulissen dit keer, hij ging rechtstreeks naar de achteringang van de parterre. Op het podium voerden twee acteurs een scène op. Berg zag Esther in gesprek met een man van haar leeftijd die, afgaande op wat ze zeiden, de rol van Oidipous vertolkte en bijgevolg Tobias Bakelants moest zijn.

De lichten in de zaal waren gedimd. Ergens halverwege, bij het linkergangpad, zag Berg twee mannen zitten met de rug naar hem toe. Zonder geluid te maken liep hij dichterbij. Toon Dekempeneer had een klembord met aantekeningen op zijn schoot liggen en fronste toen hij de politieman herkende. Berg fluisterde dat hij niet wilde storen en vroeg de andere man of hij Herman Lateur was. Er volgde een knikje.

'Kan ik u even spreken, meneer Lateur? Mijn naam is Thomas Berg. Ik leid het onderzoek naar de moord op Marcel Heymans.'

De man stond op en ging hem zonder iets te zeggen voor naar de uitgang. Pas toen ze de zaal uit waren en hij de deur had dichtgedaan, stelde hij voor om het gesprek buiten te voeren. Hij had zin in een sigaret.

De rechterhelft van de binnenplaats baadde in de zon. Lateur liep naar de schaduwkant en haalde een pakje sigaretten tevoorschijn.

'U ook?'

'Nee, dank u.'

Terwijl de ander een sigaret opstak, bestudeerde Berg zijn gezicht. Lateur was een niet onknappe man met bruine ogen en donker haar. Hij droeg een zwarte jeansbroek met een wit hemd en had een opvallend jong figuur voor iemand van zijn leeftijd. Berg vroeg zich af of hij geregeld een fitnesscentrum bezocht of anders elke dag tienduizend stappen deed, al strookte een dergelijke bezorgdheid om zijn gezondheid niet met het feit dat hij rookte.

'Waarmee kan ik u helpen, hoofdinspecteur? Uw collega zei aan de telefoon dat het dringend was.'

Er zat een lichte ondertoon van ongeduld in zijn stem, alsof hij zo snel mogelijk terug naar binnen wilde. Berg begon met een vraag die hij zich vanaf het begin had gesteld.

'Hoe komt het dat een professor Latijn een tragedie van Sophocles vertaalt? De oud-Griekse literatuur is niet meteen uw vakgebied.'

'Ik beheers beide talen even goed,' antwoordde Lateur. 'En Griekse tragedies zijn altijd mijn passie geweest.'

'Toch verbaast het me dat een drukbezet man als u zoveel tijd steekt in de opvoering van een toneelstuk.'

'O... tijd is op dit ogenblik geen probleem. Het academiejaar zit er bijna op. Ik moet nog enkele examens afnemen, meer niet.'

'Is het de gewoonte dat een vertaler zo nauw betrokken is bij de opvoering van een toneelstuk?'

De vraag kwam duidelijk als een verrassing en werd beantwoord met een tegenvraag.

'Waarom denkt u dat ik nauw betrokken ben met...'

'Omdat u de repetities bijwoont en omdat u vorige zaterdag een vergadering hebt belegd om het over enkele passages uit de tekst te hebben die naar uw mening niet tot hun recht komen.'

Tot Bergs verrassing glimlachte Lateur.

'U bent bijzonder goed op de hoogte, hoofdinspecteur.'

'Dat is ook nodig in mijn beroep.'

'Ja, natuurlijk. Dat begrijp ik.' Lateur nam een trek van zijn sigaret en blies de rook naar de tegels van de binnenplaats. 'Ik ben van nature een beetje een controlefreak, dat geef ik eerlijk toe, en bovendien ligt dit toneelstuk me heel na aan het hart.'

'Waarom uitgerekend dit stuk?'

'Omdat ik het de mooiste tragedie vind die ooit is geschreven. Kent u het verhaal?'

'Ik heb thuis een vertaling van het werk.'

'Een politieman die Sophocles leest?' zei Lateur met opgetrokken wenkbrauwen. 'Ik ben onder de indruk. Van wie is de vertaling?'

'Dat herinner ik me niet meer. Ik ben het boekje kwijt.'

'Zoiets is mij ook vaak overkomen,' knikte Lateur. 'Je bent in de wolken over een bepaald boek en je geeft het te lezen aan een vriend of kennis, maar de helft van de tijd zie je het niet meer terug. Op die manier ben ik een flink deel van mijn bibliotheek kwijtgeraakt. Ik heb me voorgenomen om geen enkel boek meer uit te lenen.'

Berg had moeite om een lachje te onderdrukken. Hij had ooit precies hetzelfde besloten.

'Waarom vond u het nodig om het stuk opnieuw te vertalen?'

'Nodig is een groot woord,' antwoordde Lateur. 'Ik had gewoon zin om een moderne versie van de tekst te maken. Bij de meeste vertalingen is de taal hoogdravend, cryptisch zelfs, in elk geval te pompeus voor hedendaags gebruik. Ik wilde een alledaags idioom, zonder daarbij afbreuk te doen aan de gelaagdheid van de tekst. De vergadering van afgelopen zaterdag ging onder meer daarover. Toon... dat is de regisseur... ging op vlak van taalgebruik te ver naar mijn mening. Hij moedigde de acteurs aan om gewone omgangstaal te gebruiken omdat dat volgens hem realistischer overkomt. Voor mij kon dat niet. We hebben daar lang over gediscussieerd. Tobias Bakelants, die de rol van Oidipous vertolkt, gaf Toon gelijk, maar Esther Heymans koos mijn kant. Ik ben blij dat Toon haar heeft gevraagd om Jokaste te spelen. In het begin twijfelde ik eraan of hij daarmee een goede keus had gemaakt, maar ik had ongelijk. Ze doet het fantastisch, ook al is ze een beetje te jong voor de rol.'

Berg wilde zeggen dat 'een beetje' een understatement was, maar hij hield zijn mening voor zich.

'Bovendien kan Esther het extra geld goed gebruiken. Acteurs bij amateurgezelschappen worden meestal niet betaald, maar een reeks opvoeringen in de schouwburg brengt een aardige recette op. Daarom is er beslist om dit keer de opbrengst te verdelen.'

'Waarom zegt u dat?' vroeg Berg. 'Dat Esther het extra geld goed kan gebruiken?'

Lateur keek plots gegeneerd, alsof hij besefte dat hij zijn mond had voorbijgepraat.

'Ik wil niet roddelen, hoofdinspecteur.'

'Antwoorden op vragen van de politie is niet roddelen, professor. Het is helpen bij een moordonderzoek.'

Er ontsnapte Lateur een flauw lachje.

'Alleraardigst geformuleerd, dat moet ik u nageven.'

'Dank u. Mag ik ook een antwoord?'

'Nu ja, vroeg of laat komt u er toch achter en een staatsgeheim is het evenmin. De man van Esther heeft een zaak die erg verlieslatend is en alle beetjes helpen om het hoofd boven water te houden.'

'Hoe weet u dat de zaak van Mark Teniers verlieslatend is?'

'Dat heeft Esther me verteld.'

Berg vond het tijd om zijn vragen toe te spitsen op Lateurs rol in het meningsverschil tussen Boudewijn Teniers en Marcel Heymans.

'U weet dat de Alamire Foundation overweegt om een duur vijftiende-eeuws chansonnier aan te kopen, maar dat er discussie bestaat over de echtheid van het manuscript. Naar het schijnt hebt u aangeboden om het Latijnse lied taalkundig te onderzoeken.'

'Dat klopt.'

'Hoe wist u van het meningsverschil af?'

'Dat is eens ter sprake gekomen tijdens de lunch.' Lateur wees naar de glazen deur die toegang gaf tot het eetzaaltje voor artiesten. 'Esther zat die dag toevallig naast me. Ze kreeg een telefoontje van haar vader dat daarover ging.'

'En toen hebt u contact opgenomen met Boudewijn Teniers en uw hulp aangeboden?'

'Dat is juist.'

'Waarom hebt u dat voorstel niet aan Marcel Heymans gedaan?'

Alvorens te antwoorden stak Lateur de binnenplaats over en doofde de peuk van zijn sigaret in de metalen asbak die daar tegen de muur hing. Berg wachtte geduldig tot de man terugkwam. Hij vroeg zich af of dit een vertragingsmanoeuvre was. Wilde Lateur zichzelf voldoende tijd geven om over zijn antwoord na te denken?

'Kijk, hoofdinspecteur, ik veronderstel dat u weet dat mijn

ex-vrouw getrouwd is met Marcel Heymans. Zo'n situatie schept niet meteen een goede verstandhouding tussen twee mannen.'

'En toch hebt u de kant van meneer Heymans gekozen in de discussie over het chansonnier.'

'Waar hebt u het over? Ik heb helemaal geen kant gekozen. Ik heb gewoon gezegd wat ik dacht.'

'Volgens onze bevindingen hebt u afgelopen donderdag Marcel Heymans gebeld. Waar ging dat telefoontje over?'

'Over het resultaat van mijn onderzoek.'

'Daarnet sprak u over een minder goede verstandhouding tussen u beiden. Waarom dan dat telefoontje? U had net zo goed Boudewijn Teniers kunnen bellen.'

'Dat heb ik ook gedaan. Ik heb ze alle twee verteld wat ik van het lied vond. En wat die verstandhouding betreft... het is niet zo dat ik nog altijd rancune koester jegens Heymans. Tenslotte is heel die affaire een jaar geleden. Ik ben er niet de man naar om gebukt te lopen onder tegenslagen uit het verleden. Het leven is zo al kort genoeg.'

'Dat kunt u wel beweren, professor, maar naar het schijnt hebt u aardig wat herrie geschopt op het huwelijk van uw exvrouw.'

Lateur staarde hem verbouwereerd aan.

'Wie heeft u dat verteld?'

'Dat doet er niet toe.'

Berg zag tot zijn verbazing dat de ander rood werd. Het gaf hem iets jongensachtigs, iets sympathieks zelfs.

'Tja, ik dronk in die tijd te veel. Miekes beslissing kwam als een enorme klap. Ik had niets in de gaten. Maar dat neemt niet weg dat ik me toen als een idioot heb gedragen. Mijn enige excuus is dat ik nog altijd verliefd was op mijn vrouw.'

'En dat bent u nu niet meer?'

Er verscheen een zuur trekje om Lateurs mond.

‘U wordt wel erg persoonlijk, hoofdinspecteur.’

‘Dat kan moeilijk anders bij een moordonderzoek, professor.’

‘Hoezo? Denkt u dat ik iets te maken heb met...’

‘Dat heb ik niet gezegd, maar ik had wel graag een antwoord op mijn vraag.’

‘Nee, ik ben niet meer verliefd op mijn ex-vrouw. Gelukkig maar, zou ik zeggen. Ik heb trouwens onlangs iemand anders leren kennen en bovendien...’

Lateur stopte midden in zijn zin.

‘En bovendien wat?’

‘Niets.’

‘Toch wel, u wilde nog iets zeggen.’

‘Nee, mijn zin was af. Ik versprak me, meer niet.’

Dat laatste was duidelijk een leugen. Berg wilde doorvragen, maar net op dat ogenblik ging de deur van de artiesteningang open en verscheen een groepje mensen op de binnenplaats. Een van hen was Esther. Ze was in gesprek met Tobias Bakelants, maar toen ze Berg zag, kwam ze naar hem toe. Nog voor ze iets kon zeggen, vroeg Lateur:

‘Pauze?’

‘Ja, tien minuten maar. Ik ben bekaf, maar Toon staat erop om vandaag nog enkele scènes door te nemen.’

Lateur wendde zich opnieuw tot Berg.

‘Zijn we klaar, hoofdinspecteur? Ik moet nog een paar dingen bespreken met de regisseur.’

Berg twijfelde. Hij wilde graag weten wat de man daarnet had geweigerd te zeggen, maar met Esther erbij kon hij niet aandringen op een antwoord.

‘Voorlopig heb ik geen vragen meer, professor.’

Lateur draaide zich om en liep in de richting van de artiesteningang, tot hij plots bleef staan en op zijn stappen terugkwam.

'U zei net dat u uw werkje van Sophocles kwijt bent. Mijn vertaling verschijnt binnenkort in boekvorm, maar ik heb al enkele auteursexemplaren van de uitgeverij gekregen. Als het u interesseert, mag u er eentje hebben.'

Berg was verrast door het aanbod.

'Dank u. Dat is bijzonder vriendelijk.'

'Als u mij uw telefoonnummer geeft, bel ik om iets af te spreken.'

Berg haalde een visitekaartje uit zijn portefeuille. Zonder er een blik op te werpen stak Lateur het in zijn broekzak en liep naar de glazen deur. Zodra ze alleen waren, zei Esther:

'Wilde je me opnieuw spreken, Thomas?'

Nu deed ze het toch, zijn voornaam gebruiken. Hij liet het passeren, tenslotte had hij de vorige keer hetzelfde gedaan.

'Nee, ik had een paar vragen aan Herman Lateur.'

'Wat heeft hij met het onderzoek naar mijn vaders dood te maken?'

Berg omzeilde de vraag.

'Klopt het dat je hem over het meningsverschil tussen jouw vader en Boudewijn Teniers hebt verteld?'

'Euh... ja. Waarom?'

Opnieuw een vraag, ze kon het niet laten. Berg werd gered door iemand die de acteurs terug naar binnen riep. De pauze was voorbij. Hij voelde hoe een zweetdruppel van zijn voorhoofd gleed. Zelfs in de schaduw was het bloedheet.

'Ik ga even mee naar binnen,' zei hij.

'Kom je naar de repetitie kijken?'

'Nee, ik ben vergeten Herman Lateur iets te vragen.'

'Jammer. Ik had graag gehoord wat je ervan vindt.'

Berg vroeg zich af waarom ze dat zei. Wilde ze gewoon zijn mening kennen of zat er achter de opmerking een verkapte uitnodiging om hun gesprek van gisteren voort te zetten? Het was leuk geweest op het terras van Den Engel en iets fijns vroeg altijd om herhaling. In elk geval had hij zin om Esther voor te stellen dat hij in de zaal bleef zitten tot ze klaar was en dat ze daarna iets gingen drinken, maar hij verwierp het idee. Zo'n afspraakje was vaak een opmaat naar meer en in dit stadium van het onderzoek kon hij het zich niet permitteren om op persoonlijke voet om te gaan met een familielid van het slachtoffer.

Terwijl de acteurs zich op het podium verzamelden om naar de instructies van de regisseur te luisteren, voegde Berg zich bij Lateur en zei dat hij hem nog even wilde spreken.

'Hoezo? Ik dacht dat we klaar waren.'

'Er is me nog iets te binnen geschoten.'

Lateur liet met een zucht zijn ongenoegen blijken. Hij gebaarde naar de uitgang en liep het gangpad af.

'Wilt u het alstublieft kort houden, hoofdinspecteur? De volgende scène is erg belangrijk, daar wil ik graag bij zijn.'

'Hoelang dit duurt, bepaalt uzelf,' zei Berg. 'Ik wil alleen weten wat u daarnet wou zeggen.'

'In verband waarmee?'

'Kom, professor, u weet heel goed wat ik bedoel. U zei dat u niet meer verliefd bent op uw ex-vrouw omdat u onlangs iemand anders hebt leren kennen. Op het einde van uw zin voegde u eraan toe: en bovendien...'

Lateurs schouders zakten naar beneden.

'Nu dwingt u me toch om te roddelen.'

'Als u de waarheid spreekt, is het geen roddel.'

Lateur staarde naar de vloer. Het was hem aan te zien dat hij met de zaak verveeld zat.

'Eerst moet u mij één ding beloven. Ik wil niet dat Esther dit te horen krijgt. Ze heeft de laatste tijd al genoeg meegemaakt en ze staat onder enorme druk, zo'n paar dagen voor de première.'

'Zolang ik niet weet wat u gaat zeggen, kan ik niets beloven, professor. Maar als het niet rechtstreeks betrekking heeft op het onderzoek, blijft het tussen ons.'

'Het gaat om het volgende. Ik heb u gezegd dat ik geen rancune meer koester jegens Heymans omdat de scheiding al een jaar achter me ligt en ik intussen een andere relatie heb, maar er is nog een bijkomende reden. Ik kon moeilijk wrok blijven voelen voor een man die hetzelfde meemaakte als ik.'

Berg had geen idee waar de ander het over had. Hij wachtte op uitleg.

'Het is namelijk zo dat mijn ex al een tijdje een relatie heeft met een andere man. Dat maakt van Heymans eerder een lotgenoot dan een rivaal.'

'Met wie heeft uw ex een relatie?'

'Dat is nu net het pijnlijke. Daarom vroeg ik u om niets tegen Esther te zeggen. Ik wil echt niet dat ze...'

'De naam, professor.'

Lateur keek weg. Ten slotte zei hij:

'Mieke heeft een relatie met Mark Teniers.'

Berg staarde de man perplex aan. Was dat wat Esther had bedoeld toen ze zei dat er problemen waren in haar huwelijk? Woonde ze daarom in het huis van een vriendin? Maar als ze op de hoogte was van de affaire, waarom had Lateur dan gevraagd om dit voor haar te verzwijgen?

'Weet Esther van de relatie?'

'Ik veronderstel van niet.'

'Waarom denkt u dat?'

'Omdat ze in dat geval gestopt was met haar rol in het toneelstuk.'

'Dat begrijp ik niet.'

'Nee? Stelt u zich de situatie eens voor. Esther speelt Jokaste, een moeder die met haar zoon is getrouwd, terwijl in haar persoonlijke leven iets soortgelijks aan de hand is. Haar man heeft een affaire met zijn schoonmoeder.'

'Mieke Vanderwegen is de stiefschoonmoeder van Mark Teniers.'

'Maakt dat een verschil, hoofdinspecteur? Wat telt, is dat er in Esthers leven een vergelijkbare situatie is ontstaan als in het toneelstuk. Denkt u echt dat iemand in die omstandigheden emotioneel in staat is om...'

'Hoe weet u dat uw ex een relatie heeft met de man van Esther?'

'Omdat ik hen gezien heb. Heel toevallig. Ik was op weg naar het station toen ik de zaak van Mark Teniers passeerde. Als ik tijd heb, blijf ik altijd even staan om naar die prachtige instrumenten te kijken in zijn etalage. Die dag zag ik nog iets anders, iets wat niet voor mijn ogen was bestemd. Helemaal achteraan in het atelier stonden Mieke en Mark te kussen.'

'Wanneer was dat?'

'Ongeveer twee maanden geleden.'

Berg had tijd nodig om de nieuwe informatie te verwerken. Als het klopte wat Lateur zei, dan had Mark Teniers wel degelijk een motief voor de moord en kreeg Zeebos gelijk. Die had vanochtend de mogelijkheid geopperd dat schoonzoon en schoonmoeder de handen in elkaar hadden geslagen omdat ze beiden financieel voordeel hadden bij de dood van Marcel Heymans. Op dat ogenblik had Berg de theorie afgedaan als weinig waarschijnlijk omdat het moeilijk voorstelbaar was dat Mark Teniers aan een moord zou meehelpen met enkel de belofte van Mieke Vanderwegen dat hij achteraf een deel van het verzekeringsgeld zou krijgen. Maar als bleek dat die twee een relatie hadden, veranderde dat alles. Om te beginnen woog de belofte van een geliefde veel zwaarder door dan die van een schoonmoeder en ten tweede werd diezelfde geliefde door de moord een vrije en vooral: een rijke vrouw. Dat gaf Teniers een dubbel motief.

'Hoofdinspecteur,' begon Lateur. 'Mag ik er nog eens op aandringen om hierover niets tegen Esther te zeggen? Ik zou niet willen dat ze...'

Berg liet de man niet uitspreken.

'Het spijt me. Dat kan ik niet beloven.'

'Kunt u dan niet wachten tot na de première? Die is al over drie dagen.'

'Drie dagen zijn een eeuwigheid in een moordonderzoek, professor.'

'Ik was al bang dat u zoiets zou zeggen,' mompelde Lateur.

6

Zodra hij alleen was, woog Berg af welke voordelen hij erbij had om Esther te confronteren met hetgeen Lateur had verteld. Zijn eerste impuls was geweest om haar op de man af te vragen of ze op de hoogte was van de affaire, maar alles welbeschouwd schoot hij daar weinig mee op.

Als Esther van niets wist, zou het gesprek haar helemaal van slag maken, terwijl het hem geen meter vooruithielp in de zoektocht naar de moordenaar van haar vader. Wist ze het wel, dan had hij daarmee de bevestiging dat Lateur de waarheid had verteld en dat Mark Teniers een motief had om zijn schoonvader te vermoorden. Dat laatste was ongetwijfeld een belangrijk argument, maar het was eveneens zo dat hij geen enkele reden had om het verhaal van Lateur in twijfel te trekken. Waarom zou de man over zoiets liegen? Bovendien was hij bijzonder terughoudend geweest en had het de nodige overredingskracht gekost om hem te doen zeggen wat hij wist.

Berg twijfelde. Een paar dagen geleden had hij Wenderickx erop gewezen dat je gegevens altijd moest verifiëren, dus kon hij zijn eigen raad maar beter opvolgen. Had Lateur de situatie wel juist ingeschat? Hij had gezegd dat hij zijn ex en Mark Teniers achteraan in het atelier had zien kussen, maar in welke omstandigheden was dat gebeurd? Berg probeerde zich de situatie voor te stellen: een etalage vol strijkinstrumenten die het zicht belemmerden, ettelijke meters afstand, eventueel tegenlicht... Hoe snel was de verkeerde conclusie getrokken? Ging het wel om de kus van twee geliefden of was het niet meer dan een begroetingskus tussen schoonzoon en schoonmoeder? Onlangs nog had hij erover nagedacht hoe bedrieglijk ogen konden zijn en hoe vaak men iets meende te zien wat er niet was.

Daar kwam nog eens bij dat Lateur niet beschouwd kon worden als een objectieve getuige. De man was een jaar eerder door dezelfde vrouw bedrogen. Had dat zijn beoordelingsvermogen beïnvloed? Hadden zijn eigen ervaringen hem de verkeerde conclusie doen trekken? Lateur was zonder enige twijfel een verstandige man, maar logica werd vaak doorkruist door emoties. Wat iemand zag, werd geduid door de hersenen en die waren een verzamelvat van herinneringen, gevoelens, trauma's... allemaal elementen die de interpretatie van een blik konden kleuren.

Het klopte wel dat Mark Teniers ongeveer even oud was als Mieke Vanderwegen en dat de klassieke verhouding schoonmoeder-schoonzoon was scheefgetrokken door zowel het gebrek aan een leeftijdsverschil als door het feit dat het in dit geval niet om de biologische moeder van zijn vrouw ging, maar vanuit het standpunt van Mieke Vanderwegen bekeken, was het erg snel om een jaar na haar tweede huwelijk al een relatie te beginnen met een andere man. Tenzij haar huwelijk met Heymans niet was geworden wat ze ervan had verwacht. Had Esther niet gezegd dat haar stiefmoeder niet van haar vader hield? En Mieke Vanderwegen was niet aan haar proefstuk toe. Ook haar huwelijk met Herman Lateur was op dezelfde manier geëindigd.

Aan de andere kant was het eveneens mogelijk dat Lateur zo gepreoccupeerd was door het toneelstuk van Sophocles dat zijn fantasie met hem aan de haal was gegaan en dat hij hetgeen op de planken gebeurde, had doorgetrokken naar de werkelijkheid. Tenslotte was hij het geweest die de verhouding van zijn ex met Mark Teniers had vergeleken met het huwelijk van Oidipous en Jokaste.

Berg zat met het dilemma verveeld. Enerzijds geboden de directieven van zijn beroep dat hij elke nieuwe informatie van zoveel mogelijk kanten checkte, anderzijds bestond de mogelijkheid dat Esther niets over de affaire van haar echtgenoot wist en dat hij haar nodeloos zou kwetsen.

Wat deed je in zo'n situatie het beste? Of was dat niet het echte probleem en moest hij zichzelf een andere vraag stellen? Zou hij bij een andere betrokkene in een moordonderzoek evenveel consideratie aan de dag leggen? Had hij niet de neiging om Esther met fluwelen handschoenen aan te pakken omdat hij haar sympathiek vond? En zelfs dat stelde de kwestie niet scherp genoeg. Als hij eerlijk was tegen zichzelf, moest hij toegeven dat hij wel wat meer dan sympathie voelde voor haar.

Vreemd genoeg deed die gedachte hem steigeren. Dit was onzin! Pure onzin. Hij had verdorie nog maar één keer met Esther gepraat en hoe fijn dat ook was geweest, op basis van één gesprek kon je toch geen belangstelling beginnen te krijgen voor een vrouw? Waar kwam die ontvankelijkheid voor zulke gevoelens vandaan? Waarom liet hij toe dat hij zo vatbaar was voor de charmes van een vrouw die hij nauwelijks kende? Had het te maken met wat er de voorbije nacht door hem heen was gegaan toen hij voor de zoveelste keer in zijn eentje op zijn terras naar de donkere hemel had zitten staren? Het was intussen al een tijdje geleden dat hij nog een relatie had gehad en een ogenblik lang had hij zich eenzaam gevoeld, echt eenzaam.

Maar daar stond tegenover dat hij zich in het verleden al eens had laten verleiden om gevoelens te koesteren voor iemand die deel uitmaakte van een moordonderzoek en dat hij zich had voorgenomen dat zoiets niet opnieuw zou gebeuren. Hij vond Esther een intrigerende en mooie vrouw, dat was juist, maar daar bleef het bij, meer was er niet aan de hand. Of voerde hij nu voor zichzelf een toneelstukje op? Wilde hij uit beroepsethiek niet toegeven dat Esther bepaalde emoties in hem wakker riep? In dat geval was hij even blind voor de waarheid als Oidipous.

Voor hij er erg in had, trok hij de deur naar de parterre open en liep de zaal in. Hij had vandaag geen andere afspraken meer, dus lette niets hem om zijn beslissing nog even uit te stellen. Misschien bracht tijd raad. Hij kon de rest van de repetities bijwonen, wachten tot Esther klaar was en pas dan de knoop doorhakken.

Toon Dekempeneer en Herman Lateur zaten op dezelfde plaats als daarstraks en merkten hem niet op. Berg liet zich achteraan op een stoel zakken. Voor de zekerheid zette hij zijn mobiel uit. Hij kon zich al voorstellen welk effect het zou hebben wanneer het ding plots begon te rinkelen: acteurs die midden in een scène stilvielen, Dekempeneer die zich verontwaardigd omdraaide, Lateur die ongetwijfeld hetzelfde zou doen.

Op het podium stonden twee mannelijke acteurs tegenover elkaar: Tobias Bakelants en iemand die hij niet bij naam kende. Het ging er tussen de twee hevig aan toe en hoewel het even duurde voor Berg de scène kon plaatsen, begreep hij uit het gesprek dat het om een ruzie ging tussen Oidipous en... ineens viel de naam van Jokastes broer hem te binnen: Kreon, dat was het! Hij glimlachte. Zijn geheugen kwam dan eindelijk toch over de brug.

Het conflict tussen Oidipous en Kreon, herinnerde Berg zich, vond plaats nadat Teiresias onder dwang had verteld dat Oidipous koning Laios had gedood. Oidipous geloofde hem niet en verdacht de ziener ervan samen te spannen met Kreon, zodat die de macht over Thebe naar zich toe kon trekken. Zodra hij zijn schoonbroer zag, verweet Oidipous hem dan ook dat hij verraad wilde plegen. Berg liet zich onderuitzakken en luisterde naar de ruzie:

OIDIPOUS: GEEF TOE, HET VERHAAL VAN TEIRESIAS DAT IK IETS MET DE DOOD VAN LAIOS TE MAKEN HEB, HEBBEN JULLIE SAMEN VERZONNEN.

KREON: IS DAT WAT HIJ ZEGT? NU JA, DAT ZAL JE ZELF HET BESTE WETEN. MAAR NU HEB IK OOK EEN VRAAG AAN JOU.

OIDIPOUS: VRAAG MAAR. ZOLANG JE MIJ MAAR NIET DE MOORDENAAR VAN LAIOS NOEMT.

Er volgde een minutenlange, bitse conversatie tussen de twee mannen waarin Kreon zijn onschuld uitschreeuwde. Ten slotte zei hij:

KREON: WIL JE BEWIJS? GA DAN NAAR DELPHI EN VRAAG OF IK NIET LETTERLIJK HEB GERAPPORTEERD WAT HET ORAKEL HEEFT GEZEGD. EN ALS DAT NIET ZO IS EN IK HEB SAMENGEZWOREN MET TEIRESIAS, DOOD ME DAN. MAAR BESCHULDIG ME NIET OP BASIS VAN VAGE GRONDEN. WIE ZONDER REDEN SLECHTE MENSEN GOED VINDT EN GOEDE SLECHT, GAAT ERNSTIG IN DE FOUT.

Kort daarna kwam het koor op dat bestond uit zes mensen. Tijdens hun zang dwaalde Bergs aandacht af. Het was een vreemde vaststelling, maar wat Kreon had gezegd, was eveneens van toepassing op hem. Als hij iemand van moord beschuldigde, moest hij daar ook harde bewijzen voor hebben, anders schoot hij tekort.

Hij schrok op uit zijn gedachten toen hij een tiental meter voor zich Toon Dekempeneer plots hoorde roepen:

'Oké, mensen! Bedankt! Dat was prima. Esther en Tobias, we nemen nu de scène door waarin Oidipous begint te denken dat Teiresias toch de waarheid heeft gesproken.'

Berg zag Esther uit de linkercoulissen het podium opkomen. Hij verschoof naar het puntje van zijn stoel en concentreerde zich op het gesprek dat zich ontwikkelde tussen Jokaste en Oidipous. Die vertelde zijn vrouw hoe hij vroeger in zijn eentje enkele dienaren en een rijke man in een wagen had gedood en dat hij na Teiresias' woorden vreesde dat die man koning Laios was en dat hij de moordenaar was naar wie ze al zo lang op zoek waren. Daarop vroeg hij Jokaste om de dienaar te roepen die als enige de aanslag had overleefd. Zijn vrouw begreep het verzoek niet.

JOKASTE: WAT HOOP JE DAT HIJ ZAL ZEGGEN?

OIDIPOUS: ALS HIJ HETZELFDE VERKLAART ALS JIJ, HEB IK NIETS TE VREZEN EN BEN IK ONSCHULDIG.

JOKASTE: WAT VOOR OPMERKELIJKS HEB JE DAN VAN MIJ GEHOORD?

OIDIPOUS: VOLGENS JOU ZEI DE MAN DAT LAIOS DOOR EEN BENDE ROVERS WAS GEDOOD, MEERVOUD DUS. ALS HIJ DAARBIJ BLIJFT EN HET OPNIEUW OVER EEN AANTAL HEEFT, BEN IK DE MOORDENAAR VAN LAIOS NIET, WANT ÉÉN KAN NOOIT HETZELFDE ZIJN ALS VEEL. MAAR ALS HIJ SPREEKT OVER ÉÉN MAN, SLAAT DE BALANS NAAR MIJ DOOR EN BEN IK HET TOCH GEWEEST.

JOKASTE: HIJ HEEFT HET PRECIES ZO GEZEGD ALS JE VAN MIJ HEBT GEHOORD EN HIJ KAN HET NIET HERROEPEN. DE HELE STAD HEEFT HET HEM HOREN ZEGGEN, NIET ALLEEN IK.

Berg luisterde getroffen naar de rest van Jokastes betoog. Hij herinnerde zich dat Lateur had gezegd dat Esther haar rol fantastisch speelde en hij begreep nu waarom de man zo tevreden was over haar prestatie. De manier waarop ze haar geschrokken echtgenoot probeerde gerust te stellen, kwam zo levensecht over dat hij er als toeschouwer geen seconde aan twijfelde dat hier een vrouw aan het woord was die zich oprecht zorgen maakte over haar echtgenoot en er rotsvast van overtuigd was dat hij niets met de moord te maken had, hoewel almaar meer gegevens in die richting wezen.

Het enige wat zijn inlevingsvermogen een beetje in de weg zat, was het feit dat er twee mensen van dezelfde leeftijd op het podium stonden, terwijl Jokaste een generatie ouder hoorde te zijn dan haar echtgenoot, maar aan de andere kant waren de acteurs niet geschminkt en had Esther gezegd dat het probleem op die manier gemakkelijk kon worden opgelost.

Berg bleef in de zaal zitten tot de regisseur een eind maakte aan de repetitie. Hij keek op zijn horloge. Het was bijna zes uur. Intussen had hij nog altijd niet beslist wat hij zou doen. Lateur en Dekempeneer zaten nog op dezelfde plaats en waren druk in gesprek. Het podium lag er verlaten bij.

Even twijfelde hij nog, verliet toen de zaal en volgde de boogvormige gang die om de parterre heen liep en naar de trap achter de coulissen leidde. Een verdieping lager stonden de deuren van de kleedkamers allemaal open. De spelers liepen bij elkaar in en uit, er heerste een opgewonden, tevreden stemming. Berg sprak de eerste de beste acteur aan die hij tegen het lijf liep. Het was degene die hij daarstraks bezig had gezien als Kreon, de broer van Jokaste. Hij vroeg waar hij Esther kon vinden. De man wees naar het eind van de gang.

'Hé, Thomas,' zei Esther verrast toen ze hem in de deuropening van haar kleedkamer zag verschijnen. 'Ben je toch gebleven? Hoe vond je het?'

'Mag ik eerlijk zijn?'

Esthers gezicht betrok onmiddellijk. Hij glimlachte geruststellend.

'Grapje. Ik vond het heel goed. Heb je even tijd? Ik heb nog een paar vragen. We kunnen iets gaan drinken, daar zal je wel aan toe zijn.'

'Hoe laat is het?' Esther haalde haar mobiel uit haar handtas. 'Kwart over zes. Ik heb om acht uur afgesproken om iets te gaan eten.'

'Dan maken we er een aperitief van.'

'Goed. Ik ben zo klaar.'

Buiten had Berg het gevoel dat het een beetje minder drukkend was dan daarstraks. Of was dat maar een indruk, een wensgedachte? Ze liepen de Bondgenotenlaan af. Dit keer waren er verschillende tafeltjes vrij op het terras van de Gambrinus. Hij wenkte de kelner en vroeg wat Esther wilde drinken.

'Wat neem jij?'

'Een rode martini.'

'Doe mij ook maar.'

Toen de man weg was, zei ze:

'Het liep echt goed vandaag, maar zo'n repetitie gaat niet in je koude kleren zitten. Wilde je me nog iets vragen over mijn vader?'

'Nee, het gaat over je echtgenoot.'

'Over Mark?'

Esthers opgewonden, enthousiaste blik veranderde meteen. Berg las verwarring in het heldergrijs van haar ogen. Ze keek bijna als een kind dat zopas nog blij en uitbundig was en ineens niet meer wist waarom het zo uitgelaten was geweest. Haar reactie bracht hem van zijn à propos. Dit ging te snel, ook voor hem. Hij had eerst een fikse slok van de martini nodig voor hij het heikele onderwerp van de affaire aansneed. Iets anders dan maar, iets wat als aanloop kon dienen.

'Uit ons onderzoek blijkt dat je echtgenoot financiële problemen heeft. Klopt dat?'

Esther leunde achteruit. De verwarring in haar ogen veranderde in weerspannigheid.

'Waarom vraag je dat? Wat heeft dat met het onderzoek te maken?'

'We moeten ons een beeld kunnen vormen van alle betrokkenen die...'

'Mark is geen betrokkene,' viel Esther hem in de rede. 'Het is míjn vader die vermoord is, niet de zijne.'

'Bij een moordzaak worden alle familieleden van het slachtoffer doorgelicht,' zei Berg. 'Dat is routine.'

'Omdat ze allemaal verdacht zijn?'

'Daar komt het op neer, ja.'

'Toch Mark niet,' zei ze. 'Die zou mijn vader nooit iets aandoen. Waarom ook?'

Berg aarzelde. Dit was een ideale gelegenheid om over de affaire te beginnen en toch deed hij dat niet. Esther zag er plots zo geschrokken uit dat hij het niet over zijn hart kreeg om het eventuele motief van haar echtgenoot ter sprake te brengen. Nóg niet tenminste. Hij probeerde de gespannen sfeer te temperen die er van het ene ogenblik op het andere tussen hen was ontstaan. Zo luchtig mogelijk zei hij:

'Nu kijk je even ongelovig als daarstraks op het podium.'

'Wat bedoel je? Dat begrijp ik niet.'

'Voor Jokaste was het ook onvoorstelbaar dat Oidipous iets te maken had met de dood van Laios.'

Esther probeerde een lachje, al kostte haar dat duidelijk

moeite. Maar het was van haar gezicht af te lezen dat ze apprecieerde wat hij probeerde te doen. Ze greep dan ook met beide handen de uitweg aan.

'Dat is omdat Jokaste even blind is als Oidipous. Na de dood van Laios verschijnt een jongeman die op haar overleden echtgenoot lijkt, die zo oud is als haar zoon op dat ogenblik zou zijn en die bovendien littekens aan zijn voeten heeft op de plaats waar die van haar baby met een pin waren doorboord. Ze heeft het evidente nooit onder ogen willen zien. In plaats daarvan heeft ze haar nieuwsgierigheid onderdrukt en de voorkeur gegeven aan de troost van een tweede huwelijk.'

Berg was opnieuw onder de indruk van de analyse die ze van haar personage gaf. Hij wilde reageren, maar op dat ogenblik kwam de kelner met de martini's. Esther reikte meteen naar haar glas, maakte een vaag toostend gebaar en nam een fikse slok. Berg volgde haar voorbeeld.

'Wat ik me afvraag,' zei Esther nog voor haar glas opnieuw op tafel stond, 'is hoe ik in dezelfde situatie zou reageren. Kan je jezelf zo voor de gek houden? Jokaste herkent duidelijk de trekken van Laios in de jongeman en toch is ze blind voor de waarheid en wordt ze op hem verliefd.'

'Eigenlijk moet je het omdraaien,' zei Berg. 'Jokaste is net op Oidipous verliefd geworden omdát hij op haar overleden echtgenoot leek. Daarna deed de verliefdheid de rest.'

'Omdat verliefdheid blind maakt?'

'Inderdaad.'

'Bedoelde je dat toen je zei dat ik even ongelovig keek als Jokaste? Dat ik me niet kan voorstellen dat Mark iets met mijn vaders dood te maken heeft omdat ik verliefd op hem ben?'

'Daar kan alleen jij op antwoorden.'

Esther perste haar lippen op elkaar, alsof ze probeerde om haar reactie niet uit te spreken, maar die kwam toch.

'Ik ben niet meer verliefd op Mark. Al een hele tijd niet meer. Dat is net het probleem. Ik zie heel goed hoe hij is: hij is best een aardige man, maar hij is zo... zo... saai. Hij is alleen bezig met zijn werk, heeft voor niets anders tijd of interesse. En sinds er problemen zijn met zijn zaak, is het allemaal nog veel erger geworden.'

Ze hief met een ruk haar hoofd op.

'Maar hij is ook iemand die geen greintje agressiviteit in zich heeft. Ik begrijp daarom echt niet waarom je hem verdenkt.'

'Ik heb niet gezegd dat ik hem verdenk.'

'Maar je sluit de mogelijkheid niet uit dat hij iets met de dood van mijn vader te maken heeft. Waarom?'

'Om te beginnen heeft hij geen alibi.'

'Dat bewijst niets.'

'Klopt. Maar hij zit in geldnood. En je vader had een hoge levensverzekering. Misschien rekende hij erop dat je hem financieel zou helpen.'

Esther wendde haar blik af. Haar ogen staarden in de verte, voorbij hem, voorbij het moment zelf. Het duurde bijna een volle minuut voor ze Berg weer aankeek. Hij hoorde het vibrato in haar stem.

'Wat je zegt, kan niet. Mark en ik staan op het punt om uit elkaar te gaan. Hoe kan hij dan hopen dat ik zijn zaak zal redden?'

Dat laatste was een overtuigend argument, maar intussen bestond de kans dat Mark Teniers op een andere vrouw rekende om hem uit de nood te helpen, al vond Berg die mogelijkheid plots een stuk minder geloofwaardig. Esther had haar echtgenoot omschreven als iemand die leefde voor zijn werk, die er alles aan deed om zijn zaak boven water te houden en voor niets anders interesse had. En zo iemand zou plots voldoende tijd hebben om een affaire te beginnen met een andere vrouw, zijn schoonmoeder dan nog? Bovendien had Esther gezegd dat haar man geen greintje agressiviteit in zich had, wat het moeilijk voorstelbaar maakte dat hij eigenhandig een mens had verdronken.

Bergs besluit stond ineens vast. Het had geen zin om tegen Esther over het mogelijke overspel van haar echtgenoot te beginnen. Er waren andere manieren om Lateurs verhaal te checken.

Nadat hij had gedoucht en andere kleren aangetrokken, voelde Berg dat hij honger had. Daarstraks was het te laat geweest om inkopen te doen en na een vluchtige inspectie van zijn koelkast kwam hij tot de constatering dat hij zo goed als niets meer in huis had. Dat kwam ervan wanneer het zo heet was. Een mens had geen zin om te koken en bijgevolg ook niet om boodschappen te doen. Het enige wat hij vond, was een plastic zakje met gemengde sla waarvan de houdbaarheidsdatum was overschreden, de helft van de prosciutto die hij onlangs had gekocht en een paar citroenen. Dit werd improviseren.

Hij knipte het zakje open. De sla was nog vers genoeg. Op het aanrecht stond een mandje met look, sjalotten, gele en rode uien. Hij trok een van de voorraadkasten open en liet zijn ogen over de inhoud gaan. Een potje met pijnboompitten trok zijn aandacht en een voorgebakken stokbrood was er ook nog. Als hij nu eens... Ja, dat lukte wel. Hij ontkurkte zijn laatste fles prosecco, schonk zich een glas in en liep naar de kast met cd's in de woonkamer.

Het duurde even voor hij zijn keus had gemaakt. In de keuken zette hij de cd-speler aan. De eerste tonen van *Turandot* verjoegen de stilte. Een paar tellen lang sloot hij genietend zijn ogen. Dit was ongetwijfeld een van de mooiste opera's van Puccini.

Op een laag vuurtje bakte hij de sneetjes prosciutto en roosterde in een ander pannetje de pijnboompitten. Vervolgens sneed hij een rode ui in stukjes, stoofde die in olie en bluste met balsamicoazijn. Terwijl het voorgebakken stokbrood in de oven zat, goot hij wat olijfolie in een kommetje en voegde er al roerend frambozenazijn, citroensap, esdoornsiroop, een beetje zout en veel zwarte peper aan toe. Hij proefde. Prima.

Het brood was intussen klaar. Hij mengde de pijnboompitten en de rode ui onder de sla, goot het sausje eroverheen en schikte de krokant gebakken sneetjes prosciutto erbovenop. Het resultaat, vond hij, mocht er zijn. Hij droeg het bord naar buiten, schonk zich een glas gekoelde Pinot Grigio in en installeerde zich aan de terrastafel.

Terwijl hij at, doorliep hij in gedachten het gesprek met Esther. Ze had zich laten ontvallen dat zij en Mark Teniers op het punt stonden uit elkaar te gaan, vandaar waarschijnlijk dat ze op de vraag was ingegaan om een maand op het huis van haar vriendin te letten. De vorige keer had ze de situatie nog voorgesteld als tijdelijk. Hoe had ze het ook alweer geformuleerd? 'Het leek me een goed idee dat Mark en ik een tijdje afstand namen van elkaar. Soms helpt dat om de dingen in een ander perspectief te zien.'

Blijkbaar was er wel wat meer aan de hand dan een tijdelijke scheiding die de bedoeling had om over hun situatie na te denken, maar wat hem daarstraks was opgevallen, was dat Esther de reden voor de nakende breuk niet had toegeschreven aan het feit dat er een andere vrouw in het spel was. Ze had haar echtgenoot saai genoemd, opgeslorpt door zijn werk, in niets anders meer geïnteresseerd dan in zijn zaak. Over ontrouw had ze met geen woord gerept. Was dat vaak niet de eerste reden die iemand opgaf om een ophanden zijnde scheiding te verklaren? Tenzij ze het onderwerp te delicaat vond, dat kon, maar was het niet waarschijnlijker dat er helemaal geen echtbreuk gemoeid was met de problemen in hun huwelijk? Of dat ze daarvan geen weet had? Misschien achtte ze haar echtgenoot niet eens tot overspel in staat, dat kon best na het beeld dat ze van hem had geschetst.

Berg at met smaak zijn bord leeg. In elk geval was zijn beslissing juist geweest om Esther niet te confronteren met wat Lateur had gezegd, maar dat nam niet weg dat hij het verhaal kon negeren. Als de professor de scène in het atelier van Mark Teniers juist had ingeschat, was de informatie belangrijk genoeg om te verifiëren.

Hij liep naar binnen en nam zijn mobiel van de keukentafel. Het toestel, merkte hij, stond nog altijd uit. Hij selecteerde Coens' nummer. Nog voor hij kon uitleggen waarom hij telefoneerde, vroeg zijn collega:

'Chef, waar ben je de hele dag geweest? We hebben verschillende keren geprobeerd je te bellen.'

'Waarom? Wat was er zo dringend?'

'Niets. We begrepen alleen niet waar je was.'

'Hoezo? Je wist dat ik met Herman Lateur ging praten.'

'Maar toch niet de rest van de dag. We hadden geen idee...'

'Ik heb een vraag,' viel Berg hem in de rede. 'Weet je toevallig wanneer de zaak van Mark Teniers 's morgens opengaat?'

'Om tien uur. Dat staat op zijn voordeur.'

'Ik wil dat je hem morgenvroeg opwacht. Zorg ervoor dat je er om tien uur bent.'

'Waarom?'

'Volgens Lateur heeft Mark Teniers een verhouding met Mieke Vanderwegen. Vraag hem of dat...'

'Met zijn schoonmoeder!?'

‘Vraag hem,’ herhaalde Berg zonder op Coens’ verbaasde uitroep te letten, ‘of dat waar is en let daarbij heel goed op zijn reactie. Als er ook maar het minste vermoeden bestaat dat hij liegt, wil ik dat weten.’

‘Waarom moet dat precies om tien uur? Ik was van plan om morgenvroeg...’

‘Ik stuur Lou op hetzelfde moment naar Mieke Vanderwegen, zodat Teniers haar niet kan waarschuwen. Het is veel moeilijker om te liegen als je onvoorbereid met zo’n vraag wordt geconfronteerd.’

‘Om tien uur. Ik zal er zijn.’

‘En dan nog iets. Maak van de gelegenheid gebruik om te checken of het waar is wat zijn moeder tegen Wenderickx heeft gezegd, dat haar zoon gevraagd heeft om hem financieel te helpen.’

Berg verbrak de verbinding en belde Lou.

‘Hé, chef...’ klonk het al even verrast. ‘Waar was je vandaag? Ik heb een paar keer gebeld, maar je nam...’

‘Jajaja...’ zei Berg ongeduldig. Hij legde uit wat hij van Lou verwachtte en drukte erop dat ze om precies tien uur in de Zwaluwenlaan zou aanbellen.

‘En als ze niet thuis is?’

‘Vraag haar lessenrooster op. Als ze aan het werk is, rij je naar het Lemmensinstituut. Desnoods onderbreek je haar les, zolang je haar maar te spreken krijgt vóór ze een telefoontje van Teniers krijgt.’

‘Zouden die twee echt een verhouding hebben?’ vroeg Lou ongelovig.

‘Dat is nu net wat we moeten uitzoeken.’

‘Kunnen we niet andersom te werk gaan, chef? Ik woon niet ver van Teniers’ zaak. Het zou veel gemakkelijker zijn als ik...’

‘Nee, ik wil dat het zo gebeurt.’

Het bleef even stil aan de andere kant van de lijn.

'Waarom?'

'Omdat jij een vrouw bent. En een vrouw merkt sneller dan een man wanneer een andere vrouw liegt.'

Berg hoorde Lou gniffelen. Hij kon al raden wat ze dacht.

'Het omgekeerde is trouwens ook waar,' voegde hij eraan toe.

'Dat weet ik nog zo niet. Vrouwen hebben op dat vlak...'

'Lou...' zuchtte Berg. 'Ik ga neerleggen. Het was een lange dag.'

'Oké, chef. Tot morgen.'

Buiten begon het te schemeren. De thermometer gaf nog altijd zevenentwintig graden aan. Berg ruimde de terrastafel af en vulde de vaatwasser. Net toen hij zich een espresso wilde maken, hoorde hij iets, een tegelijk bekend en onverklaarbaar geluid.

Hij spitste zijn oren. Nee, hij had zich niet vergist. Hij hoorde voetstappen op de houten vloer boven zijn hoofd, net zoals vroeger toen Wilfried er nog woonde. Hoe kon dat? De rest van het gebouw stond al bijna een jaar leeg. Hij keek op zijn horloge. Iets over halftien. Wie liep daar op dit uur rond? Een inbreker? Maar de flat was helemaal ontruimd. Er viel daar niets te stelen.

Zonder zich te bedenken beende hij naar de hal, de overdekte passage in. Aan de overkant stond de deur naar Wilfrieds woning op een kier. Hij bekeek het slot, de deurstijl. Niets aan de hand. Geen enkel spoor van braak.

Hij liep de trap op. De flatdeur was ook niet op slot. Hij stak zijn hoofd naar binnen. De gang was leeg. Op zijn tenen, zonder geluid te maken, draaide hij naar links, naar de woonkamer die zich over de hele breedte van het gebouw uitstrekte. Ineens hoorde hij weer het geluid van voetstappen. Hij duwde de deur in geribd glas verder open. De scharnieren piepten. Bij een van de ramen die over de Dijle uitkeken, zag hij de gestalte van een vrouw die zich met een ruk omdraaide en geschrokken een hand naar haar keel bracht.

'Wie bent u?' vroeg hij. 'Wat doet u hier?'

De vrouw zei enkele seconden lang niets, toen ontspanden haar schouders zich en keek ze hem recht in zijn gezicht.

'Dat kan ik ook aan u vragen.' Haar stem klonk vast, resoluut. Ze was merkbaar over haar eerste schrik heen.

Berg deed een paar stappen dichterbij. Door het schemerige licht in de kamer zag hij nu pas de details van haar gezicht. De vrouw was midden veertig en had halflang, lichtbruin haar. Ze droeg een elegante zomerjurk met een goudkleurige riem om het middel en pumps in dezelfde kleur. Haar zelfbewuste houding verraadde dat ze zich niet betrapt voelde en alle recht had om hier te zijn.

'Mijn naam is Thomas Berg,' zei hij. 'Ik woon in de flat beneden.'

'O... u bent de politieman,' knikte de vrouw alsof ze het nu begreep. Ze glimlachte, kwam naar hem toe en stak haar hand uit. 'Tine Debraekeleer.'

Werktuiglijk schudde Berg de hand. Haar greep was onverwacht stevig.

'Ik ben uw nieuwe buurvrouw.'

Berg was een ogenblik in de war. Was het gebouw verkocht? Daar wist hij niets van. Het pand stond al een jaar te koop. Het bestond uit Wilfrieds vroegere woning die de hele eerste verdieping besloeg en uit een kleiner appartement beneden. Alleen Bergs flat was niet in de verkoop inbegrepen. Net daarom raakte het gebouw maar niet verkocht. En ook vanwege de prijs. Die was fenomenaal hoog. Of was men van mening veranderd en had de vrouw de gelegenheid gekregen om alleen de bovenste etage te kopen?

'Bent u de nieuwe eigenares?' vroeg hij.

'Sinds vorige week.'

'Van het hele pand of enkel van deze verdieping?'

'Van het hele pand kon jammer genoeg niet, aangezien uw woning niet te koop staat.'

Berg zei niets. De vrouw moest wel erg gefortuneerd zijn om zo'n hoog bedrag neer te tellen. Hij vroeg zich af wat ze deed voor de kost.

'Weet u,' zei Tine Debraekeleer. 'Ik ben blij dat we elkaar treffen. Ik was van plan om een van de volgende dagen bij u aan te bellen en u een voorstel te doen.'

'Een voorstel? Waarover?'

'Over uw flat. Wilt u die niet verkopen?'

Berg staarde de vrouw verrast aan.

'Ik ben advocate. De flat beneden is een beetje te klein om als kantoor in te richten. Die van u is een stuk groter. Volgens het makelaarskantoor wordt de waarde ervan op ongeveer 400.000 euro geschat. Gaat u daarmee akkoord?'

De prijs klopte, wist Berg. Dat had de notaris hem een jaar geleden verteld bij het voorlezen van Wilfrieds testament. Hij had trouwens een flinke lening moeten afsluiten om de successierechten te kunnen betalen.

'Ik bied 425.000 euro,' zei Tine Debraekeleer. 'Bent u geïnteresseerd?'

'Nee, ik...'

'450.000 euro. Dat is mijn laatste bod.'

De vrouw keek hem afwachtend aan. Er speelde een zelfverzekerd lachje om haar lippen, alsof ze verwachtte dat hij voor het bedrag zou zwichten.

Berg voelde een opstoot van adrenaline.

'Mijn flat is niet te koop.'

'Bent u zeker? Zo'n mooie gelegenheid krijgt u niet meer.'

'Ik ben heel zeker,' zei hij stroef.

Hij draaide zich om, de gang door, de trap af naar beneden. En dan te bedenken dat hij nog veertien jaar lang elke maand een rib uit zijn lijf moest betalen om de lening af te lossen.

Deel 3

Zeno's paradox

1

De volgende ochtend deed Bergs onderrug zo'n pijn dat het aanvoelde alsof hij de hele nacht zware meubelen had verhuisd. Het was de eerste keer dat hij ondanks de hitte had doorgeslapen, maar blijkbaar had hij in een verkeerde houding gelegen en waren zijn spieren helemaal verkrampt.

Met voorzichtige bewegingen kwam hij uit bed en nam een douche, een warme dit keer vanwege het ontspannende effect. Hij liet de waterstraal zo lang over zijn rug en schouders lopen tot hij er genoeg van had. Veel hielp het niet en met deze temperatuur was een warme douche meer een kwelling dan een genot.

Terwijl hij koffiezette, luisterde hij naar het weerbericht. Het werd opnieuw een tropische dag met temperaturen van boven de dertig graden. Donderdag was het vandaag, morgen kon hij eindelijk zijn ventilator gaan ophalen. Het werd verdomme tijd. Hij kreeg zo stilaan het gevoel dat hij door zijn weerstandsvermogen heen zat en met de dag lomer en amechtiger werd.

De stad zelf was er niet beter aan toe. De parken lagen er overal kurkdroog bij, het gras op de rotondes was verdord, de groendienst kwam handen tekort om al de plantsoenen water te geven. Bovendien hing er een sfeer van apathie en landerigheid in de door de zon geteisterde straten die een opvallend lege aanblik boden nu samen met een grote groep studenten ook een deel van de Leuvenaars was vertrokken, bij voorkeur naar zee waar het minder warm was dan in het binnenland.

Als gevolg daarvan klaagden de handelaars steen en been. En ze waren niet de enigen, zelfs de horeca deelde in de klappen. Niemand wilde met dit warme weer binnen zitten en alleen restaurants of cafés met een terras hadden nog klandizie. Heel Leuven zuchtte onder het juk van de aanslepende hittegolf.

Met zijn kopje in de hand ging Berg buiten aan de terrastafel zitten. De lucht boven de bomen aan de andere kant van middeleeuwse ringmuur was heiig. Hij dacht terug aan de ontmoeting van gisteravond. Binnen afzienbare tijd kreeg hij dus een nieuwe buurvrouw. Een advocate dan nog. Hij vroeg zich af of ze strafzaken deed. Hopelijk niet. Hij zag de situatie in de verhoorkamer al voor zich: hij aan de ene kant van de tafel en tegenover hem de verdachte die zich liet bijstaan door zijn buurvrouw. Leuk werd dat, 's nachts onder hetzelfde dak slapen met iemand die hem overdag zoveel mogelijk het leven zuur maakte.

Misschien, overwoog hij, moest hij bij gelegenheid Hove eens over haar aanspreken. Als de onderzoeksrechter meester Debraekeleer kende – en die kans was reëel in een kleine stad als Leuven – kon hij verifiëren of zijn eerste indruk van haar juist was. Ze was bij hem overgekomen als een zelfverzekerde, eigengereide vrouw die wist wat ze wilde en daar ook geen doekjes om wond. Op zich was daar niets mis mee, alleen had het hem enorm geërgerd dat ze had geprobeerd om zijn flat te kopen door zomaar even 50.000 euro meer te bieden dan de geschatte waarde. Alsof ze het geld gewoon voor het oprapen had. Hij kende de vraagprijs van het pand en toch kon ze daarbovenop nog eens 450.000 euro voor zijn appartement betalen. Hoe was dat mogelijk voor iemand van haar leeftijd? Had ze dan zo'n succesrijke praktijk? In dat geval moest hij de afgelopen jaren toch al eens professioneel met haar te maken hebben gehad, maar dat was niet gebeurd. Vermoedelijk maakte hij zich dus zorgen om niets en behandelde ze geen strafzaken.

De ping van zijn mobiel vertelde hem dat hij een berichtje had. Hij nam het toestel van tafel, maar de plotse beweging joeg een pijnscheut door zijn onderrug. Er ontsnapte hem een kreun. Hij ging rechtop zitten en draaide zijn schouders een paar keer naar links en rechts tot de verkramptheid afnam.

Het berichtje, zag hij, kwam van Zeebos. Er stond: *Heb iets ontdekt. Kom straks even naar het lab.*

Berg keek op zijn horloge. Het was kwart over negen. Eigenlijk moest hij al op kantoor zijn, maar hij had besloten om te wachten tot Lou en Coens terug waren, eerder kon er toch niet worden vergaderd en zonder hun verslag wist hij niet in welke richting het onderzoek verder moest. De patstelling waarin ze terechtgekomen waren, bedrukte hem meer dan hij wilde toegeven. Intussen was het al vijf dagen geleden sinds het lichaam van Marcel Heymans in de vijver van de Parkabdij was gevonden en hij had nog altijd geen enkel spoor van de dader. Het was een mirakel dat de onderzoeksrechter hem tot nu toe met rust had gelaten. Hove was niet bepaald het geduldige type en doorgaans...

Zijn mobiel rinkelde. Hij keek op het display en vloekte. Als je aan de duivel dacht, liet die meteen zijn staart zien.

'Met Thomas Berg.'

'Hoofdinspecteur,' begon Hove. 'Ik hoor niets van u.'

'Ik heb u dinsdag gebeld.'

'Dat is twee dagen geleden. Ik mag hopen dat u intussen vooruitgang hebt geboekt.'

Berg tuitte zijn lippen. Als hij eerlijk was, moest hij die hoop onmiddellijk de kop indrukken, maar dat was om moeilijkheden vragen. Afgelopen dinsdag had hij de onderzoeksrechter verteld dat er vermoedelijk twee daders in het spel waren omdat het onmogelijk was dat het slachtoffer met de auto naar de plaats delict was gebracht en niemand een bewusteloze man in zijn eentje zo ver kon dragen. Hove had toen geopperd dat de moordenaar misschien een kruiwagen had gebruikt, maar die liet een specifiek bandenspoor na en Zeebos was formeel: de enige sporen die hij in het zand van het wandelpad had aangetroffen, waren die van fietsen.

'De voorbije dagen,' zei Berg, 'hebben we geprobeerd om uit te zoeken welke twee betrokkenen eventueel hebben samengewerkt. Tot nu toe heeft dat drie mogelijke combinaties opgeleverd. De eerste is Boudewijn en Mark Teniers.'

'Vader en zoon? Waarom? Hebben ze dan een gemeenschappelijk motief?'

'Nee. Welk motief Boudewijn Teniers heeft, heb ik u de vorige keer al uitgelegd. De kans bestaat dat hij zijn zoon heeft gevraagd om hem te helpen. De zaak van Mark Teniers staat op de rand van het faillissement en we vermoeden dat hij zijn ouders om geld heeft gevraagd. Misschien heeft hij zijn vader als tegenprestatie geholpen.'

'U *vermoedt* dat Mark Teniers zijn ouders om geld heeft gevraagd?' herhaalde Hove. 'Zeker weet u dat dus niet?'

'Nee, maar dat zou Coens uitzoeken. Hij brengt straks verslag uit.'

'Welke andere combinaties zijn er nog?'

'Boudewijn Teniers en Mieke Vanderwegen. Ook zij hebben geen gemeenschappelijk motief, maar ze hadden wel alle twee belang bij de dood van Heymans. Mieke Vanderwegen trekt een half miljoen euro van de levensverzekering en Boudewijn Teniers kan het chansonnier aankopen nu zijn tegenstander is uitgeschakeld. Bovendien vermijdt hij op die manier dat Heymans een tegenexpertise zou laten uitvoeren en bespaart hij zichzelf een publiekelijke vernedering als blijkt dat het manuscript vals is.'

'Dat laatste heb ik altijd maar een mager motief gevonden, hoofdinspecteur. Wie pleegt nu een moord om zichzelf...'

'Als ik de afgelopen jaren in deze stad iets heb geleerd,' brak Berg de onderzoeksrechter af, 'dan is het dat er geen maat staat op de ambitie en de intellectuele ijdelheid van sommige professoren. Bovendien vermoeden we dat Heymans de rohypnol via een glas rode wijn naar binnen heeft gekregen en...'

'Nu gebruikt u weer het woord *vermoeden*,' morde Hove.

'... en de mogelijkheid bestaat,' vervolgde Berg zonder zich aan de opmerking te storen, 'dat Mieke Vanderwegen haar man heeft gedrogeerd vóór hij naar de vergadering vertrok, al is dat weinig waarschijnlijk omdat rohypnol tamelijk snel werkt en het slachtoffer een wandeling van drie kwartier heeft gemaakt. Ik heb Lou opdracht gegeven om Geeraerts te vragen of hij het mogelijk acht dat Heymans in die toestand tot aan de Mariapoort is gelopen.'

'Voor zover ik het effect van rohypnol ken, lijkt die hypothese weinig waarschijnlijk.'

'Misschien. Maar wat ook zou kunnen, is dat Mieke Vanderwegen na de bespreking in het Huis van de Polyfonie naar de Parkabdij is gegaan en Boudewijn Teniers heeft geholpen om het bewusteloze lichaam van haar echtgenoot te verplaatsen. De vraag die daarbij rijst, is waarom ze de vergadering niet gewoon in de Zwaluwenlaan of in het huis van Teniers hebben laten plaatsvinden, zodat ze hem daar de rohypnol konden toedienen.'

'Omdat ze op die manier het risico van getuigen vermeden?'

'Precies.'

'En de derde combinatie?'

'Die bestaat uit Mark Teniers en Mieke Vanderwegen. Zij hebben wel een gemeenschappelijk motief: geld.'

'Dat begrijp ik niet. Welk financieel belang heeft Mark Teniers bij de dood van Heymans? Of wacht... ik zie wat u bedoelt: via zijn vrouw natuurlijk.'

'Nee, dat klopt niet. Teniers is getrouwd met scheiding van goederen en we weten uit goede bron dat zijn huwelijk op sterven na dood is.'

'Ik ben blij dat u eindelijk eens iets *weet*,' zei Hove sarcastisch. 'Maar in welk opzicht is geld dan een motief voor Mark Teniers?'

'Omdat we...' Berg kon nog net voorkomen dat hij opnieuw het woord *vermoeden* in de mond nam. 'Omdat we via een van de betrokkenen vernomen hebben dat hij en Mieke Vanderwegen een relatie hebben.'

'Schoonmoeder en schoonzoon?' klonk het ongelovig. 'Alles kan natuurlijk, maar toch... Staat het vast dat die twee een verhouding hebben?'

'Nog niet helemaal. Coens en Lou gaan dat vandaag na. Maar als het klopt, heeft deze combinatie het grootste waarschijnlijkheidsgehalte, al is het maar vanwege het gemeenschappelijke motief.'

'Goed, hoofdinspecteur. Bedankt voor de update. Bel me zodra u meer weet.'

Berg had er een eed op durven zweren dat Hove het laatste woord van zijn zin een opzettelijke klemtoon gaf. Hij dacht plots aan iets.

'Een momentje nog. Zegt de naam Tine Debraekeleer u iets?'

'Wat heeft Tine Debraekeleer met het onderzoek te maken?'

'Niets. Ik informeer alleen naar haar omdat ze het pand heeft gekocht waar ik woon. U kent haar blijkbaar?'

'Kennen...' mompelde Hove. 'Ik weet wie ze is. Ze is de vrouw... of beter: de ex-vrouw van notaris Valgaeren uit Herent.'

'Wat voor iemand is zij?'

'Waarom vraagt u dat?'

'Nu ja, ik had haar nog maar pas ontmoet of ze deed al een bod op mijn flat. Een bijzonder hoog bod dan nog.'

'Dat kan ze zich ook permitteren. De scheiding heeft haar geen windeieren gelegd. Valgaeren is lid van dezelfde Rotary Club als ik. Als ik de geruchten mag geloven, dan heeft zijn vrouw hem...'

Hove zweeg, alsof hij zich ineens realiseerde dat hij uit de school aan het klappen was. Berg kende hem goed genoeg om te weten dat hij niet meer uitleg zou krijgen. Maar er was nog iets wat hij wilde weten.

'Ze zei dat ze advocate is. Doet ze strafzaken?'

'Nee.'

'Wat dan wel?'

'Ze is gespecialiseerd in erfrecht.'

Berg was opgelucht dat hij alvast niet professioneel met zijn buurvrouw te maken zou krijgen, maar het woord *erfrecht* klonk hem niettemin onheilspellend in de oren. Wilfrieds neef, die de rest van het pand had geërfd, had geprobeerd om het testament aan te vechten omdat hij vond dat Berg geen recht had op de flat. Volgens de notaris had de man geen been om op te staan, maar nu bleek dat hij zijn eigendom had verkocht aan iemand die gespecialiseerd was in erfenissen. Was dat bewust gebeurd? Probeerde hij alsnog het testament te betwisten en zijn gelijk te halen of was dit gewoon een samenloop van omstandigheden? Waarschijnlijk het laatste. Berg had de flat rechtmatig geërfd, dus zag hij niet in hoe Tine Debraekeleer daar iets aan kon veranderen.

Hij wilde het gesprek net afsluiten, toen Hove zei:

'Als ik u een goede raad mag geven, hoofdinspecteur, pas dan een beetje op met Tine Debraekeleer. Ze is geen katje om zonder handschoenen aan te pakken en dan druk ik me nog beleefd uit.'

In het lab op de derde verdieping van het politiebureau was de temperatuur een stuk draaglijker dan buiten. Zeebos had zijn ventilator zo ingesteld dat het toestel constant een draaiende beweging van honderdtachtig graden maakte, zodat de koele lucht in heel de ruimte werd verspreid.

Berg zeeg neer op een kruk bij een van de labtafels. Zijn rug had onderweg de hele tijd gezeurd en om zijn aandacht van de pijn af te leiden had hij geprobeerd zijn voetstappen te tellen. Dat was niet gelukt omdat zijn gedachten telkens waren afgedwaald tussen de twee- en de driehonderd, maar wat hij bij benadering wel kon inschatten, was dat hij nooit verder gekomen zou zijn dan drieduizend stappen, zodat hij de afstand van zijn flat tot aan het politiebureau meer dan drie keer per dag moest afleggen om aan de vereiste tienduizend te komen. Het zweet brak hem al uit bij de gedachte alleen.

'Morgen, Thomas,' groette Zeebos. 'Vandaag wel een koffie?'

'Nee, dank je. Je had iets ontdekt, stond in je sms'je?'

'Het gaat over Patrick Olieslaghers. Je weet dat ik de vorige keer de indruk had dat hij mijn vragen ontweek, zogenaamd omdat hij geen tijd had en met zijn vrouw naar het ziekenhuis moest. Ik heb daarom eens rondgebeld en wat blijkt? Filip Decroo is een klant van hem. Een heel goede klant zelfs.'

Zeebos' smile bewees dat hij bijzonder ingenomen was met wat hij had ontdekt, maar Berg zag het belang ervan niet in.

'Wat is daar zo speciaal aan, Jan? Decroo is antiquaar en Olieslaghers restaureert oude boeken. Logisch dat die twee elkaar kennen, temeer omdat Olieslaghers de reputatie heeft een van de besten te zijn in het vak.'

De glimlach op Zeebos' gezicht werd onmiddellijk overschaduwd door een zweem van ontgoocheling omdat zijn ontdekking niet naar waarde werd geschat.

'Besef je dan niet wat dit inhoudt?' vroeg hij. 'De Alamire Foundation wil een peperduur, vijftiende-eeuws chansonnier aankopen en laat dat op echtheid testen. Tot zover geen vuiltje aan de lucht. Maar wie voert het onderzoek uit? De expert die de eigenaar van het chansonnier als klant heeft. Als dat geen belangenvermenging is, weet ik het niet meer.'

'Loop je nu niet te hard van stapel?' twijfelde Berg. 'Het is een klein wereldje, dat van antiquaars en boekrestaurateurs. Misschien had de Alamire Foundation weinig keus bij het aanstellen van een deskundige. Hoeveel mensen in dit land hebben de nodige expertise om zo'n manuscript...'

'Drie,' antwoordde Zeebos. 'Ik heb het opgezocht. Maar daar gaat het niet om. Ik heb gisteren contact opgenomen met de voorzitter van de Alamire Foundation. Het voorstel om het chansonnier door Patrick Olieslaghers te laten onderzoeken, kwam van Boudewijn Teniers. Ik heb hem meteen gebeld en gevraagd hoe hij op Olieslaghers is gekomen. En weet je wat hij me doodleuk antwoordde? Dat de naam hem gesuggereerd is door Filip Decroo. Daarmee is de cirkel rond.'

'Als ik het goed begrijp,' zei Berg, 'suggereer je dat...'

'Ik suggereer niets,' brak Zeebos hem af. 'Ik wil er alleen op wijzen dat hier mogelijk iets is gebeurd wat het daglicht niet kan verdragen, anders begrijp ik de rol van Boudewijn Teniers niet. Hoe naïef kan je zijn om de expert onder de arm te nemen die de verkoper voorstelt? In zijn plaats zou ik die man net níet nemen.'

'Tenzij Teniers niet wist dat Decroo een klant is van Olieslaghers. Heb je hem dat gevraagd?'

'Natuurlijk heb ik hem dat gevraagd. Hij zei dat hij daarvan niet op de hoogte was, maar dat het ook weinig belang had. Of dacht ik dat een vermaard expert als Olieslaghers zijn reputatie in de waagschaal zou stellen om een klant een plezier te doen? De kans bestond immers dat het bestuur van de Alamire Foundation om een tweede opinie zou vragen en wat gebeurde er dan? Olieslaghers' bedrog zou onmiddellijk uitkomen.'

'Daar heeft hij een punt,' zei Berg.

'Acht, wat!' wuifde Zeebos met zijn hand. 'Olieslaghers liep geen enkel risico. Weet je wat zo'n expertise kost? Waarom zou de Alamire Foundation een tweede onderzoek betalen als een van de meest gerenommeerde experts van het land het chansonnier al voor echt had verklaard?'

Berg wist niet goed wat Zeebos van hem verwachtte.

'Wat stel je dan voor dat we doen? We kunnen moeilijk zelf een tegenexpertise laten uitvoeren om te zien of Olieslaghers de kluit heeft belazerd.'

'Waarom niet?'

'Omdat de directeur een beroerte krijgt als ik zoiets nog maar voorstel. Hij heeft me al de oren van het hoofd gezeurd over de dregoperatie in de vijver van de Parkabdij en dit keer hebben we niet meer dan een vaag vermoeden dat er iets niet klopt met het rapport van Olieslaghers.'

'Maar als ik gelijk heb,' argumenteerde Zeebos, 'dan bestaat de kans dat er meer aan de hand is dan alleen maar fraude. Stel dat Marcel Heymans erachter was gekomen dat Decroo en Olieslaghers samen zaken doen en dat hij van plan was om op basis daarvan het bestuur van de Alamire Foundation te overhalen om toch een tegenonderzoek te laten uitvoeren. In dat geval hadden die twee er alle belang bij om hem te vermoorden.'

'Wacht even,' protesteerde Berg. 'Wat je nu zegt, houdt in dat Patrick Olieslaghers niet alleen zijn rapport heeft vervalst, maar dat hij ook actief heeft meegewerkt aan de moord op Heymans.'

'Is dat zo vergezocht? Ten eerste stond zijn reputatie – en

dus zijn broodwinning – op het spel en ten tweede kan Filip Decroo hem een deel beloofd hebben van de 210.000 euro. In mijn ogen zijn dat twee goede motieven.'

'Ik weet niet of...'

'We hebben altijd gezegd dat de moord uitgevoerd is door twee daders, Thomas. Alleen hebben we aan deze combinatie nog niet gedacht.'

Dat laatste klopte. Nog maar een uur geleden had Berg de onderzoekrechter verteld dat ze drie mogelijke tandems onderzochten, nu kwam daar plots een vierde bij. Hij zou straks Hove opnieuw moeten bellen.

'Dit maakt de zaak er een stuk gecompliceerder op,' zuchtte hij.

'Ik kan ze nog gecompliceerder maken,' zei Zeebos. 'Wat als Patrick Olieslaghers en Filip Decroo een bijkomend motief hadden om Marcel Heymans te vermoorden?'

'Wat bedoel je?'

'Ik heb het altijd een vreemd verhaal gevonden dat Decroo het chansonnier toevallig op een boekenmarkt heeft gevonden. Zoiets kan natuurlijk, maar hoe groot is die kans? En dan treft hij ook nog eens een boekhandelaar die geen idee heeft van de waarde van hetgeen hij te koop aanbiedt, want zo heeft Boudewijn Teniers het voorgesteld, heb je mij gezegd.'

'Dat is juist. Aan de andere kant weten we niet wat Decroo voor het werk heeft betaald.'

'Dat heeft ook geen belang.'

'Waar wil je nu eigenlijk naartoe, Jan?'

'Wat als er iets heel anders is gebeurd?'

'Ik krijg zo stilaan hoofdpijn van al die zinnen die met *wat als* beginnen,' bromde Berg.

'Wil je horen wat ik te zeggen heb of niet?'

'Doe maar. Alsof me een andere keus blijft.'

‘Herinner je je wat je mij hebt verteld over Boudewijn Teniers’ hypothese dat er van zo’n driestemmig chansonnier verschillende exemplaren werden gemaakt omdat het boekje te klein is om door drie mannen tegelijkertijd te worden gelezen? Dat maakte deze ontdekking net zo uniek, beweerde hij, want een tweede voorbeeld is er tot nu toe nergens in de wereld gevonden.’

‘Klopt. Dat heeft hij gezegd.’

‘Misschien is er een goede reden waarom er geen ander voorbeeld bestaat. Misschien is zijn hypothese niet juist.’

‘En wat dan met het chansonnier dat Filip Decroo...’ Berg klapte zijn mond dicht toen hem ineens duidelijk werd wat Zeebos wilde zeggen. ‘Bedoel je dat het manuscript zelf een vervalsing is?’

‘Kan toch? Als er iemand over de nodige stielkennis beschikt om een vijftiende-eeuws manuscript na te maken, dan is het wel Patrick Olieslaghers. En Filip Decroo is als antiquaar ideaal geplaatst om met zo’n spectaculaire vondst op de proppen te komen en er een koper voor te vinden. Die twee vullen elkaar perfect aan.’

‘En het was ze nog bijna gelukt ook,’ knikte Berg. ‘Tot Marcel Heymans roet in het eten gooide toen hij stelde dat het chansonnier een vervalsing is.’

‘Precies.’

Berg wreef met beide handen over zijn gezicht. Had Zeebos gelijk? Kon dit het motief zijn achter de moord? In elk geval hadden ze geen andere keus dan dit denkspoor verder uit te diepen. Om te beginnen moest worden nagegaan of Patrick Olieslaghers een alibi had voor het ogenblik van de moord en of hij een reden had om zijn reputatie op het spel te zetten door zijn medewerking te verlenen aan een vervalsing, ofwel van het expertiserapport, ofwel van het manuscript zelf. Misschien zat hij in financiële moeilijkheden zoals Mark Teniers, dat was alvast iets wat zijn mannen konden uitzoeken zodra Hove een bevelschrift had uitgevaardigd. Voor Zeebos had hij een andere opdracht.

'Jan, ik wil dat je contact opneemt met een van die twee andere experts. Vraag of het technisch mogelijk is om een vijftiende-eeuws manuscript zo te vervalsen dat niemand het merkt.'

'Ik maak er dadelijk werk van.'

'O nee,' bromde Berg. 'Eerst ga je mee naar beneden. Dit is jouw idee. Dat mag je zelf uitleggen aan de rest van het team.'

Op Zeebos' theorie werd met heel wat scepsis gereageerd. Coens en Wenderickx waren van mening dat het onmogelijk was om een handgeschreven tekst op vijftiende-eeuws perkament zo na te bootsen dat een man als Boudewijn Teniers niet zag dat het om een vervalsing ging, terwijl Lou erop wees dat er een groot verschil was tussen fraude plegen en een mens vermoorden. Zelfs al hadden Decroo en Olieslaghers geprobeerd om de Alamire Foundation voor een hoop geld op te lichten, dan bewees dat nog niet dat ze achter de moord op Marcel Heymans zaten.

In hoeverre Coens en Wenderickx gelijk hadden, was op dit ogenblik niet in te schatten, daarvoor moest eerst een expert worden geraadpleegd, maar wat Lou had gezegd, was juist. Aan de andere kant verbaasde het Berg dat zijn mannen de theorie a priori afwezen, tot hij begreep wat de oorzaak daarvan was. De afgelopen week hadden ze veel tijd en energie gestoken in een heel ander spoor en als Zeebos' vermoeden klopte, was al dat werk voor niets geweest. In elk moordonderzoek kwam er een moment waarop iedereen voor zichzelf een kosten-batenanalyse maakte en dan was de verleiding groot om het resultaat van de eigen inspanningen op te waarderen en alternatieve theorieën af te wijzen.

Op zich was dat een menselijke reactie, maar ze hield ook het gevaar in dat men niet meer met een open geest te werk ging, maar een soort selectieve blindheid aan de dag legde die maar één doel had: het gelijk naar zich toe te trekken, ongeacht hoeveel potentiële waarde een ander denkspoor had.

Als hoofd van het team was het Bergs verantwoordelijkheid om erop toe te zien dat zoiets niet gebeurde en dat aan alle mogelijke hypotheses evenveel aandacht werd besteed. Daarom brak hij de discussie af en zei dat ze later op dit punt zouden terugkomen. Eerst wilde hij horen wat zijn mannen hadden ontdekt.

Zeebos maakte aanstalten om te protesteren, maar hield zich in. Het was hem aan te zien dat hij moeite had met de verandering van onderwerp. Zonder iets te zeggen ging hij op de radiator achter Bergs bureau zitten, de armen voor de borst gekruist, zijn gezicht een uitroepteken van ongeduld.

Berg begon met Wenderickx en tot zijn verrassing bleek dat meteen een schot in de roos te zijn. Jozef en Rita Leyers hadden eindelijk op zijn bericht gereageerd en hadden de verklaring van Boudewijn Teniers bevestigd, of tenminste gedeeltelijk. Ze waren afgelopen zaterdagavond inderdaad iets met de professor in De Molen gaan drinken, maar ze waren al om tien uur naar huis gegaan, niet om kwart over tien.

'Zijn ze daar zeker van?' vroeg Berg.

'Honderd procent zeker. Ze hadden de volgende ochtend een vroege vlucht en wilden op tijd naar bed.'

'Dan heeft Teniers gelogen.'

'Nu ja, gelogen...' nuanceerde Lou. 'Tenslotte gaat het maar om een kwartier verschil. Misschien heeft Teniers niet zo nauw op de tijd gelet.'

'Dat kan, maar het betekent wel dat hij over een volledig uur beschikte om zijn plan ten uitvoer te brengen, aangezien hij volgens zijn vrouw om kwart over elf terug thuis was en het een kwartier lopen is van de Mariapoort tot aan zijn woning. Dat maakt het een stuk aannemelijker dat hij de dader is.'

'Wacht, ik ben nog niet klaar,' zei Wenderickx. 'Jozef en Rita Leyers hebben nog iets gezegd. Iets waar Boudewijn Teniers met geen woord over heeft gerept. Herinner je je, chef, dat hij ons verteld heeft dat hij zich had opgewonden over Heymans' koppigheid en dat hij buiten een sigaret stond te roken toen hij twee mensen bij de deur van de brasserie naar hem zag wuiven.'

'Ja, dat herinner ik me.'

'Wat hij ons níet heeft verteld, is dat hij niet alleen was. Jozef en Rita Leyers beweren dat hij in het gezelschap was van een man.'

'Wie? Marcel Heymans?'

'Ik heb gevraagd of ze Heymans kenden, maar dat was niet zo. Ze zeiden trouwens dat het om iemand ging die veel jonger was dan Boudewijn Teniers. Iemand van rond de veertig.'

'Kan het Mark Teniers geweest zijn? Kennen ze hem?'

'Nee, ze hebben hem nooit ontmoet.'

'Heb je een beschrijving gevraagd?'

'Natuurlijk, maar het enige wat ze me konden vertellen, was dat de man een gemiddelde lengte had en dat hij er veel jonger uitzag dan Boudewijn Teniers. Ze hebben ook niet veel aandacht aan hem besteed en vergeet niet dat de Mariapoort op driehonderd meter van de brasserie ligt. Dat is een heel eind om iemand in detail te beschrijven.'

'Wat ik me afvraag,' zei Berg, 'is waarom Teniers verzwegen heeft dat er iemand bij hem was.'

'Misschien vond hij het niet belangrijk genoeg om te vermelden,' opperde Coens. 'Misschien ging het om een voorbijganger die hij kende en met wie hij een paar woorden heeft gewisseld. Tenslotte was het nog maar acht uur en passeert daar veel volk. De Parkabdij is een populaire locatie en met dit weer zit het terras van De Molen elke avond vol.'

'Dat is mogelijk,' zei Berg. 'Maar we moeten zeker zijn. Hoe pakken we dat aan? Iemand een voorstel?'

'We kunnen het Boudewijn Teniers gewoon vragen, chef.'

'Dat kunnen we inderdaad, maar als hij iets te verbergen heeft, zal hij zeggen dat het om een toevallige passant ging of iets dergelijks. Nee, aan zijn getuigenis hebben we niks.'

'Ik kan een foto van Mark Teniers naar het hotel mailen,' stelde Wenderickx voor. 'En vragen of Jozef en Rita Leyers hem herkennen.'

'Goed idee, hopelijk levert dat iets op. Heb je de kelners van De Molen de foto van Marcel Heymans laten zien?'

'Ja, niemand herkende hem.'

'Dan is hij waarschijnlijk niet in de brasserie geweest. Waar heeft hij die rode wijn dan gedronken? Wat zei Mieke Vanderwegen daarover?'

'Ze kan zich niet herinneren dat haar echtgenoot zich thuis een glas wijn heeft ingeschonken. Het was nog tamelijk vroeg en zijn arts heeft hem het afgelopen jaar herhaaldelijk aangeraden om minder te drinken.'

'Waarschijnlijk vanwege die vervette lever,' herinnerde Lou zich.

'Mieke Vanderwegen kan natuurlijk beweren wat ze wil,' zei Coens. 'We hebben er het raden naar of ze de waarheid spreekt.'

'Wat had Geeraerts te vertellen over de rohypnol?' vroeg Berg aan Lou.

'Wat we dachten. Het is onmogelijk om met twee milligram

in je lichaam zo'n lange wandeling te maken. Met die dosis ben je binnen de kortste tijd van de wereld.'

'Dat bevestigt wat Mieke Vanderwegen heeft verklaard,' zei Berg. 'Heymans moet het middel dus op een ander moment naar binnen hebben gekregen. De vraag is wanneer.'

'En waar,' voegde Lou eraan toe.

Berg richtte zich tot Coens.

'Hoe zit het met Mark Teniers? Gaf hij toe dat hij zijn ouders om geld heeft gevraagd?'

'Ja. Hij was gegeneerd dat we daarvan op de hoogte waren, maar hij ontkende het niet.'

'Hebben zijn ouders toegestemd?'

'Daar bleef hij vaag over. Toen ik aandrong, zei hij dat ze hem wel wilden helpen, maar dat zijn zus moeilijk deed. Als hij zo'n aanzienlijke som kreeg, vond ze dat ze recht had op evenveel. Dat maakt het voor zijn ouders een stuk moeilijker om hem te helpen.'

'Met andere woorden: voorlopig heeft Mark Teniers geen oplossing voor zijn financiële problemen?'

'Daar komt het op neer, chef.'

'Dan blijft in zijn geval geld een motief.'

'Zoals bij Decroo en Olieslaghers,' zei Zeebos die tot nu toe niets had gezegd en de indruk gaf dat hij zijn geduld begon te verliezen.

'Dat is juist, Jan. We komen daar dadelijk op terug. Eerst iets anders.'

Berg keek afwisselend van Lou naar Coens en terug.

'Hoe reageerden Mieke Vanderwegen en Mark Teniers? Gaven ze de verhouding toe?'

'Begin ik?' vroeg Lou aan Coens.

'Doe maar.'

'Ik heb Mieke Vanderwegen in het Lemmensinstituut gesproken,' zei Lou. 'In de gang voor haar leslokaal. Eerst was ze boos dat ik haar kwam storen, maar toen ze hoorde waarover het ging, werd ze pas goed kwaad. Ze vroeg wie ons die onzin in het oor had geblazen.'

'Ze ontkent dus dat ze een verhouding heeft met Mark Teniers?'

'Ze noemde het zelfs een pervers idee. Mark is haar schoonzoon, de man van haar stiefdochter. Welke indruk hadden we in godsnaam van haar? Dachten we nu echt dat ze tot zoiets in staat was? Er was niks tussen haar en haar schoonzoon en wie iets anders beweerde, was een vuile leugenaar.'

'Geloof je haar?'

'Als ze liegt, kan ze verdomd goed komedie spelen,' antwoordde Lou. 'Maar je weet natuurlijk nooit. Ik zou in haar geval precies hetzelfde doen. Heilige verontwaardiging voorwenden. De morele toer opgaan.'

'Je bent dus niet zeker dat ze de waarheid sprak?'

'Nee, maar wat me opviel, was dat ze het geen moment over haar eigen huwelijk had. Dat ze van haar man hield bijvoorbeeld en dat ze geen reden had om een affaire te beginnen. Is dat niet het eerste wat iemand in zo'n situatie zou zeggen?'

'En jij, Coens?'

'Mark Teniers reageerde heel anders. Eerst staarde hij me met open mond aan, toen schudde hij zijn hoofd, meer niet, alsof de vraag te belachelijk was voor een antwoord. Of anders vond hij het beter om gewoon niets te zeggen, op die manier kan je je ook niet verraden. Ik weet het niet zeker, chef. Ik heb je de vorige keer al gezegd dat Teniers een binnenvetter is. Zo iemand laat zich niet kennen.'

'Dat betekent dus dat we nog altijd niet weten of Herman Lateur de scène in het atelier juist heeft ingeschat,' besloot Berg ontgoocheld.

Niemand zei iets, tot Zeebos de stilte verbrak.

'Thomas, kunnen we het nu eindelijk opnieuw over Decroo en Olieslaghers hebben?'

Berg bleef met een onvoldaan gevoel achter, maar Zeebos had gelijk: ook dat spoor verdiende hun aandacht. Hij probeerde zijn gedachten om te schakelen.

'Aangezien we nog altijd niet weten waarom de moord is gepleegd, hebben we geen andere keus dan rekening te houden met alle mogelijke motieven, ook met wat Zeebos heeft gezegd over een eventuele fraude. Van Filip Decroo weten we al dat hij geen alibi heeft. Ik wil een vrijwilliger om naar Antwerpen te rijden en uit te zoeken of dat eveneens geldt voor Patrick Olieslaghers. Wie?'

'Ik ga wel,' zei Lou.

'Goed. Ik bel intussen de onderzoeksrechter en vraag om een bevelschrift. Zodra we dat hebben, kunnen Coens en Wenderickx de financiën van Olieslaghers nagaan, maar niet alleen dat. Ik wil ook zoveel mogelijk achtergrondgegevens over de man zelf. En hoe zit het met zijn vrouw? Die heeft blijkbaar kanker. Lou, steek je licht eens op bij de buren. Die weten meestal wat er bij hen in de straat aan de hand is.'

'Oké, chef.'

Berg draaide zich om naar de radiator.

'Jan, jij...'

Zeebos stak zijn hand op.

'Ik weet wat ik moet doen,' zei hij. 'Dat wist ik een uur geleden al.'

2

Omstreeks vijf uur kreeg Berg een telefoontje van Herman Lateur. Hij stond net op het punt om naar huis te gaan en vroeg zich af waarom de man hem belde. Het antwoord kwam onmiddellijk. Lateur herinnerde hem aan de belofte die hij op de binnenplaats van de schouwburg had gedaan: dat hij Berg een auteursexemplaar cadeau zou doen van zijn nieuwe Sophoclesvertaling. Of het schikte dat hij vanavond langskwam?

De vraag kon op twee manieren worden opgevat. Ofwel bedoelde Lateur dat hij naar Bergs flat zou komen, ofwel had hij het omgekeerde voor ogen: dat de hoofdinspecteur hem een bezoek bracht.

Het eerste was in elk geval geen optie. Zolang een moordonderzoek liep, wilde Berg niet dat een van de betrokkenen bij hem over de vloer kwam. Lateur was dan wel geen verdachte omdat hij op het ogenblik van de moord een vergadering bijwoonde in het huis van Toon Dekempeneer, maar dat nam niet weg dat er een zekere afstand moest blijven tussen degene die het onderzoek voerde en al wie er van ver of van dichtbij mee te maken had. Iemand toegang verlenen tot je woning had een averechts effect omdat je op die manier een inkijk gaf in je privésfeer en het contact daardoor persoonlijker kon worden dan wenselijk was voor een goede gang van zaken, iets wat eveneens gebeurde wanneer je toeliet dat iemand je met de voornaam aansprak. Tegen die regel had hij al gezondigd en hij was niet van plan om opnieuw een soortgelijke fout te maken.

Daarom, om elk misverstand te vermijden, vroeg hij:

'Ik ben vanavond vrij. Hoe laat wilt u dat ik kom?'

Blijkbaar had Lateur de uitnodiging in die zin opgevat, want hij zei:

'Ik ben op dit ogenblik nog in de schouwburg en daarna heb ik een afspraak met de decaan van de faculteit. Past acht uur?'

'Dat lukt.'

'Ik woon in 7even Tuinen. Kent u dat?'

'Nee.'

'Het is een nieuw wooncomplex in de Arnould Nobelstraat.'

'Die weet ik zijn.'

'Prima. Ik heb een flat in blok C. Tot vanavond, hoofdinspecteur.'

'Tot vanavond.'

Thuis nam Berg een douche en schonk zich daarna een martini in. Terwijl hij aan de terrastafel zat, besloot hij om een pizza te laten bezorgen. Zijn rug speelde hem nog altijd parten, daarom had hij onderweg geen boodschappen gedaan, en hij moest toch iets eten. Het was nog tamelijk vroeg, maar om acht uur had hij met Lateur afgesproken en de pizzaman liet soms op zich wachten.

Het verbaasde hem dan ook toen er nauwelijks een kwartier na zijn telefoontje werd aangebeld. Zijn glas was niet eens halfleeg, dit moest een record zijn. Hij ging opendoen. Tot zijn verrassing stond Tine Debraekeleer in de overdekte passage. Ze droeg een witte jumpsuit en hield een fles wijn in haar hand.

'Stoor ik?' vroeg ze.

'Euh... nee,' antwoordde Berg die niet begreep waar hij dit onverwachte bezoek aan te danken had.

'Ik kom me excuseren voor gisteravond,' zei Tine Debraekeleer. 'Het was niet netjes van mij om u zo onder druk te zetten door twee keer op uw flat te bieden.'

Ze stak hem de fles wijn toe.

'Een verzoeningsgeschenk.'

Werktuiglijk nam Berg het cadeau aan. Het was een fles Amarone, zag hij, een bijzonder lekkere wijn uit de Venetostreek. En duur was hij ook. Meer dan veertig euro de fles. Hoe wist ze dat dit een van zijn favoriete Italiaanse wijnen was? Een toevalstreffer? Of was ze zelf een liefhebster van Amarone?

'Dat was echt niet nodig,' mompelde hij verward.

'Toch wel. Ik vond dat ik iets goed te maken had. Tenslotte worden we buren en u weet wat men zegt: beter een goede buur dan een verre vriend.'

Berg glimlachte om het spreekwoord.

'Wilt u even binnenkomen?'

'Graag.'

Terwijl ze hem passeerde, rook Berg haar parfum. Hij was een leek op dat vlak, maar de geur was zo aangenaam en subtiel dat hij vermoedde dat de prijs navenant was.

'Ik zat op het terras,' zei hij. 'Komt u maar mee.'

In de keuken bleef Tine Debraekeleer verrast staan.

'Ik heb op de plannen van het huis gezien dat deze flat een serre heeft, maar dat u orchideeën verzamelt, wist ik niet. Prachtig, al die kleuren door elkaar.'

'Wilt u iets drinken?' vroeg Berg. 'Ik heb mezelf net een martini ingeschonken.'

'Lekker.'

Berg ging haar voor naar het terras en zette de fles Amarone op tafel. Toen hij terugkwam met de martini, zei Tine Debraekeleer:

'Toch gezellig, zo'n tuin midden in de stad.' Ze maakte een hoofdbeweging naar de houten schutting aan haar linkerkant.

'Mijn deel is helemaal verwilderd. Ik ben van plan om het opnieuw te laten aanleggen.'

'Tja, Wilfried had niet bepaald groene vingers.'

'Blijkbaar was u goed met hem bevriend. Ik heb gehoord dat u deze flat van hem hebt geërfd.'

Berg had geen idee hoe ze dat te weten was gekomen, maar hij vertikte het ernaar te vragen omdat hij het gevoel had dat ze net dat van hem verwachtte. Hij hief zijn glas.

'Gezondheid.'

'Gezondheid, meneer Berg.'

'Zeg maar Thomas. Nu we toch buren worden.'

'Tenzij je alsnog beslist om mij de flat te verkopen.'

Bergs hand met de martini kwam halverwege zijn mond tot stilstand. Was dat de reden van haar komst? Een nieuwe overnamepoging, verpakt in een burenbezoek? Hij keek naar de fles op tafel en moest plots aan de Trojanen denken en het geschenk dat de Grieken op het strand hadden achtergelaten.

Tine Debraekeleer schoot in de lach.

'Grapje, Thomas.'

Berg vroeg zich af of dat waar was. Tegelijk herinnerde hij zich wat de onderzoeksrechter over haar had gezegd, dat ze geen katje was om zonder handschoenen aan te pakken. Wat Hove daarmee had bedoeld, was niet duidelijk. Hij wees naar de fles.

'Is dat toeval? De Amarone, bedoel ik. Het is een van de Italiaanse wijnen die ik het liefste drink.'

'Misschien hebben we dezelfde smaak.'

Het eerste woord van haar zin bewees dat dat niet klopte. Berg glimlachte en schudde zijn hoofd, op een manier die liet verstaan dat hij haar niet geloofde.

'In dat geval had je gezegd: *Dan* hebben we dezelfde smaak.'

'O... het is duidelijk dat ik met een politie-inspecteur te maken heb. Ik zal op mijn woorden moeten letten.'

Berg zei niets, tenslotte had hij een vraag gesteld. Hij liet de stilte aanslepen tot zijn buurvrouw wel moest reageren, al gebeurde dat niet met een antwoord maar met een tegenvraag.

'Je vroeg zo-even of de fles Amarone toeval was. Geloof je dat er zoiets als toeval bestaat, Thomas?'

'Nee.'

'Dat is een duidelijk antwoord. De meeste mensen wringen zich in allerlei bochten als hun zo'n vraag wordt gesteld.'

'Mag ik ook een antwoord op de mijne?'

Tine Debraekeleer sloeg haar benen over elkaar. Er verscheen een geamuseerd lachje om haar rood aangezette lippen.

'Een vrouw heeft zo haar methodes om iets te weten te komen.'

Nu was Berg pas echt geïntrigeerd. Hij wilde aandringen, maar op dat ogenblik ging de bel van de voordeur.

'Dat is de pizzaman. Een ogenblikje.'

Toen hij terugkwam, stond Tine Debraekeleer op. Haar glas, zag hij, was leeg. Daar had ze niet veel tijd voor nodig gehad.

'Ik ga er eens vandoor,' zei ze. 'Anders wordt je pizza koud. Bedankt voor de martini.'

Berg liep met haar mee naar de hal. In de overdekte passage stak ze hem haar hand toe.

'Hoe zit het nu met de Amarone?' vroeg hij.

'Ik dacht wel dat je daarop zou terugkomen,' glimlachte Tine Debraekeleer. 'Nu, als je het per se wil weten: ik heb een beetje research gedaan.'

'Research?'

'Over jou. Over hoe ik je een plezier kon doen. Blijkbaar ben je een liefhebber van Franse en Italiaanse wijnen.'

Dit keer stelde hij de vraag wel.

'Wie heeft je dat verteld?'

'Een zekere onderzoeksrechter,' antwoordde Tine Debraekeleer. Ze wuifde kort en liep de passage uit.

Berg staarde haar perplex na. Ze had verdorie dezelfde bron geraadpleegd als hij en ook dat was beslist geen toeval. Waarschijnlijk had het haar niet veel moeite gekost om te achterhalen dat Hove en hij geregeld samenwerkten. De vraag was of ze ook wist dat hij naar haar had geïnformeerd. Had Hove zich dat laten ontvallen? Had ze daarom geen naam genoemd? Een zekere onderzoeksrechter, had ze gezegd en dat vage antwoord suggereerde dat ze aannam dat hij wist wie daarmee werd bedoeld. Misschien was dat wel de ware reden van haar bezoek: hem te laten aanvoelen dat ze op de hoogte was van wat hij achter haar rug om had gedaan en hem tegelijkertijd een koekje te geven van zijn eigen deeg. Slim van haar, én tactisch, maar tegelijk ook intimiderend. Het begon hem stilaan te dagen wat Hove had bedoeld.

Het wooncomplex 7even Tuinen bestond uit verschillende losstaande gebouwen. In het deel aan de straatkant, zag Berg, was een restaurant gevestigd en een pizzazaak. Als hij dat had geweten, had hij net zo goed hier een pizza kunnen eten in plaats van in zijn flat.

Via een ingang met een metalen hek kwam hij op een binnenplaats terecht met bomen, struiken en enkele waterpartijen. De naam van het complex suggereerde dat er nog zes van zulke tuinen waren, maar die bleven voorlopig onzichtbaar. De drie roodbruin geverfde gebouwen omheen de binnenplaats vormden een omgekeerde U. Hij liep naar blok C en duwde op Lateurs bel.

Terwijl hij wachtte, staarde een camera hem onbeschaamd in het gezicht. Hij had een hekel aan die dingen. Tegenwoordig werd je overal gadegeslagen: in winkels, op straat, in openbare gebouwen, zelfs op terrasjes van cafés of restaurants... nergens ontsnapte je nog aan het alziend oog van bewakingscamera's. Als politieman moest hij die evolutie misschien toejuichen, maar hij kon zich niet van de indruk ontdoen dat de wereld almaar verder opschoof in de richting die George Orwell had geschetst in zijn roman 1984. En toch leek niemand zich daar zorgen over te maken, misschien was dat nog het meest bedenkelijke aan de situatie.

'Avond, hoofdinspecteur,' klonk het monter uit de huistelefoon. 'U moet op de vierde verdieping zijn.'

Berg nam de lift naar boven en stapte uit op de aangegeven etage. De muren en het plafond van de gang waren in zo'n scherp wit geverfd dat het pijn deed aan de ogen. Lateur stond in de deuropening van zijn flat op hem te wachten. Berg kreeg een hand.

'Komt u binnen.'

In de hal hingen enkele ingelijste kleurenlitho's. Berg herkende een Miró en een Kandinsky. De woonkamer en de keuken liepen zonder scheiding in elkaar over. Het viel hem op hoe kraaknet de twee ruimtes waren. Er stond geen vaat op het aanrecht, de ruggen van de boeken vormden een kaarsrechte lijn in het boekenrek, de kranten en tijdschriften op de salontafel lagen netjes op een stapeltje, nergens was een vleugje stof te bespeuren op meubelen of snuisterijen. Zelfs het grote schuifraam dat een hele muur besloeg, zag eruit alsof het pas was gelapt.

'Zullen we buiten gaan zitten?' stelde Lateur voor. 'Het is eindelijk wat minder warm.'

Berg volgde de man naar het terras waarop verschillende terracotta potten stonden met vaste en eenjarige planten. Het uitzicht was ronduit prachtig. In de verte zag hij zelfs de Keizersberg liggen, helemaal aan de andere kant van de stad. Hij boog zich over de balustrade. Beneden strekte zich de binnentuin uit. Het enige geluid kwam van de in elkaar overlopende waterpartijen.

'U woont hier mooi, meneer Lateur.'

'Dank u. Dit was vroeger een oude sigarenfabriek.' Zijn gastheer wees naar de gebouwen links en rechts. 'De verschillende fabriekshallen en hangars zijn volledig ontmanteld en omgebouwd tot appartementen. Ik ben hier een jaar geleden komen wonen, onmiddellijk na mijn scheiding.'

Lateur maakte een uitnodigend gebaar naar enkele fauteuils rond een lage tafel met glazen blad. In het midden stond een asbak zonder één enkele peuk in en daarnaast een buste: een gehelmd mannenhoofd in wit marmer dat op een metalen staaf met voet rustte. Het gezicht deed Berg aan Pericles denken. Hij vroeg zich af of het een antiek stuk was. Zoiets zette je toch niet in de openlucht? Of stond het hier om indruk te maken op hem? In dat geval was het waarschijnlijk echt.

'Gaat u zitten, alstublieft,' zei Lateur. 'Wilt u iets drinken? Er staat een witte bordeaux koud. Of hebt u liever een biertje?'

'Nee, de wijn is prima.'

'Een ogenblik.'

Lateur ging opnieuw naar binnen. Toen hij terugkwam, had hij een fles in de ene hand en twee glazen in de andere. Onder zijn oksel hield hij een dun boekje geklemd.

'Alstublieft. Dat had ik u beloofd.'

De cover van het werkje was bloedrood. In het midden stond in grote, zwarte letters: KONING OIDIPOUS. Daarboven, in het wit en veel kleiner: SOPHOCLES. En helemaal beneden, in dezelfde kleur en lettergrootte: VERTAALD DOOR HERMAN LATEUR.

'Dank u,' zei Berg. 'Ik ben benieuwd.'

'En ik ben benieuwd wat u ervan vindt.'

Lateur reikte hem een glas aan.

'Gezondheid, hoofdinspecteur.'

Berg nam een slok. De wijn was lekker, bijzonder lekker zelfs. Het was een tijdje geleden dat hij nog zo'n voortreffelijke witte bordeaux had gedronken. Hij schoof naar de rand van zijn fauteuil en draaide de fles met het etiket naar zich toe. CHATEAU MARIOTTE, stond erop. De naam zei hem niets.

'Vindt u de wijn lekker?'

'Hij is excellent.'

'Dat doet me plezier. Ik ben erg kieskeurig wat wijn betreft.'

Berg glimlachte. Het was altijd grappig om een van je eigen karaktertrekken bij een ander te ontdekken.

'Hoe vordert het onderzoek?' vroeg Lateur. 'Hebt u al een idee wie de moord heeft gepleegd?'

'Het spijt me, professor. Op die vraag kan ik niet antwoorden.'

'Natuurlijk niet. Dat begrijp ik.'

Lateur liet een pauze vallen. Toen zei hij:

'Eigenlijk hebt u een vreemd beroep.'

'Vindt u? Waarom?'

'Wat u doet, is toch niet alledaags. Mensen ondervragen, alibi's checken, nagaan wie liegt en wie niet, op zoek gaan naar de moordenaar... Weet u, gisteren na ons gesprek in de schouwburg overviel me ineens het idee dat u precies hetzelfde doet als Oidipous.'

'Wat bedoelt u?'

'Is u dat nog niet opgevallen? Het verhaal van Sophocles bevat een moordplot en Oidipous is degene die moet uitzoeken wie de dader is. Als hij Thebe van de vreselijke ziekte wil verlossen die de stad al zo lang teistert, blijft hem geen andere keus dan te achterhalen wie de dood van koning Laios op zijn geweten heeft. Hij heeft dezelfde opdracht als u: hij moet een onopgeloste moordzaak tot een goed einde brengen.'

'Zo had ik het nog niet bekeken,' zei Berg geamuseerd.

'Er is zelfs meer. Weet u welke boeken de voorbije halve eeuw het meest gelezen worden? Detectives. Wel, dat genre is zwaar schatplichtig aan dit toneelstuk, want de intrige ervan bestaat ook uit een stap voor stap en met opzet uitgestelde onthulling van wie koning Laios heeft vermoord. Bij mijn weten is *Koning Oidipous* de oudste whodunit ter wereld. En dan te bedenken dat Sophocles het stuk heeft geschreven meer dan tweeduizend jaar vóór de detective werd uitgevonden.'

Berg trok verbaasd zijn wenkbrauwen omhoog. Voor de tweede keer vertelde Lateur iets waar hij nooit bij had stilgestaan. Hij kreeg almaar meer plezier in het gesprek.

'Ik begrijp waarom u het toneelstuk opnieuw hebt vertaald, professor. U loopt wel erg hoog op met Sophocles.'

'Ik ben niet de enige,' zei Lateur. 'Aristoteles noemde *Koning Oidipous* al de volmaaktste van alle tragedies. En toch heeft Sophocles volgens mij een geweldig idee laten liggen. Hij had de dienaar die als enige de moord op koning Laios had overleefd, tegen Oidipous moeten laten bekennen dat hij had gelogen.'

'Waarom?'

'Dat zou het verhaal een extra dimensie gegeven hebben. De dienaar had immers rondgebazuind dat Laios vermoord was door een bende rovers, dus kon Oidipous niet de dader zijn, want hij had alleen gehandeld. Maar als de dienaar had toegegeven dat hij een leugenaar was, wat was dan de waarheid? Begrijpt u wat ik bedoel?'

'Ik denk het wel. Als hij een leugenaar was, kon ook die toegeving een leugen zijn en had hij de eerste keer misschien de waarheid gesproken.'

'Inderdaad. Daarmee had Sophocles de beroemde leugenaarsparadox van Eubulides van Milete in zijn stuk verwerkt. Zegt die naam u iets?'

'Nee,' gaf Berg toe. 'Ik ken wel de paradox van Epimenides: *Alle uitspraken van alle Kretenzers zijn altijd gelogen*. Aangezien Epimenides een Kretenzer was, is de uitspraak vermoedelijk ook een leugen.'

'Dat klopt. De leugenaarsparadox van Eubulides is een verscherpte versie van de paradox van Epimenides. Als een leugenaar zegt dat hij liegt, betekent dat dat hij zowel liegt als de waarheid spreekt, want als hij dit keer de waarheid vertelt, is wat hij zegt een leugen. Als hij dit keer liegt, heeft hij weliswaar gelogen, maar daarmee ook de waarheid verteld.'

'Waarom vindt u het een gemiste kans dat Sophocles de leugenaarsparadox van Eubulides niet heeft gebruikt?'

'Omdat het hele toneelstuk op paradoxen is gebouwd,' antwoordde Lateur. 'Het begint al met het raadsel van de sfinx. Hoe kan een wezen dat 's morgens op vier voeten loopt, 's middags op twee en 's avonds op drie toch hetzelfde wezen zijn? En Oidipous is zelf ook een vat vol tegenstellingen. Hij is zoon en echtgenoot. Hij kan zien, maar is tegelijk blind. Hij is koning, maar eindigt als bedelaar.'

'Hij is degene die een moord moet oplossen,' voegde Berg eraan toe. 'Maar hij is eveneens de moordenaar.'

'Juist. Vandaar dat het geen toeval is dat Oidipous een raadsel voorgeschoteld krijgt dat met voeten te maken heeft. Het Griekse woord voor voet is *pous*. Dat zit in zijn naam verwerkt. Het raadsel gaat immers over hem. Hij is het die op zijn oude dag als een blinde bedelaar met een stok rondloopt. Dat betekent dat hij degene is die het antwoord op het raadsel moet vinden en tegelijk ook het antwoord is.'

Opnieuw kreeg Berg iets te horen wat hij zich nooit had gerealiseerd. Het wezen waarnaar de sfinx vroeg, sloeg dus op Oidipous zelf. Dat verklaarde waarom hij de enige was geweest die het raadsel kon oplossen. Hoe dat kwam, had hij zich als scholier al afgevraagd, maar geen enkele leraar had hem dat kunnen uitleggen. En nu, zonder dat de vraag was gesteld, gaf Lateur hem plompverloren de verklaring.

Hij keek vanuit zijn ooghoek naar zijn gastheer die intussen een slok van zijn glas nam. Esther had gelijk: Lateur was een bijzonder intelligente man. Waarom had Mieke Vanderwegen hem verlaten? Voor een veel ouder iemand dan nog die min of meer een drankprobleem had. Lateur was sympathiek en best wel aantrekkelijk met zijn jonge, sportieve figuur en zijn open gezicht met die donkere, indringende ogen. Bovendien had Esther gezegd dat hij integer was. Er moest toch een reden zijn waarom zijn vrouw hem...

'Nog één ding, hoofdinspecteur,' onderbrak Lateur zijn gedachtegang. 'Dan zwijg ik over Oidipous, anders begin ik u te vervelen.'

'Die kans is klein, professor. Ik vind het heel interessant wat u vertelt.'

'Dank u. Wat ik wilde zeggen, is dit: Oidipous is ervan overtuigd dat hij onschuldig is omdat de overgebleven dienaar in Thebe had verteld dat koning Laios was vermoord door een bende rovers en één niet gelijk kan zijn aan veel.'

Berg knikte. Die passage had hij onlangs nog in de schouwburg gehoord.

'Dat is net de belangrijkste paradox in het hele stuk, want Oidipous' zelfverdediging is op een leugen gebaseerd en toch ook weer niet, aangezien in zijn geval één wel degelijk gelijk is aan veel. Hij is én zoon én echtgenoot. Hij is én vader én broer van zijn kinderen. Hij is én ziende én blind. Hij is...'

Lateur stopte plots.

'Dat doet me aan een ander verhaal denken. Hebt u ooit de *Odyssee* van Homeros gelezen?'

'Meer dan één keer, professor.'

'Dan herinnert u zich ongetwijfeld de passage waarin Odysseus in de Onderwereld moet afdalen?'

Berg staarde zijn gastheer verbluft aan. Nog maar pas had hij zelf aan dat deel van de *Odyssee* gedacht, toen hij in de tuin van de Kaminsky het woord *Pornokratès* had gegoogeld en er in het artikel verwezen werd naar de tovenares Kirke die Odysseus had gezegd dat zijn tocht hem naar de Onderwereld zou voeren. Hij was benieuwd wat Lateur van plan was te vertellen.

'Wanneer Odysseus de schim van Achilles ontmoet en vraagt hoe het dodenrijk hem bevalt, antwoordt Achilles dat hij liever een dagloner op aarde zou zijn, dan koning van de Onderwereld.'

'Dat herinner ik me, ja.'

'Wat Achilles bedoelt, is dat hij er de voorkeur aan geeft een sterfelijk mens te zijn, liever dan een god, want de koning van de Onderwereld is Hades en dat is de broer van Zeus en dus een god. Homeros begreep heel goed dat een leven zonder pijn, zonder verdriet en zonder dood geen echt leven is en bijgevolg door geen enkele mens kan worden gewild. Het is uitgerekend onze sterfelijkheid die maakt dat we ons verblijf in dit ondermaanse naar waarde kunnen schatten. Of, om het prozaïsch uit te drukken, liever een kort en intens bestaan dan een eeuwig en saai. Dat is de grootste paradox van het leven.'

'Daarom staat in verschillende Griekse mythes dat de goden jaloers zijn op de mensen,' zei Berg. 'Omdat onze sterfelijkheid het leven een intensiteit geeft die het niet zou hebben als het oneindig was. Die tijdelijkheid is ons noodlot, maar ook ons geluk.'

'Opnieuw dezelfde paradox,' beaamde Lateur. 'Maar ik zie dat uw glas leeg is. Mag ik nog eens bijschenken of houd ik u op?'

'In het geheel niet. Ik vind dit een zeer boeiend gesprek.'

'Dat geldt ook voor mij, hoofdinspecteur.'

Lateur nam de fles van tafel.

'Verdomme, die had ik terug in de koelkast moeten zetten. Ik hoop dat de wijn niet te lauw is geworden.'

Hij schonk de glazen vol en ging daarna met de fles naar binnen. Berg strekte zijn benen en liet zich een beetje onderuitzakken terwijl hij genoot van het uitzicht. Zijn rug protesteerde een beetje, maar zonder de scherpe pijn van vanochtend. Hij had niet verwacht dat dit zo'n aangename avond zou worden. Lateur was een geweldige causeur en het gesprek had hem een beter inzicht gegeven in het toneelstuk van Sophocles. Het moest geweldig zijn om van zo'n man les te krijgen en het speet hem dat hij dadelijk opnieuw over het moordonderzoek moest beginnen, want dat had hij zich op weg naar hier voorgenomen. Zowel Mieke Vanderwegen als Mark Teniers had ontkend dat ze een verhouding hadden en hij wilde weten wat zijn gastheer daarover te zeggen had.

'Is de wijn nog koud genoeg?' vroeg Lateur toen hij terugkwam. 'Dom van me om de fles hier te laten staan. Als ik over Sophocles begin te praten, verlies ik alles om me heen uit het oog.'

Berg maakte een geruststellend gebaar.

'Ik zou het nog even met u over het moordonderzoek willen hebben, professor. We hebben Mieke Vanderwegen en Mark Teniers gevraagd of het klopt dat ze een verhouding hebben. Ze zeiden alle twee dat daar niets van aan is.'

'Had u dan een ander antwoord verwacht?'

'Misschien niet, maar bent u honderd procent zeker van wat u in de zaak van Teniers meent gezien te hebben?'

Lateur staarde naar de lucht, lang en ingespannen, alsof hij zich de scène opnieuw voor de geest probeerde te halen.

'Ik denk niet dat ik me heb vergist. En vergeet niet dat mijn ex-vrouw er niet voor terugschrikt om te liegen, dat heb ik jammer genoeg persoonlijk ondervonden. Hetzelfde kan trouwens van Mark Teniers worden gezegd.'

'Hoezo? Wat bedoelt u?'

Lateur trok een afkerig gezicht.

'Ik wil geen oude koeien uit de sloot halen, hoofdinspecteur.'

'Als u a zegt, moet u ook b zeggen, professor.'

'Wel, het is zo dat ik minstens één voorbeeld ken waarbij Mark Teniers staalhard heeft gelogen, maar dat is jaren geleden en het heeft niets met uw onderzoek te maken.'

'Vertelt u het toch maar.'

'Nu goed, als u erop staat. Het is gebeurd tijdens het laatste jaar van de middelbare school toen we...'

'*We*? Wie zijn *we*?'

'Ik heb het over Mark Teniers, Filip Decroo en mezelf.'

Berg kon niet meer volgen.

'Zegt u nu dat Mark Teniers en Filip Decroo elkaar van vroeger kennen? En dat u ook Decroo persoonlijk kent?'

'Natuurlijk. Wist u dat niet? We zaten alle drie in hetzelfde jaar in het Sint-Pieterscollege.' Lateur liet zich een zucht ontsnappen. 'God, dat is lang geleden. Een half mensenleven lijkt het wel.'

'Gaat u door alstublieft.'

'Het was eind juni, tijdens het bal van de laatstejaars. De ouders van een meisje van een andere school hebben bij de directie van het Sint-Pieterscollege Filip Decroo beschuldigd van aanranding. Hun dochter was tijdens het bal op hem verliefd geworden. Omstreeks middernacht was ze met hem mee naar huis gegaan omdat zijn ouders dat weekend aan zee waren en ze de woning voor zich alleen hadden. Het meisje was ervan overtuigd dat Decroo iets in haar drankje had gedaan, want op een gegeven ogenblik realiseerde ze zich dat ze halfnaakt was, terwijl ze zich absoluut niet kon herinneren hoe dat was gebeurd.'

'Wat had Decroo in haar drankje gedaan?' vroeg Berg die van de ene verbazing in de andere viel.

'Dat wist ze niet. Maar haar ouders vermoedden dat het... hoe heet dat spul ook weer... die verkrachtingsdrug?'

'Rohypnol.'

'Dat was het. In elk geval is er nooit een officiële klacht ingediend omdat Mark Teniers verklaard heeft dat hij samen met het meisje en Decroo was meegegaan en dat er niets abnormaals was gebeurd. Het meisje had te veel gedronken, dat was alles. Maar een paar andere jongens en ik hebben Mark Teniers omstreeks halftwee op het bal gezien. Hij heeft dus gelogen om zijn vriend te helpen. Het meisje bleef erbij dat zij en Decroo alleen waren, maar het was haar woord tegen dat van twee anderen.'

'Heeft niemand van u tegen de directie gezegd dat Teniers op het bal was toen de feiten zich voordeden?'

Lateur keek ongemakkelijk. Het was hem aan te zien dat hij zich geneerde.

'Dat hadden we moeten doen, dat geef ik toe. Maar hoe gaat zoiets, hoofdinspecteur? Je bent achttien en iemand verklikken... dat doe je niet. Het meisje was ook niet verkracht. Ze was op tijd bij zinnen gekomen en we dachten... nu ja, het komt erop neer dat we onze mond hebben gehouden.'

Berg steunde met zijn ellebogen op zijn knieën en staarde in gedachten verzonken naar de vloer van het terras. Wat hij net te horen had gekregen, kon een heel ander licht op de zaak werpen. Om te beginnen had hij niet geweten dat Filip Decroo en Mark Teniers elkaar van jongs af aan kenden en ten tweede kon uit het verhaal worden afgeleid dat Decroo eerder al zijn toevlucht had genomen tot rohypnol. Tenminste, als het waar was wat het meisje had gezegd en er die avond iets in haar drankje was gedaan. Maar alleen al de mogelijkheid dat Decroo de verkrachtingsdrug had gebruikt, was iets wat ze in de gegeven omstandigheden niet konden negeren.

Berg rechtte zijn rug. Deze avond was op verschillende vlakken een verrassing geworden. Lateur had hem zonder het te beseffen iets belangrijks verteld, want niemand wist dat Marcel Heymans rohypnol toegediend had gekregen voor hij werd vermoord. Dat had de directeur op Bergs uitdrukkelijke verzoek niet op de persconferentie vermeld.

'U lijkt plots mijlenver weg, hoofdinspecteur.'

Berg keek op.

'Excuseer, ik dacht na over wat u net zei. Herinnert u zich de naam van het meisje nog?'

Lateur schudde zijn hoofd.

'Wat ik verteld heb, is bijna vijfentwintig jaar geleden. Ik heb wel een goed geheugen, maar zo goed is het nu ook weer niet.'

'Hebt u nog contact met Mark Teniers?'

'Ik kom hem af en toe in de stad tegen, maar meer dan een goedendag zeggen we niet tegen elkaar. Ik was op school niet echt met hem bevriend.'

'En Filip Decroo, ziet u die nog?'

'Ook dat is een eeuwigheid geleden. We zijn samen aan de universiteit beginnen te studeren, maar na anderhalf jaar heeft hij er de brui aan gegeven en is hij in het antiquariaat van zijn oom gaan werken. Later heeft hij de zaak overgenomen. Ik ben er ooit één keer geweest, maar toen leefde zijn oom nog.'

'Zegt de naam Patrick Olieslaghers u iets?'

'Nee, wie is dat?'

'Een papier- en boekrestaurateur uit Antwerpen. Hij heeft het chansonnier op echtheid onderzocht.'

'Boudewijn Teniers heeft me verteld dat er zo'n onderzoek is geweest, maar de naam van de expert heeft hij niet genoemd.'

'Volgens het rapport van Olieslaghers is het manuscript authentiek.'

'Dat heb ik gehoord, ja.'

'Terwijl u denkt dat het niet echt is.'

'Maar dat heb ik nooit beweerd,' protesteerde Lateur. 'Ik heb alleen gezegd dat mijns inziens bepaalde spelfouten in het Latijnse lied zeer ongewoon zijn.'

'Voor professor Heymans was dat voldoende om zich te verzetten tegen de aankoop van het chansonnier.'

'Nu draait u de zaken om, hoofdinspecteur. Heymans was er al van overtuigd dat het manuscript een vervalsing was, nog voor ik ook maar één blik op de tekst had geworpen.'

'Hoe weet u dat?'

'Toen ik hem afgelopen donderdag belde om mijn bevindingen mee te delen, zei hij letterlijk: "Ik dacht het wel. Ik was er zo goed als zeker van."'

'Heeft hij ook gezegd waarom hij daar zo goed als zeker van was?'

'Hij beweerde dat de theorie van Boudewijn Teniers op niets sloeg en wel om de simpele reden dat er geen enkel ander voorbeeld bestaat van zo'n oud chansonnier dat in drie exemplaren is vervaardigd. Het manuscript moest dus wel een vervalsing zijn, anders was er al veel eerder een dergelijke set opgedoken.'

'Door wie dacht hij dat de vervalsing was gemaakt?'

'Dat wist hij niet. Hij vermoedde alleen dat de verkoper niet zuiver op de graat was, meer heeft hij daarover niet gezegd. Het was ook maar een kort gesprek.'

Dat laatste klopte. Volgens Zeebos had het vier minuten en zestien seconden geduurd.

'Hoe reageerde Boudewijn Teniers aan de telefoon?'

'Ontgoocheld. Om niet te zeggen boos. Hij wilde me niet geloven. Ik had allang spijt dat ik mijn hulp had aangeboden. Waarom iemands mening vragen als je toch niet bereid bent om die te accepteren? Ik heb hem trouwens gezegd dat mijn bevindingen niet waterdicht waren. Het is geen exacte wetenschap om een vijftiende-eeuwse Latijnse tekst op echtheid te beoordelen. Er werden bij het overschrijven allerhande fouten gemaakt, veel hing af van de kennis die de kopiist in kwestie had van het Latijn. Bij de ene was die al beter dan bij de andere en zonder vergelijkingsmateriaal is het onmogelijk om uit te maken welke soort kopiist in dit geval aan het werk is geweest.'

Berg knikte. Hij zat zo stilaan door zijn vragen heen.

'Goed, professor. Dat was alles. Ik ga eens naar huis. Bedankt voor het gesprek en de lekkere wijn.'

'De fles is nog niet leeg. Als u wilt...'

'Nee, dank u. Ik heb me onlangs voorgenomen om op mijn drankverbruik te letten.'

'U ook?' glimlachte Lateur. 'En... lukt het een beetje?'

'De ene dag al wat beter dan de andere.'

'Idem dito hier.'

Berg nam zijn cadeautje van de terrastafel en stond op. Bij de deur van de flat wees Lateur naar het boekje.

'Laat me weten wat u ervan vindt.'

'Dat zal ik zeker doen, professor. Nog een goedenavond.'

Berg nam de lift naar beneden. Op straat hoorde hij de klok van de universiteitsbibliotheek slaan. Het was nog maar tien uur. Eigenlijk had hij best nog een glas kunnen drinken, maar hij had een heleboel om over na te denken en lekkere wijn had hij thuis ook. Zelfs meer dan goed voor hem was.

3

'Patrick Olieslaghers heeft geen alibi voor het ogenblik van de moord,' zei Lou tijdens de briefing op vrijdagochtend. 'Tenzij we rekening houden met de verklaring van zijn vrouw. Die beweert dat haar man de hele zaterdagavond thuis was, maar we weten hoeveel de getuigenis van een echtgenote waard is, zeker in dit geval. De vrouw heeft de ziekte van Kahler, dat is een zeldzame soort botkanker. Ze is in hoge mate afhankelijk van haar man. In haar positie kan ze het zich niet permitteren om hem géén alibi te bezorgen.'

'Hoe weet je dat ze zo afhankelijk is?' vroeg Berg. 'Hebben de buren dat gezegd?'

'Nee, dat heeft ze me zelf verteld. Waarschijnlijk om haar verklaring kracht bij te zetten dat Olieslaghers op zaterdagavond bij haar was. Ze heeft namelijk de grootste moeite om zich alleen aan en uit te kleden. Wat ik wel via de buren heb vernomen, is dat de vrouw nog weinig perspectieven heeft. Naar het schijnt is er een nieuwe, experimentele immunotherapie ontwikkeld in de Verenigde Staten, maar die kost handenvol geld. Dat wist een buurvrouw me te vertellen. Ze houdt mevrouw Olieslaghers overdag geregeld gezelschap.'

Berg wendde zich tot Coens.

'Hoe staat Olieslaghers er financieel voor?'

'Voor zover Wenderickx en ik hebben kunnen nagaan, heeft hij geen schulden, maar het afgelopen jaar heeft hij veel minder opdrachten aangenomen dan gewoonlijk. Dat zal wel te maken hebben met de ziekte van zijn vrouw.'

'Hun uitgaven zijn daardoor groter dan hun inkomsten,' zei Wenderickx. 'De voorbije maanden hebben ze geregeld hun spaargeld moeten aanspreken om de eindjes aan elkaar te knopen.'

'Met andere woorden: ze kunnen zich die dure immunotherapie in de Verenigde Staten niet permitteren?'

'Nee, chef.'

'Als Filip Decroo Olieslaghers inderdaad geld heeft aangeboden om een positief expertiserapport af te leveren,' zei Coens, 'dan was in die omstandigheden de verleiding groot om op het voorstel in te gaan.'

'Of om een manuscript te vervalsen dat een bom geld kan opleveren,' voegde Lou eraan toe.

'Olieslaghers heeft dus wel degelijk een motief voor de moord op Marcel Heymans,' besloot Wenderickx.

'Nee, hij heeft eventueel een motief,' corrigeerde Berg. 'Voorlopig hebben we geen enkele concrete aanwijzing dat hij en Decroo fraude hebben gepleegd.'

Hij richtte zich tot Zeebos.

'Jan, wat zei de expert in dat verband? Is het mogelijk om een vijftiende-eeuws chansonnier te vervalsen zonder dat iemand het merkt?'

'Technisch gesproken wel, maar eenvoudig is het niet. Om te beginnen moet je perkamenten vellen uit de juiste periode gebruiken en hetzelfde geldt voor het leer waarmee het boek is ingebonden. Olieslaghers kan die dingen gerecupereerd hebben uit andere vijftiende-eeuwse werken, maar dan nog is het een ingewikkeld proces om zo'n manuscript te vervaardigen. Het perkament moet helemaal afgeschraapt worden, zodat er van de originele tekst niets meer te zien is, zelfs niet onder infrarood licht. En daarnaast moet je ook de juiste lijm, inkt en kleurpigmenten zien te vinden en dat is allesbehalve gemakkelijk.'

'Maar niet onmogelijk?'

'De expert twijfelde. Met de onderzoeksmethodes die vandaag de dag bestaan, zou het een huzarenstukje zijn om een kenner voor de gek te houden, tenzij uitgerekend de vervalser zelf het onderzoek uitvoert zoals in dit geval misschien is gebeurd.'

Zeebos' laatste zin deed Berg denken aan het gesprek met Lateur toen ze het over Sophocles' tragedie hadden. Oidipous was als enige in staat geweest om het raadsel van de sfinx op te lossen, maar dat kwam omdat hij zelf het antwoord was. Kon iets dergelijks hier ook aan de orde zijn? Dat het manuscript voor niet vals was verklaard omdat de onderzoeker en de vervalser een en dezelfde waren? Zonder tegenexpertise bleef dat een niet te beantwoorden vraag. Misschien moest hij er bij de directeur toch eens op aandringen om een tegenonderzoek te laten uitvoeren, al wist hij op voorhand dat Denissen niet op zijn verzoek zou ingaan, niet voor alle andere middelen waren uitgeput.

'Wenderickx, hebben Jozef en Rita Leyers al gereageerd op de foto van Mark Teniers?'

'Ze hebben gisteravond gebeld. Jozef Leyers zei dat hij twijfelde. Zijn vrouw was van mening dat het niet Mark Teniers was.'

'We hebben dus geen positieve identificatie?'

'Nee.'

'Dat was ook te mooi geweest om waar te zijn.'

'Ze hebben wel iets anders gezegd wat eventueel belangrijk is. Volgens hen had Boudewijn Teniers ruzie met de man die bij hem stond. Dat konden ze opmaken uit zijn lichaamstaal.'

'Ruzie waarover?'

'Dat wisten ze niet. De afstand was te groot om hen te verstaan.'

'Dan was het waarschijnlijk niet Mark Teniers,' concludeerde Lou. 'Er is ons herhaaldelijk verzekerd dat vader en zoon goede vrienden zijn.'

'Goede vrienden maken ook ruzie,' zei Berg. 'Laten we Mark Teniers dus niet meteen als kandidaat afschrijven. Er is namelijk nog iets waar we rekening mee moeten houden. Ik heb gisteravond Herman Lateur gesproken. Die vertelde...'

'Gisteravond?' herhaalde Zeebos. 'Waar?'

'In zijn flat. Hij had me een exemplaar van zijn nieuwe Sophoclesvertaling beloofd. Ik ben het werkje bij hem gaan ophalen.'

'Ben je naar zijn flat gegaan? Dat had je misschien beter niet gedaan.'

'Waarom niet?'

'Lateur is een betrokkene in dit onderzoek. Het is niet helemaal volgens het boekje om zo iemand 's avonds in zijn...'

'Dat boekje kan me gestolen worden,' brak Berg hem af. 'Om te beginnen is Lateur geen verdachte en ten tweede brengt zo'n officieus gesprek soms dingen aan het licht die je in andere omstandigheden niet te horen krijgt. Dat is trouwens gisteren gebeurd.'

Hij vatte samen wat Lateur had verteld. Dat Mark Teniers en Filip Decroo jeugdvrienden waren en dat er zich ooit een incident had voorgedaan waarbij de ouders van een meisje Decroo ervan hadden beschuldigd rohypnol in het drankje van hun dochter te hebben gedaan. Aan de beschuldiging was geen gevolg gegeven dankzij de getuigenis van Mark Teniers.

Het verhaal ontlokte verbazing. En verontwaardiging, vooral bij Lou. Ze was ervan overtuigd dat dit een belangrijke ontdekking was die verder moest worden onderzocht. Coens van zijn kant was sceptischer.

'Het meisje is dus niet verkracht?' vroeg hij.

'Nee, ze is op tijd bij zinnen gekomen en naar huis gegaan.'

'Kan dat? Als er rohypnol in haar drankje zat?'

'Misschien had Decroo er niet genoeg in gedaan,' zei Lou. 'Of heeft het meisje haar glas niet leeggedronken.'

'Hoe heette dat kind?' vroeg Zeebos.

'Dat herinnerde Lateur zich niet.'

'Dan kunnen we het verhaal ook niet checken, aangezien er nooit een officiële aanklacht is geweest.'

'Toch wel,' zei Lou. 'We kunnen Decroo en Teniers naar hier halen en hen afzonderlijk aan de tand voelen. Misschien spreken ze elkaar tegen.'

'Als Teniers bij zijn verklaring blijft, is dat verloren moeite.'

'Misschien, chef. Maar dan kennen we tenminste de naam van het meisje. Dat Lateur zich die niet herinnert, is aannemelijk, maar Decroo kan moeilijk hetzelfde beweren.'

Nog voor Berg een beslissing kon nemen, zei Wenderickx iets waar tot nu toe niemand aan had gedacht.

'Stel dat het klopt dat Decroo en Olieslaghers fraude hebben gepleegd, ofwel op de ene ofwel op de andere manier. Als we er rekening mee houden dat Teniers en Decroo al hun leven lang vrienden zijn, kan het dan niet dat ze gedrieën hebben samengewerkt om Marcel Heymans te vermoorden?'

'Gedrieën? Hoe kom je daar ineens bij?' vroeg Coens.

'Ik vind het vreemd dat Decroo 210.000 euro voor het manuscript vraagt,' antwoordde Wenderickx. 'Waarom uitgerekend die som? Waarom niet 200.000, dat is een mooi, afgerond getal. Het verschil is dat 210.000 deelbaar is door drie. En vergeten we niet dat Patrick Olieslaghers en Mark Teniers het geld goed kunnen gebruiken en dat ze – net als Decroo – geen alibi hebben voor het moment van de moord.'

'Dat klopt niet,' zei Berg. 'Olieslaghers heeft wel een alibi.'

'Een betwijfelbaar alibi, chef.'

‘Wat denk jij, Jan?’

‘Na wat de expert me heeft verteld, twijfel ik eraan of het manuscript een vervalsing is, maar wat wel kan, is dat Olieslaghers op vraag van Decroo een rapport heeft geschreven waarin geen enkele twijfel wordt uitgesproken over de echtheid van het chansonnier. En Wenderickx heeft een punt met die vraagprijs, 210.000 euro is inderdaad een ongewoon bedrag. Bovendien vind ik dat Lou gelijk heeft en dat we dat rohypnolverhaal moeten checken. Als je het mij vraagt, is het geen slecht idee om Decroo en Teniers naar hier te halen en hun het vuur na aan de schenen te leggen.’

‘Oké, dan doen we dat,’ besliste Berg. ‘Ik weet niet of het ons zal verder helpen, maar baat het niet, dan schaadt het ook niet. Veel andere opties blijven ons trouwens niet meer over. Lou, jij haalt Teniers op. Coens en Wenderickx, jullie rijden naar Mechelen.’

Het was de eerste keer dat Berg Mark Teniers persoonlijk sprak. Al meteen bij zijn binnenkomen viel het hem op dat de man een eerder absente indruk maakte, alsof hij met zijn gedachten ergens anders was en het niet tot hem doordrong dat een ondervraging op het politiebureau een aanwijzing was dat iemands betrokkenheid bij een moordzaak groter werd ingeschat dan wanneer die persoon in zijn privéomgeving werd geïnterviewd. Misschien had Teniers er daarom niet op gestaan dat zijn advocaat bij het gesprek aanwezig was, ofwel – dat kon eveneens – beschouwde hij het verhoor als compleet onbelangrijk. In die richting wees zijn eerste vraag.

‘Gaat dit opnieuw over mijn zogenaamde affaire met mijn schoonmoeder? Ik heb al gezegd dat Mieke en ik geen verhouding hebben. Hoe dikwijls moet ik dat nog herhalen?’

‘Daar wil ik het nu niet over hebben, meneer Teniers,’ zei

Berg. 'Ik zou u een paar vragen willen stellen over Filip Decroo. U bent toch goed met hem bevriend?'

De man aan de andere kant van de tafel liet niet merken dat de vraag hem verraste. In plaats van te antwoorden vroeg hij:

'Wie beweert dat?'

'Dat heeft geen belang,' zei Berg. 'Klopt het?'

'We waren vroeger goed bevriend, dat is juist. Maar de laatste tijd zien we elkaar niet vaak meer. We hebben elk een zaak en wonen in een andere stad.'

'Laten we het dan over vroeger hebben. Meer bepaald over juni 1992 en het bal van de laatstejaars van het Sint-Pieterscollege. Filip Decroo werd ervan beschuldigd een meisje aangerand te hebben. Herinnert u zich dat?'

Dit keer kon Teniers zijn verbazing niet verbergen. Hij had duidelijk geen flauw idee waarom die oude geschiedenis werd opgerakeld.

'Wilt u op de vraag antwoorden, meneer Teniers?'

'Ja, dat herinner ik me.'

'Hoe heette dat meisje?'

'Dat zult u wel weten aangezien u over haar begint.'

'Hoe héétte dat meisje, meneer Teniers?'

'Dat weet ik niet meer.'

Naast Berg stiet Lou een ongelovig geluid uit. Teniers schonk geen aandacht aan haar.

'U hebt vroeger verklaard dat uw vriend onterecht van aanranding werd beschuldigd,' zei Berg. 'Maar u herinnert zich de naam van het meisje niet meer van wie de beschuldiging kwam. Hoe geloofwaardig is dat?'

'Die affaire is vijfentwintig jaar geleden, hoofdinspecteur. Als ik me niet vergis, heette ze An, maar haar familienaam ben ik kwijt.'

Teniers leunde achteruit in zijn stoel. Voor het eerst veranderde de verveelde, ongeïnteresseerde uitdrukking op zijn gezicht in iets wat meer leek op protest, op tegenstand zelfs.

'Heb ik daarom mijn zaak moeten sluiten?' vroeg hij. 'Om het over iets te hebben wat een kwarteeuw geleden is gebeurd? Hebt u echt niets beters te doen? Ik dacht dat u de moord op mijn schoonvader probeerde op te lossen.'

Berg hoorde de irritatie in Teniers' stem. Hij besloot om de sneer te negeren.

'U blijft dus bij uw verklaring dat u die avond met Filip Decroo en met het meisje bent meegegaan en dat er van dat rohypnolverhaal niets aan is?'

'Natuurlijk blijf ik daarbij.'

'Dan liegt u nu net zoals toen!' zei Lou scherp.

Voor het eerst keek Teniers in haar richting.

'Is dat zo?'

'Ja, dat is zo!'

'Bewijs dat dan maar eens.'

Nog voor Berg het kon verhinderen, beet Lou hem toe:

'We hebben een getuige die u om halftwee op het bal heeft gezien. U kunt dus omstreeks middernacht niet met Decroo en het meisje zijn meegegaan.'

'En welke getuige is dat?' vroeg Teniers zonder een spoor van verontrusting in zijn stem.

Berg had het gevoel dat Lou op het punt stond om de man de naam in het gezicht te slingeren en legde vliegensvlug zijn hand op haar arm. Het gebaar was Teniers niet ontgaan.

'Blijkbaar mag ik dat niet weten,' zei hij met een verwaten lachje. 'Maar goed, ik herhaal wat ik indertijd heb gezegd. Ik bén met Filip en het meisje meegegaan, tot dat kind plots de kolder in haar kop kreeg en begon te gillen dat Filip haar wilde verkrachten. Ik was op dat ogenblik in de keuken om bier te halen en ben meteen terug naar de woonkamer gerend. Het meisje ging over de rooie dat het niet fraai meer was. We wisten niet wat te doen en hebben haar daarom aan de deur gezet. Filip had er voor die avond geen zin meer in, maar ik ben terug naar het bal gegaan. Langer dan een uur ben ik niet weggeweest. Als uw getuige beweert mij om halftwee gezien te hebben, dan heeft hij waarschijnlijk gelijk.'

'Waarom zegt het meisje dan dat ze alleen was met Decroo?'

'Weet ik veel? Omdat ze dronken was waarschijnlijk. Of omdat ik op dat moment niet bij hen in de woonkamer was.'

Teniers keek op zijn horloge.

'Was er nog iets? Ik wil terug naar mijn zaak, hoofdinspecteur. Ik kan het me niet permitteren om klanten op de stoep te laten staan.'

Berg overwoog of hij over de penibele financiële toestand van de man zou beginnen en het motief dat hij daarmee had voor de moord, maar een bewijs voor die theorie had hij niet. Hij besloot om iets anders te proberen, iets wat hij evenmin kon hardmaken, maar dat wist Teniers niet.

'Ik heb nog één vraag,' zei hij. 'U hebt verklaard dat u de dag van de moord aan een dringende opdracht zat te werken in uw atelier.'

'Dat is juist.'

'Hebt u uw zaak niet even verlaten? Omstreeks acht uur 's avonds?'

'Nee. Ik heb van 's morgens tot ongeveer middernacht aan een viool gewerkt omdat de klant erop stond dat die 's maandags klaar zou zijn. De enige pauze die ik heb genomen, is om te gaan lunchen. Voor de rest ben ik mijn atelier niet uit geweest. Waar zou ik volgens u naartoe zijn gegaan?'

'Naar de Parkabdij.'

'Naar de... Wat moest ik daar?'

'Had u niet afgesproken met uw vader?'

'Met mijn vader? Waarom?'

Berg antwoordde niet.

'Kent u het Huis van Polyfonie, meneer Teniers?'

'Natuurlijk ken ik dat. Mijn vader en een paar van zijn collega's hebben het samen opgericht.'

'We hebben een getuige die u daar omstreeks acht uur heeft gezien.'

'Wanneer? Op zaterdagavond?'

'Ja.'

Teniers nam hem onderzoekend op, alsof hij probeerde uit te maken of de man tegenover hem meende wat hij zei.

Berg staarde onbewogen terug. Wat hij had gezegd, klopte niet, maar dat mocht de ander niet aan zijn gezicht merken. Soms zat er niets anders op dan met een leugen te proberen om de waarheid naar boven te halen.

'Wie is die getuige?' vroeg Teniers. 'Of mag ik dat ook niet weten?'

'Volgens de persoon in kwestie stond u een tijdlang met uw vader te praten voor de Mariapoort,' zei Berg zonder op de vraag te antwoorden.

'Dat is een vergissing.'

'U hebt dus een dubbelganger?' schamperde Lou.

Teniers keek van haar naar Berg en terug. Een paar tellen lang leek het erop alsof hij niet wist hoe hij op het getuigenis moest reageren, toen ebde zijn verwarring weg.

'Ik ben daar zaterdagavond niet geweest, punt uit. En als u me niet gelooft, vraag het dan aan mijn vader.'

'Dat zullen we zeker doen,' zei Berg met een ondertoon van dreiging in zijn stem, hoewel hij wist dat zijn bluf niet had gewerkt.

Teniers schoof zijn stoel achteruit en maakte aanstalten op te staan.

'Zijn we klaar?'

'Een momentje, ik wil weten welke schoenmaat u hebt.'

'Welke schoenmaat?' herhaalde de ander niet-begrijpend. 'Dat hangt ervan af.'

'Waar hangt dat van af, meneer Teniers?'

'Van het soort schoenen. Bij de ene heb ik een tweeënveertig, bij de andere een drieënveertig. Waarom bent u geïnteresseerd in mijn schoenmaat?'

Berg antwoordde niet en gaf met een handgebaar te kennen dat de man kon gaan. Terwijl Lou en Teniers het lokaal verlieten, maakte hij een balans op van het gesprek. Het had hem geen stap dichter bij de waarheid gebracht. Wat het rohypnolverhaal betrof, wist hij niets meer dan voorheen en over hetgeen Jozef en Rita Leyers hadden verklaard, was hij evenmin iets wijzer geworden. Misschien moest hij toch maar eens doen wat hij net had gezegd en Boudewijn Teniers confronteren met het getuigenis van zijn vrienden, al zou dat waarschijnlijk ook niets opleveren als de man iets te verbergen had.

Berg zuchtte. Dit was het stadium waar vroeg of laat twee op de drie moordonderzoeken in verzandden. Het ogenblik waarop hij absoluut niet meer wist hoe het verder moest. Hij had zin om het politiebureau uit te lopen en een wandeling te maken over het kerkhof om in alle rust zijn gedachten te ordenen, maar die verdomde hitte weerhield hem en bovendien konden Coens en Wenderickx elk moment arriveren met Filip Decroo. Als dat gesprek even weinig opbracht als dat van daarnet, was het echec compleet.

Ook de antiquaar uit Mechelen had Berg nooit eerder ontmoet. Lou had hem beschreven als gluiperig en onsympathiek en al na een paar minuten ging hij volledig met haar akkoord. Het was ermee begonnen dat Coens de man op zijn recht had gewezen zich te laten bijstaan door een advocaat.

'Gaat u die betalen?' vroeg Decroo snauwerig.

'Als u zich geen advocaat kunt permitteren,' antwoordde Coens. 'Kunnen wij iemand...'

'Dat ken ik,' brak Decroo hem af. 'Dan daagt hier een of ander broekje op dat meer kwaad aanricht dan goed. Nee, dank u. Ik heb geen advocaat nodig.'

'Zoals u verkiest, meneer Decroo,' zei Berg. Hij had zich voorgenomen om dit gesprek anders aan te pakken dan het vorige. 'Weet u wat rohypnol is?'

De ogen van de antiquaar vernauwden zich tot spleetjes.

'Waarom vraagt u dat?'

'U hebt blijkbaar niet begrepen hoe dit werkt,' zei Berg ijskoud. 'Ik stel de vragen, u antwoordt. Weet u wat rohypnol is?'

'Een verkrachtingsdrug.'

'Juist. Hoe weet u dat?'

'Dat weet iedereen. Er staat geregeld iets over in de krant.'

'Inderdaad. Maar u kent rohypnol uit de eerste hand, nietwaar?'

Eén of twee seconden lang reageerde Decroo niet, toen boog hij zijn hoofd, schudde het een paar keer heen en weer en mompelde:

'Onvoorstelbaar.'

'Wat is er onvoorstelbaar, meneer Decroo?'

'Dat u met die oude geschiedenis op de proppen komt. Ik dacht dat ik hier zat in verband met de moord op Marcel Heymans.'

'Over professor Heymans hebben we het zo dadelijk. Eerst die oude geschiedenis, zoals u ze noemt. In juni 1992 bent u ervan beschuldigd een meisje rohypnol te hebben toegediend met de bedoeling haar te verkrachten.'

'Wat heeft dat in godsnaam te maken met de moord op Heymans?'

De vraag was legitiem, zeker voor iemand die niet wist dat het slachtoffer met dezelfde drug was verdoofd, maar het kon evengoed dat Decroo de vraag stelde om de indruk te wekken dat hij niet op de hoogte was van het feit dat er bij de moord rohypnol was gebruikt.

'Hoe heette dat meisje, meneer Decroo?'

'An Verplancken.'

Berg was even van slag. Hij had niet verwacht dat de ander hem de naam zonder aarzelen zou geven. Op dat ogenblik zag hij hoe Decroo hem geringschattend zat op te nemen.

'En wat gaat u me nu vragen, hoofdinspecteur? Of het verhaal waar is? Wat denkt u dat ik daarop zal antwoorden?'

'Geen idee, meneer Decroo. Maar ik luister.'

'Het is niet waar. Ik had trouwens een getuige die...'

'U bedoelt Mark Teniers?'

Dit keer was Decroo verrast.

'Zo, dat weet u al.'

'Wanneer hebt u Mark Teniers voor het laatst ontmoet?'

'Pff... dat is jaren geleden. We hebben elkaar uit het oog verloren.'

'Maar met zijn vader hebt u de laatste tijd geregeld contact gehad. U weet toch dat Mark Teniers de zoon is van Boudewijn Teniers?'

'Ja, wat dacht u? Natuurlijk weet ik dat.'

'Laten we het eens over professor Teniers hebben. Volgens hem...'

'U hebt niet op mijn vraag geantwoord,' viel Decroo hem in de rede. 'Wat heeft de beschuldiging van An Verplancken te maken met het moordonderzoek?'

Berg vroeg zich af waarom de man de vraag herhaalde. Was dat met de bedoeling consequent over te komen en opnieuw de schijn te wekken dat hij niets over de moord afwist of was hij inderdaad onschuldig?

'Ik ben niet verplicht om daarop te antwoorden, meneer Decroo. Wat ik wil weten, is het volgende: klopt het dat u professor Teniers hebt aangeraden om Patrick Olieslaghers als expert te engageren toen men uw manuscript op echtheid wilde laten onderzoeken?'

'Ja, dat klopt.'

'Is dat niet vreemd? U bent een goede klant van Patrick Olieslaghers.'

Het duurde een paar ogenblikken voor Decroo de insinuatie doorhad.

'Wat zegt u nu? Dat Patrick en ik de boel belazerd hebben?'

'Waarom vraagt u 210.000 euro voor het chansonnier, meneer Decroo?'

De antiquaar keek alsof hij de wending van het gesprek niet begreep.

'Wat bedoelt u?'

'Is dat geen ongewone prijs? Waarom uitgerekend 210.000 euro en geen 200.000 bijvoorbeeld?'

Dit keer kwam het antwoord onmiddellijk.

'Ik heb 210.000 euro gevraagd omdat ik 200.000 voor het chansonnier hoop te krijgen en er bij dit soort transacties meestal wordt afgeboden. Die 10.000 euro diende als buffer.'

Berg voelde hoe Coens naar hem keek. Aan die simpele verklaring had niemand van hen gedacht.

Op dat ogenblik boog Decroo zich voorover, leunde met zijn armen op het tafelblad en keek Berg recht in het gezicht.

'Luister, hoofdinspecteur. Laten we er niet langer omheen draaien. Ik zit hier omdat u me ervan verdenkt iets met de dood van Heymans te maken te hebben. Maar waarom zou ik de man vermoorden? Welk voordeel had ik daarbij?'

'Ligt dat niet voor de hand? Boudewijn Teniers heeft u toch verteld dat zijn collega bezwaren had tegen de aankoop van uw chansonnier omdat hij van mening was dat het om een vervalsing ging. Of wilt u dat ontkennen?'

'Het woord *vervalsing* heeft hij nooit in de mond genomen.'

'Maar het kwam erop neer dat Marcel Heymans twijfelde aan de authenticiteit van het manuscript?'

'Dat is juist.'

'Wel dan, met professor Heymans uit de weg was er geen obstakel meer om de verkoop te laten doorgaan en haalde u een smak geld binnen.'

'Is dat mijn motief?' smaalde Decroo. 'Dat slaat nergens op.'

'Nee? Dat moet u mij eens uitleggen.'

'Om te beginnen gaan professoren nooit met elkaar akkoord. Dat iemand van de Alamire Foundation moeilijk zou doen, wist ik dus op voorhand, het tegendeel had me zelfs verbaasd. Ten tweede heb ik een echtheidscertificaat van een van de meest gerenommeerde experts van het land. En ten derde was ik er honderd procent zeker van dat men het chansonnier wilde aankopen. Wat Heymans ook probeerde, als puntje bij paaltje kwam, zou het bestuur zijn fiat geven. Dit chansonnier is zo uniek dat ze het zich eenvoudigweg niet kunnen permitteren om het te laten schieten.'

Decroo zette een zelfvoldaan gezicht op, alsof hij er zeker van was dat hij zijn tegenstander onder tafel had gepraat. Berg liet zich niet intimideren.

'U bent nog iets vergeten,' zei hij met het nodige sarcasme in zijn stem.

'O ja? Wat?'

'Dat u nog een andere klant hebt.'

Decroo grijnsde, in het geheel niet van de wijs gebracht.

'Dat heb ik niet vermeld omdat het niet waar is.'

'U hebt dus gelogen?'

'Als gedrukt. En wat dan nog? Dat doet elke handelaar. Het is niet meer dan een trucje om een klant over de streep te trekken.'

'Waarom hebt u de Alamire Foundation dan een deadline gesteld?'

'Omdat de heren professoren maar bleven discussiëren. Ik wilde ze alleen een duwtje in de rug geven, meer niet. Zoiets is niet strafbaar.'

'Dat kan best zijn, maar uw argumenten overtuigen me niet.'

Decroo maakte een wanhopig gebaar, maar hij gaf het nog niet op.

'Kijk, hoofdinspecteur, Heymans kon nog een tijdje tegenwringen, maar uiteindelijk zou het bestuur van de Alamire Foundation toch beslissen om het manuscript te kopen omdat het zowel wetenschappelijk als historisch veel te belangrijk is voor hun stichting. Ik moest dus alleen wat geduld oefenen. Maar als ik Heymans vermoordde, welke gevolgen zou dat hebben? Precies wat er nu gebeurt. De politie zou zich met de zaak bemoeien, de authenticiteit van het chansonnier werd opnieuw in vraag gesteld, de verkoop zou waarschijnlijk voor maanden, zo niet voorgoed geblokkeerd worden en... last but not least... ik zou worden beschouwd als een van de mogelijke daders omdat ik wist dat Heymans degene was die het me moeilijk maakte. Denkt u echt dat ik op die manier mijn eigen ruiten zou ingooien? Zoals ik net al zei: de verkoop was zo goed als rond. Door Heymans te vermoorden bereikte ik precies het tegenovergestelde.'

Decroo zweeg. Hij had zo snel gesproken dat hij lichtjes hijgde. Berg tastte met zijn ogen het gezicht van de man af. Hij kon er niet omheen: wat de antiquaar had gezegd, sneed hout. Heymans vermoorden had voor hem een averechts effect. Het zou exact het tegenovergestelde tot gevolg hebben van wat altijd zijn bedoeling was geweest: het chansonnier zo snel mogelijk verkopen en er zonder veel ophef een hoop geld aan verdienen.

4

Omstreeks vijf uur ging Berg zijn ventilator ophalen in de Diestsestraat. Hij had in de loop van de dag een sms'je gekregen dat zijn toestel was geleverd, maar toen hij in de zaak aankwam, bleek hij niet de enige te zijn die een bestelling kwam afhalen. Er stonden zes klanten aan te schuiven en hoewel de eigenaar zijn best deed om iedereen zo snel mogelijk te helpen, duurde het bijna twintig minuten voor hij aan de beurt kwam.

De man vinkte zijn naam af op een lijst, verdween naar het magazijn en kwam even later terug met een kartonnen doos van ongeveer zestig bij zestig centimeter groot en vijfentwintig centimeter breed.

'Alstublieft, meneer.'

Berg fronste. Er stond een ventilator op het karton afgebeeld, dat klopte, maar voor de rest was het onmogelijk dat er een gebruiksklaar toestel in de doos zat. De conclusie lag voor de hand.

'Moet ik dat ding zelf in elkaar steken?'

'Het is heel eenvoudig, meneer. Duurt niet langer dan een kwartier.'

'Ik heb toch liever dat u het doet.'

'Geen probleem, maar mag ik dan eerst de andere klanten helpen?'

Berg keek over zijn schouder. Er stonden alweer drie mensen achter hem. De verkoper zag hem aarzelen.

'Er zit een handleiding bij, meneer. Echt waar, het wijst zichzelf uit.'

Helemaal gerust was hij er niet op, maar omdat hij geen zin had om nog eens zo lang te wachten, knikte hij dat het in orde was.

Op zijn vraag bond de eigenaar een koord rond de doos, zodat hij zijn aankoop gemakkelijker kon dragen. De ventilator was verbazingwekkend licht. Hij liep de zaak uit. De hitte buiten voelde aan als een muur die hem de weg versperde. Het was tien voor zes en hij moest nog boodschappen doen, maar eigenlijk had hij geen zin om te koken en zeker niet om in zijn eentje aan tafel te zitten piekeren over het onderzoek dat hopeloos vastzat. Om die reden had hij zijn collega's vrijaf gegeven tijdens het weekend, iets wat zelden gebeurde wanneer ze in een moordzaak verwikkeld waren. Maar misschien, had hij gedacht, was het geen slecht idee om een korte pauze in te lassen, zodat iedereen zijn gedachten even kon losmaken van het onderzoek. Afstand schiep overzicht en hopelijk had de rustperiode tot gevolg dat het hele team op maandagochtend terugkwam met een fris hoofd en nieuwe ideeën. Vooral Lou had zijn beslissing toegejuicht. Haar dochtertje had maandag wiskunde-examen en ouderlijke hulp was meer dan welkom.

Wat zichzelf betrof, wist Berg dat de maatregel geen enkel effect zou hebben. Zolang de moordenaar op vrije voeten rondliep, slaagde hij er toch niet in om zijn gedachten te verzetten. Het enige lichtpuntje in het weekend was de première van *Koning Oidipous* op zaterdagavond, maar de overgebleven tijd zou hij alleen maar gebruiken om een uitweg te vinden uit het kluwen van mogelijke daders en motieven.

Met in zijn rechterhand het koord om de doos liep hij de Diestsestraat af in de richting van de Sint-Pieterskerk. Het viel hem op dat de mensen die hij passeerde zich anders gedroegen dan op een gewone dag in de week. Ze bewogen zich anders, ze keken anders, ze praatten zelfs anders tegen elkaar of in hun mobiele telefoons. Vrijdagavond. De werkweek zat erop, het weekend begon, de stemming sloeg om.

Hij had plots echt geen zin om naar huis te gaan. Als hij Zeebos nu eens belde en voorstelde om iets te gaan eten? Op die manier sloeg hij twee vliegen in één klap. Hij hoefde niet zelf te koken en tegelijkertijd kon hij van de gelegenheid gebruikmaken om met zijn vriend van gedachten te wisselen en uit te zoeken hoe het nu verder moest. Zeebos had een bij uitstek analytische geest die een perfecte aanvulling vormde op zijn meer synthetische manier van denken en bovendien werkte een andere omgeving vaak als een katalysator om een nieuwe invalshoek te vinden voor het onderzoek.

Hij zette de doos op de grond en haalde zijn mobiel uit zijn zak. Hopelijk had Zeebos nog geen plannen voor vanavond.

'Dat komt goed uit,' klonk het enthousiast aan de andere kant van de lijn. 'Lisa gaat vanavond met een paar collega's naar een Italiaans restaurant. Ik zag er al tegenop om alleen te eten. Waar gaan we naartoe?'

Berg had ook zin in Italiaans, maar hij wilde niet in hetzelfde restaurant belanden als Zeebos' vrouw. Hij vroeg waar Lisa had afgesproken.

'Bij Pepe Nero in de Muntstraat.'

'Dan gaan wij naar La Stanza,' zei hij in een opwelling. 'Weet je waar dat is?'

'Nee.'

'In de Wandelingstraat. Hoe laat kan je er zijn?'

'Ik wil eerst nog douchen. Om zeven uur, is dat oké?'

'Prima. Tot straks, Jan.'

Berg borg zijn mobiel op en nam de doos van de grond. Hij had een uur dood te slaan. De Wandelingstraat lag in de richting van zijn flat, maar het idee stond hem tegen om nu al naar ginds te gaan en op het terras van het restaurant te zitten wachten tot Zeebos arriveerde.

Hij sloeg de hoek om. De schouwburg lag een honderdtal meter verder. Het was intussen zes uur, de repetitie was waarschijnlijk afgelopen. Misschien had Esther zin in een aperitiefje. Of deed hij dat beter niet? Vragen in verband met het onderzoek had hij niet meer, maar wat dan nog? Het kon toch geen kwaad om even een glas te drinken, hij moest verdorie niet katholieker proberen te zijn dan de paus. Het was weekend, in zijn vrije tijd deed hij wat hij wilde en langer dan een uur kon het afspraakje niet duren.

Hij merkte dat hij nu al drie redenen had opgesomd om het voor zichzelf te rechtvaardigen dat hij Esther op een drankje uitnodigde, terwijl er maar één argument echt telde: hij had zin om haar nog eens te zien en daarmee uit.

Net toen hij de binnenplaats van de schouwburg opliep, zag hij de spelers het gebouw uitkomen via de artiesteningang. Esther viel hem onmiddellijk op. Ze droeg een kort zomerjurkje dat haar figuur alle eer aandeed. Berg voelde hoe er iets verschoof ter hoogte van zijn middenrif.

'Hé, dag Thomas,' zei ze toen ze hem opmerkte.

Het klonk alsof ze blij was hem te zien. Het volgende ogenblik verschoof haar blik naar de kartonnen doos in zijn hand.

'Inkopen gedaan?'

'Een ventilator. Het is om te stikken in mijn flat.'

'Wilde je me nog een keer spreken?'

'Niet in verband met het onderzoek. Ik was toevallig in de buurt en ik dacht dat je misschien zin had in een aperitief.'

'O... jammer, ik kan niet. We hebben afgesproken om met de groep een hapje te gaan eten. Het is de laatste avond voor de première, vandaar.'

Berg probeerde zijn ontgoocheling te verbergen.

'Zijn jullie klaar voor morgen?'

'Ik hoop het. Je komt toch?'

'Zeker weten.'

Op dat ogenblik zag Berg hoe Toon Dekempeneer en Herman Lateur de schouwburg verlieten. De twee mannen leken in een hevige discussie verwikkeld, maar daar maakten ze een eind aan toen ze zich bij hen voegden.

Dekempeneer stelde dezelfde vraag als Esther. Of hij voor een van hen kwam? Ook Berg herhaalde wat hij zo-even had gezegd: hij was toevallig in de buurt.

De regisseur keek opgelucht. Lateurs blik was op de kartonnen doos gericht. Berg verwachtte dat hij iets over de vorige avond zou zeggen, maar in plaats daarvan vroeg hij:

'Waar hebt u die ventilator gekocht?'

'Om de hoek. In de Diestsestraat.'

'Maar daar ben ik woensdag geweest. Alles was uitverkocht.'

Berg wilde uitleggen dat hij een toestel had gereserveerd, toen er uit de groep op het voetpad ongeduldig werd geroepen.

'Ze wachten op ons,' zei Dekempeneer.

'Kom je na de voorstelling zeggen wat je ervan vond?' vroeg Esther.

'Er is een kleine afterparty,' knikte Lateur in de richting van het eetzaaltje. 'Kom gerust een glas drinken, hoofdinspecteur.'

'Misschien doe ik dat wel.'

'Tot morgen, Thomas,' wuifde Esther.

Berg keek haar na terwijl ze zich met de twee mannen bij de anderen voegde. Hij voelde een steek in zijn zij, net onder zijn milt. Wat dat betekende, wist hij.

De verkeersvrije Wandelingstraat was maar een kleine tweehonderd meter lang en verbond de Mechelsestraat met de Dirk Boutslaan die links naar de Sint-Pieterskerk leidde en rechts naar Bergs flat. Het terras van La Stanza bevond zich naast een bloemenwinkel die intussen gesloten was. Voor de gevel van de zaak stonden een aantal grote, met kettingen vastgelegde potten in zwart plastic: olijfbomen, bananenplanten, sinaasappel- en citroenboompjes. De aanblik bracht Berg op een idee voor morgen.

Terwijl hij met een glas prosecco op Zeebos zat te wachten, bekroop hem hetzelfde onaangename gevoel als na het gesprek met Filip Decroo. Wat de antiquaar op het eind van het verhoor had gezegd, was hem zo rauw op de maag gevallen dat hij er niet eens aan had gedacht om de man naar zijn schoenmaat te vragen, maar veel belangrijker was dat hij geen reden had om Marcel Heymans te vermoorden. Integendeel zelfs, het motief dat ze hem hadden toegedicht, stond diametraal op wat vanaf het begin zijn bedoeling was geweest. Dat besef had Berg flink van de wijs gebracht, zeker toen hij zich realiseerde dat hij die gedachtegang ook kon doortrekken naar de andere verdachten. Het was zelfs mogelijk dat...

'Hoi, Thomas.'

Berg was zo in gedachten verdiept dat hij Zeebos niet had zien aankomen.

'Is dat een prosecco? Wil ik ook.' Zeebos ging zitten en wenkte de kelner. 'Jij ook nog eentje?'

'Doe maar.'

'Wat is dat?' Zeebos boog zich over de rand van de tafel naar de doos naast Bergs stoel. 'Een ventilator?'

'Net gekocht.'

'Heb je mijn raad toch opgevolgd. Beter laat dan nooit. Al moet ik eigenlijk zeggen: beter té laat dan nooit. Of nee, dat klopt niet. Zo klinkt het verkeerd.'

'Waar heb je het over?' vroeg Berg.

'Over het weerbericht. Morgen wordt het een stuk minder warm. De hittegolf is voorbij.'

'Dat meen je niet.'

'Werd het niet stilaan tijd?'

De kelner verscheen bij hun tafeltje. Zeebos bestelde twee glazen prosecco en sloeg de menukaart open.

'Ik zie scheel van de honger. Nemen we ook een voorgerecht of alleen een hoofdgerecht?'

Berg antwoordde niet. Hij was in gedachten nog bij wat Zeebos had gezegd. Vier dagen had hij op de ventilator moeten wachten en nu hij het toestel eindelijk had, was het waarschijnlijk niet meer nodig. Hoewel... op dit ogenblik was het nog altijd drukkend warm. Vannacht kon het ding in elk geval doen waarvoor hij het had gekocht.

'Thomas? Ik vroeg...'

'Ik neem alleen een hoofdgerecht.'

'Waarom? Ben je op dieet? Je had beter mijn andere raad ook opgevolgd en elke dag tienduizend stappen gedaan.'

'Ik ben niet op dieet,' antwoordde Berg. 'Het is te warm om uitgebreid te eten.'

De kelner bracht het aperitief. Ze toostten.

'Dit is lang geleden,' zei Zeebos genoeglijk om zich heen kijkend. 'Waarom doen we dit niet vaker?'

Berg reageerde niet. Wat moest hij daarop zeggen? Op zo'n vraag bestond geen gepast antwoord, ook al was ze terecht. Het was inderdaad lang geleden dat Zeebos en hij nog samen uit eten waren geweest. Ze zagen elkaar wel elke dag op het werk, maar er was meer voor nodig om een vriendschap te onderhouden, anders dreigde het gevaar dat er zich een omgekeerde evolutie voordeed en ze van vrienden opnieuw collega's werden die voor de rest weinig met elkaar te maken hadden.

Dat zou hij doodjammer vinden. Het was in zijn leven nog maar een paar keer gebeurd dat hij iemand had ontmoet met wie het zo goed klikte als met Zeebos. Misschien was hij te selectief, maar als het op vriendschap aankwam, gaf hij de voorkeur aan kwaliteit boven kwantiteit.

Toen hij bleef zwijgen, vroeg Zeebos:

'Wat is er aan de hand, Thomas? Ik zie aan je gezicht dat je je zorgen maakt.'

'Ik zit met iets in mijn maag.'

'Met wat?'

'Je weet dat we daarstraks Filip Decroo hebben verhoord. De man zei iets wat...'

'Dacht ik het niet!' viel Zeebos uit. 'Ik had kunnen weten dat dit niet zomaar als een gezellig etentje was bedoeld.'

Er zat iets van teleurstelling in de opmerking, maar ook van herkenning. Berg besefte dat hij te snel van stapel was gelopen. Hij had tenminste een paar minuten met Zeebos kunnen praten over koetjes en kalfjes, naar zijn plannen vragen voor het weekend, informeren hoe het met Lisa ging... wat dan ook... in plaats van holderdebolder over het moordonderzoek te beginnen. Het leek wel alsof hij aan niets anders kon denken zolang deze zaak niet was opgelost, maar eigenlijk was dat al altijd zo geweest. Hij joeg de gedachte uit zijn hoofd. Er waren dringender zaken aan de orde.

'Jan, we hebben een enorm probleem. Niemand van onze verdachten heeft een motief, besef je dat wel?'

'Dat klopt niet. Ze hebben allemaal een motief.'

'Ik heb me verkeerd uitgedrukt. Ze kúnnen allemaal een motief hebben, maar als je wat dieper nadenkt, ontdek je dat het geen echte motieven zijn.'

'Wat bedoel je?'

'Er zit telkens een tegenspraak in. Een paradox.'

Zeebos zweeg enkele tellen. Toen wreef hij over zijn kale schedel zoals hij vaak deed wanneer hij met iets onverwachts werd geconfronteerd.

'En wat dan nog?' bromde hij. 'Alles heeft twee kanten. Het hele leven zit vol paradoxen.'

Berg maakte een geïrriteerd gebaar.

'Dit is echt geen moment voor gemeenplaatsen.'

'Gemeenplaatsen!?' Zeebos keek beledigd. 'Bedankt, hoor. Altijd leuk om zo'n compliment te krijgen, zeker van je beste vriend.'

'Ik bedoel...'

'Wat ik zei, is geen gemeenplaats,' hield Zeebos vol. 'Zelfs het basisprincipe van het leven is een paradox, dat weet elke wetenschapper. Heb je ook maar een flauw idee wat ik bedoel? Ik heb het over zuurstof. Dankzij dat element leven wij, maar tegelijk doodt het ons langzaam maar zeker omdat oxidatie een afbrekend effect heeft op elk organisme. Als dat geen paradox is, weet ik het niet meer.'

Berg staarde hem verbluft aan. Hij wilde iets te zeggen, maar Zeebos was nog niet klaar.

'Ik geef een ander voorbeeld. Niet uit de chemie dit keer, maar uit de wiskunde. Ooit gehoord van...'

Hij werd onderbroken door de kelner die kwam vragen wat ze wilden eten.

'Weten we nog niet,' wuifde Zeebos de man ongeduldig weg.

De kelner trok een verongelijkt gezicht en droop af.

'Jan...' begon Berg.

'Nee, wacht. Dit zal je interesseren. Je houdt toch van verhalen uit de oudheid? Hier komt een mooi voorbeeld. Mijn professor wiskunde heeft het eens tijdens een college verteld. Op een dag daagde een schildpad de beroemde Achilles uit tot een loopwedstrijd. Het enige wat hij wilde, was een kleine voorsprong. Achilles lachte het dier uit, zelfs met een voorsprong had hij geen schijn van een kans. Toch wel, zei de schildpad, het tegendeel is zelfs waar: jij hebt geen schijn van een kans. Dat moest hij toch eens uitleggen, vond Achilles die zijn best deed om ernstig te blijven. Stel dat ik op honderd meter tien meter voorsprong krijg, zei de schildpad. Tegen de tijd dat jij de helft van die afstand hebt gelopen, heb ik – laten we zeggen – één meter afgelegd. Akkoord? Achilles knikte. Wanneer jij opnieuw de helft van de resterende afstand hebt overbrugd, ben ik weer een eindje verder. Juist? Misschien, zei Achilles, maar veel zal het niet zijn. Heeft geen belang, antwoordde de schildpad. Telkens als jij een deel van de afstand aflegt, ben ik ook een stukje opgeschoten. Je kan me dus nooit inhalen, want dit gebeurt keer op keer en uiteindelijk kom ik als eerste bij de eindmeet aan. Achilles was in de war. Hij dacht ingespannen na. Hetgeen de schildpad beweerde, was zo logisch als maar zijn kon. Ontmoedigd zag hij van de wedstrijd af en gaf zich gewonnen.'

Berg wilde opnieuw iets zeggen, maar Zeebos stak gebiedend zijn hand op, nam zijn glas en dronk het in één teug leeg.

'Nu weten we allemaal met ons verstand dat de schildpad ongelijk heeft,' ging hij door. 'En dat Achilles de wedstrijd hoe dan ook zal winnen, maar toch kan je niets tegen de logica van de schildpad inbrengen. Wat die zegt, is juist en tegelijkertijd niet juist. Hoe kan zoiets? Simpel, de tegenstelling ontstaat omdat de redenering ervan uitgaat dat je elke afstand eindeloos kunt opdelen, wat in theorie klopt, maar wat er in deze situatie niets toe doet, al lijkt het van wel. Het heeft zelfs eeuwen geduurd voor men een wiskundig bewijs vond om de stelling te ontkrachten.'

'Ik ken dat verhaal,' zei Berg toen hij eindelijk de kans kreeg. 'Het is de paradox van Zeno.'

Zeebos hief verontwaardigd zijn armen in de lucht.

'Waarom laat je me dan het hele verhaal vertellen, verdomme?'

'Omdat het een mooi verhaal is,' glimlachte Berg. 'En omdat het illustreert wat ik wil zeggen over de motieven van de verdachten. Wat wij denken klopt en toch ook weer niet.'

'Ik wil nog een prosecco,' zei Zeebos. Hij probeerde de aandacht van de kelner te trekken, maar die deed alsof hij niets zag.

'Mag ik uitleggen wat ik bedoel?' vroeg Berg.

'Eerst wil ik horen dat ik geen gemeenplaats heb verkocht.'

'Het was geen gemeenplaats,' zei Berg gehoorzaam.

'Als je dat maar weet. Goed, ik luister.'

'Ik begin bij Filip Decroo. Hij heeft een motief om Marcel Heymans te vermoorden omdat die de verkoop van het manuscript tegenhield, maar door de man te doden werd die verkoop onderwerp van een moordonderzoek met als resultaat dat hij het manuscript niet verkocht kreeg, zeker niet binnen afzienbare tijd. Dat betekent dat de reden die hij had om de moord te plegen, tenietgedaan wordt door het gevolg ervan. Of anders gezegd: het motief heft zichzelf op.'

'Mmm...' reageerde Zeebos enkel.

'Klopt wat ik zeg of klopt het niet?

'Op het eerste gezicht wel,' gaf Zeebos toe.

'Precies hetzelfde geldt voor Patrick Olieslaghers.'

'Natuurlijk, dat is omdat zijn motief samenvalt met dat van Decroo.'

'Doet er niet toe. Wat telt, is dat beide mannen geen reden hadden voor de moord.'

Zeebos gaf zich nog niet gewonnen.

'En hoe zit het met Boudewijn Teniers?'

'In zijn geval komen we bij iets wat we nooit begrepen hebben,' antwoordde Berg. 'Waarom heeft de dader de moord als een zelfdoding geënsceneerd? Teniers wist dat zijn zoon geld nodig had om zijn zaak te redden, maar bij een zelfmoord zou de verzekering niet over de brug komen. De conclusie is dezelfde als bij Decroo en Olieslaghers: het effect van de moord is tegengesteld aan de bedoeling ervan.'

'Maar Esther Heymans en Mark Teniers zijn van plan om uit elkaar te gaan. Naar dat geld kon hij sowieso fluiten.'

'Esther ziet dat huwelijk niet meer zitten,' wierp Berg op. 'Maar misschien denkt haar echtgenoot daar anders over en het is nog maar de vraag of hij zijn vader over de problemen in zijn huwelijk heeft verteld.'

'Op die manier,' knikte Zeebos. 'Hoewel... je ziet iets over het hoofd: ons vermoeden dat de dader de zelfmoord met opzet zo heeft geënsceneerd dat wij zouden doorhebben dat het niet om een zelfdoding gaat, zodat de verzekering toch uitbetaalt.'

'Is dat geen paradox op zich? Wenderickx had gelijk: waarom zoveel moeite doen met die enscenering als je er toch op rekent dat ze niet werkt?'

'Als je het zo bekijkt, valt het motief van Mieke Vanderwegen ook weg,' zei Zeebos. 'Je kan op haar dezelfde redenering toepassen als op Boudewijn Teniers.'

'Inderdaad.'

'En wat met Mark Teniers? Stel dat het klopt dat hij een verhouding heeft met Mieke Vanderwegen?'

'Nogmaals, als geld het motief is, waarom dan die zogenaamde zelfmoord? Waarom het risico lopen dat wij níet zouden doorhebben dat alles in scène is gezet? Als dat gebeurde, mislukte het hele opzet en blijft er van hun motief niets meer over.'

'Misschien hadden die twee een andere reden om Heymans te vermoorden. Door zijn dood wordt Mieke Vanderwegen een vrije vrouw.'

'Is dat een motief om iemand om het leven te brengen?' vroeg Berg. 'Scheiden kan je tegenwoordig in enkele maanden tijd, daar hoef je niet zo'n risico voor te lopen.'

Zeebos draaide nadenkend de voet van zijn glas in het rond.

'En als Boudewijn Teniers toch de dader is? Misschien heeft hij Heymans uit de weg geruimd om de verkoop van het chansonnier te laten doorgaan. Of om zijn reputatie te redden, want als Heymans bleef volhouden dat zijn collega van plan was om een klein fortuin uit te geven aan een vervalsing, kon een tegenexpertise aantonen dat hij gelijk had en stond Teniers met zijn broek op zijn enkels.'

'Dat leek ons allemaal een valabel motief,' zei Berg. 'Tot Decroo me heeft doen inzien dat ook daar een tegenspraak inzit. Als Heymans werd vermoord vanwege het manuscript, dan werd Boudewijn Teniers niet alleen een van de belangrijkste verdachten, maar zou het eveneens kunnen dat de politie een tegenexpertise liet uitvoeren omdat het vermoeden bestond dat er met het rapport of met het manuscript was geknoeid. Waarom zou Teniers dat risico lopen? Wat won hij daarbij? Het chansonnier was al door een gerenommeerde expert voor echt verklaard en volgens Decroo zou het bestuur van de Alamire Foundation sowieso met de verkoop instemmen. Iets soortgelijks heeft Teniers trouwens gezegd toen Wenderickx en ik hem de eerste keer hebben gesproken, maar toen dacht ik dat hij zomaar wat zei om zichzelf minder verdacht te maken, tot nu blijkt dat hij waarschijnlijk gelijk heeft. Dus blijft de vraag: welke reden had Teniers om Heymans te vermoorden? Geen enkele toch.'

Berg zweeg. Hij wachtte op wat Zeebos zou zeggen. Sterker nog, hij hóópte dat Zeebos zijn redenering met tegenargumenten zou onderuithalen, maar dat gebeurde niet. Het enige wat er van de overkant van de tafel kwam, was een vloek. Drie keer na elkaar.

'Verdomme. Verdomme. Verdomme.'

'Dat dacht ik daarstraks ook.'

'En dat heb je allemaal afgeleid uit wat Decroo zei?'

'Ja en nee. Er was nog iets wat me...'

'Een momentje. Ik ben het beu.'

Zeebos schoof zijn stoel achteruit. Hij liep naar de kelner, tikte hem op de schouder en zei iets wat vermoedelijk te maken had met het feit dat man zich al de hele tijd opzettelijk blind hield.

'Zo, de prosecco komt dadelijk,' zei hij toen hij opnieuw ging zitten. 'Maar ik heb je onderbroken. Ga door.'

'Wat Decroo zei, deed me aan iets denken wat ik een paar dagen geleden toevallig in de schouwburg heb gehoord tijdens de repetitie van *Koning Oidipous*. Je kent het verhaal toch?'

'In grote lijnen.'

'Het gaat om het volgende. Oidipous had op weg naar Thebe koning Laios en drie van diens dienaren gedood.'

'Laios was toch zijn vader?'

'Ja, maar dat wist hij op dat ogenblik nog niet. Om zijn laffe vlucht te rechtvaardigen had de enig overgebleven dienaar in Thebe gezegd dat de koning gedood was door een bende rovers. Toen achteraf de verdenking van de moord op Oidipous viel, verdedigde die zich met het argument dat hij de dader niet kón zijn, aangezien hij alleen had gehandeld en één niet gelijk kan zijn aan veel.'

'Tot zover ben ik mee.'

'Oidipous' redenering klopte en toch ook niet omdat in zijn geval één wel degelijk gelijk was aan veel.'

Zeebos trok een vragend gezicht.

'Nu kan ik niet meer volgen.'

'Oidipous was zonder het te beseffen met zijn eigen moeder getrouwd, waardoor hij tegelijkertijd haar zoon was en haar echtgenoot. Ten tweede had hij enkele kinderen met Jokaste van wie hij zowel de vader was als de broer. Ten derde was het zijn opdracht om de moordenaar van koning Laios voor het gerecht te dagen, terwijl hij eigenlijk zelf de moordenaar was. En zo zijn er nog verschillende voorbeelden die illustreren dat in zijn geval één wel gelijk is aan veel.'

'Dat snap ik, maar wat heeft dat met deze zaak te maken? Ik zou eerder denken dat het verhaal van Oidipous ons gelijk geeft en dat er best een paradox kan zitten in een redenering. Als, zoals hier het geval lijkt te zijn, een motief een tegenspraak bevat, wil dat nog niet zeggen dat het geen valabel motief is.'

'Je moet alleen je vinger op die paradox weten te leggen en dat lukt ons niet.'

'Nog niet. Het niet de eerste keer dat we...'

'Bovendien is er nog iets wat me zorgen baart. Iets veel ergers als je erover nadenkt.'

'Wat?'

'Je kan Oidipous' redenering ook omdraaien. Stel dat in ons onderzoek het omgekeerde geldt en dat veel gelijk is aan één.'

Zeebos steunde met zijn ellebogen op het tafelblad en hield zijn vingertoppen tegen elkaar, een pose die concentratie verraadde. Ten slotte zei hij:

'Ik kan opnieuw niet mee.'

'Onze hele redenering is toch gebaseerd op het principe dat er twee daders zijn. Juist?'

'Juist.'

'En als dat niet klopt?'

'Komaan, Thomas. Het is onmogelijk dat iemand in zijn eentje het bewusteloze lichaam van Heymans zo ver heeft verplaatst, daar is iedereen in het team het over eens. De daders moeten met minstens twee geweest zijn.'

'Dat lijkt de logica zelve. En als we ons vergissen?'

'Dat doen we niet.'

Op dat ogenblik zette de kelner hun bestelling op tafel. Zeebos bedankte de man met een knikje.

'Maar wat als er in onze redenering ook een paradox zit?' zei Berg. 'Dat twee wel gelijk is aan één? Dan hebben we de hele tijd in de verkeerde richting gezocht, wat tegelijkertijd zou verklaren waarom geen enkele van alle mogelijke tandems lijkt te kloppen. Deze moord is misschien niet gepleegd door twee daders, maar door één enkele die erin geslaagd is iets te doen wat in de praktijk alleen door twee daders gedaan kan worden.'

'Onmogelijk.'

'Zo dacht Oidipous ook. Omdat hij niet besefte dat zijn zelfverdediging een paradox bevatte. Net zoals wij ons nu pas realiseren dat er een tegenspraak zit in het motief van iedere verdachte. Welke conclusie moet je op den duur dan trekken? Dat ons uitgangspunt ook fout is en we maar met één dader te maken hebben.'

Zeebos' hand viel halverwege het glas prosecco stil. Hij staarde Berg perplex aan. Toen deed hij hetzelfde als daarstraks. Hij vloekte. Opnieuw drie keer.

Deel 4

Vita mutatur non tollitur

1

Met op de achtergrond het gepruttel van het espresso-apparaat deed Berg op het terras van zijn flat een paar relaxatieoefeningen voor zijn rug. De lucht, zag hij, was voor het eerst in weken niet langer blauw, maar egaal grijs. Hij had net naar het weerbericht op de radio geluisterd. Vandaag werd het niet meer dan eenentwintig graden en tegen de avond zou het zelfs gaan regenen. De weersverandering was te wijten aan een uitgebreid lagedrukgebied dat zich in de loop van de nacht boven West-Europa had genesteld.

Zonder zijn bekken te bewegen en met zijn handen in zijn heupen boog Berg een aantal keer naar links, daarna naar rechts en hield het toen voor bekeken. Niets zo saai als lichaamsoefeningen. Er ontsnapte hem een geeuw. Van die kentering in de luchtdruk had hij de vorige avond niets gemerkt. Toen hij van het etentje met Zeebos thuiskwam, was het nog altijd drukkend warm geweest, maar dat mocht niet langer een probleem zijn, hield hij zich voor, hij had de remedie bij de hand in de vorm van een anderhalve meter hoge ventilator. Het toestel zat voorlopig nog als een soort embryo in zijn kartonnen baarmoeder, maar het zou met zijn hulp snel en probleemloos het levenslicht zien.

In zijn flat zette hij de doos op de keukentafel en sneed het koord door. Daarna haalde hij de verschillende onderdelen van de ventilator uit hun plastic verpakking, bestudeerde de gebruiksaanwijzing en zette zich vol goede moed aan het werk. Na een halfuur – het kon zelfs langer zijn – had zijn geknutsel nog altijd niet geleid tot iets wat op een ventilator leek. Hoe hij ook wrikte of wrong, bepaalde stukken pasten niet in elkaar.

Intussen liep het zweet tappelings over zijn rug en was hij zijn gehannes beu. Met een vloek van frustratie overschouwde hij de wirwar van onderdelen op de keukentafel. 'Het wijst zichzelf uit,' had de verkoper gezegd. Ofwel had de man schromelijk overdreven, ofwel hadden zijn motorische vaardigheden te veel te lijden gehad onder de alcohol, ofwel was hij nog onhandiger dan hij dacht. Waarschijnlijk lag dat laatste nog het dichtst bij de waarheid. Op technisch vlak had hij nu eenmaal twee linkerhanden, daarom knapte Wilfried vroeger zulke klusjes voor hem op of anders hielp Zeebos hem uit de nood. Maar zijn huisbaas was er niet meer en Zeebos lag waarschijnlijk al in bed, die kon hij op dit late uur onmogelijk nog te hulp roepen.

De gevolgen van zijn onvermogen lieten zich raden. Zelfs de laatste nacht van de hittegolf zou één lange kwelling worden. Daarstraks, toen hij de winkel met elektrische apparaten uitliep, was hij ervan overtuigd dat zijn aankoop een eind zou maken aan de ellende van de afgelopen weken, maar zoals het er nu uitzag, zou hij de beker tot op de laatste druppel moeten leegdrinken.

Mismoedig liep hij de keuken uit, ging in het donker aan de terrastafel zitten en riep het gesprek in het restaurant opnieuw in zijn geheugen op. Het had niet het gewenste resultaat gehad. Hij had gehoopt dat Zeebos zijn stelling zou ontkrachten of tenminste met een oplossing voor de dag zou komen om een uitweg te vinden uit de doodlopende straat waarin ze waren terechtgekomen, maar dat was niet gebeurd. Vanuit welke invalshoek ze de zaak ook bekeken, het draaide iedere keer weer op hetzelfde uit: elk motief dat ze konden bedenken, hief zichzelf op omdat de bedoeling ervan en het te verwachten resultaat met elkaar in tegenspraak waren. Door die paradox leek het alsof geen van de verdachten er belang bij had gehad om Marcel Heymans te vermoorden.

Op het eind van het etentje had Zeebos een ultieme poging gedaan om de avond te redden. Een paradox, had hij gezegd, was per slot van rekening niet meer dan een schijnbare tegenstrijdigheid. Een stelling dus die alleen op het eerste gezicht ongerijmd was, maar die bij nader onderzoek toch waar bleek te zijn. Zodra dat duidelijk werd, hield een paradox op een paradox te zijn. Het kwam er dus op aan om door de schijn heen te kijken en de achterliggende waarheid te ontdekken.

Berg had hem volmondig gelijk gegeven, maar daarmee was het probleem niet van de baan. Hoe ze het ook draaiden of keerden, ze slaagden er niet in om de tegenspraak in zelfs maar één enkel motief op te lossen en uiteindelijk, na nog een koffie en een digestief, hadden ze afscheid genomen en waren onverrichter zake naar huis gegaan. Zeebos naar zijn woning in de Schapenstraat, Berg naar zijn bloedhete flat een paar honderd meter verder waar de geflopte avond bekroond werd met een allerlaatste mislukking: een op een fiasco uitgelopen montage van de ventilator.

Berg geeuwde opnieuw. De nacht was zoals verwacht een beproeving geworden en het had uren geduurd voor hij in slaap was gevallen, zodat zijn rug geen rust had gekregen en nog altijd zeurde ter hoogte van zijn lenden.

Hij liep de flat in om zich een kop koffie in te schenken. De nutteloze ventilatoronderdelen op de keukentafel trokken zijn aandacht. Om de een of andere bizarre reden deden ze hem denken aan zijn onvermogen om de verschillende puzzelstukken van de moordzaak in elkaar te passen.

Hij bleef staan, verbaasd over de vreemde gedachtekronkel.

Het volgende ogenblik schakelden zijn hersenen nog een versnelling hoger en trokken de vergelijking door met het verhaal over Oidipous. Die was er – net zoals hij – ook niet in geslaagd om de moord op koning Laios op te lossen waardoor de verwoestende ziekte Thebe bleef teisteren.

De tweede associatie verwarde hem nog meer. Waar kwam die in godsnaam vandaan? Omdat het uitgerekend Sophocles' toneelstuk was geweest dat bij hem de vrees had opgeroepen dat er ook een tegenspraak school in hun redenering? Oidipous had verkeerdelijk aangenomen dat er meerdere daders waren, precies zoals zij altijd hadden gedaan, wellicht ook ten onrechte.

Aan de andere kant... was die angst wel gegrond? Misschien vergiste hij zich. Misschien maakte hij de zaak nodeloos ingewikkeld. Zeebos had gelijk: één enkele dader kon het bewusteloze lichaam van Heymans onmogelijk zo ver dragen. Waar kwam zijn twijfel dan vandaan? Het was verdomme Lateur geweest die over de paradoxen in *Koning Oidipous* was begonnen en hem op die manier aan het piekeren had gezet. Of moest hij de man net dankbaar zijn? Zonder het gesprek op diens terras was hij waarschijnlijk nooit op het idee gekomen dat ze tot nu toe een verkeerd spoor hadden gevolgd.

Bergs onrust ging in de loop van de volgende uren almaar crescendo. Hij probeerde zijn gedachten af te leiden met het benevelen van de orchideeën, maar veel hielp dat niet. Het bange vermoeden dat hij en zijn team een hele week hadden verspild, voelde aan als een barst die dwars door hem heen liep en omstreeks twaalf uur hield hij het niet langer in zijn woning uit. Hij moest naar buiten. Weg uit de flat waar de hitte van de afgelopen weken nog tussen de muren hing en als een loden gewicht op zijn humeur drukte. Misschien kon hij een wandeling maken. Buiten was het intussen aangenamer dan binnen en de regen werd pas tegen de avond verwacht. Gewoonlijk, als hij op kantoor was en zijn gedachten wilde verzetten, maakte hij een ommetje op het kerkhof tegenover het politiebureau, maar de begraafplaats lag aan de andere kant van de stad en zo ver wilde hij nu ook weer niet lopen met een rug die nog altijd labiel aanvoelde.

Er viel hem een ander idee te binnen. Als hij nu eens een bezoek bracht aan de Parkabdij? Tenslotte was hij sinds de moord nog maar één keer bij de Mariapoort geweest en had hij nooit de tijd genomen om de omgeving grondig in zich op te nemen of om zelf de afstand af te leggen tot aan de plaats waar het lichaam van Marcel Heymans was gevonden. Misschien bracht de confrontatie met de route die de dader... of de daders... vermoedelijk hadden genomen hem op een idee om het onderzoek een andere richting uit te sturen.

Het probleem was dat het bijna een uur kostte om naar de abdij te wandelen. Op die manier kwam hij wel aan zijn tienduizend stappen voor vandaag, maar aan de andere kant vond hij zo ver heen en weer lopen van het goede te veel. De bus nemen was een optie, maar met het openbaar vervoer had hij geen al te beste ervaringen, zeker niet tijdens het weekend, omdat hij het geduld niet kon opbrengen om de wijzigingen in de dienstregeling te bestuderen, zodat het al een paar keer was gebeurd dat hij bij een halte had staan wachten op een bus die maar niet opdaagde. Hij dacht na. Eigenlijk lag de oplossing voor de hand. Hij nam zijn mobiel, belde de centrale en vroeg de dienstdoende agent om een combi naar zijn flat te sturen.

Nog geen drie kwartier later stond hij voor de Mariapoort. Het grijs van de lucht had zich verdiept tot donkergrauw, maar voorlopig bleef het droog. De voordeur van het Huis van de Polyfonie was op slot en ook bij De Molen was niet veel beweging te bespeuren. Hij schatte de afstand tot aan de brasserie. Driehonderd meter was wellicht iets te veel, het leek hem eerder tweehonderdvijftig.

Met opzet bleef hij op dezelfde plaats staan tot hij iemand het café uit zag komen. Het was een man, groot, stevig gebouwd, van middelbare leeftijd, gekleed in een jeans en een lichtblauw hemd met witte strepen. Dat alles kon hij moeiteloos zien, maar het gezicht van de man kon hij enkel grofweg beschrijven. In zoverre hadden Jozef en Rita Leyers gelijk toen ze zeiden dat de afstand te groot was om details te onderscheiden.

Hij probeerde iets anders. Eerst stelde hij zich Wenderickx voor bij de deur van de brasserie, daarna Coens. Van één ding was hij zeker: afgaande op de grootte van zijn collega in kwestie, diens lichaamsbouw, de vorm van zijn gezicht of de kleur van zijn haar zou hij de twee mannen niet met elkaar verwarren. Ook wat dat betrof hadden de getuigen de waarheid gesproken. Als ze Mark Teniers niet op de foto hadden herkend, hadden ze vermoedelijk iemand anders gezien in het gezelschap van Boudewijn Teniers.

Berg draaide zich om. Via de passage liep hij naar het parkeerterrein dat zich aan de overkant van de Molenbeek bevond en door het poortgebouw en de begroeiing op de oevers aan het zicht werd onttrokken. Veel auto's stonden er niet, daar was waarschijnlijk de dreigende lucht voor verantwoordelijk.

Het wandelpad naar de vijvers was alleen bereikbaar via een bruggetje over de Molenbeek. Het was nauwelijks een meter breed, zodat auto's via deze weg het parkeerterrein niet konden verlaten. Aan de overkant begon hij zijn stappen te tellen, niet uit gezondheidsoverwegingen, maar omdat hij zo juist mogelijk wilde weten hoe groot de afstand was tot aan de plaats waar het slachtoffer was gevonden.

Onderweg kwam hij maar enkele mensen tegen. Het zand

op het pad was kurkdroog, zodat hij duidelijk de afdrukken kon zien van de schoenen van de wandelaars en van de banden van de fietsen. Hove had geopperd dat de dader een kruiwagen had gebruikt om het bewusteloze lichaam te vervoeren, maar Zeebos had gelijk: op deze ondergrond hadden ze de vorm van zulke banden zonder twijfel herkend.

Toen hij op de plaats delict aankwam, had hij vierhonderdtweeënnegentig stappen gedaan, wat ongeveer overeenkwam met vierhonderddertig à vierhonderdveertig meter. In de verte zag hij het terras van brasserie De Molen. De parasols waren dicht, veel gasten zaten er niet. Hij liep een eindje terug, naar de plaats waar een smalle, geasfalteerde weg het wandelpad verbond met een hoger gelegen woonwijk. Aan het houten hek dat toegang gaf tot de straat met huizen hing zoals afgelopen zondag een hangslot. Ook via deze weg kon de moordenaar niet met de auto tot bij de vijvers zijn geraakt.

In gedachten verzonken wandelde hij terug naar het parkeerterrein. Bij de bocht van de vijver zag hij in de verte een fietser zijn richting uitkomen. Verrast bleef hij staan. Het was geen gewone fiets, maar een bakfiets. Hij wachtte tot het voertuig hem passeerde. Het werd bestuurd door een man van in de zestig die hem in het voorbijrijden met een knikje begroette. In de houten bak vooraan zaten een blond jongetje en een meisje met donker haar, waarschijnlijk zijn kleinkinderen.

Berg keek het drietal na tot ze in de beukenlaan uit het zicht waren verdwenen, hurkte toen neer en bestudeerde de afdrukken die de banden van het rijtuig in het zand hadden achtergelaten. Ze waren in niets te onderscheiden van de banden van een gewone fiets. De vaststelling bracht hem op een idee. Was de dader er op die manier in geslaagd om zijn slachtoffer te vervoeren? Met een bakfiets? Dat was een mogelijkheid waar niemand van hen aan had gedacht.

Hij richtte zich op, iets te snel, zodat zijn rug protesteerde. Met beide handen masseerde hij zijn lenden, tot hem plots iets anders te binnen schoot. Coens had gezegd dat de zus van Mark Teniers getrouwd was en twee kinderen had. Hij probeerde zich te herinneren hoe de vrouw heette, maar dat lukte niet. Hoe dan ook, de naam had nu geen belang. Wat telde, was dat Boudewijn Teniers grootvader was. Kon het dat hij een bakfiets had en op dezelfde manier fietstochtjes maakte met zijn kleinkinderen? Tegenwoordig zag je die dingen overal in het straatbeeld verschijnen en de bak vooraan was groot genoeg om het lichaam van een volwassene in te vervoeren als je tenminste diens benen boog of ze overboord liet hangen.

Teniers had gezegd dat zijn fiets gestolen was toen hij met Jozef en Rita Leyers in brasserie De Molen zat. Had de moordenaar het rijwiel meegenomen en op die manier kans gezien om zijn slachtoffer in zijn eentje naar de plaats delict te brengen?

Berg voelde hoe een golf van opwinding door hem heen ging nu er zich plots een nieuw denkspoor had gevormd. Hij haalde zijn mobiel uit zijn zak, maar het telefoonnummer van Boudewijn Teniers stond niet in het geheugen. Hij bedwong de neiging een van zijn collega's te bellen. Ze hadden een vrij weekend, hij moest hen nu niet lastigvallen. In plaats daarvan telefoneerde hij naar de centrale, liet de dienstdoende agent het mobiele nummer van de professor opzoeken en belde.

Er werd niet opgenomen. Toen de voicemail aansloeg en Berg wilde vragen om zo snel mogelijk terug te bellen, overviel hem een andere gedachte. Stel dat Teniers toch de moordenaar was en dat zijn fiets niet was gestolen. Misschien had hij de diefstal alleen maar verzonnen om de verdenking van zichzelf af te wentelen. Als zijn fiets níet was verdwenen, had hij immers voldoende tijd gehad om na zijn bezoek aan het café en het vermoorden van Heymans terug thuis te zijn om kwart over elf. Te voet deed hij over die afstand vijftien minuten, met de fiets had hij er geen vijf nodig.

Als je daarbij het kwartier optelde dat hij volgens Jozef en Rita Leyers vroeger afscheid had genomen, dan had hij over meer dan zeventig minuten beschikt om zijn plan ten uitvoer te brengen. En zijn fiets had hij ergens in de buurt van zijn woning kunnen achterlaten, niet op slot, zodat het rijwiel binnen de kortste keren gestolen zou worden, want op dat vlak had hij gelijk. Fietsendiefstal was een ware plaag in Leuven. Bovendien kon hij zo ook tegen zijn vrouw liegen, want als hij naar zijn fiets had gezocht en daarna te voet naar huis was gegaan, was het begrijpelijk waarom hij zo laat was.

Berg overwoog de mogelijkheden van wat hij net had bedacht. Indien het zo was gebeurd, was het beter om Teniers voorlopig niet te confronteren met de vraag of hij al dan niet een bakfiets had. Daar kwam hij ook wel op een andere manier achter, zonder de man te alarmeren.

In elk geval was het een goed idee geweest om vandaag naar hier te komen. Het was nog altijd niet zeker of de moordenaar een bakfiets had gebruikt, maar voor het eerst had hij een mogelijk antwoord op de vraag hoe het bewusteloze lichaam van Marcel Heymans over bijna een halve kilometer afstand was getransporteerd. Sterker nog, dit denkspoor schiep eveneens ruimte voor de theorie dat de moord door één persoon was gepleegd en dat was alvast een groot probleem minder, want op die manier werd de paradox opgeheven die er in hun uitgangspunt leek te zitten. De overtuiging dat er twee daders moesten zijn, stond niet meer in contrast met de vaststelling dat geen enkele tandem klopte omdat het gebruik van een bakfiets de noodzaak van een tweede dader ophief.

Berg wandelde terug naar de Mariapoort. Hij wilde de centrale bellen om een combi te sturen, maar bedacht zich. In zijn woning zou hij toch maar tegen de muren zitten aankijken, hij kon net zo goed nog wat langer blijven en iets gaan drinken in De Molen. De omgeving van de plaats delict had hem al op één nieuw idee gebracht, misschien viel hem nog iets anders te binnen, liefst iets wat verband hield met het motief van de dader, want dat bleef nog altijd een raadsel.

Bij de Johannespoort bedacht hij zich opnieuw. Het geroezemoes in het café zou hem te veel afleiden, hij kon beter zijn wandeling voortzetten, naar het kerkhof naast de abdijkerk bijvoorbeeld. Het was lang geleden dat hij daar nog was geweest en hij wist uit ondervinding dat begraafplaatsen een positieve invloed hadden op zijn denken.

Hij stak het neerhof over. Wat verder domineerde de Norbertuspoort de linkerkant van de binnenplaats. Het gebouw was indrukwekkend groot en getuigde van de macht en de rijkdom die de abdij ooit had gehad. Vergane glorie, schoot het door hem heen, ook al was het monument intussen gerestaureerd. Aan de rest van het domein was nog jarenlang werk om het in zijn vroegere luister te herstellen.

De begraafplaats naast de abdijkerk was kleiner dan die van Leuven, maar had haar oorspronkelijke uitzicht beter bewaard omdat er veel minder oude zerken waren geruimd. Op het kerkhof tegenover het politiebureau werden graven uit de negentiende of het begin van de twintigste eeuw stelselmatig verwijderd zodra er geen familieleden meer waren om de concessie te betalen. Het gevolg was een kaalslag, een betreurenswaardig verlies aan funerair erfgoed waar hij zich al jarenlang aan ergerde, maar waar het stadsbestuur zich niet aan leek te storen. Intussen waren bepaalde graven bij wet beschermd, maar de maatregel kwam te laat, het kwaad was al geschied. Het was onbegrijpelijk dat een stad als Leuven, die in twee wereldoorlogen zoveel te lijden had gehad, op zo'n achteloze manier met haar patrimonium omsprong.

Terwijl hij tussen de imposante grafmonumenten zijn weg vervolgde, concentreerde hij zijn gedachten opnieuw op de moordzaak. Als Boudewijn Teniers opzettelijk had verzwegen dat hij met een bakfiets reed en als het voertuig niet was gestolen zoals hij had beweerd, dan was dat de reden waarom hun onderzoek tot nu toe de verkeerde richting was uitgegaan. Het was immers Teniers' getuigenis dat hij alleen had staan roken bij de Mariapoort die voor een groot deel de paradox had gecreëerd: hoe kon één dader doen waar er ogenschijnlijk twee voor nodig waren? Dat betekende dus dat hun hele theorie gebaseerd was op de leugen van één persoon en opnieuw viel Berg de overeenkomst op met het verhaal van Sophocles. Ook Oidipous' onderzoek naar de moord op Laios had tot niets geleid omdat hij vanaf het begin op het verkeerde spoor was gezet door de leugen van de overgebleven dienaar. Niet een bende rovers had de koning vermoord, maar slechts één man.

Berg herinnerde zich zijn eerste gesprek met Esther op het terras van café Den Engel. Toen hij haar had verteld over het kleine rolletje dat hij ooit had gespeeld in de schoolopvoering van het toneelstuk, had ze gezegd dat de scène veel belangrijker was dan hij liet uitschijnen. Het was de peripetie in het verhaal. Lateur had haar uitgelegd dat elke Griekse tragedie een plotse ommekeer bevatte, ongeveer zoals een volta de inhoud van een sonnet deed omslaan. In Sophocles' stuk ging het om het ogenblik waarop Oidipous begreep dat zijn redenering gestoeld was op een leugen en hijzelf de moordenaar was van koning Laios.

Berg vroeg zich af of zijn confrontatie met de man die een fietstochtje maakte met zijn kleinkinderen ook de peripetie in het onderzoek zou worden omdat ze hem op het idee had gebracht van de bakfiets. Voorlopig was het onduidelijk of zijn vermoeden klopte, daarvoor moest eerst worden nagegaan of Boudewijn Teniers een valse verklaring had afgelegd, maar als dat het geval bleek te zijn, zou de gebeurtenis op de wandelweg inderdaad een complete ommekeer in hun naspeuringen tot gevolg kunnen hebben en misschien zelfs tot een doorbraak leiden.

Intussen had zijn wandeling hem tot bij een bakstenen muur gebracht die het oudste deel van het kerkhof scheidde van een ander perceel waarop zich enkel recente graven bevonden. Hij keek omhoog. De lucht was nog altijd staalgrijs, maar in het westen zag de hemel er inktzwart uit. De voorspelde regen kwam er dus langzaam maar zeker aan. Hij draaide zich om. Op de klok van de abdijkerk was het bijna drie uur. Tijd genoeg. De winkels sloten pas om zes, eerder hoefde hij niet terug te zijn.

Hij liep het achterste stuk van het kerkhof op. Zijn oog werd plots getrokken door een aparte zerk. Hij was zoals de rest van de grafstenen op dit perceel niet hoger dan een meter, maar tegen het rechtopstaande deel ervan was een ronde plaat bevestigd. Het metaal was groen uitgeslagen en er stond een Latijnse spreuk op waarvan de woorden een cirkel vormden: VITA MUTATUR NON TOLLITUR. Het duurde even voor hij zich de betekenis van het laatste woord herinnerde, toen kon hij de zin vertalen: HET LEVEN WORDT VERANDERD NIET WEGGENOMEN.

Het opschrift trof hem, niet alleen vanwege de belofte die erin vervat zat dat de dood dit bestaan niet definitief beëindigde, ook omdat het hem opnieuw deed denken aan het toneelstuk van Sophocles waarmee hij de afgelopen dagen om de haverklap werd geconfronteerd. Toen Laios besliste om zijn zoontje in het gebergte achter te laten als prooi voor de wilde dieren, werd het van een wisse dood gered doordat de dienaar het bevel van de koning niet uitvoerde en de baby aan een herder meegaf die in de buurt zijn schapen hoedde. Oidipous had eigenlijk moeten sterven, maar in plaats daarvan veranderde zijn leven: hij was niet langer de troonopvolger van Thebe, hij werd de kroonprins van Korinthe.

En hetzelfde gebeurde nog een keer: nadat Oidipous tot de ontdekking was gekomen dat hij zijn vader had vermoord en met zijn moeder was getrouwd, pleegde hij geen zelfmoord zoals Jokaste, maar stak zijn ogen uit. Ook op dat ogenblik had er een eind aan zijn leven moeten komen, maar weer bleef de dood achterwege en trad er een verandering op: van koning werd hij bedelaar.

Terwijl Berg nog altijd voor het graf met het Latijnse opschrift stond, vroeg hij zich af waarom hij de laatste tijd zo vaak een associatie legde met de tragedie van Sophocles. Gebeurde dat toevallig? Onlangs nog had hij tegen Tine Debraekeleer gezegd dat hij niet in toeval geloofde. Ze had verbaasd gereageerd en uitleg had hij niet gegeven, maar in zijn carrière had hij vaak genoeg vastgesteld dat bepaalde gebeurtenissen die op het eerste gezicht het gevolg leken van een toevallige samenloop van omstandigheden, wel degelijk met elkaar samenhingen, niet via een causale connectie, maar op een andere manier die niet altijd logisch verklaarbaar was. In dat verband had Shakespeare de beroemde uitspraak in de mond van Hamlet gelegd: 'Er is meer tussen hemel en aarde dan wij vermoeden, Horatio.' En was het niet Einstein die had gezegd dat mensen het woord *toeval* gemakshalve gebruikten wanneer ze iets niet begrepen of wanneer de samenhang van sommige gebeurtenissen hen ontging?

Maar wat, dacht Berg, begreep hij dan niet? Waarom dook de figuur van Oidipous zo vaak in zijn hoofd op? Het toneelstuk maakte wel deel uit van het onderzoek, maar niet rechtstreeks. Het was enkel een paar keer ter sprake gekomen, bijvoorbeeld toen hij met Esther iets op de Grote Markt zat te drinken of later, op het terras van Herman Lateur. Bovendien had hij gemerkt dat hij zijn exemplaar van de tragedie was kwijtgeraakt en had hij in de schouwburg een deel van de repetities bijgewoond. Maar verklaarde dat waarom het verhaal te pas en te onpas zijn gedachten binnensloop? Hij kende zichzelf. Zijn brein zat nu eenmaal zo in elkaar dat hij tijdens een moordonderzoek voortdurend associaties legde met wat zijn collega's meestal afdeden als randverschijnselen, fait divers, onbelangrijke gebeurtenissen of terloopse opmerkingen van getuigen. Dat deed hij zo vaak dat Zeebos hem geregeld verweet dat hij naar verbanden zocht die er niet waren.

Bezondigde hij zich daar nu weer aan? Of was er iets anders aan de hand? Misschien was de druk om de moord op te lossen intussen zo groot geworden dat hij onbewust zijn gedachten wijdlopige omzwervingen liet maken om zijn hersenen op die manier even te ontlasten. Tenzij, dat kon ook, er een andere beweegreden in het spel was, eentje die verband hield met Esther. Vergeleek hij het toneelstuk waarin ze een hoofdrol vertolkte zo vaak met het lopende moordonderzoek omdat hij zichzelf niet toeliet dat hij aan haar dacht, maar het op deze manier toch kon doen? Nee, dat was onzin. Dat zou puur zelfbedrog zijn.

Hij maakte zijn blik los van het graf en liep naar de uitgang van het kerkhof. Wat er ook van zij, er moest een reden zijn waarom het verhaal van Oidipous bij de geringste aanleiding om de hoek van zijn gedachten kwam kijken. Hij was absoluut niet bijgelovig, maar hij was er wel van overtuigd dat het waar was wat Shakespeare Hamlet had laten zeggen. Er bestonden in dit leven nu eenmaal dingen die door de logica of de wetenschap niet konden worden verklaard, maar die te maken hadden met aanvoelen, intuïtie, onbestemde ingevingen, fantasie... hoe je het ook wilde noemen.

In de wereld van de kunst en de literatuur heette die voedingsbodem gemakshalve inspiratie omdat er geen andere verklaring te bedenken viel voor het creatieve proces. Waarom mocht zo'n wisselwerking tussen rede en gevoel, tussen het bewuste en het onderbewuste dan geen bestaansrecht hebben in het onderzoek naar een moord? Vroeger had hij eerder huiverig gestaan tegen zo'n opvatting, maar een mens leerde bij in de loop van zijn leven en bovendien had hij in het verleden een paar keer een zaak opgelost alleen door op zijn buikgevoel af te gaan, ook al had Zeebos hem in eerste instantie niet geloofd.

Misschien kwamen de vele associaties met het toneelstuk uit die hoek vandaan. Misschien liet zijn intuïtie hem op die manier aanvoelen dat iets hem ontging, iets waarop hij voorlopig zijn vinger niet kon leggen, maar dat er wel was. Tenslotte gold hetzelfde voor een paradox en daar leek deze moordzaak wel van vergeven te zijn. De tegenstrijdigheid in zo'n stelling bestond en toch ook weer niet.

Het was dus niet onmogelijk dat er wel degelijk een aanleiding was voor het feit dat er zo vaak een vergelijking kon worden getrokken tussen het toneelstuk van Sophocles enerzijds en het moordonderzoek anderzijds, ook al had hij op dit ogenblik nog geen flauw idee welke aanleiding dat was.

2

Op Bergs vraag zette de combi hem niet voor zijn woning af, maar op de hoek van de Wandelingstraat en de Dirk Boutslaan, pal tegenover het Wensbruggetje. Het terras van La Stanza was nog leeg, het restaurant ging pas om zes uur open.

Voor de bloemenwinkel stonden dubbel zoveel potten met planten als de voorbije avond toen de zaak gesloten was. Berg liep naar binnen. Er hing een heerlijke geur die als een delicaat parfum de hele ruimte vulde. Het deed hem denken aan Tine Debraekeleer. De volgende keer dat hij Hove zag, moest hij hem vragen of hij iets tegen haar had gezegd over het telefoongesprek waarin hij naar haar had geïnformeerd. De mogelijkheid dat ze dat te weten was gekomen, zat hem nog altijd dwars. 'Beter een goede buur dan een verre vriend,' had ze gezegd, maar op deze manier waren ze alvast verkeerd van start gegaan en als hij haar recente bezoek juist inschatte, had ze hem dat laten aanvoelen ook.

Een van de verkoopsters, een roodharig meisje met een paardenstaart, vroeg of ze hem kon helpen. Berg liep met haar naar de afdeling snijbloemen. Hij was van plan om Esther na de opvoering te verrassen met een boeket, niet alleen omdat een hoofdrolspeelster vaak bloemen kreeg op de avond van de première, ook omdat hij haar op die manier wilde laten aanvoelen dat hij haar niet gewoonweg beschouwde als een van de vele betrokkenen in een moordzaak. Zolang het onderzoek liep, was hij aan handen en voeten gebonden. Geen persoonlijk contact met getuigen of familieleden van het slachtoffer had hij zich dit keer voorgenomen. Het boeket was daarom bedoeld als een zachte hint, een blik vooruit, een suggestie van wat later mogelijk was als ze daarvoor openstond.

De verkoopster vroeg welke bloemen hij wilde. Berg had aan rozen gedacht, maar geen rode, dat lag er te dik op. Liever witte, roze of zachtgele, een kleur in elk geval die symbolisch niet zo zwaar beladen was. Ten slotte opteerde hij voor champagnekleurige rozen. Hij kocht er twee dozijn.

Terwijl de verkoopster de bloemen inpakte, koos Berg een kaartje uit het molentje op de toonbank. Wat schreef je in zo'n situatie? Er schoot hem niets gepasts te binnen. Het mocht in elk geval niet te persoonlijk zijn. Met het boeket dreigde hij al over de zichzelf gestelde grens te gaan en omdat hij wist dat die neiging hem geregeld parten speelde en hij zich beter kon intomen, nam hij zich voor om zo neutraal mogelijk te blijven. Hij draaide de balpen tussen duim en wijsvinger rond, tien keer, twintig keer, toen boog hij zich voorover en beperkte zich tot één woord: PROFICIAT! Het was niet wat hij in gedachten had, maar het was verstandiger zo.

Hij wandelde naar zijn flat, zette het boeket in een emmer met water en liep opnieuw de straat op om bij de bakker in de Brusselsestraat een paar broodjes te kopen. Om te koken had hij geen zin, maar hij moest *íets* eten. Met een lege maag naar de voorstelling gaan en daarna naar de afterparty was om moeilijkheden vragen.

Zodra hij terug was, belde hij Zeebos. Die had ook een vrij weekend, maar Berg wilde weten wat hij vond van de mogelijkheid dat de dader een bakfiets had gebruikt. Als hij daarmee tot maandag wachtte, zou hij in de tussentijd aan niets anders kunnen denken en zich constant afvragen of er tegen het idee technische of andere bezwaren bestonden die hij over het hoofd had gezien. Zeebos was zijn toetssteen, zijn ijkpunt en... belangrijker nog... hij was zowat de grootste scepticus die Berg kende. Dat was vaak knap vervelend, maar het voordeel van die instelling was dat als Zeebos eenmaal overtuigd was en meeging in een bepaalde theorie, de kans reëel was dat ze op het juiste spoor zaten.

Berg vertelde hem wat hij tijdens zijn wandeling op het domein van de Parkabdij had bedacht.

'Een bakfiets?' klonk het na enige aarzeling.

'Kan toch.' Berg hield zijn adem in.

'Natuurlijk kan dat, verdomme! Ik vraag me af waarom niemand van ons daaraan heeft gedacht.'

'Zo verwonderlijk is dat nu ook weer niet,' zei Berg opgelucht. 'Of heb jij het ooit meegemaakt dat een moordenaar zich van zo'n rijtuig bedient?'

'Nee, natuurlijk niet.'

'Maar het zou wel een antwoord bieden op de vraag hoe één man het bewusteloze lichaam van Heymans naar de vijver heeft kunnen brengen.'

'Op die manier krijg je nog gelijk en hebben we de hele tijd in de verkeerde richting gezocht,' zei Zeebos. 'Het gaat niet om twee daders, maar om één.'

'Zeker is dat nog niet.'

'Wat doen we nu?'

'Om te beginnen moeten we te weten komen of Boudewijn Teniers met een bakfiets rijdt. Ik vraag het hem liever niet op de man af. Als hij de dader is, liegt hij toch en zou het kunnen dat hij zijn vrouw en andere familieleden heeft gewaarschuwd om ook te...'

'Je maakt het moeilijker dan het is, Thomas. We doen gewoon navraag bij de buren. Die zullen wel weten welke soort fiets hij heeft.'

'Je hebt gelijk. Ik zet er maandagochtend Wenderickx op.'

‘Maar stel dat Teniers inderdaad met een bakfiets naar de afspraak is gereden, daarmee is nog niet bewezen dat hij tegen jou heeft gelogen. De mogelijkheid bestaat nog altijd dat zijn rijwiel is gestolen toen hij iets in De Molen zat te drinken.’

‘Dat weet ik. Maar vergeet niet dat hij al over iets anders... ik zal niet zeggen: gelogen... maar in elk geval slechts een halve waarheid heeft verteld. Toen hij zei dat hij voor het Huis van de Polyfonie een sigaret stond te roken, heeft hij niet vermeld dat er iemand bij hem was. Waarom niet?’

‘Omdat het gewoon een bekende was, zoals Coens zei? Of een toevallige passant?’

‘Geloof ik niet.’

‘Wat we al dan niet geloven, zet geen zoden aan de dijk, Thomas. Bewijzen hebben we nodig. Tenslotte weten we nog altijd niet welk motief Teniers had. Ik heb de voorbije nacht nauwelijks een oog dichtgedaan na wat je me tijdens ons etentje hebt verteld.’

‘Je bent niet de enige.’

‘Hoezo? Heb je weer niet geslapen? Dat kan toch niet van de warmte geweest zijn nu je eindelijk een ventilator hebt.’

‘Daarvoor belde ik ook,’ zei Berg. ‘Heb je morgen even tijd? Ik euh... krijg dat ding niet in elkaar.’

‘Maar zoiets kan een kind van tien.’

‘Ja, wrijf het er nog maar eens in.’

Zeebos grinnikte.

‘Ik spring morgen in de loop van de dag even binnen. Kost hooguit een kwartier.’

‘Dat heb ik onlangs nog iemand horen zeggen,’ bromde Berg.

Er bleven nog twee uur over voor de toneelopvoering begon. Om de tijd te doden zette Berg zijn laptop aan. Wat muziek betrof, reikte zijn kennis niet veel verder dan de barok en van de Vlaamse Polyfonie wist hij zo goed als niets. Daarom had hij zich de afgelopen dagen een paar keer voorgenomen om een compositie uit die tijd te beluisteren, gewoon om zich een idee te vormen van het soort muziek dat het chansonnier bevatte, maar tot nu toe was er van zijn plan nog niets gekomen.

Het aantal sites over het onderwerp was indrukwekkend. Op goed geluk klikte hij er een paar aan, tot zijn aandacht werd getrokken door een naam die hij zich meende te herinneren: Philippus de Monte. Was dat niet een van de componisten die Boudewijn Teniers had vermeld tijdens hun gesprek in het Huis van de Polyfonie? Hij dacht van wel. De naam was blijven hangen omdat het min of meer dezelfde was als de zijne.

De Monte bleek in 1521 in Mechelen geboren te zijn en behoorde tot wat in het artikel de Vijfde School van de Vlaamse Polyfonie werd genoemd. Berg las de korte biografie van de man en kwam via een andere link op YouTube terecht. Het stukje dat beluisterd kon worden, heette *Benedictus Deus* en werd uitgevoerd door de Capella Sancti Michaelis.

Het volgende ogenblik weerklonk de muziek uit de kleine speakers van de laptop. De geluidskwaliteit was niet al te best, maar toch leunde Berg verbaasd achterover. Wat hij te horen kreeg, kon hij moeilijk vergelijken met wat hij gewoon was: muziekinstrumenten die hij niet kende, een tonaliteit die anders was, een vorm van samenzang die sterk verschilde van die van een hedendaags koor, maar toch ergens modern aandeed. Enerzijds weerklonken de middeleeuwen nog door de stemmen heen, anderzijds legde de muziek al een brug naar de barok. Misschien was het die combinatie die hem zo verraste.

In elk geval begreep hij nu het enthousiasme van mensen als Boudewijn Teniers en Marcel Heymans. Het samenspel van zang en muziek was vlekkeloos, een perfecte balans, een wederzijds aanvullen en ondersteunen dat het geheel iets gaf wat hij bijna verheven zou noemen, sereen, niet van deze wereld. Dit was ronduit prachtig, speels en ernstig tegelijk, zowel ingetogen als uitbundig.

De muziek stopte. Berg merkte dat hij ontroerd was. Dus dit was de Vlaamse Polyfonie. Zodra deze zaak achter de rug was, moest hij op zoek gaan naar een paar cd's met werk van componisten uit die periode. Het was een gat in zijn cultuur dat hij zoiets moois tot nu toe over het hoofd had gezien.

Hij zag dat het stilaan tijd werd om zich klaar te maken. In de slaapkamer trok hij het zwarte pak aan dat hij reserveerde voor opera's en toneelopvoeringen. Tegenwoordig bestond er bijna nergens meer een dresscode, maar hij vond dat je in een schouwburg het decorum in acht moest nemen.

Hij bekeek het resultaat in de spiegel. Even nog zijn das juist schikken en hij was klaar. In de keuken haalde hij het boeket rozen uit de emmer, liet de bloemen in de gootsteen uitdruppelen en wikkelde aluminiumfolie rond de uiteinden van de stengels. Hij liep het terras op en keek omhoog. De lucht boven de stad was onheilspellend donker waardoor het leek alsof de schemering al was ingevallen, maar regenen deed het nog altijd niet. Voor de zekerheid nam hij zijn paraplu mee, sloot zijn flat af en wandelde naar de Bondgenotenlaan.

In de inkomhal van de schouwburg was het een drukte van jewelste. Berg liet zijn paraplu achter in de vestiaire en moest een paar keer in het gedrang zijn boeket afschermen of het werd platgedrukt. Hij begaf zich naar de parterre. Zoals gewoonlijk had hij een plaats naast het gangpad gereserveerd. Iemand met zijn beroep kon op elk moment een dringende oproep krijgen en op deze manier stoorde hij het minst als hij tijdens de voorstelling de zaal moest verlaten.

Zolang het publiek bleef binnenkomen, hield hij het boeket veilig in zijn handen. Naast hem zat een zwaarlijvige veertiger in jeans en donkerrode polo. De man had al een paar keer naar de bos rozen gekeken, zich tot de vrouw naast hem gewend en iets gezegd wat nauwelijks onderdrukt gegiechel tot gevolg had. Berg kreeg er stilaan genoeg van. Zodra de ander zich opnieuw in zijn richting draaide, staarde hij hem recht in de ogen, dwingend, onafgebroken. Hij keek en bleef kijken, tot de man verward zijn blik afwendde en plots al zijn aandacht leek nodig te hebben voor het gesloten doek op het podium.

De lichten gingen uit. Het geroezemoes stopte. Bijna tegelijkertijd vulde de zaal zich met iets wat nog het best omschreven kon worden als een gevoel van ingehouden verwachting dat bijna tastbaar tussen de loges en de balkons hing. Nu er geen gevaar meer bestond dat de bloemen werden vertrapt, legde Berg het boeket naast zijn stoel in het gangpad.

De gordijnen schoven open. Op het podium stonden vijf mensen. Het decor suggereerde een antiek paleis en bestond uit een pseudostenen muur, enkele Dorische zuilen en twee sokkels met daarop beelden van Griekse goden.

De eerste die sprak, was Oidipous. Berg herkende Tobias Bakelants. Hij vroeg het groepje mensen uit Thebe wat ze kwamen doen. Een man, gekleed als priester, smeekte hem om iets te ondernemen tegen de gruwelijke ziekte die al zo lang de stad in haar greep hield. Oidipous antwoordde dat hij zijn schoonbroer Kreon naar Delphi had gestuurd om het orakel te vragen hoe ze het onheil konden afwenden.

Even later verscheen Kreon zelf en deelde Oidipous mee wat de Pythia had gezegd. De ziekte zou pas verdwijnen als de moordenaar van koning Laios was gestraft. Daarna kwam het koor op. Er volgde een lange samenspraak met Oidipous, tot een oude man zich bij het gezelschap voegde. Het was Teiresias, de blinde ziener.

Oidipous vroeg hem wie de moordenaar van Laios was, maar Teiresias weigerde te antwoorden. Er ontstond een hoogoplopende ruzie. Oidipous verloor zijn geduld en lachte de grijsaard uit. Zijn gave was geen gave, riep hij. Hij was geen ziener, hij was slechts een oude, blinde charlatan. De reactie van Teiresias was veelzeggend:

> **TEIRESIAS:** OMDAT JE MET MIJN BLINDE OGEN HEBT GESPOT, ZEG IK U NU DIT: U MET UW GOEDE OGEN ZIET NIET IN WELKE ELLENDE U ZICH BEVINDT. U ZIET NIET WAAR U WOONT EN MET WIE U LEEFT.

Maar Oidipous begreep niet wat de ziener tegen hem zei. Opnieuw lachte hij Teiresias uit, eiste een antwoord op zijn vraag en bedreigde hem zelfs met de dood als hij niet onthulde wat hij wist. Moegetergd slingerde de oude man Oidipous de gruwelijke waarheid in het gezicht:

> **TEIRESIAS:** DE MAN NAAR WIE U AL GERUIME TIJD OP ZOEK BENT, DIE U LUIDKEELS BEWEERT TE WILLEN STRAFFEN VOOR DE MOORD OP LAIOS, IS HIER. HIJ IS EEN VREEMDELING IN ONS MIDDEN MAAR IN FEITE IS HIJ EEN VAN ONS. EERST ZAG HIJ, NU IS HIJ BLIND. EERST WAS HIJ RIJK, WELDRA WORDT HIJ EEN BEDELAAR. MET EEN STOK ZAL HIJ ZIJN WEG IN DEN VREEMDE MOETEN ZOEKEN ZODRA AAN HET LICHT IS GEKOMEN DAT HIJ VAN ZIJN KINDEREN ZOWEL DE VADER IS ALS DE BROER, VAN DE VROUW DIE HEM BAARDE ZOWEL DE ZOON ALS DE ECHTGENOOT, VAN ZIJN VADER NIET ALLEEN DE OPVOLGER, MAAR OOK DE MOORDENAAR.

Berg luisterde geboeid. De snoeiharde repliek van Teiresias bevatte al de paradoxen van Oidipous' situatie die Herman Lateur hem had geschetst, samen met het contrast tussen kunnen zien en toch blind zijn waarover hij en Esther het hadden gehad op het terras van café Den Engel.

Maar toch was dit nog niet de peripetie van het stuk, want Oidipous hechtte geen geloof aan de woorden van de ziener en de volgende die de volle laag kreeg, was zijn schoonbroer Kreon. Oidipous beschuldigde hem van leugens en verraad, wat opnieuw tot een kletterende ruzie leidde. Berg herkende de scène van tijdens de repetitie. Hij wist dat zo dadelijk Jokaste voor het eerst op het toneel zou verschijnen en realiseerde zich dat hij al de hele tijd in spanning naar dat moment had uitgekeken.

En toen was het eindelijk zover. Uit de coulissen schreed Jokaste het podium op met de houding van een vrouw die zich bewust was van haar koninklijke waardigheid. Ze droeg een lang, wit gewaad en in haar zwarte haar, dat voor de gelegenheid was opgestoken, zat een fonkelende diadeem.

Berg volgde elke beweging van Esther met zijn ogen. Ze was zwaar geschminkt en zag er inderdaad ouder uit dan ze in werkelijkheid was, maar zodra ze zich bij haar gemaal voegde, viel het niettemin op dat er twee leeftijdsgenoten tegenover elkaar stonden in plaats van twee mensen van een andere generatie. Esthers bewegingen waren te soepel, haar stem klonk niet oud genoeg, haar lichaam was duidelijk dat van een dertigjarige vrouw, niet van een vijftigjarige.

Berg vroeg zich af of de rest van het publiek ook merkte dat het noodzakelijke leeftijdsverschil tussen de twee hoofdrolspelers ontbrak. Hij keek vanuit zijn ooghoek naar zijn zwaarlijvige buur. De man staarde met halfopen mond naar wat zich op de planken afspeelde en leek zich van geen kwaad bewust.

Misschien overdreef hij. Misschien legde hij op alle slakken zout. Tenslotte was dit toneel en moest je als toeschouwer meegaan in de wereld die op het podium werd opgeroepen zonder voortdurend verstandelijke overwegingen te maken die de illusie verstoorden. Dat wist hij, die toegeeflijkheid kon hij elke keer zonder de minste moeite opbrengen, maar niet dit keer. Waarom was niet duidelijk. Had het te maken met het feit dat hij Esther kende? Dat hij haar niet kon zien als een vijftigjarige vrouw omdat zijn beleving van de werkelijkheid zijn inlevingsvermogen als toeschouwer in de weg stond? Maar hetzelfde gold voor Toon Dekempeneer en toch had de regisseur haar de rol gegeven. Waarom? Esther had zelf gezegd dat het gezelschap over een andere actrice beschikte die niet alleen zeer ervaren was, maar ook de juiste leeftijd had.

Wat hij wel met genoegen vaststelde, was dat Esther haar rol met overgave speelde. Dat was hem tijdens de repetitie al opgevallen, maar nu hij haar in verschillende opeenvolgende scènes bezig zag, moest hij toegeven dat Lateur gelijk had. Esther wás Jokaste: de koningin van het zwaarbeproefde Thebe, de echtgenote van een man die op een keerpunt in zijn leven stond, de geliefde die haar partner door dik en dun bleef steunen en geen ogenblik geloofde dat hij de moordenaar van Laios was, ook al begon Oidipous stilaan te vermoeden dat hij wel schuldig was.

OIDIPOUS: VOLGENS MIJ HOORDE IK JE ZEGGEN DAT LAIOS OMGEBRACHT IS OP EEN PUNT WAAR DRIE WEGEN BIJEENKOMEN.

JOKASTE: DAT BERICHT KREGEN WE, JA.

OIDIPOUS: HOEVEEL TIJD IS ER SINDS DIE GEBEURTENIS VERSTREKEN?

JOKASTE: HET NIEUWS WERD BEKEND KORT VOOR JIJ DE NIEUWE HEERSER WERD.

OIDIPOUS: BESCHRIJF ME HOE LAIOS ERUITZAG.

JOKASTE: ZIJN HAAR WAS ZWART ALS HET JOUWE, AL BEGON HET TE GRIJZEN. OOK VERDER VERSCHILDE HIJ UITERLIJK WEINIG VAN JOU.

OIDIPOUS: ELLENDELING DIE IK BEN! IK BEN BANG DAT IK ZONDER HET TE BESEFFEN EEN VRESELIJKE VLOEK IN VERVULLING HEB DOEN GAAN.

Daarna volgde de scène die Berg tijdens de repetitie had meegemaakt. Oidipous vroeg Jokaste om de dienaar erbij te halen die als enige de aanslag had overleefd en sprak zijn beroemde verdediging uit: als de getuige bij zijn verhaal bleef, kon hij niet de dader zijn, want één was niet gelijk aan veel.

Na een tussenkomst van het koor verscheen de bode uit Korinthe met het nieuws van de dood van koning Polybos. Geamuseerd sloeg Berg de acteur gade die dezelfde rol speelde als hij tijdens de schoolopvoering. De man deelde Oidipous mee dat het volk hem had uitgeroepen tot nieuwe koning van Korinthe, maar Oidipous weigerde de eer te aanvaarden omdat hij bang was dat het tweede deel van de voorspelling in vervulling zou gaan en hij met zijn moeder zou trouwen. Daarop onthulde de bode het geheim van Oidipous' afkomst: hij was niet de zoon van Polybos en Merope, maar een vondeling. Een dienaar van koning Laios moest de baby in de wildernis achterlaten, maar in plaats daarvan had de man het kind aan hem gegeven en had hij het naar Polybos en Merope gebracht. Als bewijs van zijn woorden refereerde de bode aan de littekens op de voeten van de koning.

Hoewel zijn ware identiteit nu onthuld was, weigerde Oidipous die nog altijd te accepteren. Hij wilde persoonlijk de dienaar spreken die hem vroeger aan de herder uit Korinthe had gegeven. Jokaste van haar kant begreep de verschrikkelijke waarheid wel en deed een ultieme poging om haar echtgenoot te beschermen:

JOKASTE: VRAAG TOCH NIET NAAR DE MAN OVER WIE DE BODE HET HEEFT. HET ZIJN WOORDEN ZONDER BETEKENIS. VERGEET ZE.

OIDIPOUS: NU ER EINDELIJK EEN AANWIJZING IS VOOR MIJN AFKOMST, GA IK NIET DOEN ALSOF IK DAAR BLIND VOOR BEN.

JOKASTE: IK SMEEK JE: LAAT DE ZAAK TOCH RUSTEN.

Daarop ging Jokaste af en Berg wist dat het publiek haar niet meer zou terugzien. Intussen werd de dienaar van koning Laios, nu een stokoude man, voor Oidipous geleid en na veel aandringen gaf hij toe dat wat de bode had gezegd de waarheid was. De baby met de doorboorde voetjes was de zoon van Laios en Jokaste.

Nu kon Oidipous niet langer om de waarheid heen. Zijn verzet brak. Wat hem nog aan hoop restte, sloeg om in wanhoop en voor het eerst zag hij de werkelijkheid zoals ze was. Heel de zaal luisterde ademloos toe hoe hij zijn ellende uitschreeuwde:

OIDIPOUS: EINDELIJK IS ALLES HELDER, GLASHELDER! NOG EEN LAATSTE KEER WIL IK HET LICHT ZIEN, NU IK WEET DAT IK GEBOREN BEN UIT WIE IK NIET GEBOREN MOCHT WORDEN, DAT IK TROUWDE MET WIE IK NIET MOCHT TROUWEN EN DAT IK GEDOOD HEB WIE IK NIET MOCHT DODEN.

Alle spelers verdwenen in de coulissen, alleen het koor bleef achter. Een nieuwe acteur kwam op. Hij fungeerde als verteller en deelde zowel het koor als het publiek mee wat er vervolgens was gebeurd. Jokaste had uit schaamte in haar slaapkamer zelfmoord gepleegd en Oidipous had haar zo gevonden.

VERTELLER: OIDIPOUS FORCEERDE HET SLOT VAN DE DEUR EN STORMDE DE KAMER IN WAAR HIJ HAAR ZAG HANGEN MET HAAR HALS VASTGESNOERD IN EEN KOORD. HIJ HUILDE BITTER EN MAAKTE DE STROP LOS. MET EEN RUK TROK HIJ DE GOUDEN SPELDEN UIT HAAR GEWAAD EN JOEG ZE IN DE KASSEN VAN ZIJN OGEN, TERWIJL HIJ RIEP DAT ZE NIET LANGER MOCHTEN ZIEN WAT HIJ HAD AANGERICHT.

Kort daarop verscheen Oidipous met bloedende ogen op het podium en beklaagde in een lange monoloog de afschuwelijke situatie waarin hij was terechtgekomen. Hij smeekte Kreon om Jokaste een waardige begrafenis te geven en voor zijn kinderen te zorgen. Toen nam hij afscheid. Hij zou de rest van zijn leven als een blinde bedelaar door het land zwerven.

Met dit verschrikkelijke toekomstbeeld van een man die een speelbal van het lot was geweest, eindigde het toneelstuk. Het doek schoof dicht, de lichten gingen aan. In de zaal weerklonk een donderend applaus dat bleef duren tot de acteurs weer op het podium verschenen, hand in hand, met in het midden van de rij Oidipous en Jokaste. Berg applaudisseerde enthousiast mee. Hij had van elk moment genoten en Esther had haar rol perfect gespeeld. Hij zag hoe haar gezicht straalde van blijdschap.

Het volgende ogenblik kwam Toon Dekempeneer uit de coulissen tevoorschijn, boog voor het publiek en kreeg een staande ovatie. Hij draaide zich om, nam de twee hoofdrolspelers bij de hand en liep met hen tot aan de rand van het podium.

Het applaus bleef aanhouden tot alle acteurs uit het zicht waren verdwenen.

Het publiek begon op te schuiven in de richting van de gangpaden. Berg nam het boeket rozen van de vloer en ging met zijn rug tegen de afscheiding van de loges staan, zodat de mensen hem konden passeren op weg naar de uitgang. Het was hem opgevallen dat Herman Lateur zich niet op het podium had vertoond, waarschijnlijk omdat het niet de gewoonte was dat een vertaler of tekstbewerker dat deed.

Toen de parterre zo goed als leeg was, liep Berg naar het podium en ging het trapje op. Hij wilde Esther het boeket in haar kleedkamer geven, want op de afterparty zou hij geen kans krijgen om met haar alleen te zijn.

De coulissen lagen er verlaten bij. Berg trok de geluiddichte deur open en nam de stenen trap naar beneden. Een verdieping lager, in de gang met kleedkamers, heerste een feestelijke stemming. De acteurs waren uitgelaten, riepen allemaal door elkaar heen en drumden rond Toon Dekempeneer die een fles champagne in de hand hield en de spelers luidkeels feliciteerde met hun uitstekende prestatie.

Berg wurmde zich met moeite door de massa heen. Niemand lette op hem. Hij moest opnieuw het boeket afschermen of er bleef in het gewriemel niets van over. Esther zag hij niet. Hij ging op zijn tenen staan en probeerde over de hoofden heen te kijken, maar tevergeefs. Misschien was ze zich al aan het omkleden voor het feestje. Dat kwam goed uit, hij gaf haar de bloemen liever zonder de anderen erbij.

Hij liet de luidruchtige menigte achter zich, liep naar het eind van de gang en verheugde zich al op Esthers verraste gezicht bij het zien van de rozen. De deur van haar kleedkamer stond op een kier. Hij klopte met zijn knokkels op het hout, maar het geluid werd overstemd door het kabaal in de gang.

Met het boeket achter zijn rug verstopt duwde hij de deur een beetje verder open, maar nog voor hij de kans kreeg om iets te zeggen, stokte zijn adem en bestierven de woorden op zijn lippen. Esther, nog altijd in haar lange witte gewaad, stond voor de grote spiegel van de schminktafel. Ze hield haar armen om de hals van een man geslagen en kuste hem hartstochtelijk.

Berg had het gevoel dat hij ter plekke verstarde. Het tweetal ging zo in de omhelzing op dat ze zich niet eens bewust waren van zijn aanwezigheid. Hij slikte de krop in zijn keel weg. Met trillende hand reikte hij naar de klink, trok de deur voorzichtig dicht en draaide zich om. Hij had de man in Esthers armen herkend. Het was Herman Lateur.

3

Net toen Berg het Rector De Somerplein opliep, begon het te regenen. Eerst vielen alleen enkele dikke, zware druppels naar beneden die op de tegels natte plekken maakten zo groot als twee-eurostukken, daarna volgde een waar salvo van inslagen en stroomde het water binnen de kortste tijd met zoveel geweld uit de lucht dat het erop leek alsof de weergoden hadden besloten om de hemelsluizen zo ver mogelijk open te zetten na de aanhoudende droogte van de afgelopen weken.

Pas op dat moment realiseerde Berg zich dat zijn paraplu nog in de vestiaire van de schouwburg lag. Hij was zo aangedaan geweest door wat hij in Esthers kleedkamer had gezien dat hij als een blindeman het gebouw was uitgestormd, met het compleet nutteloze boeket rozen in zijn hand.

Intussen had hij bijna de helft van de afstand naar zijn flat afgelegd. Hij vertikte het om rechtsomkeert te maken en zijn paraplu te gaan halen. Dan werd hij maar nat. Die koude douche had hij meer dan verdiend. Hij voelde zich een idioot. Het steeds weer voor zijn ogen opduikende beeld van zichzelf in de deuropening van Esthers kleedkamer met het boeket rozen achter zijn rug was simpelweg onverdraaglijk. Wat had hij zich ook in zijn hoofd gehaald? Waar kwam dat bespottelijke idee vandaan dat Esther op een toenaderingspoging van hem zat te wachten?

Gebukt tegen de regen stak hij het Margarethaplein over en liep de Dirk Boutslaan in. Nog een paar honderd meter en hij was thuis. Hij deed zelfs geen moeite meer om zijn pas te versnellen, hij was toch al nat tot op zijn huid. Zijn pak was waarschijnlijk voorgoed om zeep, maar ook dat kon hem niets schelen.

De Wandelingstraat lag er leeg en uitgeregend bij. Van tussen zijn wimpers tuurde hij in het voorbijgaan naar de bloemenwinkel vijftig meter verderop. Hij had zin om het boeket in de goot te gooien, maar dat zou zonde zijn van de prachtige bloemen. Misschien kon hij er iemand anders een plezier mee doen. Lisa bijvoorbeeld. Zeebos kwam morgen naar zijn flat om de ventilator in elkaar te steken, hij kon het boeket aan hem geven. De rozen zelf houden was ondenkbaar. Ze zouden hem elke minuut van de dag herinneren aan wat voor een dwaas hij was geweest.

Thuis zette hij de terrasdeuren wijd open. Het harde, eentonige gedruis van de regen drong de flat binnen. Alsof het om een zeldzaam natuurfenomeen ging, bleef hij een tijdlang naar het neerstromende water kijken, liep toen naar de slaapkamer en verwisselde zijn doornatte pak voor droge kleren. Terug in de keuken trok hij het wenskaartje van de bloemen, scheurde het in stukken en liet opnieuw een emmer vollopen.

Iets drinken moest hij, maar geen wijn, die zou in de gegeven omstandigheden niet het gewenste effect hebben. Hij schonk zich een flinke bel cognac in en ging in een van de fauteuils bij de open haard zitten, somber voor zich uit starend naar de ontelbare druppelbanen tegen het raam.

Toen Herman Lateur tegen hem had gezegd dat hij niet meer verliefd was op zijn ex-vrouw omdat de scheiding al een jaar achter hem lag en hij intussen een andere relatie had, bedoelde hij dus Esther. En zij van haar kant had zich laten ontvallen dat ze van plan was om van Mark Teniers te scheiden, maar ze had er niet bij gezegd dat er ook in haar leven een andere man was gekomen. Die had trouwens de loftrompet afgestoken over haar acteerprestaties en hoewel Berg zelf had kunnen vaststellen dat Esther haar rol met verve speelde, besefte hij nu dat Lateurs opmerking allesbehalve objectief was geweest.

Hij nam een fikse slok van de cognac en vroeg zich af hoelang die twee al een relatie hadden en of ze... Er schoot hem ineens een andere gedachte te binnen. Boudewijn Teniers had gezegd dat hij compleet verrast was door het standpunt dat Lateur had ingenomen in verband met het chansonnier. Zou het kunnen dat diens oordeel beïnvloed was door zijn gevoelens voor Esther? Tenslotte was zijn vaststelling koren op de molen van haar vader geweest. Hoe had hij het zelf ook weer geformuleerd: 'Het is geen exacte wetenschap om een vijftiende-eeuwse Latijnse tekst op echtheid te beoordelen.'

Had hij dat gezegd om zichzelf in te dekken? Had hij met opzet de kant van Marcel Heymans gekozen om diens dochter voor zich te winnen? Als hij het tegenovergestelde had gedaan, zou Esther hem dat waarschijnlijk niet in dank hebben afgenomen. Ze had een heel goede band met haar vader en ze wist hoezeer hij zich tegen de aankoop van het chansonnier verzette. Lateur was daarvan op de hoogte, dat had hij zelf toegegeven. Misschien had hij het zekere voor het onzekere gekozen en zijn beoordeling laten afhangen van...

Geërgerd sloeg Berg met zijn vlakke hand op de leuning van de fauteuil toen hij besefte wat hij aan het doen was. Hij verdacht Lateur van oneerlijke praktijken zonder dat daartoe ook maar de minste aanleiding bestond. Was dat de jaloezie die sprak? Liet hij nu zelf zijn mening vertroebelen door zijn emoties?

Tijdens hun eerste gesprek op de binnenplaats van de schouwburg had Lateur toegegeven dat de verstandhouding tussen hem en Heymans gekleurd was door het feit dat de man met zijn ex-vrouw was getrouwd, waarop Berg had opgemerkt: 'En toch hebt u de kant van meneer Heymans gekozen in de discussie over het chansonnier.' Lateur had meteen verontwaardigd gereageerd. 'Waar hebt u het over?' had hij gevraagd. 'Ik heb helemaal geen kant gekozen. Ik heb gewoon gezegd wat ik dacht.'

Berg zette het glas cognac opnieuw aan zijn lippen. Lateur had dus niet echt een standpunt ingenomen. De partijdigheid die hij hem zo-even had toegedicht, was een ongefundeerde conclusie die hij louter uit ontgoocheling had getrokken. Dat kwam ervan wanneer je jezelf toeliet om emotioneel betrokken te raken bij iemand die deel uitmaakte van een moordonderzoek. Het was de beste manier om je eigen objectiviteit te ondermijnen en iemand in zijn positie kon zich dat absoluut niet permitteren. Dat wist hij. Dat wist hij maar al te goed. En toch had hij zijn gedachten door persoonlijke gevoelens laten beïnvloeden. Hoe was het in godsnaam mogelijk? Idioot die hij was! Zeebos moest het weten. Die zou hem flink de wind van voren geven en dat was nog terecht ook.

Bij nader inzien was het geen goed idee om Zeebos morgen het boeket mee te geven. Hoe moest hij de herkomst van twee dozijn rozen verklaren? Dat hij die speciaal voor Lisa had gekocht? Dat geloofde Zeebos nooit. Het zou de eerste keer zijn dat zoiets gebeurde, want Lisa en hij waren niet meteen de beste maatjes. Nee, hij kon de bloemen beter laten verdwijnen voor Zeebos ze onder ogen kreeg.

De stilte in de flat werkte hem ineens op de zenuwen. Hij stond op en zette de cd-speler aan. Pachelbels *Canon* weerklonk uit de luidsprekers. Hij had het stuk gisteren beluisterd, maar hij had geen zin om naar andere muziek te zoeken.

Het glas cognac op de salontafel was zo goed als leeg. Hij liep naar de keuken om het bij te vullen. Eentje nog, nam hij zich voor, meer niet. Hij was niet van plan om zich lazarus te drinken vanwege het incident in de kleedkamer. Tenslotte was er nooit iets tussen Esther en hem geweest en had ze niets gezegd of gedaan wat de indruk wekte dat ze in hem was geïnteresseerd. Hij kon haar dus niet verwijten dat ze hem op de een of andere manier aan het lijntje had gehouden.

Die laatste gedachte deed hem weer denken aan het beeldhouwwerk in de tuin van de Kaminsky: de vrouw die een varken aan de lijn hield en naar de courtisane op het schilderij van Félicien Rops verwees. Toen hij het woord *Pornokratès* had gegoogeld, werd de vrouw in het artikel omschreven als een femme fatale die de teugels stevig in handen hield. Het varken stond dan weer symbool voor de man die zich in een onderdanige positie bevond. In die toestand was hij door zijn eigen toedoen verzeild geraakt omdat hij zich altijd en overal liet leiden door zijn lustgevoelens. Dat was de reden waarom de vrouw in de mogelijkheid verkeerde om hem als een schoothondje te behandelen en misschien was dat eveneens een verklaring voor de blinddoek. De vrouw wist immers dat ze de man in haar macht had. Ze kon er blindelings op vertrouwen dat hij deed wat ze wilde en de richting uitliep die haar voorkeur wegdroeg.

Berg nam de fles cognac van het aanrecht en vulde zijn glas bij. De herinnering aan het beeld en de verklaring ervan op Google waren bij hem opgekomen omdat hij daarnet had vastgesteld dat ook hij zich had laten leiden door zijn gevoelens voor een vrouw. Omdat die niet beantwoord werden en hij compleet onverwachts was geconfronteerd met het feit dat Esthers voorkeur uitging naar een andere man, was hij zelfs jaloers geworden en dat had dan weer tot gevolg gehad dat hij Lateur ervan verdacht hetzelfde gedaan te hebben: in de discussie over het chansonnier de kant van Marcel Heymans kiezen vanwege zijn gevoelens voor diens dochter.

Over de pot gesproken die de ketel verweet dat hij zwart zag. Hij had verdomme zijn eigen fout geprojecteerd op een ander en hem de subjectiviteit verweten die hij zelf aan de dag legde. Dat bewees eens te meer dat je privé en werk strikt gescheiden moest houden, maar gelukkig had hij tot nu toe geen brokken gemaakt, zover was het godzijdank niet gekomen. Het enige wat hij moest doen, was Esther definitief uit zijn hoofd zetten en zich opnieuw met een onbevooroordeelde blik op het onderzoek concentreren. De moord was intussen al een week geleden gepleegd en hij wist dat hoe meer tijd er verliep, hoe moeilijker het werd om een dossier tot een goed einde te brengen.

Het was trouwens begrijpelijk dat Esther voor Lateur was gevallen. De man was knap, intelligent, sympathiek. Waarom Mieke Vanderwegen hem had verlaten voor Marcel Heymans, was nog altijd een raadsel. Heymans was veel ouder, kampte met een drankprobleem en had een dochter die niet alleen dezelfde leeftijd had als zijn toekomstige vrouw, maar ook nog eens afkerig had gestaan tegenover het huwelijk.

Of had Lateur verborgen trekjes die pas na verloop van tijd aan het licht waren gekomen? Misschien, overwoog Berg, moest hij de man toch maar eens onder de loep nemen, zijn achtergrond uitpluizen, nagaan of hij iets te verbergen had, eventueel opnieuw met zijn ex gaan praten. Hij kon toch niet toelaten dat Esther zich met open ogen in haar ongeluk zou storten en dat ze...

Hij vloekte hardop. Daar deed hij het weer! Nu was hij zelfs van plan om een man door te lichten, enkel en alleen omdat hij niet begreep waarom zijn vrouw hem had verlaten en hij Esther zogenaamd wilde behoeden voor een verkeerde keus. Hoe verknipt was dat?

Hij had zich al omgedraaid naar de woonkamer, toen hij

van idee veranderde en de fles cognac van het aanrecht griste. Er waren ongetwijfeld meer dan twee glazen nodig om deze avond uit zijn systeem te spoelen.

4

De volgende ochtend regende het nog steeds, minder hard maar gestaag, zodat het leek alsof er een grijze watersluier over de stad hing die iedereen op voorhand de lust ontnam om zich buiten te wagen.

Berg zette koffie. De tuin had tijdens de nacht een metamorfose ondergaan. Het stof was weggespoeld, de bomen zagen er weer frisgroen uit, de bloemen op het terras herademden. Hij keek naar de hemel die doorboog onder loodzware wolken. Het zag er niet naar uit dat het snel zou ophouden met regenen. Dat herinnerde hem eraan dat zijn paraplu nog in de vestiaire van de schouwburg lag. Hij gromde voor zich uit. Misschien, als het straks even droog werd, kon hij naar ginds wandelen of anders vroeg hij Zeebos om een lift. Het was de enige paraplu die hij had. De andere had hij een paar maanden geleden ergens laten liggen en hoewel hij zich al vaak had voorgenomen om een reserve-exemplaar te kopen, was dat er tot nu toe niet van gekomen.

Met zijn rug tegen het aanrecht geleund dronk hij staande zijn koffie. De keukentafel lag vol ventilatoronderdelen, bij de terrasdeur stond de emmer met het boeket rozen als een stilzwijgende getuige van het debacle in de schouwburg. Hij moest de bloemen laten verdwijnen voor Zeebos aanbelde.

Er knarste iets in zijn hoofd. Een onaangename, inwendige wrijving alsof er een zandkorrel in zijn hersenen was terechtgekomen. Te veel cognac de vorige avond en dat ondanks zijn voornemen om niet te veel te drinken. Voor hij was gaan slapen, had hij een Dafalgan genomen, een trucje dat hij had overgehouden uit zijn studententijd. In plaats van de kater 's ochtends te lijf te gaan, had het meer effect om preventief iets in te nemen. Helemaal werd het onheil daarmee niet afgewend, maar wel voor een groot deel. Het enige probleem was dat je aan de pijnstiller moest denken voor je met je dronken kop in bed kroop. Alcohol had niet meteen tot gevolg dat je vooruitkeek.

Hij schonk zich nog een kop koffie in en lummelde een tijdlang door de flat, niet goed wetend wat hij met de vrije dag aan moest. Zijn hoofd stond niet naar lezen en over de moordzaak nadenken zou onvermijdelijk tot gevolg hebben dat het beeld van Esther en Herman Lateur zich opnieuw aan hem opdrong. Voorlopig wilde hij zichzelf dat besparen. Eerst de naweeën van de cognac onder controle krijgen, dan zag hij wel. Zondagochtend was gewoonlijk de enige dag in de week waarop hij ontbeet, maar hij had geen zin om zonder paraplu broodjes te gaan halen. Eén keer druipnat worden was genoeg.

Om de tijd te doden zette hij het tv-toestel aan en keek naar het journaal op de lokale zender ROB. Tot zijn verbazing hoorde hij de nieuwslezer zeggen dat het Herbert Hooverplein binnenkort werd heraangelegd en dat er een grote fontein zou komen tegenover het standbeeld van Edouard Remy. Hij grimaste. Kijk eens aan. Had het stadsbestuur dan toch eindelijk het licht gezien. Beter laat dan nooit, zou Zeebos zeggen.

Toen het journaal gedaan was, zette hij de tv uit. Het was twintig over elf. Hoe laat was Zeebos van plan om te komen? Daar was gisteren niets over gezegd, misschien kon hij hem een sms'je sturen om een uur af te spreken. Waar was zijn mobiel? Hij liep naar de woonkamer. Het toestel lag op de salontafel naast het rode boekje van Herman Lateur. Hij had de professor beloofd om hem te laten weten wat hij van de vertaling vond, maar de eerstvolgende dagen kwam hij de man liever niet onder ogen.

Net toen hij het werkje in het boekenrek wilde steken, zag hij op straat een auto stoppen. Het was een donkerblauwe BMW en er stapten een man en een vrouw uit. Ondanks de paraplu die ze boven haar hoofd hield, herkende hij Tine Debraekeleer. Wat kwam die hier doen op een zondagochtend?

Er schoot hem eensklaps een idee te binnen. Hij legde het boekje terug op de salontafel, liep naar de hal en trok de voordeur open. In de passage schudde zijn toekomstige buurvrouw de waterdruppels uit haar paraplu. Ze glimlachte toen ze hem zag en wenste goedemorgen. Berg groette terug. De man in haar gezelschap was ongeveer even oud en hield ook een paraplu in de hand.

'Mag ik even voorstellen,' zei Tine Debraekeleer. 'Thomas Berg, mijn benedenbuur. Lukas Vandervelpen, een goede vriend.'

Berg schudde de man de hand.

'Dus u bent de mede-eigenaar van het pand,' zei de ander op een toon die liet vermoeden dat ze het eerder al over hem hadden gehad, waarschijnlijk in verband met de flat die hij weigerde te verkopen.

'Lukas is binnenhuisarchitect,' legde Tine Debraekeleer uit. 'Hij komt de woning bekijken om te zien wat we ermee kunnen doen.'

Ze knipte haar handtas open, haalde er een bos sleutels uit en wilde naar de deur lopen aan de overkant van de passage.

'Heb je een momentje?' vroeg Berg.

Zijn buurvrouw keek hem vragend aan, knikte toen en gaf de sleutels aan de man.

'Ga al maar, Lukas. Ik kom dadelijk.'

Berg repte zich naar binnen, haalde in de keuken de rozen uit de emmer en liep er terug mee naar buiten.

'Voor jou,' zei hij en hij gaf Tine Debraekeleer het boeket.
'Voor mij?' Werktuiglijk nam ze de bloemen aan. 'Waarom?'
'Vind je ze mooi?'
'Ze zijn prachtig. Ik hou van deze kleur.'
'Dat doet me plezier.'
'Maar... waarom, Thomas?'
'Ik denk dat je dat wel weet.'
Tine Debraekeleer schudde haar hoofd.
'Nee, echt niet.'
Berg gebruikte met opzet haar eigen woorden.
'Het is een verzoeningsgeschenk.'
Zonder uitleg te geven ging hij zijn flat weer binnen. Hij was tevreden over zijn inval. Soms, met een beetje geluk, kon je zelfs een tegenslag ombuigen in een voordeel.

Het was tien over drie toen Zeebos aanbelde. Hij vroeg waar de onderdelen van de ventilator lagen, liep naar de keuken en zette zich aan het werk. Zonder dat hij het merkte, hield Berg op zijn horloge de tijd in het oog. Toen het toestel op de vloer stond en begon te draaien zodra Zeebos de stekker in het stopcontact stak, waren er precies veertien minuten en achttien seconden verlopen. Berg hield wijselijk zijn mond.
'Weet je wat ik vanochtend heb gedaan?' vroeg Zeebos. 'Bakfietsen bekeken op het internet.'
'Waarom?'
'Er bestaan tegenwoordig ongelooflijk veel modellen. Sommige hebben twee wielen, andere drie.'
'Is dat belangrijk?'
'Nee, maar wat wel belangrijk is, is dat er bakfietsen zijn die veel dikkere banden hebben dan gewone fietsen. Bijna dubbel zo dik zelfs.'
'Ja, en?'

'Herinner je je dat Hove het idee opperde dat de dader een kruiwagen gebruikt kon hebben om het slachtoffer te vervoeren?'

Berg begreep niet waar Zeebos naartoe wilde. Daar zat de cognac waarschijnlijk voor iets tussen.

'Ik heb toen gezegd dat ik alle bandensporen op de wandelweg heb onderzocht en dat ze zonder uitzondering van fietsen kwamen.'

'Dat weet ik, Jan.'

'Maar wat we niet weten, is met welke soort bakfiets Boudewijn Teniers rijdt.'

'We zijn niet eens zeker óf hij wel een bakfiets heeft.'

'Ik stel voor dat we dat meteen uitzoeken.'

'Nu? Op zondag?'

'Heb je dan iets beters te doen?'

Berg herinnerde zich dat hij een week geleden Wenderickx precies dezelfde vraag had gesteld.

'Waarom is dit plots zo dringend?'

'Omdat ik niet wil dat we nog meer tijd verliezen,' antwoordde Zeebos. 'Stel dat Teniers een bakfiets heeft, dan moet het een model zijn met gewone banden, anders gaat jouw theorie niet op en zoeken we opnieuw in de verkeerde richting.'

Dat laatste was inderdaad een belangrijk argument.

'Hoe komen we daarachter?' vroeg Berg.

'Gewoon, we rijden naar zijn huis en vragen het hem op de man af. Ik weet dat we dat wilden vermijden, maar wat hebben we te verliezen? Behalve een hoop kostbare tijd als blijkt dat hij een model heeft met dikke banden. Ik blijf erbij, dat soort sporen heb ik nergens aangetroffen.'

Berg kende Zeebos. Wat een plaats delict betrof, vergiste die zich nooit. Als hij zei dat er op de wandelweg alleen afdrukken van gewone fietsbanden te vinden waren geweest, dan kon je er gif op innemen dat dat zo was.

'Goed, ik haal mijn jas.'

Buiten regende het nog steeds. Zeebos reed de ringweg op en nam aan de Parkpoort de Geldenaaksebaan tot aan de Petrusberg.

'Ik stel voor dat we eerst bij de buren aanbellen,' zei hij.

'Waarom?'

'Omdat Teniers dan niet meer kan ontkennen dat hij een bakfiets heeft.'

'Goed idee.'

Zeebos stapte uit, trok het achterportier open en haalde zijn paraplu tevoorschijn. Pas toen zag hij dat Berg de zijne niet bij zich had.

'Waarom heb je je paraplu niet meegebracht? Met zo'n hondenweer.'

'Ik heb hem gisteravond in de vestiaire van de schouwburg laten liggen.'

'Ben je naar de schouwburg geweest?'

'Naar de première van *Koning Oidipous*.'

'En?'

'Viel wel mee,' zei Berg.

Met twee onder één paraplu liepen ze naar het huis rechts van Teniers' woning. Ze hadden geluk. De buurman wist hun te vertellen dat de professor inderdaad een bakfiets had. Een donkergroene.

'Met gewone of met dikke banden?' vroeg Zeebos.

De man keek alsof hij een vraagstuk uit de kwantummechanica kreeg voorgeschoteld.

'Had je nu echt verwacht dat hij dat wist?' mopperde Berg nadat ze zich geëxcuseerd hadden voor de storing. 'Wat doen we nu?'

'We vragen het Teniers zelf.'

Ze belden aan bij het volgende huis. Er kwam geen reactie.

Het begon nog harder te regenen. Onverrichter zake liepen ze terug naar de auto.

'Ik bel hem,' zei Zeebos en hij voegde de daad bij het woord.

Terwijl Berg wachtte, staarde hij zwijgend door de voorruit. Esther en Herman Lateur verschenen opnieuw op zijn netvliezen. Hij kneep zijn ogen dicht, alsof hij op die manier het beeld kon verjagen.

'Voicemail, verdomme.' Zeebos stak zijn mobiel op zak en startte de auto. 'Veel wijzer zijn we niet geworden,' zei hij.

'Toch wel,' sprak Berg hem tegen. 'We weten nu dat mijn vermoeden kan kloppen en dat de dader een bakfiets heeft gebruikt.'

'Juist. Maar meer dan een vermoeden is dat nog altijd niet. En of Teniers' bakfiets gestolen is of niet, blijft voorlopig ook onduidelijk. Net zoals zijn motief trouwens.' Zeebos zette de ruitenwissers aan en gaf gas. 'Ik breng je naar huis.'

'Wacht even,' zei Berg. 'De Zwaluwenlaan is niet ver van hier. Kunnen we eerst naar ginds rijden? Ik wil nog een keer met Mieke Vanderwegen praten.'

'Met Mieke Vanderwegen? Waarom?'

De vraag lag voor de hand. Berg zocht naar een aannemelijke reden voor zijn verzoek, maar die was er natuurlijk niet. Hij had allang spijt van zijn voorstel. Nu had hij toch toegegeven aan wat hem gisteravond een paar keer door het hoofd was gegaan. Hij voelde Zeebos naar hem kijken. Er zat niets anders op dan de waarheid te vertellen. Of tenminste een gedeeltelijke waarheid. Wat aanleiding had gegeven tot zijn voornemen, hield hij liever voor zich.

'Ik wil weten waarom ze van Herman Lateur is gescheiden.'

'Wat heeft dat in godsnaam met ons onderzoek te maken?'

'Weet ik niet,' schokschouderde Berg. 'Ik heb gewoon een slecht gevoel bij de situatie.'

'Een slecht gevoel?'

'Doe me een plezier, Jan. We zien wel wat het oplevert.'

Nog geen kwartier later parkeerde Zeebos de auto voor het huis in de Zwaluwenstraat. Mieke Vanderwegen keek alsof ze haar ogen niet kon geloven toen ze de twee politiemannen voor haar deur zag staan.

'Excuseer de storing, mevrouw,' zei Berg. 'Zouden we even kunnen praten?'

'Nu? Op zondag?'

'Het spijt me als dit ongelegen komt. We houden het zo kort mogelijk.'

Met demonstratieve tegenzin trok Mieke Vanderwegen de deur verder open en ging hen voor naar de woonkamer. Nog voor ze hadden plaatsgenomen, zei ze:

'Dit gaat toch niet opnieuw over mijn zogenaamde verhouding met Mark, hoop ik.'

'Nee, mevrouw.'

'Ik heb me daar heel boos over gemaakt, hoofdinspecteur. En dat ben ik nog altijd. Hééł boos.'

De vrouw meende duidelijk wat ze zei. Berg wist niet goed in welke plooi hij zijn gezicht moest trekken. Wat had hem verdomme bezield om naar hier te komen? Hij moest een plausibele verklaring zien te bedenken voor de vraag die hij van plan was te stellen.

'Gaat u zitten.' Mieke Vanderwegen maakte een uitnodigend gebaar naar de fauteuils. 'Wat wilt u weten?'

'Het gaat om het volgende. In het kader van het onderzoek gaan we de achtergrond na van alle betrokkenen, dus ook die van uw ex-man.'

Berg zag vanuit zijn ooghoek hoe Zeebos hem vragend aankeek. Hij hoopte maar dat die zijn mond hield.

'Is Herman ook een verdachte?' vroeg Mieke Vanderwegen. 'Dat begrijp ik niet. Waarom?'

'We hebben vernomen dat hij in stomdronken toestand een scène heeft gemaakt op uw huwelijk,' verzon Berg ter plekke.

'Ja... ja, dat is zo. Maar dat is al een hele tijd geleden.'

'Kan het dat hij nog altijd jaloers is... of beter: jaloers was? Op uw echtgenoot, bedoel ik.'

'Alsof Herman het recht heeft om jaloers te zijn,' reageerde hun gastvrouw met misprijzen in haar stem.

Wat ze daarmee bedoelde, ontsnapte Berg, maar meer uitleg kwam er niet. Hij stelde dan maar de vraag waarvoor hij was gekomen. De vraag die strikt genomen niets met het onderzoek te maken had, die hij om een louter persoonlijke en dus verkeerde reden stelde. Hij voelde zich een beunhaas, maar er was nu geen weg meer terug.

'Mag ik u vragen waarom u van meneer Lateur bent gescheiden?'

In plaats van te antwoorden, zei Mieke Vanderwegen:

'Dát, hoofdinspecteur, is nu net waarom ik zo boos was toen uw collega me ervan beschuldigde een relatie te hebben met mijn schoonzoon. Denkt u dat ik Marcel hetzelfde zou aandoen als wat Herman mij al die jaren heeft aangedaan?'

Het duurde enkele seconden voor Berg de draagwijdte begreep van wat de vrouw als een vraag had geformuleerd.

'Zegt u nu dat meneer Lateur u bedroog?'

Mieke Vanderwegen boog haar hoofd en plukte een pluisje van haar rok. Toen ze opkeek, hadden haar ogen een vochtige glans.

'Herman is een knappe, charmante man. Jammer genoeg weet hij dat. Of nee, zo mag ik dat niet zeggen. Iemand mag zich gerust van zijn kwaliteiten bewust zijn, zolang hij die maar niet misbruikt. En dat deed Herman voortdurend. Ik weet niet met hoeveel vrouwen hij tijdens ons huwelijk een verhouding heeft gehad, maar het waren er verschillende.'

De vrouw glimlachte triest. Toen voegde ze eraan toe:

'Ik weet wat u denkt, hoofdinspecteur. Dat ik mijn man een koekje van zijn eigen deeg heb gegeven door zelf een verhouding te beginnen. Voor een deel is dat juist. Maar wat Marcel mij gaf, was net dat wat ik bij Herman miste: geborgenheid, liefde, tederheid. U kunt niet geloven hoezeer ik daaraan toe was na al die jaren van eenzaamheid en verdriet. Daarom ben ik met Marcel getrouwd en ik kan u verzekeren dat ik er geen seconde spijt van heb gehad, ook al was hij zoals u de eerste keer zei een stuk ouder dan ik.'

'Maar blijkbaar hield uw ex-man ook van u,' wierp Berg op. 'Anders had hij niet zo'n scène gemaakt tijdens de huwelijksplechtigheid.'

'Pff... typisch Herman. Hij kan het niet verdragen dat de zaken anders lopen dan hij voor ogen heeft. Mijn ex-man is een controlefreak, hoofdinspecteur. Alles moet gaan zoals hij het wil en als iemand – zijn eigen vrouw dan nog – dat scenario verstoort, is hij volledig de kluts kwijt. Maar lang duurt dat nooit. Herman is zoals een kat. Die komt ook altijd op haar pootjes terecht.'

Berg knikte. Nu had hij zijn antwoord. Dus Lateur was een vrouwenversierder, althans volgens Mieke Vanderwegen. Het probleem was dat verklaringen van ex-partners allesbehalve objectief waren en maar één kant van de medaille toonden. Hoewel... Lateur had ook van zichzelf gezegd dat hij een controlefreak was, dat kwam alvast overeen met wat hij net te horen had gekregen.

Hij keek opzij naar Zeebos. Die had nog geen woord gezegd en meer aandacht besteed aan de verzameling oude snaarinstrumenten tegen de muur van de woonkamer dan aan het gesprek met hun gastvrouw.

'Heb jij nog een vraag, Jan?'

'Ik? Nee.'

'Goed, mevrouw, dan zullen we u niet langer ophouden.'

Mieke Vanderwegen ging hen voor naar de hal. Bij de deur zei ze:

'U hebt beloofd dat u mij zou laten weten wanneer het lichaam van mijn man wordt vrijgegeven, hoofdinspecteur. Marcel is al een week geleden overleden. Wordt het niet stilaan tijd dat we hem kunnen begraven?'

'U hebt gelijk. Ik spreek er morgen met de onderzoeksrechter over.'

'Dank u.'

Berg gaf de vrouw een hand. In gedachten verzonken liep hij naar buiten. Nog voor ze bij de auto waren, zei hij:

'Ik heb de indruk dat ze wel van hem hield.'

'Van wie?' vroeg Zeebos. 'Van Lateur of van Heymans?'

'Van Heymans. Esther trok dat in twijfel, maar ik denk dat ze zich vergist. Of anders heeft ze zichzelf maar wat wijsgemaakt omdat ze niet kon accepteren dat er een andere vrouw was in het leven van haar vader.'

'Wat zijn we hier nu eigenlijk komen doen?' vroeg Zeebos verveeld. 'Welk belang heeft het waarom Mieke Vanderwegen gescheiden is van Lateur?'

Die vraag had Berg verwacht en een antwoord had hij dit keer ook klaar. Hij deed wat hun gastvrouw zo-even had gedaan: hij draaide de zaken om. Herman Lateur had het stuklopen van zijn huwelijk geweten aan de ontrouw van zijn vrouw, maar dat was volgens zijn ex niet de oorzaak van hun probleem, wel het gevolg ervan.

'Ik wilde niet weten waarom ze van Lateur is gescheiden,' antwoordde hij. 'Ik wilde weten waarom ze met Heymans is getrouwd. Tenslotte is Mieke Vanderwegen nog altijd een van onze hoofdverdachten. De dood van Heymans levert haar een half miljoen euro op.'

'Op die manier,' zei Zeebos. Hij klonk maar half overtuigd.

Berg achtte het beter om van onderwerp te veranderen.

'Kunnen we langs de schouwburg rijden? Ik wil mijn paraplu ophalen.'

'Het is kwart voor zes. Zo vroeg is daar nog geen mens.'

'Ik bel Toon Dekempeneer. Die zal wel een sleutel hebben.'

Berg haalde zijn mobiel uit zijn zak. Het nummer van de regisseur stond niet in het geheugen van zijn toestel.

'Heb jij zijn nummer?'

'Ik sla altijd de nummers op van de betrokkenen in een moordzaak,' zei Zeebos. 'Jij dan niet?'

'Euh... vergeten.'

'Je vergeet tegenwoordig veel, Thomas.'

De opmerking deed Berg schrikken. Had hij gelijk dat zijn geheugen achteruitging en had Zeebos dat gemerkt?

Hoezo? Wat bedoel je?'

'Ik heb het over je paraplu.'

'O... dat.'

Zeebos selecteerde het nummer en reikte hem zijn toestel aan. Berg legde de situatie uit. Dekempeneer zei dat hij van plan was om tegen halfzeven naar de schouwburg te gaan om de attributen klaar te leggen voor de opvoering van vanavond, maar hij kon ook een beetje vroeger komen. Binnen een kwartier was hij er.

De Bondgenotenlaan lag er uitgestorven bij. Doorgaans was het op zondag sowieso rustig in de stad en met dit rotweer lieten zelfs de gewone wandelaars het afweten. Zeebos parkeerde de auto op de binnenplaats van de schouwburg. Dekempeneer stond op hen te wachten in het eetzaaltje voor artiesten. Berg bedankte hem voor de moeite.

'Geen probleem, hoofdinspecteur. Hoe vond u de voorstelling? Ik heb u gisteren even gezien in de gang van de kleedkamers.'

Berg wierp een snelle blik over zijn schouder, maar Zeebos deed net de glazen deur dicht en had niet gehoord wat de regisseur zei. Hij hoopte dat de man niet over de bloemen zou beginnen, als hij die tenminste had opgemerkt.

'Ik heb ervan genoten,' antwoordde hij. 'Alle acteurs waren heel overtuigend, zeker de twee hoofdrolspelers.'

'Dat vond ik ook. Zowel Tobias als Esther heeft het fantastisch gedaan. Ik zag dat u voor haar een...'

Berg viel de man onmiddellijk in de rede:

'Het enige wat me een beetje stoorde, was Jokastes leeftijd. Ondanks de schmink zag Esther er nog altijd te jong uit. Maar u hebt gelijk: ze speelde geweldig. Het was een goed idee van u om haar de vrouwelijke hoofdrol te geven.'

Dekempeneer, die al op weg was naar de gang met de stenen trap, bleef abrupt staan en draaide zich om.

'Wat bedoelt u? Ik heb haar die rol niet gegeven.'

Berg keek de man niet-begrijpend aan.

'Hoezo? Ik dacht dat u...'

'Nee, hoofdinspecteur. U hebt het mis. Ik had een andere actrice in gedachten, maar Herman Lateur wilde Esther voor de rol. Daar stond hij zelfs op.'

5

Terug thuis maakte Berg zich een espresso klaar en ging in een van de fauteuils bij de open haard zitten, broedend op wat Toon Dekempeneer had gezegd. Tegen Zeebos had hij niets van zijn verwarring laten merken omdat hij eerst over de zaak wilde nadenken, maar eigenlijk lag de conclusie voor de hand: Herman Lateur had tegen hem gelogen.

Berg herinnerde zich nog letterlijk wat de man had gezegd op de binnenplaats van de schouwburg: 'Ik ben blij dat Toon Esther gevraagd heeft om Jokaste te spelen. In het begin twijfelde ik eraan of hij daarmee een goede keus had gemaakt, maar ik had ongelijk. Ze doet het fantastisch.'

Volgens Dekempeneer had niet hijzelf Esther voor de rol geselecteerd, maar Lateur. Daar had de man zelfs op gestaan als hij de regisseur mocht geloven. Wat had Lateur dan bezield om het anders voor te stellen? Uit gêne? Omdat Esther inderdaad de verkeerde leeftijd had en het voor een zelfverklaarde perfectionist op zijn minst gezegd vreemd was dat hij het welslagen van zijn toneelstuk op die manier in gevaar bracht?

Maar waarom dan die uitgesproken voorkeur voor een te jonge actrice? Was het een strategische zet geweest om Esther voor zich te winnen? In dat geval zou Lateur haar toch verteld hebben dat ze de rol aan hem te danken had en net dát had hij niet gedaan. Afgelopen dinsdag had Esther het vermoeden uitgesproken dat Dekempeneer wel eens spijt kon hebben dat hij haar de rol had gegeven omdat het gezelschap door de dood van haar vader een dag niet had kunnen repeteren. En even later, op het terras van Den Engel, had ze gezegd: 'Ik had verwacht dat Madeleine Jokaste mocht spelen omdat ze een heel ervaren actrice is en de juiste leeftijd heeft, maar tot mijn verrassing kreeg ik de rol.'

Esther was er dus niet van op de hoogte dat het aan Lateur te danken was dat ze voor de vrouwelijke hoofdrol was gecast. Of had ze daarover gelogen? Berg riep zich de scène opnieuw voor de geest. Hij had niet de indruk dat Esther op dat ogenblik de waarheid had verdraaid. Aan de andere kant... was hij wel oplettend genoeg geweest? Had hij zich niet minder alert opgesteld omdat hij haar sympathiek vond? Tenslotte kostte het een actrice weinig moeite om met een uitgestreken gezicht iets te vertellen wat niet klopte en daar kwam nog eens bij dat er voor die eventuele leugen een goede verklaring bestond. De rest van het gezelschap – en zeker Madeleine – mocht niet weten dat ze om de verkeerde reden de hoofdrol had gekregen.

Berg nam een slok van de koffie. Hij kon de situatie ook omdraaien. Misschien had Esther van haar relatie met Lateur gebruikgemaakt om hem onder druk te zetten, zodat hij er bij de regisseur op zou aandringen dat zij Jokaste mocht spelen. Het zou niet de eerste keer zijn dat zoiets gebeurde, daar bestonden genoeg voorbeelden van, zeker in de wereld van de film, en waarom zou het in theatermiddens anders gaan?

Maar was Esther het type om zoiets te doen? Zo kwam ze in elk geval niet over. Of had hij een te positief beeld van haar? Dat kon natuurlijk, al vond hij het moeilijk voorstelbaar dat ze haar relatie met Lateur op die manier had misbruikt. Sterker nog, hij geloofde zelfs niet dat ze wist dat Lateur zijn invloed had aangewend om haar de hoofdrol te bezorgen. Tijdens hetzelfde gesprek had ze hem immers een integere man genoemd, dat woord gebruikte je niet wanneer je wist dat de persoon in kwestie iemand uit eigenbelang had voorgetrokken.

Maar hoe integer was Lateur als hij Toon Dekempeneer onder druk had gezet om de rol aan zijn veel te jonge maîtresse te geven en daarover ook nog eens te liegen tegen de politie? Enerzijds was het begrijpelijk waarom hij niets over zijn inmenging had gezegd. Dat was vermoedelijk gebeurd omdat hij wilde vermijden dat zijn verhouding met Esther bekend werd, want dan zou iedereen hem van bevoordeling verdenken. Anderzijds moest een verstandige man als hij toch beseffen dat wie één keer op een leugen werd betrapt, niet meer geloofwaardig overkwam.

En dat bracht Berg dan weer op hetgeen Lateur over zijn scheiding had gezegd. Hij had de beslissing van zijn vrouw als een complete verrassing voorgesteld, zogenaamd omdat hij in de waan verkeerde dat ze een goed huwelijk hadden, maar volgens Mieke Vanderwegen had hij haar jarenlang bedrogen. Dat hij daarover met geen woord had gerept, kon Berg nog begrijpen. Geen mens schilderde zichzelf slechter af dan nodig, maar door de zaak anders voor te stellen had hij wel een bijzonder negatief beeld van zijn ex opgehangen en zoiets deed een integere man niet. Die zou tenminste een deel van de schuld op zich nemen.

Berg staarde peinzend voor zich uit. Wat moest hij hier nu mee? Tenslotte had hij daarstraks Zeebos min of meer gedwongen om met Mieke Vanderwegen te gaan praten omdat hij meer te weten wilde komen over Lateur. Dat was – toegegeven – om de verkeerde reden gebeurd, maar dat nam niet weg dat hij nu wist dat Lateur een bedenkelijke reputatie had wat vrouwen betrof en dat hij niet zo integer was als Esther dacht. Moest hij haar dat vertellen? Nee, slecht idee. Om te beginnen zou ze hem niet geloven omdat ze verliefd was en ten tweede zou ze hem vragen waarmee hij zich bemoeide of – nog erger – waaróm hij zich met haar relatie bemoeide.

Aan de andere kant, toen hij de vorige avond naar het toneelstuk zat te kijken, had hij zich op een gegeven moment iets afgevraagd wat hij nooit eerder had gedaan. Teiresias was toch een ziener, verbonden aan het koninklijke hof van Thebe, dus moest hij dankzij zijn gave op voorhand geweten hebben dat Jokaste met haar eigen zoon zou trouwen en dat ze daarmee zichzelf en heel Thebe te schande zou maken. Waarom had hij zijn koningin dan niet gewaarschuwd? Waarom had hij de zaak op zijn beloop gelaten met alle noodlottige gevolgen van dien?

Hoewel het een pertinente vraag was, had hij er zich tijdens de voorstelling niet lang het hoofd over gebroken omdat je op die manier elk verhaal kon kapot redeneren en je fictie de kans moest laten om fictie te zijn, maar nu had hij het gevoel dat hij in dezelfde situatie was beland als Teiresias. Moest hij Esther waarschuwen? Haar duidelijk maken dat ze een veel te rooskleurig beeld had van haar geliefde? Was dat niet de bedoeling geweest van het gesprek met Mieke Vanderwegen? Om meer informatie in te winnen over Lateur en zo te verhinderen dat Esther met open ogen in haar ongeluk liep?

Met een ruk stond Berg op, zo bruusk dat zijn rug opnieuw protesteerde. Waar was hij verdomme mee bezig? Gisteravond nog had hij zich voorgenomen om Esther definitief uit zijn hoofd te zetten en vandaag deed hij exact het tegenovergestelde. Wat er tussen haar en Lateur gaande was, waren zijn zaken niet en daarmee uit. Esther was een volwassen vrouw, geen jong, onervaren meisje dat tegen zichzelf moest worden beschermd. Het gaf dus absoluut geen pas dat hij zich met haar liefdesleven bemoeide, zeker niet wanneer dat uit eigenbelang gebeurde, want dat was de achterliggende beweegreden, zo eerlijk moest hij tegen zichzelf zijn.

Hij liep naar de keuken. Zijn maag grolde. Hoe laat was het? Kwart over zeven. Hij had van de hele dag nog niets gegeten, maar één blik in zijn koelkast was voldoende: zelfs met alle mogelijke improvisatie was er niet genoeg in huis om een maaltijd te bereiden. Misschien kon hij straks naar een restaurant gaan, maar eerst wilde hij een aperitief. Om het gepieker over Esther weg te spoelen. Om zijn gedachten opnieuw op het onderzoek te focussen. Tenslotte was zijn uitstap met Zeebos niet voor niets geweest. Ze wisten nu zeker dat Teniers een bakfiets had. Bleef alleen de vraag of het een model was met de juiste banden. Het was typisch voor Zeebos om aan zo'n technisch detail te denken, daar was hij zelf nooit opgekomen.

In de keuken schonk hij zich een glas martini in. Zijn oog viel op de ventilator die compleet nutteloos naast het wijnrek tegen de muur stond. Het benieuwde hem of hij het toestel dit jaar nog nodig zou hebben. Misschien hadden ze met deze extreem hete lente hun jaarlijkse portie zon al gehad.

Met het glas in zijn hand slenterde hij terug naar de woonkamer. Boudewijn Teniers dus. Zeebos had een paar uur geleden tevergeefs geprobeerd om hem aan de lijn te krijgen, misschien lukte het dit keer wel. Ze moesten per se te weten komen of zijn bakfiets in aanmerking kwam als vervoermiddel van het slachtoffer en bovendien was er nog een goede reden om te bellen: het zou zijn gedachten hopelijk een beetje afleiden van Esther.

Hij selecteerde het nummer. Tot zijn verrassing werd er onmiddellijk opgenomen.

'Met Boudewijn Teniers.'

'Thomas Berg hier.'

'Dag hoofdinspecteur. Hebt u vandaag al eens eerder getelefoneerd? Ik herkende het nummer niet.'

'Nee, dat was een collega van mij.'

'Ik was van plan om terug te bellen, maar we zijn nog maar net thuis van een weekendje aan zee.'

'Hopelijk was het weer daar beter dan hier.'

'Jammer genoeg niet. Maar de trip was al een tijdje geleden gepland, vandaar. Waarmee kan ik u helpen?'

Berg aarzelde. Hij kon de vraag over de telefoon stellen, maar er was nog iets waarover hij het wilde hebben: met wie had Teniers op de avond van de moord bij de Mariapoort staan praten? Als de man er belang bij had om daarover te liegen, dan wilde hij hem in de ogen kunnen kijken wanneer dat onderwerp ter sprake kwam.

'Is het mogelijk dat ik u even kan zien?'

'Vanavond nog?' klonk het verbaasd.

'Als dat kan. Ik heb een paar vragen waarop ik zo snel mogelijk een antwoord zou willen.'

'Tja... als het echt zo dringend is. Komt u naar hier?'

Berg overlegde bij zichzelf. Teniers woonde te ver om te voet te gaan en bovendien vereiste het gesprek een neutrale omgeving.

'Kunt u naar het politiebureau komen?'

'Geen probleem. Hoe laat?'

'Binnen een halfuur? Ik wacht op u in de inkomhal.'

'Ik zal er zijn.'

Berg trok zijn jas aan, nam zijn paraplu van de commode in de hal en sloot zijn flat af. Buiten regende het nog steeds. Hij zette er flink de pas in.

Boudewijn Teniers arriveerde een paar minuten na hem. Berg ging de professor voor naar een van de verhoorkamers in de gang.

'Gaat u zitten.'

'Teniers hing zijn jas over de leuning van de stoel en nam plaats.

'Nu ben ik toch echt benieuwd wat er zo dringend was, hoofdinspecteur.'

'Het gaat om het volgende. Naar het schijnt hebt u een bakfiets. Klopt dat?'

'Euh... ja.'

'Waarom hebt u ons dat niet verteld?'

Teniers keek alsof hij de vraag niet verstond.

'Is dat belangrijk?'

Berg antwoordde niet.

'Toen u zei dat uw fiets gestolen was op de avond van de moord, had u het dus over een bakfiets?'

'Ja. En ik heb erbij gezegd dat het een heel dure fiets was.'

'Maar niet dat het om een bakfiets ging.'

'Dat zou kunnen. Zo precies herinner ik me ons gesprek niet meer.'

'Welke soort banden heeft hij? Gewone of dikkere?'

Teniers staarde hem aan alsof hij er nu helemaal niets meer van begreep. Toen week zijn verwarring voor wrevel.

'Is dat de dringende vraag die u mij...?'

'Ik wil graag een antwoord, professor.'

'Bij mijn weten heeft hij gewone banden.'

Berg had moeite om zijn opluchting te verbergen. Dat was tenminste al dat. Nu moest hij er nog zien achter te komen of het rijwiel daadwerkelijk was gestolen, maar eerst diende er iets anders opgehelderd te worden.

'Ik wil het nog eens hebben over de verklaring die u hebt afgelegd over de avond van de moord. Toen we elkaar in het Huis van Polyfonie spraken, hebt u gezegd dat u na de vergadering buiten een sigaret hebt gerookt.'

'Dat is juist.'

'Bent u daarbij niet iets vergeten te vertellen?'

'Ik begrijp niet wat u bedoelt.'

'U stond daar toch niet alleen?'

'Hoezo? Natuurlijk wel.'

Berg had er ineens genoeg van. Heel hun onderzoek had tot nu toe niets opgeleverd omdat deze man vanaf het begin had gelogen. Hij liet zijn stem een octaaf hoger gaan.

'U liegt, professor.'

Teniers liep rood aan. Hij gaf de indruk dat hij op het punt stond zich boos te maken, maar voorlopig hield hij zich in.

Berg liet de stilte aanslepen om de druk op de ander te verhogen. Het scheen Teniers niet te deren. Hij staarde de politieman tegenover hem recht in het gezicht, onafgebroken, uitdagend zelfs. Ten slotte verbrak Berg zelf de stilte.

'Uw vrienden, Jozef en Rita Leyers, hebben verklaard dat u met iemand stond te praten.'

'Dan vergissen ze zich.'

'Dat denk ik niet, professor. Eén persoon kan zich vergissen, twee niet.'

Teniers deed alsof hem plots een licht opging.

'Wacht even, nu herinner ik het me weer. Ik heb inderdaad met iemand gesproken. Heel kort maar. Het was een man. Hij zag me roken en vroeg om een vuurtje.'

'U liegt opnieuw, professor.'

Teniers balde zijn handen op het tafelblad tot vuisten.

'Wie denkt u wel dat u bent?' stoof hij op. 'Ik laat me niet beledigen door...'

'Het kan geen toevallige passant geweest zijn,' brak Berg hem af. 'Want u hebt met de man ruziegemaakt.'

Dit keer was Teniers wel van slag, al deed hij zijn best om dat te verbergen.

'Wie beweert dat?'

'Dezelfde twee getuigen.'

'Dat is onzin. Jozef en Rita stonden bij brasserie De Molen. Ze kunnen onmogelijk iets gehoord hebben.'

'Nu geeft u dus toe dat er iemand bij u was?'

'Nee, dat doe ik niet. Ik wilde alleen een punt maken.'

'En u hebt over nog iets gelogen. U bent niet tot kwart over tien in De Molen geweest, maar tot tien uur. Dat wisten uw vrienden heel zeker. Ze zijn met opzet vroeg naar huis gegaan omdat ze de volgende ochtend op reis vertrokken.'

Teniers maakte een minimaliserend gebaar.

'Het kan dat ik er een paar minuten naast zat.'

'Een kwartier is wel wat meer dan een paar minuten.'

'Goed, dan was het een kwartier. En wat dan nog?'

Berg liet opnieuw een pauze vallen zonder zijn blik één ogenblik van Teniers af te wenden. Toen vroeg hij:

'Is uw bakfiets die avond wel gestolen, professor?'

'Natuurlijk is...'

Berg sloeg met zijn vlakke hand op het tafelblad, zo hard dat zijn palm pijn deed. Geïntimideerd klapte Teniers zijn mond dicht. Toen haalde Berg zijn mobiel uit zijn zak, legde het toestel tussen hem en Teniers in en plantte er zijn wijsvinger op.

'Voor u antwoordt, eerst dit. Als u opnieuw liegt, bel ik meteen de mensen van wacht en laat u in een cel opsluiten.'

'U hebt het recht niet om mij...'

'Kan me geen barst schelen.'

'Ik bel mijn advocaat. Ik dien klacht in.'

'Ik zie nergens een advocaat,' zei Berg terwijl hij zijn rug rechtte en theatraal om zich heen keek. 'Maar die agenten staan hier in een mum van tijd en vijf minuten later zit u in de cel.'

'Dat durft u niet.'

'Dan kent u mij nog niet,' beet Berg hem toe.

Teniers knipperde met zijn ogen. Voor het eerst zag Berg iets van de muur afbrokkelen die de man rond zich had opgetrokken. Het was maar een klein stukje, meer niet, maar zo begon het altijd.

'Ik herhaal mijn vraag, professor. Is uw bakfiets die avond gestolen? En dit keer wil ik de waarheid of ik doe wat ik net heb gezegd.'

Gebukt onder zijn paraplu liep Berg een uur later naar de Tiensepoort. Hij had Teniers naar huis laten gaan, hoewel de man uiteindelijk zijn leugens had toegegeven. Op het moment zelf had hij een paar tellen lang overwogen om hem in hechtenis te nemen, maar de onderzoeksrechter zou het niet op prijs stellen dat hij buitenspel was gezet en bovendien was het nog maar de vraag of Teniers zijn bekentenis niet zou intrekken wanneer hij rustig de tijd had gehad om na te denken.

Nee, het was beter dat hij eerst met Hove overlegde en dat Teniers opnieuw werd verhoord, dit keer in het bijzijn van zijn advocaat, anders werden hen later nog procedurefouten aangewreven ook. Enerzijds nam hij daarmee een risico, anderzijds was de kans klein dat Teniers de gelegenheid zou aangrijpen om ervandoor te gaan. De man was drieënzestig, getrouwd en had kinderen en kleinkinderen. Vermoedelijk zou hij zich morgen, zoals afgesproken, met zijn advocaat op het politiebureau melden, dat had Berg als voorwaarde gesteld om hem naar huis te laten gaan. Het uitstel had trouwens nog een voordeel. Het gaf hem de nodige tijd om enkele dingen te checken, want als Teniers zijn verklaring herriep – en die kans was reëel gezien de ernst van zijn situatie – dan zou hij zonder bewijzen nooit kunnen hardmaken wat hij nu wist.

Hij passeerde de Kaminsky en ging naar binnen om iets te eten. Het café zat halfvol. Op een bord tegen de muur stond met krijt geschreven wat de keuken te bieden had. Hij besloot een quiche te nemen. Hónger had hij.

Toen hij klaar was, rekende hij aan de tapkast af en trok zijn jas aan. Vanaf de plaats waar hij stond, zag hij door de glazen zijdeur het beeld staan van de vrouw met het varken. Voor de rest was het terras leeg, op twee mannen na die onder de luifel een sigaret stonden te roken. In plaats van de voordeur te nemen, verliet hij het café via de terrasdeur. Het was eindelijk droog buiten. Bijna vierentwintig uur had het aan één stuk door geregend. Als inhaalmanoeuvre kon dat tellen.

Zonder goed te beseffen waarom posteerde hij zich voor het kunstwerk. Hij voelde de ogen van de twee mannen in zijn rug, maar negeerde hen. Terwijl hij daar zo stond, drong het plots tot hem door dat hij ook op een andere manier naar het beeld kon kijken dan hij tot nu toe had gedaan. Op basis van wat hij op internet had gelezen over het schilderij van Félicien Rops, had hij aangenomen dat beide kunstwerken de onderdanige positie van de man uitbeeldden op vlak van erotiek en seks. Het was immers de vrouw die het varken aan de lijn hield en op die manier controle uitoefende op het dier dat symbool stond voor de man.

Maar eigenlijk kon je de zaak net zo goed omdraaien. Tenslotte liep het varken voor de vrouw uit en op het schilderij van Rops was zij zelfs geblinddoekt, zodat de vergelijking met een blinde en zijn geleidehond zich opdrong. Wie van de twee nam dan de beslissing in welke richting er gelopen werd? Wie was bijgevolg overgeleverd aan wie? Had Rops dat bedoeld? Dat de vrouw zich blindelings liet leiden door de man en haar seksuele leven op hem afstemde? Dat ze ondanks haar schijnbare dominantie toch niet de hoofdrol speelde? Of wilde de schilder enkel zeggen dat het in geen enkele relatie tussen een man en een vrouw duidelijk was wie echt de leiding had?

In gedachten verzonken ging Berg het café weer in en liep via de voordeur de straat op. Hij had nog altijd geen idee of hij de twee kunstwerken juist begreep, maar wat telde, was dat hij net een volkomen tegenovergestelde verklaring had gegeven van wat hij tot nog toe had gedacht en nu zijn hersenen eenmaal tot die slotsom waren gekomen, volgde een andere conclusie die in het verlengde lag van de vorige en die door het gesprek met Boudewijn Teniers niet langer te vermijden viel: hij moest ook met andere ogen naar zichzelf kijken. Niet híj had de leiding gehad in dit onderzoek, zoals hij gewoontegetrouw had aangenomen. Niet híj was degene die de teugels in handen had gehouden, zoals dat bij elke moordzaak het geval hoorde te zijn. Zonder dat hij zich daarvan bewust was geweest, had hij zich de hele tijd als een blinde laten leiden door een ander. Hij had diens leugens geloofd en daardoor niet begrepen hoe verkeerd hij de zaak had ingeschat.

De vaststelling bracht hem helemaal van de wijs. Aan de ene kant was hij ontgoocheld over zichzelf, aan de andere kant drong nu eindelijk tot hem door waarom hij er al die tijd niet in geslaagd was te achterhalen wie Marcel Heymans had vermoord. Gisteren, toen hij de man met de bakfiets had gezien bij de vijver van de Parkabdij, had hij zich afgevraagd of die toevallige ontmoeting een ommekeer zou bewerkstelligen in het onderzoek, maar nu wist hij beter. De peripetie, zoals Lateur het had genoemd, was daarnet gebeurd, toen hij voor het beeld van de vrouw met het varken stond. Dat was het moment geweest waarop zijn hele denken ondersteboven was gegooid.

Nerveus en gespannen beende hij naar het kruispunt op de ringweg. Het voetgangerslicht stond op rood. Hij haalde zijn mobiel uit zijn zak. Na drie beltonen werd er opgenomen. Zonder inleiding zei hij:

'Luister, Wenderickx, ik weet dat het zondagavond is, maar ik wil dat je iets voor me doet. Nu meteen. En zodra je reactie hebt, bel je mij. Maakt niet uit hoe laat het wordt, begrepen?'

'Euh... oké, chef.'

Berg legde uit wat hij van zijn collega verwachtte en benadrukte nog een keer dat hij desnoods de rest van de avond op een antwoord zou wachten. Wenderickx beloofde er onmiddellijk werk van te maken.

'Goed. Bedankt. Tot straks.'

Het voetgangerslicht sprong intussen voor de tweede keer op groen. Hij stak de ringweg over. Aan de andere kant realiseerde hij zich ineens dat hij zijn paraplu in het café had laten liggen. Met een vloek draaide hij zich om en ging op zijn stappen terug.

Deel 5

De mise-en-scène

I

Met alle lichten gedoofd zat Berg in de woonkamer van zijn flat, voor zich uit starend naar niets, zijn blik naar binnen gericht waar het al even donker was als om hem heen. Hij was nog altijd aangedaan van wat hij zich had gerealiseerd toen hij voor het beeld van de vrouw met het varken stond. Hoe had hij zich in hemelsnaam zo kunnen laten misleiden? Hoe was het mogelijk dat hij zich zo domweg op sleeptouw had laten nemen door leugens en halve waarheden? Die waren weliswaar op een bijzonder vernuftige manier aan hem gepresenteerd, maar dat verklaarde nog niet waarom hij er met open ogen was ingetrapt. Tenslotte was hij niet aan zijn proefstuk toe. Hij was een rechercheur met meer dan twintig jaar ervaring. Iemand die het klappen van de zweep kende en er zeker van was dat hij voldoende inzicht had in de menselijke psyche om verborgen motieven te ontdekken en de manier te doorzien waarop die werden gecamoufleerd. Hoe aanmatigend bleek die overtuiging nu te zijn. Hoe hoogmoedig. Hybris heette dat in Griekse tragedies en daar werd een mens steevast door de goden voor gestraft.

Hij boog zich naar voren en nam zijn glas cognac van de salontafel. In het vale schijnsel dat een straatlantaarn door het raam naar binnen wierp, zag hij Lateurs boekje liggen met de vertaling van Sophocles' treurspel. Hoe dikwijls had hij de afgelopen week geen overeenkomst opgemerkt tussen de moordzaak en het verhaal over Oidipous? Gisteren nog had hij zich op het kerkhof van de Parkabdij afgevraagd waarom dat gebeurde. De verschillende verbanden hadden hem immers geen stap dichter bij de waarheid gebracht. Waarom had hij ze dan aan de lopende band gelegd? Wat was de aanleiding daartoe geweest?

Het had lang geduurd, maar nu begreep hij wat zijn intuïtie hem zo vaak had geprobeerd te vertellen. Hij had de gelijkenissen wel gezien, hij had er alleen niet de juiste conclusies uit getrokken. Het beeld van de vrouw met het varken had hem op het idee gebracht dat hij anders moest denken en dankzij de bekentenis van Boudewijn Teniers was het hem eindelijk duidelijk geworden wat hij instinctief had aangevoeld, maar met zijn verstand niet had begrepen.

In een vermoeid gebaar ging Berg met zijn hand over zijn gezicht. Het was een paar minuten over halfelf. Wenderickx had nog altijd niet gebeld. Het wachten werkte hem op de zenuwen, maar hij had geen andere keus dan geduld te oefenen. Het telefoontje was van cruciaal belang. Afhankelijk van wat zijn collega hem zou vertellen, had hij al dan niet een bevestiging van wat Boudewijn Teniers had bekend. Maar ook als Wenderickx er niet in slaagde om te doen wat hem was gevraagd, bleef hij ervan overtuigd dat hij het dit keer bij het rechte eind had. Hij moest het alleen nog kunnen bewijzen en wanneer Teniers zijn verklaring introk, zou dat allesbehalve eenvoudig zijn.

Hij bedwong de neiging om de rest van de cognac in één teug leeg te drinken en zette het glas terug op de salontafel. Hij mocht niet dronken worden. Niet vanavond. Als Wenderickx belde met de verhoopte informatie, had hij morgenochtend een helder hoofd nodig om zijn team alles uit te leggen en de juiste instructies te geven.

Zijn oog viel opnieuw op het boekje met de vertaling van Sophocles' tragedie. Hij voelde hoe zijn keel dichtsnoerde terwijl hij voor de zoveelste keer bedacht dat hij in deze zaak even blind was geweest als Oidipous. De vorige avond had hij in de schouwburg gehoord hoe Teiresias de koning van Thebe verweet dat hij met zijn gezonde ogen niet zag in welke situatie hij zich bevond en dat gold eveneens voor Jokaste, daar had Esther hem op gewezen toen ze samen iets op de Grote Markt zaten te drinken. Oidipous' moeder had haar zoon moeten herkennen. Hij was intussen wel een volwassen man, maar de gelijkenis met Laios was overweldigend en de littekens op zijn voeten logen er niet om. Hoe had het gisteravond ook alweer op de planken geklonken?

Hij herinnerde zich de juiste woorden niet meer, reikte naar het boekje en doorbladerde het tot hij de bewuste passage vond. Toen Oidipous zijn vrouw vroeg om Laios te beschrijven, had ze gezegd: *Zijn haar was zwart als het jouwe, al begon het te grijzen. Ook verder verschilde hij uiterlijk weinig van jou.*

Zowel Jokaste als Oidipous was ziende blind geweest en hetzelfde kon van hem worden gezegd. Ook hij had de tekenen moeten herkennen, maar dat was niet gebeurd. Erger nog, hij had dezelfde fout gemaakt als Oidipous toen Kreon hem verweet dat hij... De juiste woorden ontsnapten hem opnieuw. Waar stond het stukje?

Hij zocht naar de betreffende passage. Het voorval vond plaats in het begin van het verhaal. Kreon was pas terug van Delphi. Toen Oidipous hem van verraad betichtte, had zijn schoonbroer verontwaardigd geroepen: *Beschuldig me niet op basis van vage gronden. Wie zonder reden slechte mensen goed vindt en goede slecht, gaat ernstig in de fout.*

Uitgerekend dát had hij gedaan en daarmee had hij gezondigd tegen het Sherlock Holmes-axioma. Hij had een theorie bedacht alvorens hij al de feiten kende en daardoor had hij de feiten aangepast aan de theorie in plaats van omgekeerd. Voor die fout had hij Wenderickx een week geleden gewaarschuwd, terwijl hij zelf in die val was getrapt.

De riedel van zijn mobiel doorkruiste zijn gedachten. Vliegensvlug griste hij het toestel van de salontafel. Het was Wenderickx. Hij voelde de zenuwen door zijn lijf gieren.

'En?' vroeg hij, riep hij bijna.

'Je had gelijk, chef.'

'Is dat zeker?'

'Heel zeker.'

Berg kneep van pure opluchting zijn ogen dicht, een seconde slechts, maar in die ene flits zag hij haarscherp hoe alle puzzelstukken in elkaar vielen.

'Chef,' hoorde hij Wenderickx in het toestel zeggen. 'Wat betekent dit nu? Houdt dat in dat we...'

'Ik leg morgen alles uit,' viel hij zijn collega in de rede. 'Aan het hele team ineens. Bedankt, Wenderickx. Je hebt me enorm geholpen.'

'Geen probleem, chef. Goedenacht.'

'Goedenacht.'

Berg drukte het gesprek weg. Hij keek op zijn horloge. Kon hij de onderzoeksrechter nu nog bellen? Het was zondagavond, tien voor elf. Maar er was geen tijd meer te verliezen. Morgenochtend al had hij een huiszoekingsbevel nodig.

Hij selecteerde het nummer. Het duurde even voor er werd opgenomen.

'Hoofdinspecteur?' klonk het verbaasd aan de andere kant van de lijn.

'Excuseer de storing,' begon Berg. 'Ik...'

'Weet u hoe laat het is?'

'Het spijt me. Dit kan echt niet tot morgen wachten.'

Hij hoorde Hove zuchten.

'Ik hoop dat het de moeite waard is. Het is verdomme bijna elf uur.'

Berg aarzelde een paar seconden, toen zei hij:
'Ik heb een vraag. Weet u wat een peripetie is?'

2

Het telefoontje met de onderzoeksrechter duurde meer dan drie kwartier. Hove legde voor zijn doen een verbazingwekkende hoeveelheid geduld aan de dag, hoewel hij in het begin van het gesprek Berg een paar keer had onderbroken omdat de theorie die hij te horen kreeg in niets overeenstemde met de densporen die tot op dat ogenblik door het onderzoeksteam waren gevolgd. Het belangrijkste verschil was dat er werd afgestapt van het idee dat het om twee daders ging.

'Wat zegt u nu?' protesteerde Hove. 'U hebt altijd bij hoog en bij laag volgehouden dat het voor één man onmogelijk is om het bewusteloze slachtoffer zo ver te verplaatsen. Is de moordenaar er dan toch in geslaagd om met de auto tot bij de vijver te rijden?'

'Nee,' antwoordde Berg. 'Hij heeft een bakfiets gebruikt.'

'Een bakfiets!?'

'Dat is een soort fiets met...'

'Ik weet wat een bakfiets is, hoofdinspecteur,' baste Hove. 'Wat ik niet begrijp, is hoe u op zo'n bizar idee komt. Ik heb in mijn carrière al heel wat meegemaakt, maar dat heb ik nog nooit gehoord: een slachtoffer vervoeren met een bakfiets. Dat klinkt bijna negentiende-eeuws.'

'Net daarom heeft niemand van ons aan die mogelijkheid gedacht.'

'Tot nu, als ik u goed begrepen heb. Hoe is dat gebeurd?'

Berg vertelde over zijn wandeling van de vorige dag toen hij bij de vijver van de Parkabdij een man met zijn kleinkinderen had zien voorbijrijden op een bakfiets.

'Ik heb de sporen van de banden vergeleken met die van een gewone fiets,' voegde hij eraan toe. 'Er was geen verschil.'

'Dat bewijst nog niet dat de dader zo'n rijwiel heeft gebruikt.'

'Nee, dat is juist. Maar toen herinnerde ik me dat Boudewijn Teniers ook kleinkinderen heeft. Misschien, dacht ik, maakt hij met hen op dezelfde manier fietstochtjes.'

Het bleef even stil aan de andere kant van de lijn. Toen vroeg Hove:

'Is Boudewijn Teniers dan toch de dader?'

'Een momentje, ik leg eerst uit wat we vervolgens hebben gedaan. Zeebos en ik zijn vandaag naar het huis van de professor gereden, maar hij was er niet. Een buurman wist ons te vertellen dat ons vermoeden juist was: Teniers rijdt... of reed... met een bakfiets. Het probleem is dat hij altijd heeft beweerd dat zijn rijwiel gestolen was op de avond van de moord. Als dat waar was, had hij waarschijnlijk niets met de dood van Marcel Heymans te maken. Maar wat wij ons afvroegen, is waarom hij nooit heeft gezegd dat het bij zijn verdwenen rijwiel om een bakfiets ging.'

'In de gegeven omstandigheden is dat niet verwonderlijk.'

'Dat dachten wij ook, maar ik wilde uit zijn mond horen om welke reden hij dat feit heeft verzwegen. Daarom heb ik hem een paar uur geleden gebeld. Hij was net terug van een weekendje aan zee, maar toen ik aandrong, ging hij akkoord om naar het politiebureau te komen. Hij gaf onmiddellijk toe dat hij een bakfiets had, al bleef hij erbij dat die gestolen was toen hij met zijn vrienden iets zat te drinken in brasserie De Molen.'

'En zolang we niet kunnen bewijzen dat hij liegt,' concludeerde Hove, 'hebben we niets tegen hem in handen.'

'Klopt. Maar er waren nog een paar andere dingen die me achterdochtig maakten. Ten eerste heeft hij een kwartier vroeger afscheid genomen van zijn vrienden dan hij ons heeft verteld, zodat hij in theorie over meer dan een uur beschikte om zijn plan uit te voeren. Ten tweede heeft hij niet vermeld dat hij na de vergadering met Heymans een tijdje met iemand heeft staan praten bij de Mariapoort.'

'Hoe weet u dat?'

'Van zijn vrienden, Jozef en Rita Leyers. Jammer genoeg konden die geen gedetailleerde beschrijving van de man geven omdat ze te veraf stonden. Ik heb Teniers natuurlijk gevraagd om wie het ging.'

'En?'

'Eerst loog hij. Opnieuw. Het was gewoon een voorbijganger, beweerde hij. Iemand die een vuurtje vroeg toen hij daar stond te roken. Maar dat kan niet. Volgens de twee getuigen had hij ruzie met de man, dat konden ze vanaf hun plaats wel zien. Ik heb Teniers toen onder druk gezet om...'

'Onder druk gezet?' herhaalde de onderzoeksrechter geschrokken. 'U hebt toch niets gedaan wat zijn advocaat tegen ons kan gebruiken?'

'Nee, absoluut niet.'

Maar Hove was er niet gerust op.

'Ik ken u, Berg. Het zou niet de eerste keer zijn dat...'

'Of zijn advocaat morgen moeilijk doet of niet,' brak Berg de onderzoeksrechter af, 'maakt weinig verschil. Ik heb intussen andere bewijzen.'

'Waarvan?'

'Van het feit dat Teniers op dat ogenblik wel degelijk met iemand heeft ruziegemaakt. Ik weet zelfs met wie omdat hij me uiteindelijk de naam heeft gegeven. Hij kon niet meer anders. Alles wees erop dat hij Marcel Heymans had vermoord. Waarom anders al die leugens? Toen hij inzag dat hij geen kant meer op kon, heeft hij eieren voor zijn geld gekozen en verteld wie de man was, maar om er zeker van te zijn dat hij niet opnieuw loog, heb ik Wenderickx de opdracht gegeven om een foto te mailen naar het hotel waar Jozef en Rita Leyers logeren. Ik heb een kwartier geleden antwoord gekregen. Ze herkenden de man, alle twee.'

Berg stopte omdat hij wilde dat de onderzoeksrechter inzag dat dit nieuwe gegeven zonder enige twijfel bevestigde dat ze eindelijk tot een doorbraak waren gekomen in het onderzoek, dat er zich in hun naspeuringen een peripetie had voorgedaan zoals hij het had genoemd bij het begin van het telefoongesprek.

'Ja, én?' riep Hove ongeduldig. 'Maak het verdorie niet zo spannend, hoofdinspecteur. Wie was het?'

'Het was Herman Lateur,' antwoordde Berg.

Bijna een volle minuut werd er niet gereageerd aan de andere kant van de lijn. Berg kon de hersenen van de onderzoeksrechter bij wijze van spreken horen malen. Hij wist wat Hove dacht. Voor hem was het niet anders geweest toen Boudewijn Teniers de naam uitsprak, daarom was hij er eerst niet zeker van of de man de waarheid sprak. Pas toen hij tegenover het beeld van de vrouw met het varken stond en zich realiseerde dat hij zijn interpretatie van het kunstwerk ook kon omdraaien, had hij beseft dat hetzelfde voor hem gold en dat hij de situatie volkomen verkeerd had ingeschat.

'Ik begrijp het niet,' zei Hove ten slotte. 'Beweert u dat Herman Lateur de moord heeft gepleegd? Dat kan niet. Hij heeft een alibi.'

'Dat dacht ik eerst ook, maar dat klopt niet.'

'Hoezo niet? Ik heb in uw verslag gelezen dat hij die avond een vergadering heeft bijgewoond in het huis van Toon Dekempeneer. Van 21.00 tot 23.00 uur. Volgens Geeraerts is Heymans vermoord tussen 22.00 uur en middernacht. In uw eerste rapport maakt u de periode zelfs korter en stelt u dat de moord vermoedelijk tussen 22.00 en 23.00 uur is gepleegd. Hoe kan Lateur dan de dader zijn? Zelfs al is hij onmiddellijk na de vergadering terug naar de abdij gereden, dan kan hij daar in het beste geval pas om 23.15 uur aangekomen zijn en dat vind ik een nog heel optimistische schatting aangezien hij van de andere kant van de stad moest komen. Akkoord?'

'Akkoord, maar mijn berekening was gebaseerd op het idee dat het vanaf 23.00 uur te donker was om zonder licht de plaats delict zo achter te laten dat alles op een zelfdoding wees. Tenzij de dader de enscenering ergens anders had voorbereid, in het Huis van Polyfonie bijvoorbeeld. Heymans' mobiel is daar gevonden en volgens zijn vrouw verzette hij geen voet zonder zijn telefoon. Bovendien is een andere locatie moeilijk voorstelbaar aangezien brasserie De Molen tot 23.00 uur open is en er tot op dat ogenblik mensen op het domein rondlopen. Dat laatste leek erop te wijzen dat Heymans toch na 23.00 uur om het leven was gebracht, maar wat deze theorie dan weer tegensprak, is dat er in dat geval een tijdspanne van minstens drie uur overblijft tussen het ogenblik waarop Heymans voor het laatst levend is gezien en het moment waarop hij is vermoord.'

'Ik wilde net hetzelfde zeggen,' reageerde de onderzoeksrechter. 'Als Lateur de dader is, zoals u beweert, dan zou Heymans om 23.15 uur nog altijd in de abdij geweest zijn hoewel zijn gesprek met Boudewijn Teniers al meer dan drie uur eerder was geëindigd. Wat hij daar zo laat nog deed, is mij absoluut niet duidelijk en bovendien hebben we geen enkele getuige gevonden die hem na 20.00 uur heeft gezien. Maar laten we gemakshalve aannemen dat Heymans al die tijd toch in de Parkabdij is gebleven, dan klopt uw berekening nog niet, want die veronderstelt dat Lateur bij zijn terugkomst een glas wijn met

Heymans heeft gedronken om hem te drogeren, vervolgens het bewusteloze lichaam met Teniers' bakfiets naar de vijver heeft gebracht om zijn slachtoffer te verdrinken, en daarna de plaats delict ook nog eens zo heeft geënsceneerd dat de moord op een zelfdoding leek. En dat allemaal op minder dan drie kwartier tijd? Dat is simpelweg onmogelijk, hoofdinspecteur.'

'Hij heeft het in twee fases gedaan,' zei Berg.

'In twee fases? Wat bedoelt u?'

'Kijk, dankzij Boudewijn Teniers weten we nu zeker dat Lateur in het Huis van de Polyfonie was toen...'

'Waarom heeft Teniers dan altijd gezegd dat hij en Marcel Heymans alleen waren?' viel Hove hem in de rede.

'Dat leg ik dadelijk uit. Eerst dit: het gesprek tussen de twee mannen is op een ruzie uitgedraaid omdat Heymans bij zijn besluit bleef en niet met de aankoop van het chansonnier wilde akkoord gaan. Daarbij baseerde hij zich onder meer op wat Lateur had gezegd over de schrijffouten in het Latijnse lied. Teniers had gehoopt om zijn collega die avond op andere gedachten te brengen, maar toen dat niet lukte, heeft hij zich boos gemaakt en is hij buiten een sigaret gaan roken om af te koelen. Lateur is hem achternagegaan. Dat is wat Jozef en Rita Leyers hebben gezien: Teniers en een andere man van ongeveer veertig die om acht uur bij de Mariapoort stonden te ruziën, waarschijnlijk over het feit dat Lateur de kant van Heymans had gekozen.'

'Tot zover ben ik mee, maar...'

'Een moment, de rest wordt binnen een paar minuten duidelijk. Teniers had het intussen opgegeven om Heymans te overtuigen en is met zijn vrienden iets gaan drinken in brasserie De Molen. Lateur is terug naar binnen gegaan. Op dat ogenblik heeft hij Heymans de rohypnol toegediend. Vermoedelijk had hij een fles wijn meegebracht om tijdens de vergadering een glas te drinken. Hij wist – waarschijnlijk via Esther Heymans – dat haar vader een wijnliefhebber was en meer dronk dan hij zou mogen.'

'Via Esther Heymans?' zei Hove. 'Hoezo?'

'Omdat hij een verhouding met haar heeft.'

'Is dat zo? Dat wist ik niet.'

'Ik weet het zelf ook maar pas,' zei Berg zonder uit te leggen hoe dat was gebeurd. 'Maar wat veel belangrijker is, is dat Lateur iets van wijn kent en ongetwijfeld een uitstekende fles bij zich had waar Heymans niet aan kon weerstaan. Bovendien had de professor iets te vieren nu hij met de hulp van Lateur erin geslaagd was om de aankoop van het chansonnier te verhinderen. Lateur heeft natuurlijk met opzet gewacht om de fles te ontkurken tot Teniers van het toneel was verdwenen. Volgens Geeraerts was de dosis rohypnol zo hoog dat Heymans bijna onmiddellijk het bewustzijn heeft verloren. Lateur heeft hem in die toestand achtergelaten. Hij heeft het Huis van de Polyfonie afgesloten en is met zijn auto naar de woning van Toon Dekempeneer gereden waar hij om 21.00 uur werd verwacht. Dat verklaart de tijdspanne tussen het eind van de vergadering in het Huis van de Polyfonie en het moment waarop Heymans is overleden.'

'Een ogenblik,' zei Hove. 'U gaat veel te snel. Hoe kon Lateur op voorhand weten dat Teniers met een bakfiets naar de Parkabdij zou komen?'

'Dat vroeg ik me ook af. Ik heb het er met Teniers over gehad. Hij zei dat hij zich meestal met de fiets verplaatst omdat hij last heeft van artrose in zijn rechterenkel en lopen hem moeilijk afgaat. Lateur was daarvan op de hoogte. Teniers heeft hem twee keer eerder gesproken. De eerste keer toen Lateur voorstelde om het Latijnse lied te bestuderen, de tweede keer toen Teniers hem de tekst heeft bezorgd. Bij die twee ontmoetingen was hij telkens met de bakfiets. Lateur heeft er zelfs een grapje over gemaakt en Teniers heeft toen over zijn enkel verteld en over zijn kleinkinderen die het geweldig vinden om op die manier ritjes te maken met hun grootvader. Ik vermoed dat Lateur zo op het idee is gekomen om de bakfiets te stelen en er de bewusteloze Heymans mee te vervoeren. Teniers heeft me verteld dat Lateur meer dan tien minuten te laat kwam op de afspraak. Dat heeft hij met opzet gedaan om de bakfiets te kunnen stelen vóór de bespreking begon. Normalerwijs zou Teniers de diefstal hebben opgemerkt zodra de vergadering erop zat, maar omdat hij eerst naar De Molen is gegaan, is hem niet meteen opgevallen dat zijn fiets er niet meer stond.'

'En Lateur heeft de bewusteloze Heymans dus pas verplaatst toen hij terugkwam van Dekempeneer?'

'Ja. Esther Heymans heeft gezegd dat Lateur het groepje na afloop op een glas heeft uitgenodigd, maar de sfeer was grondig verpest omdat er tijdens de bespreking hevig is ruziegemaakt. Dat was een bijzonder slimme zet van Lateur omdat zijn voorstel deed uitschijnen dat hij geen andere plannen meer had voor die avond. Ik ben ervan overtuigd dat hij met opzet de gemoederen zo heeft opgehitst dat niemand van het gezelschap nog zin had om met hem iets te gaan drinken.'

'Allemaal goed en wel,' zei Hove, 'maar hoe kon Lateur er zeker van zijn dat Heymans nog altijd uitgeschakeld was toen hij terugkwam?'

'Volgens Geeraerts was de dosis zo hoog dat Heymans zich in een bijna comateuze toestand bevond, maar voor de zekerheid laat ik Lou morgen nagaan hoelang iemand bewusteloos blijft als hij zo'n hoeveelheid rohypnol toegediend heeft gekregen.'

'Tot hier kan ik uw redenering volgen,' zei Hove. 'Maar wat u mij nog altijd niet hebt verteld, is waarom Lateur Heymans heeft vermoord. Welk motief had hij?'

‘Een van de oudste motieven ter wereld: wraak.’

‘Op Heymans? Waarom?’

‘Omdat die hem zijn vrouw heeft afgenomen. Tenminste, zo ziet hij dat.’

‘Maar dat is intussen een jaar geleden.’

‘Verandert dat iets aan het feit dat het is gebeurd?’

‘Nee, maar...’

‘U moet begrijpen hoe Herman Lateur in elkaar zit, dan worden zijn beweegredenen duidelijk. Toen zijn vrouw besloot om bij hem weg te gaan, was dat voor hem een enorme klap. In die mate zelfs dat hij er bijna aan onderdoor is gegaan en in die periode zwaar is beginnen te drinken. Nu is Lateur niet alleen bijzonder verstandig, hij is eveneens een perfectionist die zich tot Dekempeneers frustratie – dat gaf de man gisteren toe – constant bemoeide met de regie van het toneelstuk, vandaar dat hij zo vaak de repetities bijwoonde en dat hij een vergadering heeft samengeroepen op zaterdagavond.’

‘Die had waarschijnlijk nog een andere bedoeling,’ zei Hove. ‘Hij had een alibi nodig.’

‘Dat is juist. Maar gaan we eens terug naar wat er een jaar geleden is gebeurd. Lateur heeft in zijn ogen een goed huwelijk en toch loopt dat voor hem compleet onverwachts op de klippen en besluit zijn vrouw hem te verlaten voor een man die ook nog eens twintig jaar ouder is dan hij. Dat hij dat moeilijk kon verkroppen, bewijst hetgeen in het stadhuis is gebeurd tijdens de huwelijksplechtigheid. Lateur heeft toen stomdronken een scène gemaakt en volgens mij is dat feit even belangrijk geweest om zich te wreken op zijn rivaal. Het was de spreekwoordelijke druppel die er te veel aan was.’

‘Wat bedoelt u daarmee?’ vroeg Hove.

‘Lateur is niet alleen een perfectionist,’ legde Berg uit. ‘Hij is ook een controlefreak. Die twee dingen gaan trouwens vaak hand in hand. Toen Esther Heymans me vertelde hoe hij zich gedragen heeft op het huwelijk van zijn ex-vrouw, had ik moeten beseffen wat dat inhield. Wie zichzelf zo te kijk zet vergeet dat niet, zeker niet iemand als Lateur. Bovendien weet hij dat hij bijzonder verstandig is en heeft hij een uitgesproken positief beeld van zichzelf. Door Heymans' schuld kreeg dat zelfbeeld een enorme deuk en daar kwam nog eens bij dat hij de controle over zijn leven kwijt was. Maar wat voor zo iemand oneindig veel erger is, is dat hij eveneens de controle verliest over zichzelf, vooral wanneer verschillende collega-professoren daar getuige van zijn. Zo'n publiekelijke vernedering is eenvoudigweg onverteerbaar voor een man als Lateur en daarom heeft hij het plan beraamd om zich te wreken op diegene die hem dat heeft aangedaan.'

'Op die manier.'

'Waar we ook rekening mee moeten houden, is dat Lateur een dubbele moraal hanteert. Mieke Vanderwegen vertelde ons dat hij haar jarenlang heeft bedrogen, daarom is ze ook bij hem weggegaan. Blijkbaar zag Lateur er geen graten in dat hij zelf affaires had, maar van zijn vrouw kon hij niet accepteren dat ze met een andere man een relatie was aangegaan, laat staan dat ze hem voor die man verliet. Ik heb het vaker meegemaakt dat heel verstandige mensen menen dat voor hen andere regels gelden dan voor de rest, bijna alsof ze zich boven de wet verheven voelen.'

'En het dus terecht vinden dat ze zich wreken,' voegde Hove eraan toe. 'Maar wat mij bij dit alles nog niet duidelijk is, is waarom Teniers verzwegen heeft dat Lateur aanwezig was op de bespreking in het Huis van de Polyfonie. Hij heeft daar zelfs over gelogen. Welk belang had hij daarbij? Toen bekend werd dat Heymans was vermoord, moet hij toch aan Lateur gedacht hebben als mogelijke dader, aangezien hij hem die avond bij Heymans heeft achtergelaten.'

'Ja en nee,' zei Berg. 'Teniers wist dat Lateur na zijn vertrek terug naar binnen was gegaan, maar hij kon zich niet voorstellen welke reden hij kon hebben om Heymans te vermoorden. Integendeel zelfs, Lateur had in de discussie over het chansonnier Heymans' kant gekozen, waarom zou hij de man dan iets willen aandoen? Maar toen Wenderickx op maandag belde voor een interview, begon Teniers te twijfelen. Wat was er eigenlijk gebeurd terwijl hij in brasserie iets met zijn vrienden zat te drinken? Hij heeft daarom op zijn beurt Lateur gebeld, meteen na het telefoontje van Wenderickx, dat heeft hij daarstraks toegegeven. Lateur heeft hem ervan overtuigd dat hij niets met de dood van Heymans te maken had. Hij had immers een alibi: de vergadering in het huis van Toon Dekempeneer. Teniers vertelde me dat Lateur hem zelfs het telefoonnummer van de regisseur heeft gegeven, zodat hij zijn bewering kon nagaan. Dat stelde hem gerust. Daarom kwam het ook zo echt over toen hij tegen ons zei dat hij dacht dat Heymans zelfmoord had gepleegd.'

'Maar als Teniers er zeker van was dat Lateur niets met Heymans' dood te maken had, was er toch geen probleem?' wierp Hove op. 'Waarom heeft hij dan verzwegen dat Lateur ook in het Huis van de Polyfonie was?'

'Omdat Lateur hem dat uitdrukkelijk heeft gevraagd. Hij wilde zijn naam uit de kranten houden, zei hij. Eén week voor de première zou het funest zijn wanneer de drijvende kracht achter het theaterproject geassocieerd werd met het mysterieuze overlijden van een professor, zeker wanneer de politie een onderzoek zou beginnen omdat er twijfels bestonden over de manier waarop de man was gestorven. Dat alleen was genoeg om hem verdacht te maken aangezien hij de laatste was die Heymans levend had gezien. En zelfs al zou achteraf blijken dat hij onschuldig was, dan nog was het kwaad geschied.

Welke gevolgen had dat niet voor alle betrokkenen? De pers zou zich op het schandaal storten, zodat de feestdag van het honderdvijftigjarig bestaan van de schouwburg werd overschaduwd door allerlei kwalijke geruchten en zowel de opvoering van het toneelstuk als Teniers' eigen schoondochter zouden zwaar te lijden hebben onder zoveel negatieve publiciteit. In die omstandigheden was het beter om geen slapende honden wakker te maken.'

'En Teniers heeft gedaan wat Lateur hem vroeg? Liegen tegen de politie. Zomaar?'

'Niet zomaar,' antwoordde Berg. 'In ruil heeft Lateur beloofd dat hij zijn bezwaren in verband met het chansonnier zou verzwijgen voor de overige bestuursleden van de Alamire Foundation. Hij had zijn bevindingen immers niet op papier gezet en nu Heymans er niet meer was, wist niemand dat hij twijfelde over bepaalde passages in het Latijnse lied. Daarom heeft Teniers er bij ons op aangedrongen om zijn verklaring uit de pers te houden. Hij wilde vermijden dat zijn collega's in het bestuur lucht kregen van de zaak.'

'Zodat de aankoop waarop hij al zo lang zijn zinnen had gezet, toch kon doorgaan. Slim van Lateur.'

'O... het is nog slimmer dan dat,' zei Berg. 'Volgens mij heeft Lateur nooit twijfels gehad over de echtheid van het chansonnier. Die heeft hij verzonnen om iets achter de hand te hebben waarmee hij kon voorkomen dat Teniers de politie zou vertellen dat hij bij de bespreking in het Huis van de Polyfonie aanwezig was.'

'Denkt u dat echt?' twijfelde Hove.

'Daar ben ik nagenoeg zeker van,' antwoordde Berg. 'Lateur heeft een jaar lang op een plan zitten broeden om zich te wreken. Zoals hij in elkaar zit, moest dat perfect zijn of hij begon er niet aan. Toen hij Esther Heymans leerde kennen en over het conflict hoorde tussen haar vader en Boudewijn Teniers, zag hij eindelijk zijn kans. Vanaf dat ogenblik heeft hij alles, tot het kleinste detail toe, als een volleerd dramaturg in scène gezet en daarvoor heeft hij de tragedie van Sophocles als voorbeeld gebruikt.'

'Wablief?' zei Hove. 'Bedoelt u *Koning Oidipous*? Wat heeft dat stuk met deze moordzaak te maken?'

'Alles,' antwoordde Berg.

Toen het telefoontje met de onderzoeksrechter erop zat, schonk Berg zich nog een cognac in en dacht erover na hoe hij morgenochtend zijn mannen op de hoogte moest brengen van wat hij had ontdekt. Als leider van het onderzoeksteam was het niet gemakkelijk om toe te geven dat hij zo vakkundig door Herman Lateur om de tuin was geleid dat hij de man geen ogenblik had verdacht. Het enige excuus dat hij kon inroepen, was dat Lateur een bijna perfecte mise-en-scène had bedacht om de moord te plegen en later de politie op een dwaalspoor te brengen. Natuurlijk praatte dat niet goed dat hij zich zand in de ogen had laten strooien, maar het verklaarde wel waarom het zo lang had geduurd voor de waarheid aan het licht was gekomen.

Bovendien had hij nog een fout gemaakt en hij was van plan om daar eerlijk voor uit te komen omdat hij vond dat iedereen in het team er een les uit kon trekken en omdat het een bijkomend voorbeeld was van hoe verblind hij was geweest. Ook in dat opzicht had hij zich gedragen zoals Oidipous. Die had weliswaar gezonde ogen, maar toch had hij niet gezien wat hij aan het doen was en dit in tegenstelling tot Teiresias die beschadigde ogen had, maar daardoor niet werd afgeleid door het zichtbare, het in het oog springende zoals men het zou kunnen noemen. Dat was nu net de reden waarom bij de oude Grieken zieners meestal blind waren. Die schijnbare paradox werd verklaard door de overtuiging dat het échte zien samenging met fysieke blindheid omdat er op die manier een onthechting van de uiterlijke wereld plaatsvond die gecompenseerd werd door een grotere sensitiviteit voor het niet-zichtbare.

Berg nam een slok van de cognac en liep terug naar de woonkamer. Achteraf bekeken was het niet moeilijk om te verklaren hoe het mogelijk was geweest dat hij zich zo in de luren had laten leggen. Vanaf het begin had hij Herman Lateur sympathiek gevonden. De man was aangenaam in de omgang, behulpzaam, uitermate verstandig en hij had hem zelfs een auteursexemplaar van zijn nog te verschijnen boek cadeau gedaan. Bovendien was Lateur een knappe verschijning met wie hij een uiterst interessant gesprek had gevoerd en ook die twee elementen hadden zijn beoordeling beïnvloed.

Maar hoe iemand eruitzag of zich gedroeg, was niet altijd een indicatie van wat er zich in zijn binnenste afspeelde. Het meest extreme voorbeeld daarvan was ongetwijfeld Socrates die bekendstond om zijn lelijkheid, maar wiens afschuwelijke saterskop gevuld was met wijsheid en begrip. Soms moest je door de onaantrekkelijkheid heen kijken om de innerlijke schat te ontdekken, net zoals je in bepaalde gevallen een mooie buitenkant moest negeren om te kunnen zien welk monster achter de façade verborgen zat. Wat je op het eerste gezicht zag, was nu eenmaal niet altijd hetzelfde als wat er in werkelijkheid aanwezig was. Lelijkheid was geen aanwijzing van laagheid of verwerpelijkheid, schoonheid vormde geen garantie voor goedheid of deugd.

Berg zuchtte. Dat wist hij, dat had hij al verschillende keren tijdens zijn carrière vastgesteld en toch had hij zich blind gestaard op Lateurs knappe uiterlijk, op zijn enorme kennis en zijn boeiende manier van praten. Waarschijnlijk was dat de reden waarom Lateur hem in zijn flat had uitgenodigd. Het was een charmeoffensief geweest, met inbegrip van het cadeautje en de lekkere wijn die hij die avond had geserveerd.

Kon het dat Esther hem had verteld dat de politie-inspecteur die het onderzoek leidde een wijnliefhebber was? Het zou hem niet verbazen dat Lateur haar had uitgehoord over het gesprek op de Grote Markt en dat hij op die manier te weten was gekomen dat zijn tegenstander graag wijn dronk. Daarom had hij zich in zijn woning ook als een wijnkenner voorgedaan. Het was een onderdeel van het beeld dat hij van zichzelf wilde ophangen en waarachter hij zijn ware ik kon verbergen, zodat zijn opponent geen wantrouwen zou koesteren. Het deed Berg denken aan een beroemd citaat van Baudelaire: *La plus belle des ruses du diable est de vous persuader qu'il n'existe pas.*

Lateur had hetzelfde gedaan. Hij had als een door de wol geverfde acteur een rol gespeeld en Berg moest toegeven dat hij er met open ogen was in getrapt. Daardoor was het hem ontgaan wie de man in werkelijkheid was, wat er verstopt zat achter het masker dat Lateur had opgezet.

In dat opzicht had Zeebos gelijk toen hij zei dat hij beter niet naar Lateurs woning was gegaan. Op dat ogenblik had hij de opmerking van tafel geveegd omdat hij in de veronderstelling verkeerde dat het gesprek in 7even Tuinen nieuwe informatie voor het onderzoek had opgeleverd, terwijl hij in werkelijkheid ten prooi was gevallen aan een bedrieglijk spel van leugens en schijninformatie.

Uit frustratie kneep Berg in de leuningen van de fauteuil. Misschien was dat wel de grootste vergissing die hij in dit onderzoek had gemaakt: dat hij Lateur compleet fout had ingeschat. Al de andere conclusies die hij verkeerdelijk had getrokken, waren het gevolg van Lateurs meesterlijke plan, maar deze fout kon hij alleen maar op zijn conto schrijven. Hij had dieper moeten kijken. Hij had zich niet mogen laten verblinden door de uiterlijke schijn.

3

Wenderickx had de rest van het team natuurlijk verteld wat hij de voorbije avond voor Berg had moeten uitzoeken, zodat iedereen wist of tenminste vermoedde dat de chef iets belangrijks te vertellen had.

Toen Berg die ochtend op kantoor arriveerde, zat iedereen dan ook ongeduldig op hem te wachten. De enige die ontbrak, was de directeur omdat niemand eraan gedacht had om hem op de hoogte brengen van de mogelijkheid dat er een doorbraak in het onderzoek was gerealiseerd. Wat Berg betrof, was dat prima. De onderzoeksrechter had hij alles al uitgelegd, Denissen kon wachten tot later.

Hij begon ermee hoe hij op het idee van de bakfiets was gekomen en hoe Zeebos en hij hadden ontdekt dat Boudewijn Teniers met zo'n rijwiel naar de Parkabdij was gefietst op de avond van de moord. Daarna vertelde hij over zijn gesprek met de professor in het politiebureau en hoe hij hem onder druk had gezet om toe te geven dat er een derde persoon aanwezig was geweest op de bespreking in het Huis van de Polyfonie: Herman Lateur. Die had, althans volgens Teniers' verklaring, zelf gevraagd om elkaar te treffen in het Huis van de Polyfonie toen hij op donderdag de twee mannen had gebeld. Het was de bedoeling dat hij in detail zou uitleggen wat er volgens hem schortte aan de Latijnse tekst, daarna konden ze onder elkaar uitmaken of ze het manuscript zouden aankopen of niet. Heymans was dadelijk akkoord gegaan omdat hij wist dat Lateurs oordeel in zijn voordeel sprak en Teniers was vastbesloten om Lateurs argumenten te ontkrachten.

'Dus daar ging dat telefoontje over,' knikte Zeebos. 'Hij wilde de twee mannen op dezelfde plaats hebben op hetzelfde moment.'

'Inderdaad, maar dat heeft Lateur me natuurlijk niet verteld. Aan mij heeft hij het voorgesteld alsof het telefoontje alleen diende om zijn bevindingen mee te delen.'

'Waarom heeft Lateur uitgerekend die zaterdagavond voorgesteld om samen te komen? Wist hij dat Decroo een deadline had gesteld en de tijd drong?'

'Teniers zei dat Lateur daarvan op de hoogte was, ja.'

'Hoe?'

'Vermoedelijk via Esther Heymans.'

'Waarom heeft ze daarover iets tegen Lateur gezegd? Is dat toevallig gebeurd?'

'Nee, Jan. Ik veronderstel dat Lateur haar heeft gebruikt om op de hoogte te blijven van wat er tussen Teniers en Heymans gaande was. Esther had een goede relatie met haar vader en we weten dat Heymans haar had verteld over de ruzie met Teniers over de echtheid van het chansonnier. Zonder het te beseffen fungeerde Esther als een spion voor Lateur.'

'Ja, goed, maar waarom zou ze hem dat allemaal vertellen?'

'Omdat ze een relatie met hem heeft.'

Bergs antwoord kwam als een complete verrassing. Er viel een stilte in het kantoor die bijna even totaal was als de geluidloosheid in het heelal. Het was opnieuw Zeebos die uiteindelijk het zwijgen verbrak.

'Hoe weet je dat, Thomas? Niemand van ons was daarvan op de hoogte.'

Berg vertelde dat hij zaterdagavond naar de première van *Koning Oidipous* was gaan kijken en dat hij door Lateur op de afterparty was uitgenodigd, wat ongetwijfeld een onderdeel was van het charmeoffensief dat hij vanaf het begin had gevoerd.

'Toen ik na de voorstelling naar de kleedkamers ging,' zei Berg, 'heb ik toevallig Esther en Lateur zien kussen.'

'Daar heb je gisteren niets over gezegd,' klonk het terechtwijzend.

'Ik zat toen met iets anders in mijn hoofd, Jan. Hoe kon ik trouwens weten dat die relatie belangrijk was? Lateur was geen verdachte. Iedereen van ons was ervan overtuigd dat hij een waterdicht alibi had.'

'Dat is waar, maar je had die kus minstens kunnen vermelden.'

Zeebos had natuurlijk gelijk, maar gelukkig kwam op dat ogenblik de andere vraag op de proppen die Hove ook had gesteld, dit keer via Coens. Als Lateur de dader was, welk motief had hij dan om Heymans te vermoorden?

Berg gaf dezelfde uitleg die hij de onderzoeksrechter had gegeven, al kwam hij er dit keer niet zo gemakkelijk vanaf. Zijn mannen reageerden veel sceptischer dan Hove.

'Dat Lateur zich wilde wreken op Heymans, kan ik nog aannemen,' zei Lou. 'Maar wat ik daarbij niet begrijp, is waarom hij op zo'n opzettelijk amateuristische wijze heeft geprobeerd om de moord voor te stellen als een zelfdoding. Op die manier zouden wij vrij snel ontdekken dat het niet om een zelfmoord ging en trok Mieke Vanderwegen een half miljoen euro van de levensverzekering terwijl ze toch van Lateur is gescheiden. Net dat heeft volgens jou de aanleiding gegeven tot het moordplan. Ik kan dus moeilijk geloven dat Lateur bereid was om zijn ex zoveel geld te gunnen.'

'Misschien wist hij niet van het bestaan van de polis af,' opperde Wenderickx.

'Toch wel,' zei Berg.

'Hoe, chef?'

'Waarschijnlijk opnieuw via Esther. Die was heel teleurgesteld over de wijziging in de polis die haar vader na zijn huwelijk met Mieke Vanderwegen had laten aanbrengen en dat stak ze niet onder stoelen of banken. Het was een van de eerste dingen waarover ze tegen mij haar beklag deed.'

'Een reden te meer waarom ik niet begrijp dat Lateur ervoor gezorgd heeft dat wij zouden doorhebben dat het níet om een zelfmoord ging,' hield Lou vol.

'De juiste reden van die enscenering is ons nooit duidelijk geweest,' zei Berg. 'Wenderickx was de eerste die de vinger op de wond heeft gelegd: waarom zoveel moeite doen als je er toch op rekent dat die geen effect zal hebben? Ik heb het vrijdagavond nog tegen Zeebos gezegd: de manier waarop de dader de plaats delict heeft achtergelaten, is een paradox op zich. Herinner je je dat, Jan?'

Zeebos knikte.

'Wel, eigenlijk is het geen paradox. De enscenering van de zelfmoord is niet met opzet amateuristisch gebeurd zoals wij dachten en wel om de reden die je net zelf gaf, Lou. Lateur wilde absoluut vermijden dat zijn ex-vrouw een half miljoen euro van de levensverzekering zou opstrijken. Dat is ook de reden waarom hij binnen het jaar na het afsluiten van het contract heeft toegeslagen. Bij zelfmoorden die later gebeuren, wordt de polis wel uitbetaald, dat is wettelijk zo bepaald.'

'Ja goed, maar waarom heeft hij dan geprobeerd om...'

'Wacht, ik leg het uit. Lateur heeft één fout gemaakt... of beter: twee. Al is die tweede niet echt een fout te noemen omdat hij waarschijnlijk aannam dat de vingerafdrukken op de stenen door het water zouden worden weggespoeld, zoals dat vaak ook met DNA-materiaal gebeurt. Zijn enige fout is dat hij de bril van Heymans niet heeft afgezet. Aan al de rest heeft hij gedacht, maar dat is hij in zijn haast vergeten.'

'Heel onze theorie over de fouten die de dader met opzet

heeft gemaakt, klopt dus niet?' vroeg Lou. Ze klonk ontgoocheld.

'Nee. Het was wel degelijk Lateurs bedoeling om de politie te doen geloven dat Heymans zelf een eind aan zijn leven had gemaakt. Vandaar ook dat hij rohypnol heeft gebruikt. Dat middel is na acht uur volledig uit het bloed verdwenen, zodat het erop lijkt dat...'

'Hoe wist hij dat?' vroeg Lou. 'Zelfs wij waren daar niet van op de hoogte.'

'Ik heb het gecheckt,' antwoordde Berg. 'Het staat lang en breed op het internet uitgelegd.'

'Klote, dat internet,' vloekte Zeebos. 'Soms zou je willen dat het niet bestond.'

'Maar wat ik nergens heb gevonden,' ging Berg door, 'is wat Geeraerts ons heeft verteld: dat rohypnol in de urine van het slachtoffer wel opspoorbaar blijft. Dat wist Lateur niet. Daarom was hij ervan overtuigd dat de politie niet zou ontdekken dat Heymans gedrogeerd was, zodat iedereen aannam dat de man zichzelf om het leven had gebracht. Op die manier kreeg Mieke Vanderwegen geen geld van de levensverzekering en werd er ook niet naar een moordenaar gezocht. Toen dat manoeuvre door Geeraerts' ontdekking mislukte, heeft Lateur plan B in werking gezet.'

'Is dat aannemelijk, Thomas?' vroeg Zeebos.

'Wat bedoel je?'

'Dat iemand die al zoveel moeite doet om een zelfmoord te ensceneren ook nog eens een reserveplan achter de hand heeft.'

'Ik heb je toch gezegd dat Lateur een perfectionist is,' antwoordde Berg. 'Dat we ons vergist hebben in de interpretatie van de plaats delict, is onze eigen schuld. Maar al de andere vergissingen die we – ik op de eerste plaats – hebben gemaakt, zijn het gevolg van Lateurs machinaties en dat kan ik bewijzen ook. Vergeet niet dat hij als geen ander de tragedie van Sophocles kent. Die heeft hij voor zijn doel gebruikt en uitgerekend dat is het geniale aan zijn plan.'

Opnieuw, voor de tweede keer, werd er gereageerd zoals Hove aan de telefoon. Het verband tussen het verhaal over Oidipous en de moordzaak was niemand duidelijk, maar dat was niet verwonderlijk. Ook Berg had het lange tijd niet begrepen. Pas toen hij voor het beeld van de vrouw met het varken stond, had hij zich gerealiseerd hoe zijn denken door Lateur was gemanipuleerd.

'Sophocles' treurspel,' begon hij, 'is op de keper beschouwd een moordverhaal waarin stap voor stap wordt onthuld wie koning Laios om het leven heeft gebracht. Precies dat heeft Lateur in deze moordzaak ook gedaan. Hij heeft telkens opnieuw een tipje van de sluier opgelicht zonder dat wij... of beter ik... besefte dat de informatie vals was en maar met één doel werd gegeven: het onderzoek de verkeerde richting uitsturen.'

Berg zweeg een ogenblik toen hij zich herinnerde dat Lateur zelf hem op de overeenkomst had gewezen tussen een modern detectiveverhaal en de tragedie. Waarom had hij dat gedaan? Uit overmoed? Omdat hij zo zeker was van zichzelf en zijn perfecte plan? Op die manier had hij zich ook bezondigd aan hybris. Die was in Griekse tragedies vaak de oorzaak van de ondergang van het hoofdpersonage, net zoals in het Bijbelboek *Spreuken* stond te lezen dat hoogmoed altijd kwam voor de val.

'Overlopen we eens de indicaties die Lateur ons heeft gegeven,' vervolgde Berg. 'Hij weet dat als hij Heymans vermoordt en de politie zou ontdekken dat het niet om een zelfdoding ging, hij als een van de eersten zal worden verdacht aangezien zijn vrouw hem voor het slachtoffer heeft verlaten. Daar was hij zo zwaar door aangedaan dat hij een scène heeft gemaakt op de huwelijksplechtigheid van zijn ex. Dat feit kan hij niet meer ongedaan maken, dus moet hij het zo voorstellen dat hij intussen over de breuk heen is. Hoe doet hij dat? Door te zeggen dat de scheiding al een jaar achter hem ligt en dat hij intussen een andere relatie heeft. Om welke vrouw het gaat, verzwijgt hij natuurlijk, maar hij voegt er wel aan toe dat er nog een bijkomende reden is waarom hij geen wrok meer koestert. Welke dat is, zegt hij niet. Sterker nog, in eerste instantie weigert hij daar zelfs over te praten, zogenaamd omdat hij niet wil roddelen.'

'Hoezo?' vroeg Wenderickx. 'Wanneer is dat gebeurd?'

'Tijdens ons eerste gesprek op de binnenplaats van de schouwburg. We zijn toen onderbroken door Esther en Lateur is opnieuw naar binnen gegaan zonder antwoord te geven op mijn vraag. Ik ben hem zelfs achterna moeten gaan om die tweede reden uit hem los te krijgen. Met andere woorden: hij heeft mij laten komen! Als ik me niet zo bij de neus had laten nemen, zou ik nog bewondering hebben ook voor de manier waarop hij me zover heeft gekregen.'

Berg zweeg. Het ogenblik waarop hij voor de tweede keer bij Lateur op een antwoord had aangedrongen, lichtte weer in zijn geheugen op als het nabeeld van een bliksemflits. Hij had verdomme in het aas gebeten als een beginneling.

'Hoe dan ook, uiteindelijk geeft Lateur tegen mij toe dat hij Heymans als een lotgenoot beschouwt omdat de man – net zoals hijzelf – door Mieke Vanderwegen is bedrogen. En wie noemt hij als de minnaar van zijn ex-vrouw? Mark Teniers. Daarmee komt hij met iemand op de proppen die een motief heeft om Heymans te doden en wordt Mieke Vanderwegen op haar beurt ook verdacht. Aangezien wij intussen hadden ontdekt dat Heymans geen zelfmoord had gepleegd, was de kans groot dat ze het geld van de levensverzekering zou opstrijken, behalve wanneer ze iets met de moord te maken had.'

Berg keek de kring rond. Niemand zei iets.

'Maar Lateur doet nog meer. Tijdens hetzelfde gesprek laat hij zich schijnbaar per ongeluk ontvallen dat Mark Teniers financiële problemen heeft omdat zijn zaak verlieslatend is.'

'Daar waren we zelf ook wel achter gekomen,' meende Coens.

'Ongetwijfeld, maar Lateur wilde op zeker spelen. Door Mark Teniers twee verschillende motieven te geven werd hij in onze ogen dubbel zo verdacht. En... wat nog belangrijker is... op die manier dachten wij dat er ook twee mogelijke personen waren met wie hij een tandem gevormd kon hebben: zijn minnares én zijn vader. Daardoor werd de zaak er voor ons nog een stuk ingewikkelder op.'

'Dat klopt,' gaf Wenderickx met een zucht toe.

'En dan komt Lateurs volgende zet,' ging Berg door. 'Toen ik hem die avond in zijn flat vertelde dat zowel Mark Teniers als Mieke Vanderwegen de relatie ontkende, zei hij dat hem dat niet verwonderde omdat ze alle twee doortrapte leugenaars zijn. In het geval van zijn ex illustreerde hij dat met het feit dat ze hem met een andere man had bedrogen, in het geval van haar minnaar...' Berg maakte met zijn vingers aanhalingstekens in de lucht '... *herinnerde* hij zich ineens dat Mark Teniers vroeger gelogen had om het hachje te redden van zijn jeugdvriend, Filip Decroo.'

'Dat is het verhaal over de rohypnol,' zei Lou.

'Inderdaad. Zie je wat hij doet? Zodra hij merkt dat we beginnen te twijfelen aan de motieven van Mark Teniers, verschuift hij onze aandacht naar iemand anders en maakt hij die verdacht.' Berg schudde zijn hoofd. 'Deze man heeft ons misleid dat het niet fraai meer is. En telkens heeft hij ervoor gezorgd dat de verdachten met twee waren: eerst Mark Teniers en Mieke Vanderwegen, daarna Mark Teniers en zijn vader, vervolgens Mark Teniers en Filip Decroo of... dat kon immers ook... Filip Decroo en Boudewijn Teniers.'

'Dat idee van die tandems,' zei Coens. 'Waarom suggereerde hij dat? Omdat wij dat ook dachten? Hoe kon hij dat weten?'

'Kom nou, Coens. Alsof Lateur niet besefte dat het slachtoffer onmogelijk door één persoon naar de plaats delict vervoerd kon zijn. Hij wist dat de politiearts het ogenblik van overlijden tamelijk juist zou kunnen vaststellen omdat het slachtoffer pas de vorige avond was gestorven. Maar wat deed Heymans zo laat bij de vijver? Op dat uur is het daar aardedonker. Hij heeft er bijgevolg rekening mee gehouden dat we zouden concluderen dat de man op een andere plaats was uitgeschakeld en later naar de vijver is gebracht. Vroeger op de avond kon dat immers niet, want zolang het licht is, passeren daar voortdurend wandelaars die hem zouden zien en bovendien móest het ogenblik van de moord zo laat mogelijk plaatsvinden. Ten eerste omdat er tot 23.00 uur mensen op het terras van De Molen zitten en ten tweede omdat de vergadering bij Dekempeneer als alibi moest dienen. Maar aangezien je niet met de auto tot bij de vijver kunt komen, waren er twee daders nodig om het bewusteloze lichaam zo ver te dragen.'

'Hij heeft er dus op gerekend dat we nooit op het idee van de bakfiets zouden komen,' zei Zeebos.

'Juist, Jan. En geef toe, dat is met veel geluk gebeurd. Zonder die grootvader met zijn kleinkinderen had ik nooit aan een bakfiets gedacht.'

'Je zei zo-even dat hij de tragedie van Sophocles voor zijn doel heeft gebruikt. Dat is me nog altijd niet duidelijk.'

'Ik probeer het uit te leggen. Lateur heeft al tijdens ons

eerste gesprek zelf het verband gelegd met het verhaal over Oidipous. Hij beweerde dat Esther niet op de hoogte was van de relatie van haar man met Mieke Vanderwegen omdat ze anders was gestopt met haar rol in het toneelstuk. Daarin gebeurde immers ongeveer hetzelfde als in haar leven, zodat ze emotioneel zo...'

'Wacht!' riep Coens. 'Ik kan niet meer volgen.'

'In de tragedie trouwt Oidipous met zijn moeder,' zei Berg. 'In het echte leven heeft Esthers man een relatie met zijn schoonmoeder.'

'Pff...' blies Lou. 'Dat is toch niet hetzelfde.'

'Dat vond ik op dat moment ook,' gaf Berg toe. 'Maar wat kon het Lateur schelen dat de vergelijking niet helemaal opging? Het was hem er in de eerste plaats om te doen mij op een verkeerd denkspoor te zetten. Hij had het decor van de moord al zo georkestreerd dat wij tot de conclusie moesten komen dat er twee daders waren. Akkoord?'

Iedereen knikte.

'Toen ik – op zíjn uitnodiging nota bene – naar zijn flat ben gegaan, is hij opnieuw over de tragedie van Sophocles begonnen. Eerst vergeleek hij mijn situatie met die van Oidipous. We moesten immers alle twee een moord oplossen. Daarna vertelde hij me dat het verhaal gebaseerd is op paradoxen en dat de belangrijkste daarvan Oidipous' zelfverdediging is. Hij kón Laios niet vermoord hebben, want dat was volgens de overgebleven dienaar door een bende rovers gebeurd en één is nu eenmaal niet gelijk aan veel. Dat zinnetje heeft hij die avond letterlijk gebruikt. Vervolgens legt hij stap voor stap uit dat in Oidipous' geval één wel gelijk is aan veel, want hij is én zoon én echtgenoot, én vader én broer, én ziende én blind, én koning én bedelaar. Op dat ogenblik heeft hij me waar hij me hebben wil: ik ben er stilaan van overtuigd dat we in hetzelfde schuitje zitten als Oidipous. Ook in deze moordzaak zijn er meer daders dan één, dat stond al langer vast, maar dat wij de juiste tandem niet vinden, komt alleen omdat we zoals Oidipous niet door de paradox heen kunnen kijken.'

Berg richtte zich opnieuw tot Zeebos.

'Jan, daar hebben we urenlang over gepraat op het terras van La Stanza. En op het eind van de avond zijn we zelfs tot de conclusie gekomen dat er tegen alle logica in misschien toch maar één dader is. Waar kwam dat idee vandaan, denk je? Eerst heeft Lateur er alles aan gedaan opdat wij zouden denken dat er twee daders waren, daarna schotelt hij mij het verhaal van Oidipous voor en wijst me op de paradox in diens zelfverdediging: één kan wel gelijk zijn aan veel. Op dat moment begin ik natuurlijk te denken dat het omgekeerde in deze moordzaak ook het geval kan zijn en veel gelijk is aan één.'

'Maar was het niet in Lateurs nadeel om daarover te beginnen?' vroeg Zeebos. 'Hij heeft ook alleen gehandeld.'

'Wat maakte hem dat uit? Hij had een waterdicht alibi en schijnbaar geen enkel motief om Heymans te vermoorden. Niemand van ons beschouwde hem als een verdachte. Nee, waar het hem om ging, was verwarring zaaien, ons een gordiaanse knoop presenteren. En dat is hem gelukt ook.'

'We hebben het niet alleen over het aantal daders gehad,' zei Zeebos. 'Je hebt ook uitgelegd dat er een paradox zat in alle mogelijke motieven die we konden bedenken.'

'En toen wisten we helemaal niet meer hoe we het hadden, verdomme! Lateur heeft ons... nu ja, eigenlijk mij... knettergek gemaakt met dat idee van die paradoxen. Dat was natuurlijk het opzet achter het hele plan. Op den duur zagen we door de bomen het bos niet meer en waren we elk spoor bijster. Niets klopte nog. Absoluut niets! Elke theorie die we bedachten, hief zichzelf op. En net zoals de enig overgebleven dienaar in het toneelstuk zich heeft verscholen achter een leugen, heeft Lateur dat van bij het begin ook gedaan, al moet ik eigenlijk zeggen dat hij nog een stap verder is gegaan en twee leugens heeft gebruikt: ten eerste heeft hij Boudewijn Teniers ertoe aangezet om een valse verklaring af te leggen en ten tweede heeft hij gezegd dat het Toon Dekempeneer was die Esther de hoofdrol in het toneelstuk heeft gegeven.'

'Waarom was dat laatste zo belangrijk?' vroeg Lou.

'Om verschillende redenen,' antwoordde Berg. 'Wij mochten niet weten dat hij een relatie had met Esther omdat ze dan zelf een verdachte werd die er belang bij had om haar echtgenoot zwart te maken. Ten tweede wist Lateur dat Esther ervan overtuigd was dat Mieke Vanderwegen niet van haar vader hield. Daar had ze waarschijnlijk vaak genoeg tegen hem haar beklag over gedaan en dat zou ze ongetwijfeld ook tegen de politie doen, wat trouwens gebeurd is zodra ik haar vroeg welke relatie ze had met haar stiefmoeder. Maar als wij wisten dat ze een verhouding had met Lateur, zouden we kunnen denken dat ze met opzet Mieke Vanderwegen verdacht maakte om de aandacht van zichzelf af te leiden en op die manier ook van hem. Zolang we níet op de hoogte waren van de affaire, kwam het heel onverdacht over dat Esther ons die informatie gaf. En ten derde mocht ook niet duidelijk worden dat Lateur via haar van de verzekeringspolis afwist, want als we zouden ontdekken dat Heymans was vermoord, konden we wel eens op het idee komen dat de moord als een zelfdoding was geënsceneerd om Mieke Vanderwegen het geld door de neus te boren. Daar had maar één persoon belang bij en dat was Lateur.'

'Esther Heymans is dus geen medeplichtige?' vroeg Coens. 'Lateur heeft haar alleen maar als pion gebruikt?'

'Zonder twijfel. Daarom heeft hij haar gevraagd om tegen niemand iets over hun verhouding te zeggen, anders werd duidelijk welke rol hij haar had toebedeeld, niet alleen in het echte leven, ook in het toneelstuk. Ik vond het onbegrijpelijk dat Toon Dekempeneer de rol van Jokaste aan een veel te jonge actrice had gegeven, tot achteraf bleek dat Lateur dat van hem had geëist. Zo kon hij later tegenover mij de vergelijking maken tussen Esthers situatie met haar man enerzijds en die van Oidipous met zijn moeder anderzijds. Eens dat was gebeurd, kon hij die overeenkomst als basis gebruiken om de rest van zijn plan in werking te zetten en mijn gedachten te sturen in de richting die hij had gepland. Dat ik toch heb ontdekt dat hij een relatie met Esther had, is net zoals bij de bakfiets op een manier gebeurd die Lateur onmogelijk kon voorzien. Zijn plan was zo goed als perfect. Dat we desondanks achter de waarheid zijn gekomen, is twee keer te danken aan stom geluk.'

'Nu doe je jezelf tekort, Thomas,' meende Zeebos. 'Er kwam wel wat meer bij kijken dan geluk.'

'Is dat zo, Jan? Nu ik erover nadenk, hebben we zelfs drie keer geluk gehad. Als ik zaterdagavond mijn paraplu niet in de vestiaire van de schouwburg had laten liggen, waren wij gisteren niet naar de Bondgenotenlaan gereden en had ik niet van Toon Dekempeneer vernomen dat niet hij, maar Lateur per se wilde dat Esther de hoofdrol in het toneelstuk zou vertolken. Welk opzet daar achter stak, begreep ik op dat ogenblik niet. Ik dacht eerst dat hij haar alleen maar had voorgetrokken omdat hij haar voor zich wilde winnen. Pas later heeft Dekempeneers onthulling me geholpen om uiteindelijk de puzzelstukken in elkaar te passen.'

'Dat bedoelde ik net,' hield Zeebos vol. 'We hebben hier en daar misschien wat geluk gehad, dat is juist, maar tenslotte heb jij ingezien hoe Lateur alles in scène heeft gezet om ons op een dwaalspoor te brengen.'

Ingezien, dacht Berg bitter. Als er in deze context één woord misplaatst was, dan was het dat wel. Hij had lange tijd niets gezien, helemaal niets. Integendeel, Lateur was er net in geslaagd hem om hem een rad voor ogen te draaien omdat hij zich had blindgestaard op diens uitzonderlijke kennis, zijn bereidwilligheid om bij het onderzoek te helpen, zijn intrigerende verstand, de verrassende theorieën die hij over Sophocles' stuk had verteld en de parallellen die hij had getrokken met Bergs beroep.

Wat hij daarbij niet had begrepen, was dat Lateur hem niet alleen met Oidipous had vergeleken, maar dat hij van hem ook een Oidipous had gemaakt. Die fout was hij nog van plan om zijn team op te biechten, maar ineens had hij daar geen zin meer in. Hij had tijdens zijn uiteenzetting de schuld al verschillende keren op zich genomen en hij was niet langer bereid om zichzelf nog dieper de grond in te boren dan hij tot nu toe had gedaan. Was dat kleinmenselijk? Misschien, maar hij vond dat hij zichzelf al genoeg had gestraft.

Toen hij niet reageerde, zei Zeebos:

'We zijn er nu wel achter dat Lateur de moord heeft gepleegd, maar hoe bewijzen we dat?'

Berg maakte zich los uit zijn gedachten. Hij had gezegd wat hij moest zeggen, nu was het tijd om in actie komen, om de man te straffen die zichzelf de rol van Nemesis had toebedeeld, de personificatie van de wrekende gerechtigheid, een taak die in tragedies was voorbehouden aan de goden. Als voorbeeld van hybris kon dat tellen.

'Ik weet hoe we dat kunnen bewijzen,' zei hij. 'We doen het als volgt.'

4

Met zijn handen achter zijn rug stond Berg voor het raam van zijn kantoor en staarde naar het kerkhof achter het postkantoor aan de overkant van de straat. Buiten miezerde het. Het was bijna twee uur. Binnen enkele minuten zouden Herman Lateur en zijn advocaat arriveren, dat had Coens hem zo-even laten weten. En ook Hove was op komst.

Na de ochtendbriefing had hij zijn team de verschillende instructies gegeven die hij de vorige avond met de onderzoeksrechter had besproken en tot nu toe was alles volgens plan verlopen. Zeebos had net gebeld om te zeggen dat hij en Glenn klaar waren met hun onderzoek en dat hij het resultaat ervan in zijn mailbox kon vinden. Ook met Toon Dekempeneer en met de vrienden van Boudewijn Teniers was opnieuw contact opgenomen om de nodige verklaringen in handen te krijgen.

Het was dus bijna zover. Het laatste bedrijf in dit treurspel dat Lateur had geregisseerd. Berg had zich de hele dag niet aan hem vertoond. Hij was zoals een souffleur tijdens de opvoering van een toneelstuk in de coulissen gebleven, maar daar kwam nu een eind aan. Bij deze laatste akte zou híj de regie voeren en niet langer Lateur.

De enige met wie hij wel had gesproken, was Boudewijn Teniers. Zoals overeengekomen had de professor zich met zijn raadsman om elf uur op het politiebureau gemeld en tot Bergs opluchting had hij zijn verklaring van de afgelopen avond niet ingetrokken. Dat was op advies van zijn advocaat gebeurd die inzag dat de politie over twee getuigen beschikte en zwart op wit kon bewijzen dat zijn cliënt had gelogen. Teniers kon hoogstens obstructie van het onderzoek ten laste worden gelegd en met zijn blanco strafregister zou hij er vermoedelijk met een voorwaardelijke straf vanaf komen, zodat het in zijn eigen voordeel was om bij zijn verklaring te blijven en de politie te helpen.

Op het eind van het gesprek had Berg, louter uit nieuwsgierigheid, gevraagd of Teniers al wist wat de Alamire Foundation van plan was te doen met het chansonnier. Ging de aankoop door of niet? Teniers twijfelde. Na alles wat er was gebeurd, leek er wel een doem te rusten op het manuscript en daar kwam nog eens bij dat het in de gegeven omstandigheden geassocieerd zou worden met de moord op een van de leden van de stichting. Bovendien was het nu onvermijdelijk dat de bevindingen van Lateur in de pers zouden uitlekken. Door al die negatieve publiciteit was de kans groot dat de bestuursleden toch tegen de aankoop zouden stemmen.

Berg, die ermee in zijn maag zat dat hij de man een uur lang de duimschroeven had aangezet om hem een moord te doen bekennen die hij niet had gepleegd, liet zich ontvallen dat hij in verband met de door Lateur geformuleerde bezwaren misschien een oplossing had.

Zijn opmerking kon geen groter effect hebben. Teniers staarde hem aan als iemand die compleet onverwachts een deus ex machina kreeg voorgeschoteld en vroeg wat hij bedoelde, maar Berg zei dat hij op dit ogenblik nog niets kon lossen. Morgen, beloofde hij, zou hij bellen en vertellen wat hij had ontdekt.

Achter zijn rug hoorde hij de deur opengaan. Lou en Hove kwamen tegelijkertijd het kantoor binnen. Het eerste wat de onderzoeksrechter vroeg, was of Zeebos' onderzoek het verhoopte resultaat had opgeleverd.

'Over de hele lijn.' Berg wees naar zijn bureau. 'Ik heb het rapport net uitgeprint.'

Hove sloeg de map open en begon te lezen.

'Wat zei Geeraerts?' vroeg Berg aan Lou.

'Hij bevestigt wat we dachten, chef. Met zo'n hoge dosis rohypnol kon Lateur er gerust op zijn dat Heymans nog urenlang uitgeschakeld bleef nadat hij hem in het Huis van de Polyfonie had achtergelaten.'

'Prima. Ook dat klopt dus.'

Bergs telefoon rinkelde. Het was Coens. Herman Lateur en zijn advocaat waren gearriveerd en zaten te wachten in verhoorkamer 1.

'We komen eraan.'

In de lift op weg naar beneden zei de onderzoeksrechter iets wat Berg nog maar zelden had meegemaakt.

'Ik ben van plan om me tijdens het verhoor een beetje op de achtergrond te houden, hoofdinspecteur. U hebt me gisteravond wel een uitgebreid verslag gegeven, maar ik heb geen tijd gehad om me alle details in het hoofd te prenten. Vindt u het goed dat u het woord voert?'

'Geen probleem.'

'In orde. Dan beginnen we eraan.'

Berg ging als eerste de verhoorkamer in. Lateurs advocaat stond op, stelde zich voor als meester Decoster en schudde de onderzoeksrechter en de politie-inspecteur de hand. Lateur bleef zitten en zei geen woord. Zijn blik was onafgebroken op Berg gericht. Hij wist dat zijn flat was doorzocht en dat de technische recherche zijn auto had meegenomen, maar hij gaf niet de indruk dat hij zich daar zorgen over maakte.

Voor hij plaatsnam, zette Berg de opnameapparatuur aan en sprak de datum in en de namen van de aanwezigen. Hij had zijn team toelating gegeven om het verhoor te volgen op de monitor in de belendende ruimte.

Hove opende het gesprek en legde uit dat het verhoor kaderde in het onderzoek naar het verdachte overlijden van Marcel Heymans op zaterdag 3 juni. Er waren ernstige aanwijzingen, voegde hij eraan toe, dat meneer Lateur verantwoordelijk was voor de dood van de professor en hij drukte de hoop uit dat dit gesprek daarover duidelijkheid zou brengen.

Zoals verwacht reageerde meester Decoster onmiddellijk. Hij zei dat zijn cliënt ontkende iets met de dood van Marcel Heymans te maken te hebben, maar dat hij zoveel mogelijk zijn medewerking zou verlenen, zodat het misverstand kon worden opgelost.

'Hij hoeft zijn medewerking niet te verlenen.'

De twee mannen aan de overkant van de tafel keken Berg niet-begrijpend aan en ook de onderzoeksrechter deed zijn best om zijn gezicht in de plooi te houden en niet te laten merken dat hij even verbaasd was als de rest. De pose ging hem niet al te best af, zag Berg vanuit zijn ooghoek, ongetwijfeld omdat het de eerste keer was dat Hove zoiets hoorde zeggen bij de aanvang van een verhoor.

'Wat bedoelt u, hoofdinspecteur?' vroeg Lateurs advocaat toen hij van zijn verrassing was bekomen.

'Precies wat ik zei, meester. Uw cliënt moet maar één vraag beantwoorden, meer niet. Verdere medewerking is niet nodig.'

'En welke vraag is dat?'

Voor het eerst keek Berg Herman Lateur recht in de ogen.

'Ik heb een raadsel voor u,' zei hij. 'Wie zijn de twee zussen van wie steeds de ene de andere verwekt en vervolgens de andere de ene?'

Er verscheen een denkrimpel tussen Lateurs wenkbrauwen, ofwel omdat hij naar de oplossing zocht, ofwel omdat hij niet begreep wat er gaande was. In plaats van te antwoorden, vroeg hij:

'Waarom vraagt u dat?'

'Is dat niet duidelijk? U houdt toch van paradoxen. Vindt u dit geen prachtig voorbeeld? Hoe kan de ene zus de andere verwekken en tegelijkertijd door haar verwekt worden?'

Lateur staarde een tijdlang naar het tafelblad en gaf toen met een handgebaar te kennen dat hij het opgaf.

'Het antwoord is dit,' zei Berg. 'Het gaat om Eos, de godin van de dageraad en Nux, de godin van de nacht.'

'Juist,' knikte Lateur. 'Dat had ik moeten weten.'

'Inderdaad. Als u in Oidipous' plaats was geweest en de sfinx had u dit raadsel opgegeven, dan was het op dat ogenblik met u gedaan. Is het u nu duidelijk waarom ik het gesprek op deze manier ben begonnen?'

Meester Decoster had blijkbaar geen idee wat Berg bedoelde en kwam tussenbeide.

'Ik begrijp niet wat dat raadsel te maken heeft met de moord waarvan mijn cliënt wordt verdacht.'

'Dat raadsel,' antwoordde Berg, 'bevat een paradox. U weet toch wat dat is?'

'Natuurlijk weet ik wat een paradox is.'

Prima. Kent u ook de tragedie van Sophocles, *Koning Oidipous*?'

'Euh... ongeveer.'

'Ongeveer is niet genoeg, meester, maar ik zal u helpen. Het verhaal over Oidipous steunt op een reeks paradoxen, dat heeft uw cliënt me zelf uitgelegd.' Berg keek naar Lateur. 'Dat is toch juist, professor?'

'We hebben het daarover gehad, ja.'

'Oidipous wordt ervan verdacht zijn vader te hebben vermoord,' zei Berg opnieuw tegen de advocaat. 'Maar volgens een getuige was dat gebeurd door een bende rovers, terwijl Oidipous alleen had gehandeld. Op dat feit was zijn zelfverdediging gebouwd, want één kan niet gelijk zijn aan veel. Dat is trouwens de belangrijkste paradox in het hele toneelstuk. Is het u tot zover duidelijk?'

Meester Decoster knikte.

'Uw cliënt is een specialist op gebied van Sophocles. Hij heeft zelfs een nieuwe vertaling van *Koning Oidipous* gemaakt, maar hij heeft meer gedaan dan dat. Hij heeft het toneelstuk als inspiratie gebruikt om het onderzoek naar de moord te boycotten en de politie te misleiden.'

'Hoezo?' vroeg de advocaat. 'Waarom zou hij dat doen?'

'Omdat hij professor Heymans heeft vermoord en zichzelf wilde indekken.'

'Mijn cliënt ontkent dat hij...'

'Uw cliënt kan zoveel ontkennen als hij wil,' snoerde Berg de advocaat de mond. 'We hebben onomstotelijke bewijzen dat hij de dader is.'

'En welke bewijzen zijn dat? Die zou ik wel eens...'

Lateur legde zijn hand op de arm van zijn raadsman.

'Een momentje. Laat de hoofdinspecteur uitspreken. Ik wil graag horen hoe ik Sophocles' werk heb gebruikt om hem te misleiden.'

De tussenkomst getuigde van zoveel zelfverzekerdheid dat Berg moeite had om zijn kalmte te bewaren. Zelfs nu nog was deze man ervan overtuigd dat hij iedereen te slim af was geweest. Bovendien had Lateur niet het woord *politie* gebruikt, maar met opzet rechtstreeks naar hem verwezen en dat kwetste meer dan hij wilde toegeven. Waarschijnlijk was dat ook de bedoeling.

'Uw houding, professor,' kon Berg niet nalaten te zeggen, 'is een pijnlijk voorbeeld van volkomen misplaatste overmoed. U weet toch wat een personage in een tragedie te beurt valt wanneer hij zich aan hybris bezondigt?'

De opmerking leek Lateur niet te raken. Hij zei:

'Ik heb nog altijd niet gehoord hoe ik het stuk van Sophocles heb gebruikt om mij – zoals u het noemde – in te dekken.'

'Ik ook niet,' viel Decoster hem bij.

Berg richtte zich weer tot de advocaat.

'Uw cliënt heeft de moord zo georkestreerd dat wij niet anders konden dan concluderen dat er twee daders waren. Het idee daarvoor heeft hij ontleend aan de tragedie, want net zoals bij Oidipous was dat voor hem het ultieme alibi. Hij kon onmogelijk de dader zijn, want één is niet gelijk aan twee.'

Lateur liet een denigrerend lachje horen, maar Berg negeerde hem.

'Ik heb net het woord *hybris* gebruikt, meester. Zal ik daar nog een staaltje van geven? Uw cliënt was zo zeker van zichzelf dat hij het lef had om mij op die paradox in *Koning Oidipous* te wijzen toen ik bij hem op bezoek was. Zijn ex-vrouw heeft hem eens vergeleken met een kat die altijd op haar poten terechtkomt. Ik vermoed dat hij zich op dat ogenblik inderdaad een kat voelde die met een muis speelde.'

'Met die muis bedoelt u toch uzelf?' spotte Lateur.

'Oorspronkelijk was het de bedoeling,' vervolgde Berg zonder op de belediging in te gaan, 'om de moord te camoufleren als een zelfdoding. Toen dat niet lukte omdat de politiearts rohypnol ontdekte in de urine van het slachtoffer en wij dus wisten dat het níet om zelfmoord ging, is uw cliënt overgeschakeld op zijn reserveplan. Al tijdens ons eerste gesprek heeft hij een verband gelegd tussen de moordzaak en Sophocles' toneelstuk. Op die manier kon hij andere mensen verdacht maken en ons in verwarring brengen. Ik geef een voorbeeld. Net zoals Oidipous en Jokaste hadden Mark Teniers en zijn schoonmoeder volgens uw cliënt een relatie. Achteraf bleek dat niet te kloppen, maar op dat moment bevestigde het wel ons vermoeden dat er twee daders aan het werk waren geweest.

Dat manoeuvre had nog een bijkomende, zelfs dubbele bedoeling. Ten eerste nam uw cliënt wraak op zijn ex-vrouw die op die manier als medeplichtige van Mark Teniers de moord op haar tweede echtgenoot in de schoenen geschoven kreeg en bijgevolg geen aanspraak kon maken op het geld van de levensverzekering. Ten tweede hoopte hij zo de man van Esther Heymans definitief uit te schakelen. U moet namelijk weten dat uw cliënt een verhouding met haar heeft en dat hij...'

'Ik héb geen verhouding met Esther Heymans!' riep Lateur door zijn zin heen.

'Dat hebt u wel,' beet Berg hem toe. 'En als u dat blijft ontkennen, laat ik mijn mannen haar op staande voet naar hier halen. Eens zien hoelang het duurt voor ze de affaire toegeeft wanneer ik haar uitleg dat ze door u is gebruikt.'

'Ik heb haar niet gebruikt.'

'Hoe denkt u dat ze zich zal voelen,' ging Berg onverstoorbaar door, 'wanneer haar duidelijk wordt dat ze niet meer dan een onderdeel van uw plan was en dat ze zonder het te weten de geliefde is geworden van haar vaders moordenaar? U hebt verdomme een soort Jokaste van haar gemaakt. Die besefte ook niet dat ze getrouwd was met de man die haar echtgenoot had gedood.'

Lateur wilde reageren, maar zijn advocaat was hem voor.

'Wacht even... Wacht even... U beschuldigt mijn cliënt wel van moord, maar u zegt er niet bij waarom hij die gepleegd zou hebben. Niemand moordt zonder reden, dat weet u maar al te goed.'

Voor het eerst mengde Hove zich in het gesprek.

'Meneer Lateur wilde zich wreken op professor Heymans.'

'Waarom?'

'Omdat die volgens hem zijn vrouw heeft gestolen.'

'Maar dat is...' Decoster wendde zich tot zijn cliënt. 'Hoelang is dat geleden?'

'Een jaar,' antwoordde Lateur.

'Een jaar, heren, kom nu! Wie zo woedend is op iemand dat hij die persoon wil vermoorden, handelt in een opwelling. Waarom zou mijn cliënt dan een heel jaar wachten om wraak te nemen?'

'Omdat hij wist dat hij meteen verdacht zou worden als hij vroeger toesloeg,' antwoordde Berg. 'In plaats daarvan heeft hij gewacht tot de ideale gelegenheid zich voordeed. Die kwam in de vorm van de viering van het honderdvijftigjarig bestaan van de schouwburg. De regisseur, Toon Dekempeneer, heeft ons verteld dat Lateur een halfjaar geleden met hem contact heeft opgenomen toen er door het stadsbestuur was beslist dat een aantal lokale amateurgezelschappen de kans kregen om een stuk op te voeren in de schouwburg. Lateur bood hem gratis zijn nieuwe vertaling van Sophocles aan. Waarom heeft hij daarvoor De Spieghel uitgekozen? Omdat hij wist dat de dochter van Marcel Heymans deel uitmaakte van dat gezelschap en hij zijn oog had laten vallen op haar, niet alleen omdat het hem een zekere genoegdoening gaf een relatie te beginnen met de dochter van de man die hem zijn vrouw had afgenomen, ook omdat hij via haar een manier wilde vinden om Heymans te vermoorden zonder dat hij werd verdacht. Het was Esther zelf die hem die mogelijkheid bood. Toen ze hem vertelde over het conflict dat haar vader met haar schoonvader had over de aankoop van een waardevol vijftiende-eeuws chansonnier, zag Lateur zijn kans. Vanaf dat ogenblik heeft hij zijn plan bedacht en stap voor stap in werking gezet.'

'Om zich te wreken voor iets wat intussen al maanden en maanden achter hem lag?' herhaalde Decoster spottend. 'U hebt een wel erg bizarre opvatting over het karakter van mijn cliënt, moet ik zeggen.'

'Ik zal u vertellen hoe uw cliënt in elkaar zit,' zei Berg ijskoud. 'Onlangs las ik een Latijnse spreuk op een grafsteen: *Vita mutatur non tollitur.* Wilt u dat zinnetje voor uw raadsman vertalen, meneer Lateur?'

'Het leven is veranderd niet weggenomen.'

Berg wendde zich opnieuw tot Decoster.

Uw cliënt kon niet verdragen dat Marcel Heymans zijn leven compleet had veranderd, daarom heeft hij het zijne weggenomen.'

'Of hoe je een citaat naar believen kunt misbruiken,' schamperde Lateur.

Dit keer richtte Berg zich rechtstreeks tot hem:

'Toen ik een paar dagen geleden bij u op bezoek was, hebt u mij verteld hoe de schim van Achilles tegen Odysseus zei dat hij liever een dagloner was op aarde dan koning van de Onderwereld. Herinnert u zich dat? Natuurlijk doet u dat. Als we die uitspraak op u toepassen, moeten we ze omdraaien, want zelfs al was uw leven in uw ogen in een hel veranderd, dan nog kon u geen genoegen nemen met uzelf als nevenpersonage. Ik kan nog begrijpen dat het voor u een verschrikkelijke ervaring was om uw vrouw te verliezen aan een andere man, maar wat u absoluut niet kon verkroppen, was dat u slechts een bijrol in dat drama speelde en geen enkele controle meer had over wat er in uw leven gebeurde. Nee, u wilde zoals altijd zelf de touwtjes in handen hebben en daarbij op uw beurt het leven van uw slachtoffers in een hel veranderen. Daarom hebt u Marcel Heymans vermoord en het op een zelfdoding laten lijken, want dat laatste hebt u niet alleen gedaan om uzelf in te dekken, dat heb ik pas gisteren begrepen. Door de moord als een zelfdoding te ensceneren hebt u ook laten uitschijnen dat Marcel Heymans niet gelukkig was en dat zou bij uw ex-vrouw extra hard aankomen. Hebt u hem dat nog verteld voor hij het bewustzijn verloor? Hebt u hem nog gezegd dat u zijn eigen dochter hebt verleid en gebruikt voor uw plan om...'

'Hoofdinspecteur!'

Berg schrok van Hoves uitroep. Hij besefte dat hij zich aan het vergalopperen was en slikte de rest van zijn zin in.

De onderzoeksrechter liet een korte pauze vallen en vroeg toen:

'Blijft u de moord op Marcel Heymans ontkennen, meneer Lateur?'

'Vanzelfsprekend. Ik heb daar niets mee te maken.'

'Het zou uw zaak anders ten goede komen als u gewoon bekent.'

'Hij hoeft niet te bekennen,' kwam Berg opnieuw tussenbeide. Hij wees naar de map die de onderzoeksrechter had meegebracht.

Hove schoof het dossier in zijn richting. Berg haalde er een eerste document uit en alluderend op wat Lateur tegen hem had gezegd op het terras van zijn flat, stak hij van wal.

'Ik maak nog één keer een vergelijking met het treurspel van Sophocles, dan zwijg ik over Oidipous, anders begin ik u misschien te vervelen.'

Lateur deed alsof hij de zinspeling niet begreep.

'Net zoals in de tragedie de moordplot van start gaat met een leugen van de dienaar die als enige de aanslag op koning Laios had overleefd, hebt u Boudewijn Teniers ertoe aangezet om tegen de politie te liegen door te zeggen dat hij en meneer Heymans alleen waren in het Huis van de Polyfonie. De professor heeft intussen zijn verklaring ingetrokken. Hij heeft toegegeven dat de vergadering op uw initiatief heeft plaatsgevonden en dat u hem later onder druk hebt gezet om uw aanwezigheid voor de politie te verzwijgen. In ruil zou u tegen de bestuursleden van de Alamire Foundation geen gewag maken van uw twijfels over de echtheid van het chansonnier.'

Berg schoof het papier met Teniers' getuigenis over tafel.

'Bovendien hebben twee andere getuigen u herkend toen u na de vergadering stond te praten met de professor bij de Mariapoort.'

Berg reikte meester Decoster het tweede document aan.

'Zodra Boudewijn Teniers met zijn vrienden naar brasserie De Molen was, hebt u Marcel Heymans een glas wijn aangeboden om op zijn overwinning te klinken en hebt u hem op die manier gedrogeerd met rohypnol. Hier is het rapport van de politiearts. Daarin staat te lezen dat de dosis hoog genoeg was om het slachtoffer voor verschillende uren in een haast comateuze toestand te brengen.'

Het obductieverslag ging naar de andere kant van de tafel.

'Vervolgens bent u naar de vergadering in het huis van Toon Dekempeneer gegaan. Toen de bespreking afgelopen was, bent u terug naar de Parkabdij gereden, nadat u ervoor gezorgd had dat niemand van het gezelschap nog zin had om op uw uitnodiging in te gaan en samen iets te gaan drinken. Hier is de getuigenis van Toon Dekempeneer waarin hij verklaart dat u herhaaldelijk en zonder reden de discussie ten top hebt gedreven en zelfs hebt laten escaleren tot een ruzie.'

Ook dat document schoof Berg in de richting van de advocaat.

'Let er trouwens op dat meneer Dekempeneer eveneens verklaart dat u van hem hebt geëist om de vrouwelijke hoofdrol aan Esther Heymans te geven, hoewel het gezelschap over een andere actrice beschikte die geschikter was omdat ze de juiste leeftijd had. Tegen mij hebt u beweerd dat het de regisseur was die Esther voor de rol van Jokaste had gekozen, wat opnieuw een leugen was.'

Berg boog zich naar voren en zette zijn vinger op de bewuste alinea. Toen ging hij door.

'Terug in de Mariapoort hebt u het bewusteloze lichaam van Marcel Heymans in de bakfiets geladen die u eerder had laten verdwijnen en hebt u hem in het donker naar de vijver gebracht waar u hem hebt verdronken en de plaats delict zo hebt achtergelaten dat het erop leek dat het om een zelfmoord ging. De mensen van de technische recherche hebben enkele kledingvezels gevonden op de bestuurdersstoel van uw auto. Die zijn afkomstig van de crèmekleurige, linnen broek die Marcel Heymans droeg. De enige manier waarop die vezels in uw wagen konden terechtgekomen, is door wrijving met uw kleren omdat u het lichaam hebt opgetild om het in en uit de bakfiets te laden.'

Berg haalde Zeebos' rapport uit de map en overhandigde het aan Decoster.

'Tijdens de huiszoeking van uw flat heeft mijn team in uw kast kleren gevonden waarop dezelfde textielvezels zijn aangetroffen. Het zijn de kleren die u op de avond van de moord droeg, dat hebben Boudewijn Teniers en Toon Dekempeneer ons bevestigd. De vezels bewijzen nogmaals dat u het lichaam van uw slachtoffer een paar keer hebt verplaatst.'

Het vijfde document verschoof naar de overkant van de tafel.

'Tijdens dezelfde huiszoeking hebben mijn mensen al uw schoenen meegenomen en de zolen vergeleken met de afgietsels die we genomen hebben van de voetafdrukken bij de oever van de vijver. Volgens dit rapport is er geen twijfel mogelijk: u bent op de plaats delict geweest en dat is niet op een ander moment gebeurd, maar wel op de avond van de moord. De overeenkomstige afdrukken zijn veel dieper dan al de andere en dat komt omdat u op dat ogenblik het lichaam van uw slachtoffer droeg.'

Berg gaf de advocaat het laatste verslag uit de map. Hij was klaar met zijn betoog, maar er moest hem nog iets van het hart.

'U bent een heel verstandige man, meneer Lateur, maar u hebt uw verstand op een flagrante wijze misbruikt om wraak te nemen op iemand die dat niet verdiende, enkel en alleen omdat u in uw eer was gekrenkt. Hoe triest is dat? U hebt eigenhandig een tragedie bedacht waarin een onschuldige man het moest ontgelden omdat uw ego een deuk had opgelopen. Is dat niet tragischer dan wat er in om het even welk Grieks treurspel gebeurt? Daarin is het hoofdpersonage een speelbal van het lot of wordt hij door de goden gestraft voor zijn hybris, maar Marcel Heymans valt op dat vlak niets te verwijten. Integendeel, u hebt zich op hem gewroken omdat u niet kon verkroppen dat uw vrouw de voorkeur gaf aan hem en omdat u ervan overtuigd was dat u zo verstandig bent dat u twee mensen kon straffen zonder dat iemand dat ooit zou kunnen bewijzen. U hebt zichzelf de rol toebedeeld van een wrekende god en voor die hoogmoed wordt u nu gestraft.'

Berg zweeg, leunde achteruit en wachtte op reactie. Meester Decoster zei geen woord en gebaarde dat hij nog altijd druk doende was met het bestuderen van de getuigenissen. Op het gezicht van Lateur lag een ondoorgrondelijke uitdrukking. Het kon niet anders of hij besefte dat hij ontmaskerd was, maar hij gunde zijn tegenstander niet de voldoening om dat te laten merken. In plaats daarvan hief hij zijn handen op en maakte een klapgebaar, bijna als een toeschouwer op het einde van een toneelvoorstelling. Toen verbrak hij de stilte en richtte zich tot Berg.

'In het begin van dit gesprek hebt u gezegd dat ik mijn medewerking niet hoefde te verlenen. U zei zelfs dat ik niet hoefde te bekennen. Dat was allemaal niet nodig, zo zeker was u van uzelf dat u revanche kon nemen voor het feit dat ik u tijdens het onderzoek voortdurend te slim af ben geweest. Maar hoe moet ik deze minutenlange monoloog van u interpreteren? Was dat niet eenzelfde vertoon van hybris, zoals u mij verschillende keren hebt verweten? Hebt u ook niet de hoofdrol in dit spektakel opgeëist, zoals u mij dat hebt aangewreven? U bent geen haar beter dan ik, hoofdinspecteur. Dat beseft u toch, hoop ik.'

Berg voelde hoe de spieren over zijn hele lichaam strak trokken. Van alle mogelijke reacties had hij deze niet verwacht. Had Lateur gelijk? Gedroeg hij zich even aanmatigend en verwaand? Het klopte dat hij ingenomen was met zichzelf omdat hij deze man uiteindelijk de baas was geworden en ervoor had gezorgd dat hij zijn terechte straf niet zou ontlopen. En het klopte ook dat hij er genoegen aan had beleefd om het ene bewijs na het andere op tafel te leggen, zodat Lateur geen enkel verweer meer had en zich gewonnen moest geven. Was dat hybris? Tenslotte had hij enkel zijn werk gedaan. Of verschool hij zich nu ook achter een masker zoals de acteurs in een Griekse tragedie?

5

'U trekt het zich toch niet aan wat Lateur op het eind van het verhoor zei?' vroeg Hove toen ze een paar uur later in het kantoor op de tweede verdieping een glas cava stonden te drinken op de goede afloop van het onderzoek. 'Ik zag dat u lijkbleek werd op dat moment. Alsof er ook maar iets van waarheid in die beschuldiging stak.'

'Nu ja...' aarzelde Berg. 'Misschien was het niet helemaal onterecht wat Lateur beweerde. Ik geef toe dat ik een zekere voldoening voelde toen ik hem met al die bewijzen om de oren kon slaan.'

'En wat dan nog? Dat is onze job. Deze man had een zo goed als perfect plan uitgedokterd en u hebt hem ontmaskerd. Daarvoor kan ik u alleen maar proficiat wensen.'

Berg was verrast. De onderzoeksrechter had niet de gewoonte om complimentjes uit te delen. Van de directeur, die hij na het verhoor op de hoogte had gebracht, had hij in elk geval geen gelukwensen gekregen.

'Kijkt u eens naar uw mensen,' wees Hove met de hand waarmee hij zijn glas vasthield. 'Ziet u hoe opgelucht ze zijn? Ze hebben zich meer dan een week lang uit de naad gewerkt en dankzij u hebben ze loon naar werken gekregen. Dat is wat telt. Lateur heeft u alleen willen terugpakken, meer niet. Een slechte verliezer, die man. Daar zal de hoogmoed die u hem verweten hebt wel voor iets tussen zitten.'

De onderzoeksrechter dronk zijn glas leeg en zette het op een van de bureaus.

'Zo, en nu ga ik terug naar het gerechtshof. Ik heb nog een hele papierwinkel af te werken.'

Berg herinnerde zich ineens iets.

'Voor ik het vergeet: klopt het dat mijn nieuwe buurvrouw, Tine Debraekeleer, u heeft gevraagd waarmee ze mij een plezier kon doen en dat u haar hebt aangeraden om een fles Franse of Italiaanse wijn te kopen?'

Hove trok zijn wenkbrauwen omhoog.

'Heeft ze dat gezegd?'

'Niet met zoveel woorden. Ze zei alleen dat ze mijn voorkeur kende via – ik citeer – een zekere onderzoeksrechter.'

Er verscheen een glimlach om Hoves lippen.

'En hebt u haar ook verteld dat ik bij u navraag over haar heb gedaan?' vroeg Berg.

'Natuurlijk niet. Waarom denkt u dat?'

'Omdat ze met opzet uw naam niet noemde.'

'Dat heeft ze waarschijnlijk gedaan om u nieuwsgierig te maken,' grinnikte Hove. 'Leer mij Tine Debraekeleer niet kennen. Tot morgen, hoofdinspecteur.'

'Tot morgen.'

Berg bleef alleen achter. Hij was teleurgesteld over zichzelf. Blijkbaar had hij zijn buurvrouw verkeerd ingeschat. Hij had aangenomen dat het geschenk bedoeld was als een tactische zet om hem erop te wijzen dat ze van zijn indiscretie afwist, maar nu bleek dat niet te kloppen. Soms was hij toch echt wel te achterdochtig. Was dat beroepsmisvorming? Op den duur nam je aan dat iedereen zich anders voordeed, dat de wereld één groot schouwtoneel was, zoals Vondel het had genoemd.

Hij schrok toen iemand plots naast hem zei:

'Wat sta je hier in je eentje zo ernstig voor je uit te kijken?'

Het was Zeebos. Hij hield een fles cava in de hand en wilde hem bijschenken.

'Nee, Jan. Bedankt. Ik ga er eens vandoor.'

'Nu al? Wat ga je thuis doen? We hebben iets te vieren.'

'Ik ga niet naar huis. Het is bijna halfzeven. Ik wil op tijd in de schouwburg zijn.'

'In de schouwburg? Waarom?'

'Ik wil Esther Heymans spreken en haar uitleggen wie haar vader heeft vermoord.'

'Dat kan ze morgen in alle kranten lezen. Ik heb gehoord dat de directeur om zeven uur een persconferentie geeft.'

'Ik wil het haar persoonlijk vertellen.'

'Waarom? Wat verandert dat aan de zaak?'

Berg antwoordde niet. Hij ging afscheid nemen van zijn team, wuifde glimlachend hun protesten weg en liep het kantoor uit.

Op weg naar het stadscentrum dacht hij aan Esther. Hij was van plan geweest om haar in haar kleedkamer op te zoeken voor de voorstelling begon, maar bij nader inzien was het beter om te wachten tot later. Ze zou zich wezenloos schrikken wanneer ze hoorde dat de man met wie ze een relatie had, haar vader had vermoord. In die omstandigheden zou ze onmogelijk op de planken kunnen verschijnen, zodat de opvoering halsoverkop zou moeten worden afgelast.

Bovendien wilde hij haar dit laatste optreden gunnen. Ze had hard gewerkt om de rol van Jokaste te kunnen spelen en ze had geen enkele schuld aan wat er was gebeurd. Maar eenmaal het doek was gevallen, werd het tijd dat ze de waarheid te horen kreeg en hij had zich voorgenomen om erbij te zijn wanneer ze dat verschrikkelijke nieuws vernam, al was het maar uit voorzorg. Hij wilde niet nog een overeenkomst met het Oidipousverhaal. Dan zou het drama compleet zijn.

Nawoord

Het beeld dat de cover van deze roman siert, staat op het terras van de Kaminsky aan de Tiensepoort zoals in het verhaal wordt vermeld. Het kunstwerk dat van 2006 dateert, is van de hand van Liliane Versluys en heeft als titel *Madame K.* Dat de beeldhouwster zich heeft laten inspireren door het schilderij van Félicien Rops, *La dame au cochon*, kunt u zelf vaststellen op de reproductie van het werk die u op de laatste bladzijde van dit boek vindt.

De informatie over de Alamire Foundation, het Huis van de Polyfonie en *Het Leuven Chansonnier* is waarheidsgetrouw weergegeven. Het facsimile waarover sprake in het verhaal bestaat eveneens en is een gezamenlijke uitgave van de Alamire Foundation en het Davidsfonds. De personages in het verhaal die met de Alamire Foundation te maken hebben, zijn vanzelfsprekend verzonnen en verwijzen geenszins naar bestaande personen.

Voor de in het verhaal gebruikte stukken uit de tragedie van Sophocles heb ik een beroep gedaan op twee Nederlandse vertalingen. *Sophocles – Oedipus*. Vertaald door Gerard Koolschijn, in 2004 uitgegeven door Athenaeum-Polak & Van Gennep. En:

Sophocles – Oedipus heerst. Een vertaling van Ben Schomakers, in 2013 gepubliceerd door uitgeverij Klement.

De grafsteen met het Latijnse opschrift *Vita mutatur non tollitur* bevindt zich wel degelijk op het kerkhof van de Parkabdij. Het zinnetje komt uit de prefatie van de requiemmis.

Het verhaal over de tweevoudige gedaanteverwisseling van de blinde ziener Teiresias staat in Boek III van *Metamorphoses*, geschreven door Publius Ovidius Naso (43 v. Chr. - 17 na Chr.).

Bij het bedenken van dit verhaal heb ik hulp gekregen van Paul De Troyer, Kathy Vincke, Bart Mertens, Véronique Wortelaers, Uschi Claes en Klaartje Proesmans van de Alamire Foundation. Ook dank aan mijn proeflezers die zich eens te meer met scrupuleuze nauwgezetheid over het manuscript hebben gebogen.

MUSIQUE
POÉSIE
PEINTURE
ΠΟΡΝΟΚΡΑΤΗΣ